DER HAHN

Thomas Hesse, Jahrgang 1953, lebt in Wesel, ist gelernter Germanist, Kommunikationsberater und Journalist. Er war bis Ende 2014 in leitender Position bei der »Rheinischen Post« am Niederrhein tätig. Heute ist er freier Autor, Journalist und Publizist.

Renate Wirth, Jahrgang 1957, arbeitet als Gestalttherapeutin für den Deutschen Kinderschutzbund, ist Künstlerin und Autorin.

THOMAS HESSE/RENATE WIRTH

DER HAHN

Niederrhein Krimi

emons:

Bibliografische Information der Deutschen Nationalbibliothek
Die Deutsche Nationalbibliothek verzeichnet diese Publikation
in der Deutschen Nationalbibliografie; detaillierte bibliografische
Daten sind im Internet über http://dnb.d-nb.de abrufbar.

© Emons Verlag GmbH
Alle Rechte vorbehalten
Umschlagmotiv: shutterstock.com/ananaline
Umschlaggestaltung: Nina Schäfer, nach einem Konzept
von Leonardo Magrelli und Nina Schäfer
Umsetzung: Tobias Doetsch
Gestaltung Innenteil: César Satz & Grafik GmbH, Köln
Lektorat: Hilla Czinczoll
Druck und Bindung: CPI – Clausen & Bosse, Leck
Printed in Germany 2018
ISBN 978-3-7408-0446-6
Niederrhein Krimi
Originalausgabe

Unser Newsletter informiert Sie
regelmäßig über Neues von emons:
Kostenlos bestellen unter
www.emons-verlag.de

Prolog

Drei Männer schlenderten in den Gastraum. Sie waren sehr ähnlich gekleidet, schmutzig gelbe Hosen und helle, dünne Hemden. Sie hielten kleine Flaschen in den Händen. Darin vermutete sie selbst gebrannten Alkohol. Dass die Männer davon getrunken hatten, war zu hören. Zu laut und zu aufdringlich waren sie in das kleine Restaurant gepoltert. Sie fielen auf, weil sie sich offensichtlich nicht darum scherten, dass Zurückhaltung eine Tugend indischer Lebensart zu sein hatte.

Als die drei Männer an einem der Tische sie, die hellhäutige Frau mit dem Bubikopf, sahen, schwoll der unverständliche Dialekt aus ihren Mündern an. Sie hatte sich diesen Platz zwischen einer Ladentheke mit Kleinkram, den die einfache Bevölkerung bezahlen konnte, und einer offenen Garküche ausgesucht, wo sie das Treiben der Einheimischen beobachten konnte.

Das Frühstücksbüfett im nahe gelegenen Resort-Hotel hatte sie mit den Worten »Ich will hier was erleben, nicht nur den Touristenkram« verlassen. Es waren zu viele Deutsche da. Das gefiel ihr nicht. Außerdem hatte sie es satt, sich morgens und abends in die Schlange zu stellen und einen Topfdeckel nach dem anderen zu lüften, um dann neben Mitreisenden mit ihren überladenen Tellern Platz zu nehmen. Geregelte Abläufe würde sie mit siebzig gebrauchen können, jetzt war sie knapp dreißig Jahre alt und hungrig auf das Leben.

Am Vortag hatte sie sich zu einem Ausflug zu den Backwaters von Kerala im Süden des Subkontinents überreden lassen und bei der Hinfahrt vom Kleinbus aus diese kleine Kaschemme gesehen. Sie wirkte landestypisch und versprach andere Eindrücke als der übliche abendliche Besuch der Bar am Swimmingpool des komfortablen Hotels direkt am Strand von Kovalam. Sie war nur ein paar hundert Meter vom Hotel entfernt und saß nun dort, wohin kein anderer Hotelgast je kommen würde.

Die Hitze des Tages hatte sich gelegt, aber noch war die Luft so feuchtheiß, dass sich ein dünner Schweißfilm wie eine zweite ölige Haut an ihr festhielt. Die Frau schnupperte an sich, sie hatte sich gerade gewaschen und roch leicht nach parfümierter Seife. Ansonsten verbreitete jede der vielleicht zehn Personen in dem Raum seine persönliche Duftnote. Säuerlicher Schweiß, Essensgerüche, der Duft von Gewürzen und Zigarettenrauch vermischten sich unter dem Deckenventilator zu schwerer Luft.

Höflich hatte sie inzwischen mehrere Trinkangebote der Männer abgelehnt, die sich in ihrem Pidginenglisch an sie wandten. Sie wirkten ungelenk, schüchtern, aber auch, als werteten sie es als offenes Angebot, wenn sich eine Frau, dazu noch eine blonde, allein in dieser Männerwelt bewegte. Sie ahnte, dass sie eine Herausforderung war. Gott sei Dank war dieser gurgelnde Slang kaum zu verstehen. So konnte es zu keinem Gespräch kommen. Die Männer hatten sie stattdessen angeblinzelt, sie angelacht und die kaputten Zähne entblößt.

Die Frau streckte sich ein wenig, als sie aufstand. Schon so war sie größer als die meisten im Raum. Sie schlängelte sich leichtfüßig an den Tischen und Stühlen vorbei und ging an die Ladentheke, um sich eine Mischung Nüsse auszusuchen. Schlank, mit freien Schultern, einer luftigen Bluse, die dünnen Träger ihres BHs waren zu sehen. Ihre Sommerhose ließ die Waden frei. So viel sichtbare Haut war eine Provokation in diesem prüden Land.

Einer der drei Männer drückte sich an sie und hielt ihr die Flasche mit dem stinkenden Selbstgebrannten an den Mund. *»Drink!«*, raunzte er sie an. Seine Kumpels johlten. *»Come with me«*, befahl der Mann und bedrängte sie noch mehr. Die Frau erstarrte, ihre Hände zitterten. Das war nicht das Abenteuer, das sie gesucht hatte. Flehentlich blickte sie den Ladenbesitzer an. Es gelang ihr nicht, ein einziges Wort hervorzubringen. Dafür belegte der Ladenbesitzer die Männer mit einem Schwall von Flüchen. Gestikulierend schob er sich auf die Gruppe zu. Sie erkannte die Chance, drehte sich um, wand sich um Tische und Stühle herum und stürmte an den geifernden Männern vorbei ins Freie.

Mit einer herrischen Geste stoppte sie eins der vorbeifahrenden Motorräder, dem auch für die kleinsten Gassen tauglichen Lieblingstransportmittel der Inder. Hier fuhren keine Tuk-Tuks mehr, dennoch waren alle mobil und stets in Eile. Eine ältere, mit rot glänzender Verkleidung aufgepeppte Honda stoppte aus voller Fahrt. Der Fahrer kuppelte aus, der Motor grollte in einem gleichmäßig kraftvollen Ton.

Die Frau unterbrach ihre Fluchtbewegung abrupt. Sie wollte Schutz, war sich aber nicht sicher, ob sie sich in die Hand eines Motorradfahrers begeben sollte, dessen Gesicht sie nicht einmal sah. Er trug den im Land vorgeschriebenen Schutzhelm, viele fanden solche Sicherheitsvorschriften lästig und scherten sich nicht darum.

Mr. Anonym saß breitbeinig auf dem Motorradsattel, löste den Gurt des Helms, zog ihn ab und sagte:»Lady, Sie brauchen Hilfe? Ich würde mich an Ihrer Stelle schnell entscheiden.« Er zeigte auf die drei feixenden Männer mit den Schnapsflaschen am Straßenrand. Er brüllte sie kurz und schneidend an. Sie zogen sich zurück.

»Lady, wohin? Ins langweilige Hotel oder in irgendeine charmante Bar in der Stadt, die nachts offen hat?«, fragte der Mann.

Der Sitz des Fahrzeugs war breit genug, hier war man darauf eingerichtet, zu mehreren Personen auf dem Zweirad unterwegs zu sein. Platzmangel und zu viel Nähe zum Fahrer waren nicht der Grund, warum sie zögerte und schwieg. Es lag eher an der spärlich beleuchteten Straße und den dunklen Hütten. Wer fuhr da schon als Anhalter mit? Sie schaute am Fahrer vorbei, um zu sehen, ob da noch die aufdringlichen Männer standen. Aber es gab nur Dunkelheit und die Ungewissheit, wer sich darin verbarg. Der Fußweg zum Hotel am dunklen Palmenhain entlang war keine angenehme Lösung.

Wenn sie ehrlich war, hatte sie die Ansprache überzeugt. Jetzt erst wurde ihr klar, dass der Fahrer sie auf Deutsch mit einem sympathischen niederländischen Zungenschlag angesprochen hatte. Das erinnerte sie an den Niederrhein, wo sie herkam und der an den Nachbarn Holland grenzte. Sie fasste Mut und trat einen Schritt auf das Motorrad zu.

»Dann spring auf.«

Die Frau stieg aufs Krad und rutschte an den hinteren Rand des Beifahrersitzes, sodass sie sich an einen Haltegriff krallen konnte und den Mann nicht berühren musste. Er schob sich ein Stück nach vorn und von ihr weg. Ihr gefiel, dass er Distanz hielt.

»Zu welcher Bar willst du nun?«

»Zu einer zivilisierteren als der, aus der ich komme.«

»Das ist keine Bar, eher so etwas wie ein düsterer Treff mit angeschlossener Gastronomie. Eigentlich kein Problem, aber als Frau solltest du hier nicht allein einkehren.«

»Also, eine sympathische Location mit freundlichem Personal, da möchte ich hin.«

»Es gibt eine gute Bar, nördlich von hier, direkt an der Hauptstraße mitten zwischen diesen Hütten mit kleinen Geschäften. Dahin fahre ich sowieso.«

Sie wusste nicht, warum sie sich diesem Mann anvertraute. Plötzlich fühlte sie sich sicher und war von sich selbst überrascht. »Wie heißt du?«, fragte sie rasch, bevor der Motorenlärm ihre Worte verschlucken würde.

»Thijs. Und du?«, erwiderte er.

Die aufheulende Maschine übertönte ihren Namen.

* * *

Er folgte der kleinen Straße, die auf eine Autobahn mündete. Die war wie an so vielen Stellen in Indien gerade im Bau und schlug eine Schneise mitten durch Wohnbebauung und freie Fläche. Gnadenlos. Der Mann bog auf die staubige Straße ein, jeder fuhr hier einfach auf die Autobahn, wie es ihm behagte, vom Pferdekarren bis zum Reisebus. Zu dieser Zeit waren nur wenige Fahrzeuge unterwegs, beleuchtete Baustellen machten die Strecke gut sichtbar. Das änderte sich, als sie wenig später die Autobahn verließen und die Gegend einsamer wurde.

Das Licht des Motorrads tastete sich durch die Dunkelheit,

der Fahrer schien es gewohnt zu sein, sich nachts durch die Ufer-zone am Indischen Ozean zu bewegen. Die Frau spürte eine selt-same Mischung aus Sicherheit und Spannung. An eine besondere Gefahr dachte sie nicht. Der gut gebaute Rücken, hinter dem sie saß, verhieß Sicherheit.

Die Palmenhaine lichteten sich. Die breit gefächerten Blät-ter schwankten im auffrischenden Wind. Das Meeresrauschen wurde lauter, sie konnte es hören, wenn sich das Motorrad mit verminderter Geschwindigkeit in eine Kurve legte. Da sie in nördliche Richtung fuhren, lag links das Ufer. Sie schaute zum Wasser und sah die Schattenrisse nachtfischender Boote. Kleine Positionslichter tanzten auf den Wellen, und es schien ihr, als würden sich immer dichtere, dunklere vom Wind gehetzte Wol-ken vor den Mond schieben.

Sie huschten an kleinen Menschengruppen vorbei, die sich um Lagerfeuer gruppierten. Die meisten wohnten hier zwischen den Palmen und den Kautschukbäumen in selbst gezimmerten Hütten. Dann folgten immer mehr gemauerte Häuschen am Wegesrand. Je größer und je farbiger sie angemalt waren, desto mehr waren es Bessergestellte, die ein kleines Geschäft hatten oder den nächtlichen Fang an Hotels verkauften und das Viertel belebten. Ab und an leuchtete das Schild »Bar« zwischen den Gebäuden auf.

Thijs ließ das Motorrad ausrollen.

»Woher kommst du?«, fragte die Frau.

»Aus Nijmegen.«

»Seit wann bist du hier?«

»Immer mal wieder. Wir Niederländer haben eine Beziehung zu dem Land. Wir waren Kolonialmacht mit eigenen Stützpunk-ten und Überseehandel. Jetzt bin ich seit ein paar Tagen hier.«

Mehr sagten sie nicht. Der Wind wurde stärker. Sie beeilten sich, unter das Holzdach der Bar zu kommen. Sie lag direkt am Straßenrand, dahinter führte ein schmaler Weg zum Strand. Durch die lichten Palmen erkannte die Frau, dass die traditio-nellen Fischerboote mit gebogenem Bug und Heck im Licht-terwechsel von Wolken und Mond immer heftiger von Wellen hochgehoben wurden und zurück an Land steuerten. Thijs nahm sie bei der Hand und zog sie hinein in die Bar, die eigentlich eine Art Straßencafé war. Es war ihr nicht unangenehm, obwohl sie den Mann nicht kannte. Sie nahm ihn als Guide, der ihr das alltägliche Leben der Einheimischen näherbrachte. Er war sympathisch, dieser gut aussehende Niederländer.

Die Frau sah, wie der Mann hinter dem Tresen sie anschaute und winkte. Man kannte Thijs offensichtlich.

Die wenigen Tische waren leer. Thijs grinste den Mann an und fragte laut: »Willst du Menschen um dich haben?«

Der Mann hinter dem Tresen machte eine abwehrende Bewegung. »Nein, aber ihr könnt bleiben. Lädst du die Lady ein?«

»Ja, das Übliche.«

»Das Übliche?«, fragte sie.

»Ja, und du?«

»Was ist das Übliche?«

»Das werden wir sehen. Prajit mixt etwas zusammen, was er in seinen Vorräten hat. Ist nicht immer alles da, was wir so kennen. Schmeckt aber immer gut.«

»Dann probiere ich es auch.«

Die Frau wedelte sich Luft zu, es war immer noch zu warm für europäische Haut. Immerhin wusste sie jetzt, wie der Wirt hieß und dass der Fahrer hier bekannter war, als er zugegeben hatte. Dass seine Aussage, nur manchmal in Indien zu sein, nicht zu stimmen schien.

Prajit kam an ihren Tisch und fragte, wie Kerala ihr gefalle. Er fing an, die Schönheit des Meeres und den Reichtum der Böden zu preisen.

»Und jetzt die Drinks«, forderte Thijs.

Der Wirt lachte, verneigte sich dezent und ging hinter den Tresen, wo er sofort begann, farbige Flüssigkeiten aus obskuren Flaschen zu mixen.

Die Frau lächelte und schaute Thijs offen an. »Also, was treibst du hier? Ich bin Touristin, das weißt du. Nicht so spannend. Erzähl von dir.«

Sie bemerkte, dass sie sie musterte, als überlegte er. Das Meer rauschte lauter, der Wind begann bedrohlich zu heulen, Prajits Eiscrusher knirschte.

»Ich war Immobilienmakler. Ich habe sehr gut verdient. Dann kam die Immobilienkrise in Holland. Projekte platzten. Immer nur Leute vom Bau um mich, oft musste ich mich vor Investoren und Kreditgebern rechtfertigen. Ich bekam keine Luft. Ich dachte nur, es muss doch ein anderes Leben geben. Erst habe ich das gemacht, was mich schon als Jugendlicher gefesselt hat. Ich habe gemalt und gezeichnet. Es war wie eine Reise zu mir selbst. Ich fing später wirklich an zu reisen. Ich dachte, ich könnte mich neu erfinden. Auch in Indien.«

Ihre Augen wanderten durch Thijs' Gesicht. Ihre Blicke trafen sich, blieben aneinander hängen. In kurzer Zeit war eine Nähe entstanden zwischen zwei Menschen, die aus ganz unterschiedlichen Motiven heraus in einem riesigen Land unterwegs waren. Sie hatte Lust auf mehr, mehr Gespräche, mehr Nähe. Einfach so. »Und dann bist du hier gelandet, hier im letzten Winkel von Kerala?«

»Ich wollte einen Neustart. Das geht nur fern der gewohnten Welt.« In einer Nacht nach einem heißen Tag sagte er diesen einfachen Satz, der eine komplizierte Wandlung beschrieb.

»*Lady and gentleman, here it is.*« Prajit kam zu ihrem Tisch geeilt, mit einem Holztablett, auf dem zwei orange-grüne Drinks mit Apfelsinenscheiben am Glasrand standen. Seinem nächtlichen Auftritt waren der Stolz und der Spaß an der auf jeden Fall optisch gelungenen Mischung anzumerken.

Sie dankten. Die Frau bemerkte, dass Thijs sie genau betrachtete. Sie fuhr sich durchs Haar. Die Hitze hatte etwas abgenommen, auch weil der Wind stärker wehte und Kühlung unter das aufgeheizte Dach der Bar brachte. Sie prosteten sich zu mit Getränken, von denen beide nicht wussten, was sie enthielten. Ihre Blicke hielten einander fest. Schon wieder. Eigentlich wollte sie jetzt von sich erzählen, so wie er es getan hatte. Sie hatte das Gefühl, er interessiere sich für sie und würde sie verstehen. Ein schönes Gefühl.

Plötzlich war erst ein hartes Knirschen, dann ein dumpfer

Knall vom kleinen Weg zu hören, der hinter der Bar zum Strand führte. Gleichzeitig ertönte das Geräusch trampelnder Füße, gefolgt von Geschrei und einem dunklen Grollen. Der Wind frischte noch einmal auf, als wolle er die soeben verwehte Palmenreihe zu einer gemeinsamen Verbeugung vor seiner Kraft zwingen – nachdem er sich Respekt verschafft hatte und diesen einen Baumriesen mit einer einzigen Böe gefällt und auf ein paar armselige Hütten hatte niedergehen lassen.

Thijs sprang auf, fegte mit einer Handbewegung den sorgfältig gemixten Drink um, worauf sich ein giftig orange-grünes Bächlein vom Tisch auf den Stuhl ergoss. Die Frau schrie auf. Sie folgten beide dem Getöse der Strandbewohner. Auf dem kleinen Weg begegneten sie Menschen, die mit bloßen Händen versuchten, die umgefallene Palme zu verschieben, um an die Opfer in den Hütten heranzukommen.

»Weg, weg da. Es ist zu gefährlich hier«, schrie Thijs.

Er rannte weiter, sie folgte ihm. Die beiden erreichten nach wenigen Metern den offenen Strand. Hier fegte der Sturm unerbittlich, trieb Wolken von Sandkörnern vor sich her und bäumte die Wellen auf. Dann prasselte der Regen in dicken Tropfen und mit einer Wucht herab, dass es die Frau schmerzte, wenn er auf sie traf.

Am Strand lagen kopfüber die Fischernachen, deren Besitzer rechtzeitig die Rückkehr geschafft hatten. Ein Boot mit zwei Mann Besatzung kämpfte noch auf den Wogen. Die Fischer an Land bildeten einen aufgeregten Haufen, der sich gegen den Wind stemmte und versuchte, ein von Bord ausgeworfenes Tau zu packen. Der Regenguss spülte wie eine Sintflut den Boden unter den nackten Füßen der Helfer weg, sodass sie sich nicht auf festem Grund abstemmen konnten.

Thijs brüllte gegen den Sturm an. »Komm mit ans Tau, die brauchen alle Leute.« Den Fischern rief er in einem stakkatohaften Dialekt etwas zu, was sie für sich als das rhythmische Kommando »Zieh, zieh« übersetzte. Ihr gelang es, eine freie Stelle des Taus zu ergreifen und sich in die verzweifelt zerrenden Menschen aus dem ärmlichen Stranddorf einzureihen.

Es gab immer wieder kleine Sturmpausen, in denen der heulende Wind es zuließ, dass das Fischerboot ein Stück auf den Strand zurutschte. Doch am Ende halfen die Naturgewalten. Eine Orkanböe riss die Wolkenbänke auf, der Mond leuchtete für einen kurzen Moment über die Klippen, die zerfetzten Palmenwedel der gebeugten Bäume. Wie von einer unsichtbaren Hand geschoben, bäumte sich eine Welle zu enormer Höhe auf, bevor sie auf Land stürzen würde. Auf ihrem Gipfel trug sie den Nachen schneller mit sich, als alle ziehenden Hände es vermocht hätten. Das Holzboot kam näher und näher, die Helfer ließen das Tau los und flüchteten, bevor das Boot auf den Strand krachte und zersplitterte. Thijs hatte sich mit einem gewaltigen Sprung zur Seite gerettet. Die Frau wurde von der Gischt zur Seite geschleudert. Ein Balken des Bootes knallte auf ihren Oberschenkel und drückte sie ins Wasser.

Sie hielt den Kopf mühsam über Wasser und reckte ihren linken Arm hoch, während der rechte unter ihrem Körper lag. Langsam sank sie tiefer in den aufgewühlten Sand. Die vom Sturm getriebenen Wellen rollten ein ums andere Mal über ihren Kopf hinweg.

»Thijs«, schrie sie, »Thijs, hier bin ich. Hol mich hier raus.«

Er stieß die wild durcheinanderlaufenden Fischersleute auseinander. Er kämpfte sich zu ihr vor. Sie blickte ihn flehentlich an, als er von einer Welle zurückgeschleudert wurde und gebückt wieder zu ihr hinstampfte. Er griff ihre Hand und versuchte, sie zur Seite zu ziehen, bis ihr Oberkörper und ihr Kopf mehr Bewegungsfreiheit erhielten. Dann schob er sich nicht an den Bootsbalken heran, der sie noch immer niederdrückte. Er zog nicht das schwere Holz von ihr weg. Niemand sah, dass er stattdessen den Kopf der Frau unter Wasser drückte. Bis sie erschlaffte. Eine starke Welle hob den Balken an und legte den bewegungslosen Körper frei. Es war zu spät. Thijs winkte um Hilfe.

»*Is she unconscious? Dead?*«, fragte ein herbeigeeilter Fischermann.

Thijs nickte.

Die Strömung zog den leblosen Körper ins Meer. Thijs stand auf, ließ sich vom immer noch stürmischen Wind an den Palmenhain schieben. Er ging an der Bar vorbei und startete sein Motorrad.

Unterwegs fragte er sich, ob er nicht zu impulsiv gehandelt hatte, ob er in dieser Millisekunde am Meer eine klare, bewusste Entscheidung gefällt hatte. Oder ob er nur die erste Gelegenheit genutzt hatte, ganz einfach so. Egal, er hatte getan, was er tun musste, und der Sturm hatte ihm dabei geholfen. Er hatte seinen Auftrag erfüllt.

Er erreichte das Resort Beach Dreams. Er war dort abgestiegen, wo auch die Frau eingecheckt hatte, und sie hatte es nicht bemerkt. Groß genug war die Anlage wahrlich, um sich aus dem Weg zu gehen. Er wusste, dass sie in Zimmer R 116 untergebracht war.

Im Resort hatte der Sturm ebenfalls gewütet. Auf den Gehwegplatten rund um den Swimmingpool stand das Regenwasser, sodass er platschend hindurchwaten musste. Am Gebäude für die Ayurveda-Massagen schwappte es über die Regenrinnen in Sturzbächen zu Boden. Der Mann in der völlig durchnässten Kleidung und den regentriefenden Sandalen ging auf die Rezeption zu.

»Ah, der Herr aus Deutschland«, radebrechte die Empfangsdame, tippte seine Ankunft in den Hotelcomputer und händigte ihm den Zimmerschlüssel aus.

Thijs, dachte er, wie bin ich nur auf den Namen gekommen? In den Niederlanden war er doch höchstens in Zeeland im Urlaub gewesen.

Er schlief gut in dieser Nacht. Am nächsten Morgen zum Frühstück öffnete er auf seinem Tablet die New Indian Times. Über hundert Todesopfer hatte der Orkan am Meer gefordert, las er. Manche Regionen waren überflutet worden. Eine europäische Frau mit blondem Bubikopf war nicht unter den Opfern. Zumindest wurde eine solche Frau nicht erwähnt.

Der Mann, der Thijs gewesen war, rollte seinen kleinen Businesskoffer zur Rezeption. Kurz angebunden orderte er die Schlussrechnung. Er würde längst im Flieger sitzen, wenn die Hotelleitung die Frau vom Niederrhein mit dem Bubikopf, die in R 116 wohnte, als vermisst meldete. Die Polizei würde Zeit benötigen, bis alle zuständigen Personen in ihrer kopfstarken Behörde vorschriftsmäßig einbezogen waren. Irgendwann und sehr viel später würde sie nach vergeblicher Suche endlich die Deutsche Botschaft einbeziehen.

EINS

Karin Krafft lehnte am Türrahmen ihres neuen Büros. Das kleine Schwarze stand ihr gut, passte zu der neuen Frisur. Kurz, keck, wild, dazu knallroter Lippenstift. Sie nippte an ihrem Sektglas und ließ ihren Blick anerkennend durch den Raum schweifen. Nagelneu, funktional, helle Oberflächen, ein halbrunder Schreibtisch, dessen verbreitertes Ende in den Raum ragte und ihr die Möglichkeit bot, mit vier Leuten gemeinsam daran zu sitzen und zu arbeiten. Das Kommissariat 1 hatte ein neues Domizil bezogen. Alles roch nach Fabrikation und Aufbau, Wandfarbe und Kleber für den hochwertigen Laminatboden, bahnweise in unterschiedlichen, miteinander harmonierenden Farben verlegt. Das alte Gebäude aus den Sechzigern am Weseler Herzogenring war mittlerweile marode und unwirtschaftlich geworden. Allein die durchgehende Besetzung der Pforte mit einem Wachhabenden, der im Durchschnitt drei Besucher pro Tag verzeichnete, hatte innerhalb der Behörde für Hohn und Spott gesorgt. Offiziellem Besuch wurde das Gebäude vorenthalten.

Erst eine Besichtigung zur Zertifizierung der gesamten räumlichen Gegebenheiten der Kreispolizeibehörde in Wesel hatte sich als Segen für das Team erwiesen. Bei gründlicher Inaugenscheinnahme von der Eingangstür bis zum letzten Büro in der ersten Etage war einfach alles durchgefallen. Die elektrischen Leitungen waren unzureichend gesichert, man behalf sich schon lange mit Ketten mehrerer Dreifachsteckdosen. Improvisation aus Privatbeständen des K1, das für Todes- und Gewaltdelikte zuständig war.

Die Heizung war ständig kaputt, zugige Fenster, marode Sanitärräume, all das sorgte für einen Aufschrei während des Zertifizierungsprozesses, in dessen Folge von sofortiger Räumung dieser Dependance die Rede gewesen war. Sie sollten in provisorische Räume im Keller des Hauptgebäudes einen Steinwurf entfernt an der Reeser Landstraße ziehen. Das Kommissariat weigerte sich vehement. Provisorien überleben erfahrungsgemäß jeden Plan und ganze Generationen.

Ausschlaggebend für alternative Überlegungen war letztlich Karin Kraffts Vier-Augen-Gespräch mit der Behördenchefin van den Berg gewesen, in dem die Leiterin des K1 angekündigt hatte, sich versetzen zu lassen, weil sie niemals in Kellerräumen arbeiten würde. Sie wusste, das Team würde ihrer Meinung folgen. Letztlich blieb nur die Wahl, entweder ein passendes Gebäude langfristig anzumieten oder im ausreichenden Maße an der bestehenden Liegenschaft anzubauen. Frau Doktor van den Berg setzte sich energisch für die zweite Möglichkeit ein. Es war ihr Baby, das sie mit eiserner Entschlusskraft in allen maßgeblichen Gremien durchboxte, in Rekordzeit genehmigt und finanziert bekam.

Die zusätzliche Etage auf dem Hauptgebäude der Kreispolizei, ein moderner Aufsatz auf dem durchaus charmanten, regionaltypischen Backstein der Siebziger, bot für jeden Kollegen ein eigenes Büro, einen großen Besprechungsraum, ausgestattet mit der neuesten Technik, eine Stehküche, zwei Vernehmungsräume mit Bildübertragung. Nicht jeder im Haus betrachtete die Veränderungen mit Wohlwollen. Es gab Kollegen, die seit Jahren vergebens um frische Farbe an den Wänden kämpften und die Arbeiten für das K1 mit Häme kommentierten. Es galt, den Neidern mit Gleichmut zu begegnen.

Heute war die offizielle Einweihungsfeier. Geladene Gäste hatten sich im Besprechungsraum versammelt, der Polizeipräsident aus Düsseldorf, die Behördenleitung, Kollegen, Vertreter des Gerichts und der Staatsanwaltschaft, die Bürgermeisterin und der Landrat. Vertreter der örtlichen Presse nickten anerkennend, der Ausdruck »Beletage« machte die Runde, ein Pfarrer sprach einen kurzen Segen.

Nach den obligatorischen Reden und guten Wünschen hatten sich die Gäste zu lockeren Gesprächen an Stehtischen verteilt. Zeit für Small Talk. Der zählte nicht zu Karins Stärken, sie war unbemerkt verschwunden, ließ ihre Augen nun aus dem Fenster schweifen. Dieser weitläufige Ausblick auf den Auesee und das

Rheinvorland, bei gutem Wetter bis zu den Türmen des Xantener Doms, erfreute sie besonders.

Beim ersten Blick auf den Bauplan hatte sie sich dieses Büro ausgeguckt. Hauptkommissarin Karin Krafft, Leitung Kommissariat 1. Das stand auf dem Schild, angebracht in Augenhöhe links neben der Tür. Sie setzte sich an ihren Platz, prostete sich zu. Hier fühlte sie sich stark, voller Energie, gewürdigt und in ihrer Funktion anerkannt. Von hier aus würde sie künftig ihr Team leiten und Fälle aufklären.

Der Platz reichte für die kleinen Lagebesprechungen, und wenn sie zwischendurch eine kurze mentale Pause brauchte, genügte eine halbe Drehung mit dem Stuhl, und ihr Blick konnte in der niederrheinischen Weite Ruhe und Kraft schöpfen. Selbst die immer seltener werdenden Gedanken an ihre Entführung durch die Gegner des Ausbaus der Betuwe-Bahnlinie in einem der letzten Fälle und die Zeit danach konnten sie nicht mehr beunruhigen. Eine Stimme holte sie in den Raum zurück.

»Was machst du hier? Du wirst schon vermisst.« Gero von Aha blickte vom Flur aus zu ihr hinüber.

»Quatsch, keiner vermisst mich, ich bin eine Niete in geselligem Blabla.«

»Sind wir das nicht alle? Komm, deine Männer werden sich sonst verdünnisieren, und es macht keinen guten Eindruck, wenn das K1 bei der Einweihung der eigenen neuen Dienststelle durch Abwesenheit der Chefin glänzt. Das ist ein freundlicher Hinweis deines Stellvertreters Kommissar Gero. Dein schräger Kollege Burmeester scharrt auch schon mit den Hufen.«

Karin lachte und stand auf. »Das klingt gefährlich nach Fahnenflucht. Geh schon mal vor, ich komme gleich. Ich kann immer noch nicht glauben, dass wir von jetzt an in diesen Räumen arbeiten werden. Der Umzug war gut organisiert, alles lief nach Plan, und die gesamte Technik funktioniert. Manchmal denke ich, das ist nur ein Traum und gleich wache ich am Herzogenring auf. Gero, wir haben die geilste Arbeitsstätte in der gesamten Region.«

»Ja, die Etage ist toll geworden. Das merken auch andere,

glaub mir. Da drüben werden bereits die ersten offiziellen Veranstaltungen für die repräsentativen Räumlichkeiten hier oben ausgehandelt. Multifunktionalität und optimale Ausnutzung der Kapazitäten heißen die Zauberworte. Man wird mit Ausstattung und Aussicht angeben wollen.«

»Was? Du willst mich veräppeln.«

»Nein, wenn ich Staatsanwalt Haase richtig verstanden habe, dann hat er unserer Frau van den Berg gerade vorgeschlagen, den Besprechungsraum für interne Fortbildungen zu nutzen. Und er kann sich vorstellen, dass du einen Teil davon übernimmst.«

Karin schaute ihn mit gelupfter Augenbraue an. »Der hat doch wohl eine Macke. Und wer soll hier meinen Job machen? Nein, beides geht nicht, gar nichts geht so. Ich soll anderen was beibringen? Das kann er sich abschminken.«

Sie leerte ihr Glas in einem Zug. »Dem werde ich mal die Meinung sagen.«

Im Vorbeirauschen hielt sie von Aha am Unterarm fest. »Nun warte doch auf die offizielle Anfrage, dann kannst du immer noch die Art der Waffe und den Ort für das Duell wählen. Komm, sei friedlich, heute wird gefeiert.«

Ihr Telefon klingelte. »Geh schon, ich komme gleich. Ich werde Haase nicht würgen, versprochen.«

Sie setzte sich, nahm Haltung an, knipste von Aha ein Äugsken, der lächelnd verschwand, und ließ es noch einmal klingeln.

»Kommissariat 1, Hauptkommissarin Krafft.«

***

Es bot sich ein einziges Bild der Zerstörung. Als die Rettungskräfte eintrafen, standen Unfallzeugen hilflos vor dem Schrotthaufen, der den Stamm eines Baumes ohne Krone an drei Seiten umspannte. Noch während der Fahrer hinter dem Steuer im Wrack seines Wagens eingeklemmt saß, wurde er an die transportablen medizinischen Überwachungsgeräte angeschlossen. Der Mann lebte tatsächlich, unvorstellbar angesichts dieses Klumpens verformten Blechs.

Der dünn verlaufende horizontale Streifen mit minimalen Ausschlägen stellte die Herzfrequenz dar, schwach, unregelmäßig, mit kleinen Aussetzern. Der Rettungssanitäter legte ihm einen venösen Zugang, der eingetroffene Notarzt verordnete schmerzstillende Medikamente, eine Kochsalzlösung sollte helfen, den Flüssigkeitsverlust auszugleichen. Er sicherte die Atemwege. Eine Verletzung im unzugänglichen Bereich der Beine schien hohen Blutverlust zu verursachen.

Die Polizei sperrte die B 57, die hier Rheinberger Straße hieß, kurz hinter dem Xantener Ortsteil Unterbirten komplett, die Feuerwehr sicherte Fahrzeug und Baum, setzte zeitgleich die hydraulische Rettungsschere ein und durchtrennte den vorderen und hinteren Holm, um das Dach für die Bergung des Mannes zu spreizen. Offenbar hatten die Airbags des Fahrzeugs versagt, das Lenkrad hatte sich, einer gefährlichen Waffe gleich, in den Oberkörper gebohrt, der Motorblock die Beine eingequetscht.

Die Bergung gestaltete sich kompliziert. Wertvolle Minuten vergingen, während der hydraulische Zylinder den Fahrzeugboden mit dem Sitz und den Motorblock so weit auseinanderdrückte, dass das Ausmaß der Verletzungen sichtbar wurde. Während der gesamten Zeit wurden die lebenserhaltenden Maßnahmen durchgeführt, kurze Kommandos sorgten für umsichtige Bewegung, sicher, ohne Hektik, immer das Augenmerk auf den Fahrer gerichtet. Auf einem Spineboard, einer speziell ausgerüsteten Trage, das zwischen Sitz und Körper geschoben wurde, fixierten die Helfer den Verletzten mittels mehrerer Gurte. Ein Ruf ertönte: »Zugleich.« Viele Hände hoben den Mann vorsichtig aus dem Wrack.

Nach wenigen Handgriffen wurde er auf der Rettungstrage in den bereitstehenden RTW geschoben, die Türen schlossen sich hinter dem Notrettungspersonal. Der Schwerverletzte war nun komplett an das Monitoringgerät zur Überprüfung der Vitalfunktionen angeschlossen, der Notarzt führte den Bodycheck durch, klassifizierte die Verletzungen – die körperliche Untersuchung fiel nicht leicht ob der Vielfalt verheerender Einwirkungen.

Das Wrack befand sich abseits des Rettungswagens, in dem man mit gebotener Eile und Umsicht versuchte, dieses Leben zu erhalten, und bot einen furchtbaren Anblick, der erahnen ließ, wie es dem Fahrer erging. Die ursprüngliche Form war nicht mehr erkennbar, das Dach stand bizarr abgewinkelt über der Beifahrerseite, die ihre Form der Alleelinde angepasst hatte, an deren Stamm die Fahrt über die B 57 ein machtvolles, krachendes, jähes Ende gefunden hatte. Die Krone des Baumes war abgebrochen und lag meterweit entfernt im Feld.

Der Notfallsanitäter nahm ein kurzes Flackern unter den Lidern des Mannes wahr, die Herzfrequenz erhöhte sich parallel. »Er kommt zu sich.«

Der Notarzt sah nicht von der Überwachung auf, hielt Atmung und Puls im Blick. »Das ist denkbar ungünstig, er sollte sich weder regen noch aufregen.«

Schon rann ein weiteres betäubendes Medikament durch den Zugang in seine Vene, zeitgleich bewegten sich die Lippen des Mannes, der sich auf dem schmalen Grat zwischen Leben und Tod befand. Der Helfer beugte sich zu seinem Gesicht herab, lupfte die Maske, durch die der zerschmetterte Körper mit Sauerstoff versorgt wurde, hielt sein Ohr über die zittrigen, blutverkrusteten Lippen, die unter enormem Kraftaufwand ein einziges Wort bildeten, kaum vernehmbar, dennoch deutlich.

Er sank zurück in eine erleichternde Bewusstlosigkeit.

In der Nähe landete der Rettungshubschrauber im aufkeimenden Mais. Die Situation im Inneren des RTW entwickelte sich dramatisch, die Werte des verletzten Fahrers verschlechterten sich rapide, bis hin zum Herzstillstand, ein langer piepender Ton. Der Defibrillator wurde aktiviert.

»Schock. Weg vom Patienten.«

Ein Stromstoß bäumte den Körper auf, die Linie der Herzfrequenz veränderte sich nicht, lief schnurgerade. Ein Beatmungsbeutel wurde angelegt, der zerschundene Oberkörper mit rhythmischer Herzmassage dreißig Mal gepresst, beatmet. Nichts. Das Team hatte somit jede Möglichkeit ausgeschöpft, um dieses Leben zu retten.

Draußen kamen die ersten Gaffer über das Feld gelaufen. Die Sperrung der B 57 zwischen Birten und Menzelen sorgte für Unmut, Streifenbeamte an den Ampeln beim Birtener Sportplatz und dem ehemaligen Restaurant Grünthal leiteten den Verkehr weiträumig um. Einige wenige Neugierige schafften es über Feldwege und letztlich zu Fuß, sich dem Flirren unzähliger Blaulichter zu nähern. Schon standen die ersten Sensationslüsternen mit gezücktem Smartphone vor dem Fahrzeug, drei Männer der freiwilligen Feuerwehr drängten sie zurück, was nicht ohne Proteste der Neugierigen verlief. Als Rettungskraft angepöbelt zu werden gehörte zu einer Reihe unsozialer Entwicklungen in der heutigen Zeit.

Während im Rettungswagen die lebensüberwachenden Geräte abgeschaltet wurden, notierte der Notarzt die Verletzungen, die er erkennen konnte, in einem Formular.

»Zwölf Uhr dreiundvierzig. Organversagen als Unfallfolge, massive innere Verletzungen in Thorax und Bauchraum, Schädel-Hirn-Trauma, Knochenbrüche der oberen und unteren Extremitäten, Teilabriss des linken Fußes. Politrauma.«

Ein Blick des Sanitäters durch das kleine, hohe Fenster der hinteren Tür des Rettungsfahrzeugs verhieß nichts Gutes.

»Draußen wartet der Mob schon wieder auf Sensationen, seien Sie darauf gefasst, sobald Sie die Tür öffnen.«

Der Notarzt überzeugte sich mit angewidertem Gesichtsausdruck, inzwischen hatten sich die Streifenbeamten zu der kleinen Gruppe von Schaulustigen begeben, zunehmende Lautstärke deutete auf mögliche Eskalation hin.

»Decken Sie ihn zu. Wir können uns gegen diese Idioten wehren, er nicht. Konnten Sie verstehen, was er gesagt hat?«

»Sein letztes Wort war ›Scheiße‹.«

»Keine kryptische Botschaft, garantiert nicht für Angehörige bestimmt. Er hat also bewusst mitgekriegt, wie es um ihn stand.«

»Kann man wohl laut sagen.«

»Hat die Feuerwehr etwas zur Unfallursache gesagt?«, fragte der Notarzt.

»Der ist nicht freiwillig vor den Baum gefahren. Ich habe

mitgekriegt, dass sie die Kripo benachrichtigt haben. Ungeklärte Unfallursache. Ich kenne das Opfer irgendwoher.« Ein letzter Blick auf das blutverschmierte Antlitz. »Das spricht für Ihre Abstraktionsfähigkeit. Bei dem Zustand des Gesichts könnte meine Mutter auf der Trage versorgt werden, und ich würde sie allenfalls an ihrem Goldschmuck erkennen.« Der Mediziner streifte sich die Einweghandschuhe ab und legte die Schutzbrille in die Ablage. »Da war nichts mehr zu machen. Dennoch, gute Arbeit, meine Herren.«

Er verließ den Wagen und schloss die Tür schnell hinter sich, teilte dem Streifenbeamten, der ihn hoffnungsvoll anschaute, mit einem angedeuteten Kopfschütteln die Erfolglosigkeit des Einsatzes mit. Exitus.

Er lief ungeachtet der sich wild gebärdenden Gaffer, deren Personalien mittlerweile erfasst wurden, zu seinem Wagen. In unmittelbarer Nähe hob der Rettungshubschrauber ab und wirbelte gehörig Dreck vom Feld auf.

✻✻✻

Karin Krafft und Nikolas Burmeester sahen das Großaufgebot an Männern und Frauen in unterschiedlichen Uniformen, als sie zur Unfallstelle kamen. Die Hauptkommissarin hatte sich an der Absperrung ausweisen müssen und näherte sich dem Ort des Geschehens mit einem mulmigen Gefühl, während alle Sinne zur Erfassung der Lage aktiviert waren.

»Gerade Strecke, keine Einmündung in unmittelbarer Nähe, kein weiteres Fahrzeug beteiligt.«

Burmeester öffnete die oberen drei Knöpfe seines neuen Hemdes, rieb sich den Hals, der nach dem ungewohnten Kontakt mit der gesteiften Textilie tüchtig juckte.

»Die haben das Dach aufgeschnitten. Sieh mal, der Baum hat keine Krone mehr, das kann nur die Wucht massiv überhöhter Geschwindigkeit bewirken. Der muss ungebremst dagegengeprallt sein. Das ist ja krass. Kein Rettungshubschrauber weit und breit, der RTW steht noch da. Hoffen wir mal das Beste.«

Die Hauptkommissarin schüttelte den Kopf. »Man holt uns immer, wenn das Beste gerade woanders geschieht.« Sie stellte den Wagen auf der Fahrbahn ab.

Aus dem katastrophalen Szenario heraus eilte ihnen ein junger Streifenbeamter entgegen und lächelte sie schon von Weitem an. »Wenn das jetzt die Dienstkleidung der Kripo wird, werde ich so schnell wie möglich zu euch wechseln.«

Für einen kurzen Moment wurde Karin bewusst, dass sie im schwarzen Cocktailkleid mit Pumps neben Burmeester im eleganten Leinenanzug mit brusttief geöffnetem Hemd eher auf den Empfang als an diese Unfallstelle passte. »So ist das, keine Zeit für offizielle Festreden zur Büroeinweihung, wenn der Dienst ruft. Was haben wir hier?«

»Der Wagen raste mit weit überhöhter Geschwindigkeit aus Richtung Xanten kommend ungebremst auf die Gegenfahrbahn und knallte gegen den Baum, der durch die Wucht des Aufpralls halbiert wurde. Besonderheit: keinerlei Bremsspuren.«

»Was ist mit dem Fahrzeugführer?«

»Der lebte noch bei Eintreffen der Rettungskräfte, ist aber vor einer Viertelstunde im RTW verstorben.«

Karin schaute Burmeester an, der nickte. Ja, das Beste geschah wirklich nur, wenn man die Kripo nicht brauchte. Das hier sah nach dem Schlimmsten aus. Sie setzte die Sammlung der Fakten fort.

»Was lässt Sie vermuten, dass es sich nicht um einen Unfall aus Unachtsamkeit oder einen Suizid handelt? Keine Bremsspuren gibt es in besonderen Fällen wie Selbsttötung durch Unfall, wie wir wissen.«

Der Streifenbeamte berichtete von Zeugen aus zwei Fahrzeugen, die aus der Gegenrichtung kamen und gerade noch ausweichen konnten. Sie hatten dem Fahrer signalisieren wollen, dass da was schieflief.

»Die Männer beschrieben einen wild gestikulierenden Mann mit verzerrtem Gesichtsausdruck. Er habe gewirkt, als ob er die Kontrolle über das Fahrzeug verloren hatte. Sie sahen den Aufprall im Rückspiegel und waren als Erste am Unfallort, völlig hilflos, und konnten nichts weiter tun, als Meldung zur Kreisleitstelle durchzugeben und die Unfallstelle zu sichern. Ich habe die Personalien aufgenommen und sie gehen lassen. Die stehen unter Schock, es ist schon ein Notfallseelsorger informiert, der sie aufsuchen wird.«

»Sie sind sehr umsichtig. Wissen wir, wer der Tote ist?«

»Die Halterabfrage ergab den Namen Dieter Pahlen, wohnhaft in Xanten.«

Karin Krafft schaute auf. »Etwa der Dieter Pahlen von Möbel Pahlen?«

»Ja, genau. Vermutlich war er auf dem Weg zu seinem Geschäft im Rheinberger Gewerbegebiet.«

»Das ist tatsächlich eine Vermutung. Ich denke, dass der Chef von mehreren florierenden Möbelhäusern nicht erst gegen zwölf Uhr in seiner Hauptfiliale auftauchen wollte. Sind die Aussagen der Zeugen die einzigen Indizien?«

Der Beamte wies sie an, ihm zu folgen. »Wir haben unseren Hubschrauber angefordert, um den Weg des Fahrzeugs mit Luftbildern noch einmal zu rekonstruieren. Da ist was faul. Bei solch einem langen Weg schräg über beide Fahrbahnen muss ein Fahrer, der bei Bewusstsein ist, reagieren können. Wenigstens eine kurze Gegenlenkbewegung vollziehen. Stattdessen endete diese Fahrt frontal am Baum. Der Mann war hellwach und bewegungsfähig.«

Karin nickte. »Gut, Sie machen das hier. Ich veranlasse, dass der Wagen von unseren Kriminaltechnikern abgeholt und untersucht wird. Den rührt hier niemand an, Sie sorgen dafür. Der Tote wird in die Pathologie gebracht. Und ich bekomme Ihren kompletten Bericht auf den Tisch.«

Burmeester machte noch Aufnahmen mit seinem Smartphone, wirkte verdattert, als könne er das Geschehene nicht fassen.

Karin rief den Beamten noch einmal zu sich. »Geben Sie mir die Adresse mit, es gibt doch bestimmt Angehörige, wir kümmern uns um die Benachrichtigung.«

Der Beamte riss einen Zettel aus seinem Notizblock, faltete ihn und reichte ihn weiter an Burmeester.

Karin Krafft und Nikolas Burmeester gingen zurück zum Wagen.

»Wo müssen wir hin?«

Burmeester stutzte beim Blick auf die Notiz, dann grinste er.

Karin reagierte genervt. »Mensch, kriege ich eine Antwort?«

»Bergweg in Xanten. Und darunter steht in eiliger Handschrift: ›So eine schöne Erscheinung an so einem furchtbaren Ort. Falls Sie Lust auf einen Drink am Abend haben‹, Pünktchen, Pünktchen, Pünktchen. Der Rest besteht aus Handynummer und Vorname.«

»Nee, ich fass es nicht. Das war ja wohl der unpassendste Moment für einen Flirt.«

Burmeesters Grinsen nahm zu, bevor er zurückruderte. »Beruhige dich. Da steht nur die Nummer und wie er heißt. Es ist ein Junge, und seine Eltern nannten ihn Kevin.«

Karin seufzte gekünstelt. »Kevin? Jetzt sind die Jungs mit den vorurteilbelasteten Vornamen also erwachsen und sogar schon Polizist. Ich finde sein Verhalten trotzdem unmöglich.«

»Aber du siehst einfach umwerfend aus.«

»Du auch, Nikolas Burmeester. Und dir hat er den Zettel gegeben.«

Jetzt rutschte Burmeester unruhig auf dem Beifahrersitz hin und her, räusperte sich.

Karin tätschelte sein Knie. »Komm, bleib dienstlich, wir haben eine Todesnachricht zu überbringen.«

***

Außerhalb der Innenstadt lag der Bergweg auf halber Höhe der ansteigenden eiszeitlichen Endmoräne. Dort gab es nur eine bebaute Seite, die zum Fürstenberg, und so eröffnete sich den Bewohnern der einzeln stehenden Häuser ein einmaliges Panorama über die Dächer Xantens. Den Mittelpunkt der Stadt bildeten die Doppeltürme des Doms. In der Ferne waren der Schornstein der Zuckerfabrik in Appeldorn und einzelne Windräder zu erkennen.

Ein kleiner, gepflegter Vorgarten lag vor dem Haus der Pahlens. Burmeester schien sich zu wundern. »Hier vermutet man nicht gerade jemanden mit ganz viel Geld, das sieht eher bescheiden aus.« Karin Krafft ließ ihren Blick schweifen. »Nenn es Understatement. Siehst du die Überwachungskameras? Rund um die Schrauben liegt noch Bohrstaub auf den Klinkersteinen, die sind neu installiert. Ein Wagen steht im Carport, bestimmt ist die Frau daheim.«

Sie bewegten sich auf dem gepflasterten Weg zwischen unterschiedlich hohen Thujakugeln zur Haustür. Karin wies auf den Boden in der Einfahrt.

»Schau mal, da liegen Einweghandschuhe.« Sie beugte sich zu den Häufchen aus dehnbarem Gummi hinab. »Die sehen blutverschmiert aus.«

Karin drehte sich, lugte unter die Thujakugeln, die auf gemulchtem Boden standen. »Und das bestätigt eine erste, unausgesprochene Vermutung. Da liegt die Verpackung einer Einwegspitze, hat der Wind bestimmt dorthin geweht. Burmeester, weißt du, wonach das hier aussieht?«

»Das ist eindeutig Material, wie es bei Noteinsätzen gebraucht wird. Rettungspersonal lässt so etwas in der Eile manchmal zurück. Was ist hier passiert?« Er ging in die Hocke und entdeckte noch Verpackungen von Mullbinden, die unter dem Auto lagen. »Fragen wir Frau Pahlen.«

Niemand reagierte auf das Klingeln, das draußen unter dem überdachten Eingang hörbar war. Sie versuchten es mehrmals, klopften an das milchige Glas im Türblatt. Karin schaute nach, ob sie seitlich des Hauses in den Garten gelangen konnte. Ein Tor versperrte den Zugang.

Sie hatten nach erfolgloser Mission schon die Wagentüren geöffnet, bereit, einzusteigen, als ein Nachbar auf dem Nebengrundstück auftauchte – ein alter Mann, der seine Hose mit breiten Hosenträgern auf Brusthöhe hielt, eine verschlissene Kappe auf dem Kopf mit vom Bluthochdruck geröteten Wangen. Sie gingen auf ihn zu.

»Wollen Sie zu den Pahlens?«, fragte er.

Karin bestätigte. »Wir würden gern mit Frau Pahlen sprechen.«

»Dat wird aber schwierig.«

»Wieso?«

»Na, die is doch gestern mit de Rettung abgeholt worden.«

»Was? Das ist ja unglaublich. Wissen Sie, was geschehen ist?«

Sichtlich froh, darüber sprechen zu können, berichtete er in kurzen Sätzen mit wiederholtem »Ach Gott, ach Gott, ach Gott« und dauerhaftem Kopfschütteln, dass er sie nach einem häuslichen Unfall gefunden habe.

»Dat hat vielleicht gescheppert. Die is mit de Leiter umgekippt und inne Glasvitrine gefallen. Allet is mit en Riesenknall auffen Marmorboden gelandet. En Krach war dat, den hab ich drüben gehört. Und dann bin ich rüber und sah se durch et Fenster da liegen. Da hab ich de Rettung geholt. Die sind bei mir übern Zaun und haben hinten 'ne Scheibe eingeschlagen und haben se rausgeholt.«

Sie sei ins nahe Krankenhaus gebracht worden.

Karin Krafft und Nikolas Burmeester bedankten sich und wollten zum Wagen zurückgehen.

Der Nachbar rief ihnen hinterher. »Aber da isse nich mehr.«

Die Hauptkommissarin drehte sich um. »Dann war es doch nicht so schlimm, wie es zunächst aussah?«

Der Nachbar nahm seine Kappe in die Hand und wischte sich mit einem sichtlich gebrauchten Stofftaschentuch über das kahle Haupt. »Nee, kann man so nich sagen.«

Burmeester sah die Ungeduld in Karins Mimik, stellte sich vor seine Chefin und versuchte, den Mann zu neuen verbalen Hochleistungen anzuregen. Er hielt ihm seinen Ausweis unter die Augen. »Es ist ganz wichtig, dass Sie uns sagen, wo wir Frau Pahlen finden.«

»Ich weiß et nich genau. Meine Frau hat von einer Kegelschwester erfahren, die in de Küche vonnet Krankenhaus arbeitet, dat se mit en Hubschrauber abgeholt wurde. Vielleicht hat Dieter se in 'ne Privatklinik bringen lassen. Wäre doch möglich, tät mich nich wundern. Dat is en Paar, dat finden Se so schnell nich wieder. Die können nich ohne den anderen. Meine Frau is immer ganz neidisch, wenn se die beiden erlebt, auffe Feier oder hinten auf de Terrasse oder so.«

Karin bedankte sich und bedeutete Burmeester, ihr zum Wagen zu folgen. Sie stieg ein.

»Der ist mir zu anstrengend, wir fragen im Krankenhaus nach. Per Hubschrauber in eine Privatklinik – das ist garantiert nachbarschaftlicher Humbug.«

Im Krankenhaus in der Hees erfuhren sie, dass Brigitte Pahlen tatsächlich per Luftrettung verlegt worden war. Ihre Verletzungen konnten vor Ort nicht adäquat behandelt werden. Der Arzt, der sie in die Notfallambulanz aufgenommen hatte, rief die Datei der Patientin auf und verfolgte den Behandlungsverlauf.

»Sie hat ein Politrauma erlitten. Frau Pahlen ist in der Diele ihres Wohnhauses aufgrund eines Stromschlags von der Leiter gestürzt, dabei in der Glasvitrine gelandet und mit voller Wucht auf den Marmorboden geprallt. Der dritte Halswirbel ist angebrochen, ein doppelter Beckenbruch, Schnittwunden, davon erhebliche in Hals- und Schulterbereich. Ein Schnitt verfehlte die Halsschlagader nur um Millimeter, eine Scherbe bohrte sich in ihre Leber, eine andere in den rechten unteren Lungenflügel.«

»Wann ist sie eingeliefert worden?«

»Moment, ich schaue nach. Gestern um vierzehn Uhr sieben.«

Man sah den beiden Kommissaren ihre Bestürzung an. Zwei schwere Unfälle. So viel Pech konnte einem Paar unmöglich innerhalb von vierundzwanzig Stunden widerfahren.

»Wo ist sie nun?«

»Wir haben sie in das BG Klinikum in Duisburg-Großenbaum verlegt, die sind auf Politraumata spezialisiert. Das habe ich ihrem Ehemann heute früh auch schon erklärt.«

»Er ist hier gewesen?«

»Ja, ein sehr besorgter Mann. Den mussten wir gestern aus dem Intensivzimmer hinauskomplimentieren, der hätte am liebsten hier übernachtet. Als die Entscheidung fiel, sie zu verlegen, wollten wir ihn nicht erneut aufscheuchen, daher wurde er erst heute früh informiert. Er hat sich auf dem Absatz umgedreht und ist davongehastet. Haben Sie mit ihm gesprochen?«

Karin Krafft überlegte einen Moment lang, ob sie die Information über das Ableben des Gatten preisgeben sollte, entschied sich dafür. Es bestand kein Grund, die Nachricht zurückzuhalten, sie würde am nächsten Tag die örtlichen und regionalen Medien beherrschen.

»Er konnte nicht mit uns darüber sprechen, weil er vor einer Stunde bei einem Verkehrsunfall starb. Wir waren in Xanten, um seiner Frau die Nachricht zu überbringen. Dann müssen wir wohl nach Duisburg, um es ihr mitzuteilen.«

Diese Neuigkeit schien selbst den erfahrenen Leiter der Notambulanz zu irritieren, er schaute eine Weile stumm von einem zum anderen.

»Das erlebt man nicht häufig, so eine Duplizität verheerender Unfälle. Manchmal gibt es eine schwarze Strecke im Leben, die Konsequenzen sind meist wesentlich harmloser. Das nenne ich Schicksalsschlag. Sie können sich den Weg nach Großenbaum sparen, die Patientin wird noch einige Tage im künstlichen Koma bleiben und mit viel Glück ansprechbar sein, wenn man sie zurückholt.«

Er suchte die Telefonnummer der dortigen Station heraus und notierte auch den Namen der Leitung. »Bestellen Sie einen kollegialen Gruß von mir. Das kann Türen öffnen.«

Sie schwiegen. Die ganze Rückfahrt nach Wesel über war den beiden Kriminalisten nicht nach Konversation. Sie achteten nicht auf die Störche in der Senke bei Ginderich, und selbst der nachmittägliche Stau auf der Rheinbrücke, die immer noch in verengte Einspurigkeit mündete, entlockte ihnen weder emotionale Regung noch verärgerte Kommentare. Beide waren tief versunken in das Drama, das ihnen begegnet war. Ein toter Mann und eine Frau im Koma. Furchtbar.

ZWEI

Der Kollege Heierbeck von der Kriminaltechnischen Untersuchung ließ sich Zeit, nach dem zweiten Anruf vom K1 wurde er ungehalten und blaffte Karin an.

»Lassen Sie mich hier meine Arbeit machen, ich schicke Ihnen den Bericht, sobald ich Ergebnisse vorweisen kann. So viel sei gesagt, es hat ein Anschlag auf das Fahrzeug stattgefunden. Ich bin mir nur noch nicht schlüssig über die Ursächlichkeit. Wir konzentrieren uns hier auf Mechanik und Elektronik, das ist sehr komplex wegen der heutigen Steuerungsmodule. Also, bitte den Fachmann nicht durch drängende Telefonate von der Arbeit abhalten.«

Karin legte auf und ging rüber zu Burmeester. Der hatte Informationen über Dieter Pahlen gesammelt und konnte viel berichten.

»Du ahnst nicht, welch ein Imperium der sich aufgebaut hat. Da steckt viel Geld drin, ungewöhnliche Marketingstrategien, Werbung in großem Stil, dazu Pionier im Onlinegeschäft. Prahlen mit Pahlen.«

Es ergab sich das Bild eines aufstrebenden Geschäfts, dessen innovativ denkender Chefmanager es innerhalb kurzer Zeit geschafft hatte, sein mittelmäßig laufendes Möbelhaus in ein gut aufgestelltes, expandierendes Unternehmen zu verwandeln.

Pahlens Erfolg basierte auf einem ausgeklügelten Konzept. Statt sich wie andere Häuser auf ein bestimmtes Preissegment und einen festgelegten Stil zu konzentrieren, sprach er mit seinem Sortiment gleichzeitig unterschiedliche Kundengruppen an. Bei Pahlen gab es die Superschnäppchenangebote genauso wie die Möbel zum Mitnehmen und Selbstaufbauen. Andererseits bestach er in jeder seiner Filialen mit einer Lounge, in der es galt, sich von der Funktionalität und Eleganz gehobener Markenmöbel verzaubern zu lassen. Man konnte seinen Laden betreten und sich ein komplettes Haus einrichten, an Hausrat und Accessoires fürs Ambiente mangelte es ebenfalls nicht. Möbelwelt Pahlen warb mit kurzen Lieferzeiten und professionellem Aufbau der hochwertigen Möbel und bot ebenso den Verleih von Anhängern an, mit denen die Selbstabholer ihre Einrichtungsgegenstände transportieren konnten.

Burmeester fasste zusammen. »Hätten die Häuser Bällebad und Zimmerpflanzenabteilung, könnte man eine Ähnlichkeit mit einer schwedischen Möbelmarke entdecken. Die handelt gleichzeitig jedoch weder mit klassischer Eiche noch mit gehobenem Luxus.«

Karin ließ sich ein Organigramm zeigen, das die Vernetzung einzelner Teilbereiche aufzeigte, und war beeindruckt. »Ich habe ihn ja schon für einen außergewöhnlichen Geschäftsmann gehalten, aber dass sein Imperium so groß ist, hätte ich nicht vermutet. Und was verbirgt sich hinter Pahlen Charity?«

»Da kommen wir zu seiner Rolle als Wohltäter, das ist echt eine bemerkenswerte Sache. Er arbeitet mit verschiedenen Jugendämtern und Wohltätigkeitsverbänden zusammen, die bei ihm Unterstützung für bedürftige Familien anfragen können. Wenn aus Mangel an finanziellen Mitteln oder unverschuldet Notlagen entstehen und die wichtigsten Möbel in einer Wohnung fehlen, dann schickt er ein Team raus, schaut, ob gestrichen oder tapeziert werden muss, und richtet Kinderzimmer neu ein. Das ist der Hammer, oder?«

Karin lehnte sich zurück. »Und dieser geniale Mann und anerkannte Wohltäter ist heute gestorben. Hoffentlich gibt es Vorkehrungen, die sein Unternehmen und auch dieses soziale Engagement weiterexistieren lassen. Ich habe gelesen, die Pahlens sind kinderlos. Wenn seine Frau als Erbin in die Firma eintritt, wird sie als Geschäftsführerin lange ausfallen.«

»Falls das überhaupt ihr Ding ist. Die taucht nirgendwo in der Beschreibung der Möbelwelt auf. Sie ist lächelndes Beiwerk auf offiziellen Fotos.«

Burmeester starrte weiterhin auf den Bildschirm, scrollte mit der Maus durch die Informationen, warf gerade einen Blick in das Melderegister von Pahlens Heimatstadt. »Ein Neffe von ihm war eine Zeit lang in Xanten gemeldet. Ich schau mal durch die Mitarbeiterlisten der Filialen, vielleicht arbeitet der in der Führungsetage.«

Minuten später schüttelte er den Kopf. »Von Verwandtschaft ist nirgendwo die Rede. Vielleicht verschweigt man aber auch bewusst familiären Bezug.«

»Warum sollte man das machen? Es gibt hier bei uns auf dem Land genügend Unternehmen, in denen mehrere Generationen gemeinsam tätig sind.«

»Denk nicht in Bezügen einer heilen Welt. Ein Neffe hat durchaus das Zeug, das schwarze Schaf einer Familie zu sein.«

»Ja, da hast du recht, ich sehe dieses bescheidene Haus und den klugen Geschäftsmann und Wohltäter, da kann sich ja nichts anderes als ein verklärendes Bild ergeben.«

Burmeester schaute auf. »Wenn da nicht unser Spezialist von der Kriminaltechnik wäre, der von Manipulation am Fahrzeug spricht, würden wir nicht weiterermitteln. Ich gehe nachher runter in die Garage und horche nach.«

Karin stand auf und reckte sich. »Lass das besser, er meldet sich, wenn Ergebnisse spruchreif sind.«

Auf Burmeesters Schreibtisch klingelte das Telefon, er nahm den Hörer auf.

»Ja? ... Ja, sie ist gerade hier. ... Gut. Ich sage ihr Bescheid.«

»Man sucht mich?«

Er nickte. »Die Pforte schickt eine Frau hoch, die von ernsthafter Bedrohung spricht. Sie wirkt ängstlich, aufgeregt, sagen die Kollegen. Frau Beerenboom oder so ähnlich.«

»Dann geh ich mal rüber.«

Auf dem Flur begegnete Karin einer fleißigen Schar von Helfern des Catering-Unternehmens, die Stühle und Stehtische auf Sackkarren bewegte, Getränkekästen und Stapelkisten mit Gläsern schleppte. Neben Karin trug jemand eine Kiste Sekt.

Was für eine Verschwendung, dachte sie. »Moment, ich nehme Ihnen eine Flasche ab, wir wurden zu einem Einsatz gerufen und mussten die Einweihungsfeier vorzeitig verlassen.«

Die freundliche Serviererin übergab ihr lächelnd die ganze

Kiste. »Dann feiern Sie doch einfach bei Gelegenheit nach. Ich habe echt Hochachtung vor Ihrer Arbeit. Immer mit Verbrechern zu tun haben, ständig tote und verletzte Menschen sehen, das wäre nichts für mich.«

Karin lachte und balancierte die Kiste, sechs Flaschen waren nicht leicht. »Und ich bewundere Ihr Organisationstalent und Ihre Geschicklichkeit. Ich könnte kein Tablett mit vollen Gläsern heil von A nach B bringen.«

In ihrem Büro stellte Karin den Karton in den Schrank. Dort herrschte noch wohlsortierte Ordnung und somit viel Platz. Kaum dass die Schranktür leise zugefallen war, klopfte es energisch.

Karin hatte eine verschreckt wirkende, unsichere Person erwartet. Doch vor ihr stand eine Frau, die den Raum mit ihrer Präsenz füllte. Sie wirkte unwesentlich älter als Karin, zwar nervös und unruhig, jedoch nicht aufgelöst, und war mit Armen und Beinen, ihrer gesamten Gestik und Mimik in Bewegung. Eine attraktive Erscheinung mit einem hübschen Gesicht, die blonden langen Haare einfach, dennoch wirkungsvoll mit wenigen Handgriffen hochgesteckt. Sie lächelte, wobei sich ihr rechter Mundwinkel höher zog als der linke und ihr ganzes Gesicht in Lachfalten legte. Nur ihre Augen blieben aufmerksam, ernst, flackernd.

»Sie sind die Chefin hier?«

»Ja, Hauptkommissarin Krafft. Was kann ich für Sie tun?«

Eine Hand, am Mittelfinger ein großer goldener Ring mit einem rubinroten Stein, wurde ihr energisch entgegengestreckt. »Cara Beerenboom. Ich habe ein Problem.«

»Wenn es einen verbrecherischen Hintergrund hat, dann sind Sie hier richtig, nehmen Sie Platz.«

Die Frau schaute sich um, sichernd, verunsichert. »Danke, ich stehe lieber. Hören Sie, Sie müssen mir helfen, ich werde bedroht.«

Karin verordnete sich eine ausstrahlende innere Ruhe und folgte Cara Beerenboom, die sich rastlos durch das Büro bewegte, mit ihrem Blick. Der erste Besuch für die Chefin des K1 im neuen Raum. Und dann war es jemand, der völlig unbeeindruckt von der Aussicht hinter ihr einfach nur auf und ab schritt.

»Und?«

Die Frau stutzte kurz. »Was meinen Sie?«

Karin dachte, dass ihr Gegenüber nicht vom Niederrhein stammen könne, zumindest nicht ursprünglich. Die hiesige Form des fragenden Dialogs war ihr nicht geläufig.

»Und? Was kann ich für Sie tun? Ich brauche mehr als einen Nebensatz und Ihre offensichtliche Nervosität. Ich brauche Informationen.«

»Ich weiß gar nicht, wo ich anfangen soll. Es ist so kompliziert.«

»Versuchen Sie es mit einem ersten Satz.«

Cara Beerenboom schnaubte verächtlich. »Sie haben ja keine Ahnung. Ein erster Satz. Schon der könnte mein Todesurteil besiegeln.«

Karin ließ sie noch zweimal zwischen Tür und Fenster hin und her laufen. Kein Angstschweiß, nein, ihr Gast verbreitete hektische Unruhe. Vielleicht war das Teil ihrer Persönlichkeit. Ein Fall von Aufmerksamkeitsdefizit-/Hyperaktivitätsstörung, hätte ihre Kollegin, die Polizeipsychologin, gesagt. Karin wusste, dass man diese Besonderheit niemals verlor, ein Vortrag in der Schulklasse ihrer Tochter Hannah hatte sie kürzlich auf den letzten Stand gebracht. Diese rennende Frau war schwer zu ertragen.

»So. Nun setzen Sie sich endlich. Frau Beerenboom, hier sind Sie in Sicherheit. Sie haben doch gesehen, dass die Pforte unten genau registriert, wer das Gebäude betritt, und niemanden ohne telefonische Anmeldung passieren lässt.«

»Wissen Sie eigentlich, was das für mich heißt, hier bei Ihnen zu sein?«

»Nein, Frau Beerenboom, ich weiß es nicht, da Sie bislang nur vage Andeutungen gemacht haben, statt zu schildern, worum es geht. Ich lass uns jetzt einen richtig guten Kaffee bringen, und dann berichten Sie mir endlich, um wen oder was es sich handelt.«

Sie rief von Aha an und bat ihn, zwei Becher des vorzüglichen Heißgetränks aus seinem persönlichen, exklusiven italienischen Brühgerät weit über normalem Behördenstandard zu servieren. Seit dem Umzug bildete es den viel bestaunten Mittelpunkt der Stehküche.

»Ausnahmsweise, bitte. Ich habe meinem Besuch versprochen, dass du den besten Kaffee der Stadt kredenzt. Danke, ich weiß das zu schätzen.«

Cara Beerenboom hatte sich auf die Kante des Besucherstuhls gesetzt. »Und Sie sind hier wirklich die Chefin? So ein nettes Gesäusel wegen zwei Tassen Kaffee?«

»Herrscht bei Ihnen auf der Arbeit ein anderer Ton?«

»Meist lese ich und kann mir selbst aussuchen, wie ich die Worte betone. Man spricht nicht viel, Kommunikation findet elektronisch statt.«

»IT-Branche?«

Sie schüttelte den Kopf, die hochgesteckten Haare lösten sich und fielen über die Schultern, ließen ihr Gesicht eine Spur weicher erscheinen. »Selbstständig. Man bucht mich mit meinem Wissen und meinen Fähigkeiten, und wenn es mir nicht passt oder ich gerade im Geld schwimme, dann lehne ich ab.«

»Was kann ich mir darunter vorstellen?«

Sie lachte verächtlich, im nächsten Augenblick presste sie ihre Lippen aufeinander und verrieb geschickt das Orangerot des Lippenstifts. Eine routinierte Bewegung. »Ich kann Ihnen echt nicht sagen, was ich mache. Nur so viel, es ist alles völlig legal.«

Sie sahen sich über den Tisch hinweg an, ein langer Blick, wer zuerst wegschaut, ist aus dem Rennen. Nur Cara Beerenbooms rechter Fuß wippte unablässig. Karin hielt dem Blick stand.

»Ihre Arbeit ist also nicht illegal. Was hindert Sie daran, mir dieses Detail Ihres Lebens zu beschreiben? Oder steht es in direktem Zusammenhang mit der Bedrohung, von der Sie sprechen?«

Ruckartig lehnte sich die Frau über den Schreibtisch, stützte ihre Hände auf, hilfesuchend und bedrohlich zugleich. »Ich brauche dringend Polizeischutz, Sie müssen mir jemanden zuweisen, der aufpasst. Ich wäre nicht hier, wenn es nicht ernst wäre.«

Karin wies sie an, sich wieder zu setzen. »Noch so ein Ausfall, und ich hole einen Wachhabenden. Was soll das? Glauben Sie, wir hätten Personal im Überfluss und würden Ihnen jemanden vor die Tür stellen, ohne zu wissen, worum es konkret geht? Sie reden jetzt oder verlassen die Dienststelle.«

Cara Beerenboom sprang wieder auf, ihre Mimik schwankte zwischen Unsicherheit und Wut. »Sie wollen mir nicht helfen!«

»So ein Quatsch. Ich muss aber begründen, weshalb ich Polizeischutz beantrage, und meist geschieht dies im Rahmen einer Ermittlung.«

»Was brauchen Sie, um mit den Ermittlungen anzufangen? Eine Leiche? Wenn ich irgendwo mit verdrehten Augen liege, dann nehmen Sie mich ernst. Dann wissen Sie auch, dass Sie schuldig sind, wegen unterlassener Hilfeleistung oder so. Ich kenne mich da nicht aus. Ich weiß nur, dass die mir angedroht haben, dass sie mich umbringen. Kapieren Sie das doch endlich!«

»Frau Beerenboom, so geht das nicht, und nicht in dem Ton …«

»Doch! Genau so geht das, weil ich um mein Leben fürchte. Das fühlt sich exakt so scheiße an wie damals. Ich hätte mir denken können, dass Sie nicht in die Puschen kommen. Typisch Behörde. Ich engagiere mir wohl besser einen Mann von einer Security-Firma, da kann man sich drauf verlassen. Und die stellen auch keine blöden Fragen.«

Kurz vor der Tür drehte sie sich noch einmal um. »Aber eigentlich will ich Sie, die Polizei.«

Sie rauschte davon und bewies Karin eindrucksvoll, dass diese neuen Türen, mit entsprechendem Effet ins Schloss geworfen, auch gehörigen Krach erzeugen konnten.

Was für eine irrwitzige Situation. Karin widerstand dem Impuls, der Frau nachzulaufen, nur, weil in diesem Moment ihr

Telefon klingelte. Sie erkannte die Nummer auf dem Display. Es war Heierbeck.

***

Die Frau stieß mit Gero von Aha zusammen, der gerade mit einem Kaffeebecher in jeder Hand die Stehküche verließ. Er spreizte die Arme weit auseinander und balancierte das cremefarbene Porzellan, das er zum Glück nur drei viertel gefüllt hatte, gekonnt in die Höhe, während der blonde Frauenkopf, der seine Brust getroffen hatte, mit einer Strähne an einem Knopf seines Hemdes hing. So etwas war ihm noch nie passiert, da hing eine Frau an ihm fest, ganz ohne Handschellen.

»Bitte jetzt nicht reißen, das kriegen wir hin, ohne dass Sie Haare lassen. Halten Sie mal eben einen Kaffee fest, ich mach das.«

Sie streckte die rechte Hand aus, nahm einen Becher, er befreite die Strähne vom zweitobersten Knopf, sie sah auf. Und er sah sie. Gero von Aha erstarrte. Wusste im ersten Moment nicht, warum. Konnte auch im zweiten Moment nicht weiterdenken.

Cara Beerenboom hingegen reichte ihm unwirsch den Becher, schüttelte den Kopf, raufte sich die Frisur zurecht. »Passen Sie doch auf, Mensch.«

Sie strebte mit saurer Miene dem Treppenhaus entgegen. Von Aha fand seine Stimme wieder, und aus der Tiefe seines Gedächtnisses tauchte ein Name auf.

»Tanja?«

Die Frau schaute sich um, zuckte nach kurzer Verzögerung mit den Schultern.

Von Aha zweifelte an seiner Wahrnehmung, an seinem Erinnerungsvermögen. Was war das, ein Déjà-vu? Wollte er partout in dieser Person jemanden erkennen? Er stand da und rührte sich nicht.

»Entschuldigung. Ich dachte einen Moment lang, ich hätte jemanden erkannt. Da habe ich Sie wohl verwechselt.« Was er nicht sehen konnte, war ein Hauch von Überraschungsröte, die unter der dicken Schicht Make-up verborgen blieb.

Bevor Cara Beerenboom durch die Tür zum Treppenhaus verschwand, blickte sie ihn an, lächelte kurz. »Es gibt phantasievollere Möglichkeiten, eine Frau anzusprechen, als ihr einen Namen hinterherzuwerfen. Das war nichts weiter als eine abgedroschene Phrase.«

Von Aha stand auf dem Flur zwischen den frisch gestrichenen Wänden, in den leicht bebenden Händen die schönsten Becher seiner Sammlung, Hutschenreuther Bone China, vor seinen Füßen die ersten Tropfen verschütteten Kaffees auf dem neuen Boden, in seinem Hirn eine große Verwirrung und an seinem Hemdknopf mehrere Haare der Frau, die gerade das Gebäude verließ.

Diese Stimme. Nicht das Gesicht, nein, die Augenpartie, ja vielleicht, die Haarfarbe stimmte, die Frisur war verändert. Die war schließlich variabel. Das Gesicht hatte er anders in Erinnerung. Aber das Lächeln war eindeutig, ein Mundwinkel höher als der andere. Das konnte nicht sein. War sie das wirklich? Nein, unmöglich. Oder doch? Was machte Tanja hier in Wesel? Er atmete tief ein und aus, einmal, zweimal, richtete sich auf und öffnete ungelenk mit dem Ellenbogen die Tür zu Karins Büro.

Er wies mit dem Kinn auf die Becher. »Kaffee. Den habe ich erfolgreich vor einer davonhechtenden Frau gerettet.«

Karin Krafft arbeitete an ihrem PC und winkte von Aha heran. Er stellte die Becher achtlos auf den Schreibtisch. Kein Schnuppern am Getränk, nur ein Blick in die Weite hinter dem Rücken seiner Vorgesetzten.

Die Chefkommissarin bediente sich. »Hm, riecht gut, wie immer.«

Sie berichtete, Heierbeck habe sich nicht eindeutig geäußert und vorgeschlagen, dass sie in ein paar Minuten zu ihm in die Garage kommen sollten. Sie sah von Aha prüfend an. »Was ist los? Du bist ganz blass.«

Von Aha kehrte mit seinen Gedanken zurück und nahm einen Schluck aus dem dünnwandigen Edelbecher. Während sie wieder auf den Bildschirm schaute, formulierte er so zaghaft und beiläufig wie möglich die Frage, die durch sein Hirn geisterte.

»Sag mal, wer war denn die Frau gerade?«

»Cara Beerenboom. Die hat hier eine merkwürdige Vorstellung gegeben. Zwischendurch dachte ich, wir müssen die in die Psychiatrie einweisen lassen. Ein pathologischer Fall von Verfolgungswahn.«

»Ziemlich impulsiv, ja. Die ist mit mir zusammengestoßen, echt frontal. Was wollte sie?«

»Eine Bedrohungslage melden, ohne konkret zu werden. Sie hat Angst, sagt aber nicht, wovor. Sie arbeitet, erzählt aber nicht, was sie macht. Ich schaue gerade mal nach, ob wir sie im System haben. Kara mit K habe ich gar nicht gefunden. Und mit C gibt es lediglich einen Hinweis aus Frankfurt, da ist sie vor ein paar Wochen am Flughafen in eine groß angelegte allgemeine Kontrolle geraten. Das ist alles, was ich finden kann. Gero, die war außer sich und hat einerseits versucht, ihre Angst zu verbergen, andererseits eine völlig überspannte Show abgeliefert.«

Cara Beerenboom hieß sie also, nicht Tanja Schneider, wie irgendetwas in seiner Erinnerung ihm weismachen wollte. Gero von Aha atmete hörbar auf. Und sank gleich wieder in den wohlverborgenen Sumpf seiner Vergangenheit. Es gibt Geschichten, die erzählt man nicht in der Stammtischrunde mit Kollegen und die wirft man seiner Chefin auch nicht mal eben auf den Schreibtisch.

In dem Moment, in dem er den kompletten Namen aus der hintersten Schublade seines Gedächtnisses hervorgeholt hatte, war diese Schublade aufgesprungen, mit all dem Verschwiegenen, Verborgenen, mit den Verletzungen und den Konsequenzen. Weitreichende Veränderungen in seinem Leben – sie reichten von Göttingen, von wo aus er an den Niederrhein gekommen war, bis Wesel.

Karins Stimme holte ihn zurück in die Gegenwart. »Gero? Ist alles in Ordnung mit dir?« Sie stand neben ihm, die Tassen in der Hand.

»Was? Jaja, alles im grünen Bereich.«

»Na, dann komm, lass uns zur KTU gehen.«

»Nimm doch Burmeester mit, ich … Mir fällt gerade etwas ein, ich muss an meinen PC. Und gib mir die Tassen, ich versorge die.«

Prima, dass er in der Stehküche verschwinden konnte, das nutzte er, denn auf dem Flur kam ihnen Staatsanwalt Haase entgegen, hielt eine Mappe in der Hand und wedelte damit.

»Gut, dass ich Sie sehe, Frau Krafft. Hat Frau van den Berg schon mit Ihnen gesprochen?«

»Heute Morgen bei dem Empfang, nur kurz, eher Small Talk.«

»Dann wird sie bestimmt in den nächsten Tagen mit Ihnen über eine innovative Idee sprechen, die wir schon länger im Kopf haben und die auch in Düsseldorf bereits bekannt ist. Ich habe hier mal etwas vorbereitet.«

Er überreichte Karin die Mappe. Karin schaute auf den Titel: »Behördliches Fortbildungskonzept. Idee und Entwicklung: StA Haase. Durchführung: HK Krafft.«

Ihr entgeisterter Blick traf ihn unvermittelt. Es verschlug ihr die Sprache. Haase schien zu merken, dass Begeisterung anders aussah.

»Ja, ich dachte, da Sie im Moment nicht viel zu tun haben, könnten Sie sich mit unserem neuen internen Fortbildungskonzept auseinandersetzen.«

»Wer sagt, dass wir nichts zu tun haben? Ich hole gerade Burmeester, wir sind auf dem Weg zum Kollegen Heierbeck wegen des ungeklärten Unfalls, bei dem der Möbelmogul Dieter Pahlen starb. Es besteht ein Anfangsverdacht. Seine Frau Brigitte hat sich praktisch zeitgleich schwer verletzt. Und dann gibt es noch eine ungeklärte Bedrohungslage im Fall einer Frau namens Cara Beerenboom. Kam alles innerhalb der letzten zwei Stunden rein. Wir sind mittendrin.«

Sie drückte ihm die Mappe in die Hand, ohne einen weiteren Blick darauf geworfen zu haben. »Legen Sie sie in mein Büro. Sollte ich innerhalb der nächsten Wochen Zeit finden, werde ich mich damit befassen.«

Sie ließ ihn stehen und klopfte energisch bei Burmeester, forderte ihn unhöflich auf, mitzukommen. Von Aha schlich fast unsichtbar an allen vorbei in sein Büro.

Burmeester blickte verwundert drein, folgte ihr kommentarlos. Im Treppenhaus sprach er Karin an. Was denn los sei, wollte er wissen.

»Ein Komplott zwischen Behördenleitung und Staatsanwaltschaft. Die haben anscheinend schon länger geplant, dass unsere repräsentativen Räume für Fortbildungen genutzt werden sollen. Dies hier sind nicht einfach die neuen Büros vom K1, sondern offensichtlich ein multifunktionaler Zusatzbau.«

»Und? Hier oben ist viel Platz, wenn nicht gerade eine Soko die Räume mitnutzt. Was spricht dagegen?«

»Ich soll das Ganze leiten.«

»Ups. Regelmäßiger Innendienst.«

»Genau. Nicht mit mir.«

**

In die Dienstgarage passte Karin in ihrem kleinen Schwarzen ebenso wenig wie an den Unfallort, an dem sie Stunden zuvor das Fahrzeug inspiziert hatte. Nun stand dieser unförmige Metallklotz hochgebockt und in helles Licht getaucht in einer Arbeitskoje.

»Sie können auf Schutzkleidung verzichten, solange alle die Finger bei sich behalten«, sagte Heierbeck.

Karin verstand nicht, wieso er diese Anweisung gab. »Feuerwehrleute und Rettungssanitäter haben rund um das Ding gearbeitet. Wenn es außen Spuren gegeben hat, dann sind sie sowieso verwischt.«

»Das ist auch nicht von wesentlichem Interesse. Wir haben uns eingehend mit dem Innenleben des Wagens beschäftigt. Mechatronik wieder getrennt in Mechanik und Elektronik. Und mit aller Wahrscheinlichkeit gibt es in beiden Bereichen Auffälligkeiten, die ich noch detailliert beschreiben werde. Sobald wir durch sind. Und glauben Sie mir, außer der Polizei, den Zeugen und den irren Gaffern tragen alle Kräfte Handschuhe, sobald sie ihr Fahrzeug am Einsatzort verlassen.«

Karin schaute sich das Wrack von allen Seiten an. »Das ist ein BMW der 7er-Reihe. Tolles Auto. Gewesen.«

»Stimmt genau. Ein qualitativ hochwertiges Fahrzeug, knapp ein Jahr alt und laut digitaler Kontrolle erst vor Kurzem durchgecheckt. Und dann das«, erwiderte er geheimnisvoll.

Burmeester betrachtete die Schnittstellen der hydraulischen Geräte und den aufgebogenen Fahrzeugrahmen des zertrümmerten Nobelwagens. »Ich bin immer wieder beeindruckt von der mächtigen Technik, mit der die Feuerwehr Verunglückte aus Fahrzeugen pellt und Leben rettet.«

Karin hatte keine Lust auf Fachsimpelei und Geplänkel, sie wollte Fakten. »Mich interessiert brennend, was Sie bislang entdeckt haben.«

Heierbeck deutete auf sie, nickte. »Sie haben es exakt formuliert, Frau Krafft – das, was ich bislang entdecken konnte. Und selbst das ist nicht einfach in Worte zu fassen.«

Heierbeck erklärte, er habe gerade Kontakt zum BMW-Stammwerk in München aufgenommen, um die dortige Fachabteilung über eine mögliche Lücke im Sicherheitssystem der Elektronik zu informieren. »Anders kriegt man die nicht dazu, angemessen zu reagieren.«

»Wie meinen Sie das?«

»Ich glaube, dass die Elektronik manipuliert wurde, was den Totalausfall der Lenkung, von Brems- und Airbagsystem verursacht hat. Von außen elektronisch gelenkt sozusagen, wahrscheinlich ins nicht gut genug geschützte Programm eingehackt. Das wird kein Hersteller gern hören, und das ist bestimmt nicht für die Öffentlichkeit bestimmt.«

»Das ist ja ungeheuerlich, dann kann das Auto quasi ferngesteuert werden, und der Fahrer ist machtlos?«

»So ähnlich, ja. Es ist nicht einfach, und jedes Programm ist auf äußerste Sicherheit hin überprüft, bevor es in den Handel kommt. Es gibt jedoch immer Köpfe, die austüfteln, wie dieser Schutz zu knacken ist. Dies hier scheint so ein Fall zu sein, dafür gibt es Indizien. Wie Sie bestimmt schon an der Unfallstelle bemerkt haben, wurde der Aufprallschutz nicht aktiviert. Zumindest die Verletzungen an Torso und Kopf hätten so abgemildert werden können. Und wenn keine aufgeblasenen Airbags sichtbar sind, werde ich schon stutzig.«

Burmeester und Karin ließen sich die mögliche Vorgehensweise erklären, durch die das Fahrzeug mit einer gewissen Wahrscheinlichkeit von außen gesteuert werden konnte.

»Wie muss ich mir das vorstellen? Hat jemand in unmittelbarer Nähe gewartet, in der Eile den Kontakt zum Programm hergestellt und im entscheidenden Augenblick Lenkung und Airbagfunktion ausgeschaltet?«

»Nicht unbedingt, so weit ist mein Fachmann noch nicht ins System vorgedrungen, um konkrete Aussagen zu machen.«

Burmeester wirkte nachdenklich. »Oder ist das eine Frage der Programmierung, und irgendwann, peng, geschieht es?«

»Beides ist denkbar. Hat aber jemand eine konkrete Unfallstelle im Sinn, einen gelenkten Unfall an einem bestimmten Alleebaum, einem Brückenpfeiler, einer Betonmauer, sollte die Person nahe am Geschehen sein, wenn der Crash stattfinden soll. Kein großer Akt, kein Aufsehen, ein Auto am Straßenrand oder, bei ganz geschickter Tarnung, lediglich ein Mensch am Straßenrand, der telefoniert. Beziehungsweise so tut, als ob.«

Karin wandte sich von dem Fahrzeug ab, dieser Geruch nach Metall, Kraftstoff, Öl, der Anblick der Blutlache im Fußraum, das alles war nicht leicht zu ertragen.

»Nichts geht mehr ohne Elektronik«, stellte sie wieder einmal fest. »Wenn ich mein Auto zur Inspektion in die Werkstatt bringe, wird es zuerst an einen PC angeschlossen und meldet schon mal die wichtigsten Details, für die man früher Werkzeug und Arbeitsstunden brauchte.«

Burmeester zog seinen Notizblock aus der Hemdtasche. »Das bedeutet, dass in dem Bereich der Unfallstelle eine intensive Anliegerbefragung stattfinden muss, ob jemand wartende Fahrzeuge oder mit irgendwas Auffälligem hantierende Personen beobachtet hat. Vielleicht setzen wir sogar einen öffentlichen

Aufruf nach Zeugen in die Medien. Der Niederrheiner ist ja gern auskunftsfreudig.«

Heierbeck stimmte zu. »Das ist der richtige Weg. Konkreteres lässt sich heute nicht festhalten.«

Karin wirkte leicht konsterniert. »Das war es?«

Heierbeck wies auf den Blechklotz. »Schauen Sie sich dieses zusammengestauchte Etwas an. Ich muss mich vortasten, vorsichtig, gründlich. Es ist eine vorläufige Theorie. Mein Spezialist für Computertechnik ist dran. Der ist ein Genie, und ich rechne spätestens morgen mit weiteren belegbaren Ergebnissen.«

Karin schwieg zunächst auf dem Weg nach oben, Nikolas Burmeester wagte nicht, sie anzusprechen, er kannte diesen Zustand der unterdrückten Wut, die jederzeit offen zutage treten konnte. Sie war sauer, schaffte es in der dritten Etage, in ruhigem Ton zu resümieren.

»Erst die Ankündigung einer großen Entdeckung, und dann hat er nur eine vorläufige Theorie. Kannst du mir sagen, warum er uns in die Garage zitiert hat?«

»Nicht genau. Vielleicht hat er uns mit seiner praktischen Arbeit konfrontieren wollen.«

»Burmeester, wir haben das Wrack heute schon einmal gesehen. Was hat Heierbeck sich dabei gedacht?«

»Der stochert im Dunkeln, glaub mir, das war Hinhaltetaktik. Warte ab, der wird die Nacht durcharbeiten und morgen Ergebnisse präsentieren.«

Karin drückte die Etagentür auf. »Dann lass uns für heute Schluss machen. Ich hole eben noch meine Jacke. Kommst du mit?«

»Äh, ich brauche noch ein paar Minuten.«

»Bis morgen.«

»Klar, und ärgere dich nicht. Heierbeck ist ein guter Spurensucher, das weißt du.«

***

Gero von Aha strebte nicht direkt dem Ausgang zu, sondern betrat den Raum der Wachhabenden vom Nebenzimmer aus. Die schwangere Kollegin, die Telefonanrufe entgegennahm, lehnte sich an einen Stehhocker vor dem Schreibtischblock, den sie exakt auf ihre Arbeitshöhe ausgerichtet hatte. Auf mehreren Bildschirmen rief sie parallel Informationen ab, die sie an verschiedene Einsatzwagen weitergab, mit denen sie abwechselnd in Kontakt stand.

»Der ist nicht dort gemeldet.« ... »Brauchen Sie Verstärkung?« ... »Ist uns bekannt, der hat schon öfter Rabatz gemacht. Der ist harmlos.« ... »Der Eingang liegt um die Ecke. Laut Meldung häusliche Gewalt in der ersten Etage.«

Sie arbeitete hochkonzentriert, keine Unterbrechung möglich. Ihr Kollege am Tresen hatte gerade eine Anzeige aufgenommen und reichte einem jungen Mann das Protokoll zur Unterschrift. Von Aha wartete, bis er den Raum wieder verließ und die Tür sich hinter ihm schloss. Die nächste Person würde erst eintreten können, wenn der Zugang per Knopfdruck geöffnet wurde.

Der Polizeiobermeister wandte sich dem Kommissar zu. »Was gibt es? Ist die Luft da oben so schlecht, dass Sie mal an der Basis schnuppern müssen?«

Von Aha ignorierte den ironischen Unterton, hatte nur eins im Sinn. »Innerhalb der letzten Stunde haben Sie eine Frau zu uns hochgeschickt. Cara Beerenboom.«

»Ja, genau. Die hat hier ein Riesentheater gemacht, und sie ist ziemlich aufgebracht wieder hinausgelaufen, nachdem sie oben bei euch gewesen ist.«

»Äh, die Frau ist bestimmt mit einem Auto hergekommen.«

Der Wachhabende sah ihn skeptisch an. »Und?«

»Es gibt doch die Überwachungskamera für den Parkplatz, wo kann ich die Aufnahme abrufen?«

Der Polizeiobermeister wies mit dem Kopf zu der Kollegin mit dem Headset, die gerade eine Adresse kontrollierte, die per Scanner von einem Ausweis abgelesen wurde. Ein Multitasking-Talent, denn kaum hatte von Aha zu ihr aufgeblickt, winkte sie ihm, näher zu kommen, ohne den Blick von ihrem Platz zu lösen.

Auf dem rechten Bildschirm vor ihr öffneten sich unterschiedliche Fenster mit Perspektiven verschiedener Kameras, sie wies auf die Uhrzeit unter dem Parkplatzbild, vergrößerte dieses Fenster und bot von Aha die Möglichkeit, die Aufnahme rückwärtslaufen zu lassen. Er übernahm, und es dauerte nicht lange, bis Cara Beerenboom das Gebäude im schnellen Schritt verließ, zu einem der geparkten Fahrzeuge lief und einstieg. Ebenso flott fuhr sie los.

Ein Kennzeichen aus München, auf den Türen die Aufschrift einer Autovermietung. Sixt. Mit einer Filiale ansässig in Wesel. Mehr musste er nicht wissen.

Er schaltete zurück zu der aktuellen Aufnahme und bedankte sich stumm mit aufgerecktem Daumen. Der nächste Mann stand mit seinem Anliegen vor der Theke und wollte einen Fahrzeugschaden mit Fahrerflucht melden. Von Aha interessierte nichts mehr, er verschwand durch den Nebenraum und hechtete die Treppen hinauf, um Jacke und Autoschlüssel zu holen.

Würde jemand ihn jetzt in diesem Augenblick fragen, warum er sich die Information besorgt hatte, würde er keine plausible Antwort geben können. Sein Hirn wirkte vernebelt von aufbrechenden Erinnerungen an ein anderes Leben. Er ahnte, was er jetzt gleich nach Dienstschluss machen würde. Die Filiale von Sixt war an der Schermbecker Landstraße.

Cara Beerenboom. Oder hieß sie doch ganz anders? So wie in seinem früheren, verhängnisvoll verliebten Dasein?

***

Karin Krafft wunderte sich darüber, dass niemand zu Hause war. Es war ungewöhnlich, dass nicht einmal der Hund sie begrüßte, Woodstock hing an ihr, alle anderen waren für ihn Ersatzkrauler. Sie nutzte die Gelegenheit und pellte sich sofort aus dem kleinen Schwarzen, nahm eine erfrischende Dusche und bereitete sich danach ein kleines Abendessen.

Die Haustür sprang auf, als sie bereits in lockerer Kleidung am Esstisch saß, Hund und Kind kamen zu ihr gelaufen, buhlten in unterschiedlicher Weise um herzliche Begrüßung. Hannah erzählte in schnellen Sätzen von der Geburtstagsfeier bei einer Schulfreundin, von der ihr Vater sie gerade abgeholt hatte.

Maarten, Karins Ehemann, blieb in der Diele stehen und beobachtete das lebhafte Schauspiel lächelnd, bevor er näher kam und sie mit einem herzlichen Kuss begrüßte. »Jetzt ist der Mann dran, und alles, was kleiner ist als eins fünfzig oder vier Beine hat, tritt mal eben in den Hintergrund.«

Hannah hielt Woodstock, den alten Bouvier, am Halsband und verschwand mit ihm im Wohnzimmer. »Dann gucken wir noch ein bisschen Disney Channel.«

»Aber nicht mehr lange, und dann geht es ab ins Bett.«

Maarten signalisierte, Karin solle ihr ein paar Minuten gönnen. »Das war so eine lebhafte Feier, Hannah braucht ein bisschen Zeit, um runterzukommen.«

Er hockte sich zu seiner Frau, klaute ein Stück Brot mit Schafskäse von ihrem Brettchen und fragte nach der offiziellen Einweihungsfeier der neuen Dienstetage. Karin beschrieb ihm den Ablauf, zählte die Redner auf, berichtete von dem Unfall, zu dem sie gerufen worden waren, und dem Verdacht, den die Kriminaltechnik in den Raum gestellt hatte.

»Der Kollege Heierbeck wartet auf die letzten Ergebnisse, bestimmt liegt morgen in der Frühe schon sein Bericht auf meinem Schreibtisch.« Sie lächelte. »Auf meinem neuen Schreibtisch in dem schönsten Büro mit der attraktivsten Aussicht.«

Maarten blieb ernst. »Du sprichst nicht von dem Dieter Pahlen, dessen Möbel jeden Samstag in dieser unmöglich großen Beilage im Niederrhein-Anzeiger und sonst wo zu finden sind?«

»Doch, genau der ist heute tödlich verunglückt.«

Maarten bediente sich bei den Tomatenstückchen, die Karin in ein Schälchen geschnitten hatte. »Das ist ja ein Ding. Wohnt der nicht sogar in Xanten?«

»Ja, am Bergweg. Ein ganz bescheidenes Haus, da erkennt niemand, wie viel Geld im Hintergrund vorhanden ist.«

»Sag mal, gehört der nicht zu den großen Sponsoren, die unter anderem immer wieder die Kasse der Dombauhütte auffüllen?«

Karin ließ ihn von ihrer zweiten Brotschnitte abbeißen. »Ja, das auch. Der hat sich in vielen unterschiedlichen Bereichen engagiert. Er hat ja genug Geld. Auf seinen Konten wird kaum auffallen, wie spendabel er war.«

Sie berichtete von seiner Frau, die kurz zuvor aufgrund eines häuslichen Unfalls in eine Unfallklinik gebracht worden war. Maarten küsste Karin auf die Wange. »Da siehst du mal, was alles passieren kann. Ich habe dir immer gesagt, dass ich alle Arbeiten übernehme, für die man auf eine Leiter steigen muss. Das ist ja eine unglaubliche Geschichte. Wenn so etwas in der Zeitung steht, würde ich denken, das gibt es doch gar nicht, solch eine Duplizität der Ereignisse. Fake News.«

»Und dann gab es heute noch einen echten Aufreger für mich.« Karin erzählte lebhaft von dem offenbar lange geplanten und heute offiziell angeschobenen Vorhaben, sie mit der Durchführung eines Fortbildungsprogramms der Staatsanwaltschaft in Kooperation mit der Kreispolizeibehörde zu beauftragen.

»Kannst du dir das vorstellen? Bestimmt liegt der Plan schon seit Baubeginn in der Schublade. Deshalb ist der Besprechungsraum so groß ausgefallen und lässt sich mit flexiblen Wänden nach Bedarf verändern. Die haben Haase vorgeschickt, um mich zu überrumpeln. Ich soll den Youngstern was beibringen, soll vorgeschriebene Stunden im Innendienst arbeiten!«

Ihre Wangen glühten, sie schüttelte den Kopf. Maarten saß still neben ihr.

»Du sagst ja gar nichts.«

Er nahm ihre Hand. »Du weißt, dass mir das ganz recht wäre, wenn du nicht tagein, tagaus mit der harten Realität konfrontiert würdest.«

Karin entzog ihm die Hand. Sie hätte es wissen müssen, dass er und sie unterschiedlich darüber dachten. Sie wusste, dass er nie wieder Angst um seine Frau haben wollte, die Erfahrung durch den schlimmen Fall, bei dem sie entführt worden war, hatte sich tief in ihm verwurzelt. Aber ihre Entscheidungen würde sie immer selbst treffen.

Maarten schaute sie lange an.

»Versprich mir nur eins. Schieb das Konzept nicht gleich in den Papierkorb, sondern denk in einer ruhigen Minute mal darüber nach. Egal, wie du dich entscheidest, ich werde es gutheißen.«

Sie schaute ihn skeptisch an. »Versprochen?«

»Versprochen.«

Er stand auf und reckte sich. »Dann bringe ich jetzt mal die Prinzessin von und zu Xanten-Lüttingen ins Bett.«

Hannah protestierte nicht einmal, so müde war sie.

Maarten war schnell wieder im Wohnzimmer und sah Karin liebevoll an.

»Ich muss eben noch was Schlaues sagen, das mir gerade oben einfiel. Ich glaube nicht an Zufälle, das weißt du. Alles geschieht zur richtigen Zeit. Egal, ob geplant oder spontan, alles hat seinen Sinn.«

***

Von Aha hatte sich ausgewiesen, die Kriminalpolizei interessierte sich für eines der Leihautos von Sixt. Die junge, tadellos uniformierte Angestellte hinter dem Tresen nahm Haltung an, wirkte kundenfreundlich und auskunftsfreudig, suchte in ihrem PC nach dem Mietvertrag von Cara Beerenboom.

»Sie hat den Wagen schon seit zwei Wochen gemietet, und das auf unbestimmte Zeit.«

»Die Adresse?«

»Ich drucke Ihnen die vorliegenden Informationen aus.«

Es dauerte keine Minute, da hielt er den Vertrag in der Hand. Es gab also eine Weseler Meldeadresse, dort würde er bei Gelegenheit vorbeischauen.

Während die junge Frau wieder auf den Bildschirm schaute, wollte er sich verabschieden. »Vielen Dank für Ihre Kooperation …«

Mit einem verschmitzten Lächeln schaute sie ihn an. »Wollen Sie eventuell auch wissen, wo sich der Wagen am häufigsten stundenweise, speziell über Nacht, aufhält?«

Von Aha war überrascht. Mit so ausführlichen Rechercheergebnissen hatte er nicht gerechnet. »Falls das kein Problem für Sie ist, gern.«

»Es wird nur dann ein Problem für mich, wenn Sie mich verpfeifen, denn eigentlich brauche ich eine einstweilige Verfügung für die Weitergabe von derartigen Daten.«

Mit funkelnden Augen schaute sie kurz hoch und lächelte ihn schelmisch an. »Aber der Kripo zu helfen ist edel und gut, oder? Ich sage einfach nichts, und Sie werfen rein zufällig einen Blick auf den Bildschirm. Unsere Wagen sind ausgerüstet mit GPS. Sie verstehen, was ich meine?«

Sie drehte den Bildschirm in Gero von Ahas Richtung. Zunächst wusste er den Plan nicht zu deuten, der sich vor ihm aufbaute. War das der Weseler Bahnhof? Die Meldeadresse lag doch außerhalb im Ortsteil Büderich. Nein, das war nicht der Weseler Bahnhof, das Gewirr an Schienen war wesentlich umfangreicher, alles viel größer angelegt.

Die Angestellte flüsterte, fast schon verschwörerisch, nur ein Wort. »Duisburg.«

Jetzt erkannte er den Standort, den das Signal, versehen mit einer Reihe von Daten, kennzeichnete. Der Wagen stand ganz in der Nähe des Hauptbahnhofs, hinter einem breiten Gebäude mit der Bezeichnung »B&B«. Das kam ihm bekannt vor. Ein Haus einer dieser neuen Hotelketten. Bed and Breakfast für eilige Reisende, die nicht lange verweilen wollten. Einfach und gut, er hatte schon in einem der Häuser in Frankfurt übernachtet. Von Aha nickte der lächelnden Frau hinter dem Tresen zu, die den Bildschirm wieder in Arbeitsposition brachte.

»Man hilft doch gern.«

Draußen setzte er sich in seinen Wagen, startete nicht sofort, starrte auf sein Armaturenbrett. Was machte jemand mit einer Meldeadresse in Wesel in einem Hotel im knapp vierzig Kilometer entfernten Duisburg?

Er drehte den Zündschlüssel um. Sein Handy meldete sich. Er schaute auf das Display. Seine gute Bekannte Marlene. Wie merkwürdig, er nannte sie in Gedanken noch immer so. Die Unverbindlichkeit des Begriffs erschien ihm plötzlich sehr praktisch. Schlagartig fiel ihm ein, dass sie heute verabredet waren. Essen in dem kleinen, modernen Restaurant Auszeit am Kornmarkt. Warum gefiel ihm diese Aussicht überhaupt nicht?

Er ließ es mehrmals läuten. Marlene oder Duisburg? Das Klingeln endete. Er rief sie an.

»Marlene, ich weiß. Ich bin gleich da, ja, in zehn Minuten. In echten zehn Minuten, bestimmt.«

Er würde nach dem Essen nach Duisburg fahren. Vielleicht. Höchstwahrscheinlich. Sicher.

DREI

Um acht Uhr saß Karin bei geöffneter Tür in ihrem Büro und las den Bericht des Kollegen Heierbeck. Die Manipulation in der Elektronik war eindeutig nachzuweisen, Dieter Pahlen hatte keine Chance gehabt. Wie vermutet war dies ein neuer Fall für das K1. Ein extremer Fall.

Es blieb merkwürdig still auf diesem neuzeitlichen Flur, manchmal fehlte ihr das schroffe Quietschen der Tür zum Treppenhaus des alten Gebäudes, das stets Laut gab, wenn jemand kam oder ging. Hier öffnete und schloss sich die Tür butterweich und lautlos, selbst die des Aufzugs schob sich geräuschlos zur Seite. Auf dem Boden hallten Schritte kaum nach.

Um zehn Uhr, zur angekündigten wöchentlichen Lagebesprechung, saß sie allein im Besprechungsraum, Tom Weber trudelte zwei Minuten später ein. Der farblose, aber effektive Denker des Kommissariats, Haarfarbe, Hose, Jacke, alles gepflegt und modern in unterschiedlichen Grautönen, setzte sich, wortkarg wie immer, auf seinen neuen Platz.

»Guten Morgen. Dann wollen wir mal. Wo sind die anderen?«

»Gute Frage.«

Kommissar Jerry Patalon, die Verkörperung eines James Bond mit dunkler Haut, dessen haitianische Wurzeln wohl für die Farbigkeit seiner Auswahl von Hemden und Krawatten verantwortlich waren, erschien kurz darauf gleichzeitig mit Staatsanwalt Haase. Beide waren lebhaft ins Gespräch vertieft, das Temperament der Karibik sprang über, denn Haase hatte eine Kreuzfahrt durch die Inselwelt hinter sich und berichtete mit Fachwissen und Herz zugleich, brillierte mit Einwohnerzahlen, Infrastruktur und Sehenswürdigkeiten. Er lobte die Qualität des Essens an Bord der kleinen und schadstoffarmen »Europa 2« und die Organisation der Landausflüge. Sie schienen die Anwesenheit der anderen nicht zu bemerken, nahmen plaudernd in der Nähe zur Tür Platz.

Noch wirkten die vereinzelten Menschen verloren an der Tischfläche, die, aus mehreren Elementen zusammengesteckt, ein großes Oval bildete und Platz für zwanzig Personen bot. In der Tischmitte befanden sich noch Blumengestecke vom Vortag. Karin blickte lächelnd und mit einer Spur Ungeduld auf das überschaubare Häuflein Männer. Das war noch nicht der Besprechungsraum für das Kommissariat 1, Mord und Totschlag, das war eher ein Tagungsraum, so nett, dass er zum Plaudern einlud, ging es ihr durch den Kopf.

Sie wartete auf Gero von Aha, der sollte die Idylle mittels verborgener Hightech und Bildern des Unfallwagens, die er auf die Leinwand beamte, empfindlich stören. Er war spät dran. Wenn sich die Zeit bot, würde sie sich selbst ernsthaft mit der Technik befassen, um in Momenten wie diesem nicht tatenlos dasitzen zu müssen. Wo er nur blieb? Und Burmeester war auch nicht in Sicht. Ein Blick auf die Uhr ihres Smartphones. Das akademische Viertel brach an.

»Jerry, übernimm du das Protokoll, wir beginnen. Guten Morgen, meine Herren, es gibt –«

Von Aha riss die Tür auf und strebte hastig auf seinen Platz, wirkte anders als sonst. Der Mann mit den buschigen Augenbrauen über der modernen Hornbrille und dem Gefühl für legeren, teuren Stil wirkte heute zerknautscht, sein Lockenkopf war ungekämmt, das Hemd definitiv vom Vortag.

»Sorry, es geht sofort los. Der Fall Dieter Pahlen zuerst, richtig?«

Er fuhr den PC hoch und hatte in Windeseile die Informationen gefunden, die es zu präsentieren galt. An der langen Seite des Raumes verdunkelten sich die Fenster per Knopfdruck, auf der Leinwand erschienen Aufnahmen des Wracks, in dem Dieter Pahlen verunglückt war, zusammen mit einer Reihe kleinerer Fotos vom Unfallort.

»Fangen wir mit dem Unfallhergang an? Karin, was meinst du?«

»Bitte. Gib uns einen Überblick über das Geschehen vom gestrigen Vormittag.«

Jerry Patalon und Staatsanwalt Haase unterbrachen ihr Gespräch anscheinend nur widerwillig. Haase reagierte irritiert »Frau Krafft, wollen wir nicht mit dem neuen Aufgabenbereich in Ihrer Abteilung beginnen? Ich habe nicht so viel Zeit.« Ruhig bleiben, mahnte sie sich innerlich, nur nicht aufregen. »Herr Haase, wir haben zwei neue Fälle, um die das K1 sich vorrangig kümmert. Sie erinnern sich an den hauptsächlichen Auftrag meiner Abteilung, die Verbrechensaufklärung, und daran, dass Sie maßgeblich über die Vorgänge informiert sein müssen? Über alles andere reden wir zu einem geeigneten Zeitpunkt.«

Tom und Jerry wussten nicht, worum es ging, sahen die Entschlossenheit in Karins Blick. Das reichte aus, um sich Fragen zu ersparen.

Sie begann selbst, den Fall Dieter Pahlen und die Nachweise der Manipulation an seinem Fahrzeug zu präsentieren. Anschließend erläuterte von Aha die bearbeiteten Luftaufnahmen, auf denen der Weg nachverfolgt werden konnte, den Pahlens Fahrzeug wie ein führerloses Geschoss genommen hatte. Es war klar, was es zu ermitteln galt.

Exakt zu dem Zeitpunkt, an dem Karin die anstehenden Aufgaben an ihr Team verteilen wollte, klingelte von Ahas Smartphone, und anstatt es zu ignorieren oder den Ton gar zu unterdrücken, schaute er auf das Display und stand auf. »Tut mir leid … Ist wichtig, echt.«

Er verschwand aus dem Raum.

Draußen begegnete ihm Nikolas Burmeester im Laufschritt. »Lage begonnen?«

Von Aha nickte, und bevor er sich dem Smartphone widmete, wies er auf seinen Kollegen. »Du siehst echt scheiße aus.«

Burmeester reagierte süffisant. »Danke für das Kompliment, du siehst auch zum Anbeißen aus mit dem angeschmutzten Hemd vom Vortag.«

Von Aha schnüffelte an seiner Achselhöhle, verzog das Gesicht. »Hast recht. Dein T-Shirt – es soll nicht so sein, dass alle Schildchen draußen an der Seite hängen, oder?«

Burmeester blickte an sich hinab und schritt gleich mit dem berühmten männlichen Griff zum Kragen zur Tat, zog sich das Shirt auf dem Flur aus. Gerade als er es in der Hand hielt, umkrempelte und von Aha vor ihm auf seinem Smartphone die Nachricht seiner sehr guten Bekannten Marlene las, das Gerät dabei in einer Position hochhielt, die sich zum Fotografieren eignete, öffnete Karin die Tür und schaute auf den Flur.

An ihr vorbei sah Jerry Patalon von seinem Platz aus den nackten Oberkörper des Kollegen und lachte auf. »Burmeester und sein Klamottenchaos. Oder posiert der Herr Kommissar für den Kalender der Landeskriminalpolizei? Das Deckblatt für 2019?«

Karin blinzelte die Männer fragend und zornig zugleich an. Sie senkte ihre Stimme. »Hoffentlich wird uns eure geschätzte Aufmerksamkeit gleich hier drinnen zuteil.«

Burmeester zupfte sein T-Shirt zurecht, »'tschuldigung ...«, und stürmte an ihr vorbei in den Raum.

Von Aha hob abwehrend eine Hand, starrte auf sein Smartphone. »Ja, gleich.«

Während seine Vorgesetzte die Tür von innen wieder schloss, las er die Botschaft: »Guten Morgen, Gero. Was war gestern mit dir los? Geht es dir heute wieder besser?« Sechs Emojis, drei rote Herzen, drei Küsse.

Seine Antwort: »Ja. Bin im K1, habe keine Zeit, aktuelle Ermittlungen. Lagebesprechung.« Kein Emoji.

Anschließend stand er wie versteinert auf dem Flur. Wischte auf dem Display, tippte, loggte sich in seine Cloud, in der er eine Reihe von Dateien, unter anderem mit Fotos, abgespeichert hatte. Tauchte, ungeachtet der Umgebung und seines Auftrags, ab in die Vergangenheit. Er fand, wonach er suchte. Da war sie. Tanja. Mit schulterlangen dunkelblonden Haaren. Jünger als die Frau, die ihm gestern begegnet war. Auf dem Bild lächelte sie lasziv, fordernd, animierend. Der rechte Mundwinkel zog sich dabei höher als der linke. Diese Augen. Also doch.

Er öffnete die Tür, schlich an Karin vorbei zu seinem Platz, während sie den Unfall von Brigitte Pahlen erläuterte. Man war sich schnell einig, dass auch hier Ermittlungsbedarf bestand.

Haase fasste zusammen. »Das sieht nicht nach Zufall aus, ich vermute, dass beide Pahlens Anschlägen zum Opfer fielen. Ermitteln Sie die Hintergründe, und zwar schnell. Ich werde persönlich in Duisburg anrufen und Personenschutz für die Frau veranlassen. Jetzt widmen wir uns in den letzten zehn Minuten noch meinem Thema.«

Die Hauptkommissarin erhob Einspruch, es gebe noch einen aktuellen Fall. Sie berichtete von Cara Beerenboom, bauschte deren Auftreten und Anliegen mit gezielt gewählten Adjektiven so intensiv auf, dass alle Männer aufmerksam zuhörten. Massiv verunsichert, zutiefst verängstigt, nahezu kopflos ...

Burmeester schüttelte den Kopf. »Das sind doch alles ungelegte Eier, da fehlt es an ausreichenden Fakten. Wir haben einen eindeutig brisanteren Fall auf dem Tisch.«

Während Karin sich über den Widerstand wunderte, reagierte Haase weder bestätigend noch sachlich. »Solange keine konkreten Hinweise vorliegen, sind wir machtlos. Was gedenken Sie zu unternehmen, die Nadel im Heuhaufen suchen, die noch nicht dort verloren gegangen sein kann? Frau Krafft, es gibt hier Themen, die zeitnah bearbeitet sein wollen.«

Was war los? Palastrevolution? Karin mahnte sich erneut zu innerer Gelassenheit, ihr blieb nichts anderes übrig, als Überzeugungsarbeit zu leisten. Das K1 hatte zu tun.

»Es besteht zumindest ein Anfangsverdacht wegen Nötigung und Bedrohung, das dürfte die Verpflichtung zur Ermittlung ausreichend begründen. Können Sie das bestätigen, Herr Haase?«

Ihm blieb nichts anderes übrig. Die Staatsanwaltschaft musste jedem Verdacht einer Straftat nachgehen, Haase hatte die fälligen Arbeiten an die Ermittlungspersonen zu delegieren, da musste er, wohl oder übel, sein Anliegen in den Hintergrund stellen. Mit resigniertem Gesichtsausdruck stimmte er zu.

Karin spürte aufwallende Überlegenheit und hätte gern mit einem lang gezogenen »Yes« eine Faust gereckt, begnügte sich mit einem knappen »Gut«. Sie wandte sich den im Raum verteilten Kommissaren zu.

»Das ist Fall Nummer zwei, die Zeit läuft, zur Aufgaben-verteilung sei Folgendes gesagt: Ich werde mich selbst um den Fall Brigitte Pahlen kümmern; sobald sie ansprechbar ist, werde ich in Duisburg sein. Gleichzeitig soll die KTU so schnell wie möglich auch das Haus der Pahlens untersuchen, denn jede Manipulation hinterlässt Spuren. Jerry, du kümmerst dich um die Nachbarschaft, das Übliche, wer hat was gesehen oder bemerkt. Nikolas, du bist mit an der Unfallstelle gewesen, du bringst alles zu dem Thema auf den Tisch, Fahrtstrecke, Gewohnheiten von Dieter Pahlen, Handydaten, welchen Weg hat er genommen, wohin wollte er, mögliche Zeugen vor Ort. Dreh jeden Stein um, okay?«

Sie beauftragte Gero von Aha mit der Recherche zu Dieter Pahlens wirtschaftlicher Situation.

»Finde heraus, ob Ursachen zu seinem Ableben in der Firma versteckt sind. Wer profitiert von seinem Tod? Werden dadurch Pläne ermöglicht oder vereitelt? Steht eine drohende Insolvenz ins Haus? Was auch immer, deck es auf.«

Er schaute auf, erhob dabei die Hand. »Und was ist mit dem Fall Beerenboom?«

»Da kümmert sich Tom um Informationen zur Person. Ich gehe davon aus, dass wir dort im Moment nicht mehr Kapazitäten benötigen. Tom, du übernimmst den Innendienst in den nächsten Tagen, sammelst die Informationen, bis wir etwas Klarheit haben und uns neu sortieren können. Wichtig ist enger Kontakt zur KTU. Noch Fragen?«

Der Staatsanwalt hob die Hand, was Karin geflissentlich übersah, schaute auf die Uhr. Sie hatten die Lagebesprechung deutlich überzogen.

»Erste Ergebnisse heute um siebzehn Uhr, kleine Lage bei mir im Büro, nächstes Treffen hier morgen um zehn. Und ich bitte um Pünktlichkeit.«

Und jetzt in die Offensive, sie lief direkt auf Haase zu. »Wir sind beschäftigt.«

»Das kann man wohl sagen. Halten Sie mich auf dem Laufenden. Dieter Pahlen, ist es denn möglich! Ein großer Mann der

Region und bundesweit bekannt. Einen solchen Geschäftsmann so perfide aus dem Weg zu räumen, das ist eine Tat, die zu allen Seiten hin besondere Beachtung erfordert. Sie wissen, was ich meine?«

»Vorrangige Ermittlung. Und bei Verdacht auf die Tat einer kriminellen Vereinigung Kontaktaufnahme zum LKA?«

»Genau, ich will auf dem neuesten Stand sein, Frau Krafft. Spätestens morgen wird man von uns eine Stellungnahme erwarten.«

»Und ich nehme Sie beim Wort, was den Personenschutz für Brigitte Pahlen angeht. Das dauert mir sonst auf dem Dienstweg zu lange, Sie haben da garantiert Verbindungen nach Duisburg. Ich werde mich im Laufe des Tages vor Ort davon überzeugen, dass ihr niemand zu nahe kommen kann. Wir sehen uns morgen.«

Schon war sie an ihm vorbei und verließ den Raum. Haase gab sich nachsichtig und rief ihr nach, er werde das mit Frau van den Berg besprechen, die Behördenleitung müsse darüber informiert sein, dass das Fortbildungsprogramm zunächst auf Eis gelegt wird.

Na also, geht doch, ging es der Hauptkommissarin durch den Kopf, während sie ihrem Auftrag nachging.

Ermittlung statt Vermittlung von Wissen.

***

Die Kommissare liefen über den Flur, verteilten sich in die Diensträume. Bis auf Gero von Aha, der verlassen, zusammengesunken an dem großen Tisch saß und erneut auf sein Smartphone schaute. Seine Miene war nachdenklich.

Mit einem Ruck stand er auf, lief Karin nach, stoppte ab. Nein, er wollte jetzt nicht mit seiner Vorgesetzten über die Vermutung reden, die seit dem Vortag sein Denken besetzte, seine Handlungen kontrollierte und in diesem Moment wieder dafür sorgte, dass ein Teil von ihm sich schlecht fühlte, während der andere freudig triumphierte. Karin würde ihn nicht verstehen, das wusste er. Sie würde nicht nachvollziehen können, was die Begegnung auf dem Flur am Vortag bei ihm ausgelöst hatte. Eine Art Jagdfieber durchfuhr ihn. Plötzlich war ihm klar, was er als Nächstes machen würde. Was er machen musste. Es führte einfach kein Weg daran vorbei. Gero von Aha musste diese Frau finden, brauchte Klarheit über ihre Identität. Die wahre Identität. Wenn das wirklich die Tanja war, die ihm in früheren Jahren begegnet war, dann wäre es eine völlige Dreistigkeit von ihr, unter falschem Namen in einer Dienststelle aufzutauchen und unter Vorlage gefälschter Papiere Personenschutz zu erfragen. Es sei denn, die neue Identität war offiziell. Zeugenschutzprogramm? War Tanja untergetaucht? Musste er in ganz anderen Dateien nachschauen, um sie zu finden?

Musste er nicht. Er sollte sich mit dem finanziellen Hintergrund der Möbelfirma Pahlen beschäftigen. Das war sein Auftrag.

Er schritt zu seinem Büro, gleich neben dem von Karin, widerstand dem Impuls, sein Ohr an das Türblatt zu legen, um zu erfahren, ob sie gerade telefonierte oder tippte. Zwecklos. Diese Türen schluckten alles, was in Zimmerlautstärke geschah.

Gero von Aha nahm seine Brille ab und rieb sich die Augen. »Mensch, Alter, wach auf. Die hat dich da erwischt, wo sie dich vor vielen Jahren kaltgestellt hat«, sprach er eindringlich mit sich selbst, »die hat dich um ein Haar aus dem Dienst gekickt. Diese falsche Schlange.«

Er öffnete die Tür zu seinem Büro und schüttelte den Kopf wie ein nasser Hund. Lehnte sich von innen an das Türblatt, schloss die Augen.

»Dieses absolut sinnliche Wesen mit der erotischsten Ausstrahlung, die mir jemals begegnet ist. Damals, in Göttingen …«

Er würde sie finden. Koste es, was es wolle.

Wie lautete sein Auftrag?

∗∗∗

Jerry Patalon betrat wie zwei weitere Kollegen von der Kriminaltechnischen Untersuchung im weißen Overall mit Schutzstulpen über den Schuhen das Haus der Eheleute Pahlen. Sie hatten unter den Augen der aufmerksamen Nachbarschaft die Haustürschlüssel, die von der Mittelkonsole durch das Fahrzeuginnere geflogen und letztlich im Fußraum hinter dem Beifahrersitz gefunden worden waren, einer Plastiktüte entnommen und die Haustür geöffnet. Die weitläufige Diele hätte man hinter der Fassade des Allerweltshauses so nicht vermutet. Nichts an diesem großen, lichten, strahlenden Raum erinnerte an den Unfall, der vor zwei Tagen hier geschehen sein sollte.

Heierbeck blickte hinauf zur Decke. Dort sah er die Unterseite einer Lampenhalterung, eine Birnenfassung, in der das Gewinde einer großen LED-Birne steckte, umgeben von einem Rand kleiner spitzer Glasreste. Er musterte den Boden, Fliesen aus hellem Marmor, bückte sich, schaute unter die einzelnen, perfekt im Raum platzierten Möbelstücke.

»Hier hat jemand gründlich aufgeräumt, schauen wir, was sich finden lässt. Glassplitter und Blut werden sich in den Fugen verbergen. Und den Lampenboden inspiziere ich genauer.«

Jerry ging zu dem Schrank, ähnlich einer Vitrine, der zwischen den Türen zu Wohn- und Esszimmer stand. Er schnupperte am hölzernen Gestell, schaute sich die Glasflächen an. »Das ist ein neues Möbelstück, es riecht fast wie auf der K1-Etage. Nirgendwo ein sichtbarer Fingerabdruck. Beides ist gleichermaßen merkwürdig.«

Heierbeck holte den Fotoapparat aus der Materialkiste. »Bedenken Sie, dass der Besitzer dieses Hauses der Möbelmogul vom Niederrhein war. Der brauchte nur mit dem Finger zu schnippen, um eine der neuesten Kollektionen ins Haus geliefert zu bekommen. Ohne sechswöchige Wartezeit, auf die Minute pünktlich und garantiert mit freundlichen Helfern zum fachgerechten Aufbau.«

Der schwere, kristallene Lampenkörper lag auf einer Kommode, darüber prangte ein riesiger Spiegel in einem barocken, blattgoldbelegten Rahmen, der das Entree noch zusätzlich vergrößerte. Heierbeck schoss ein Foto nach dem anderen, sein Kollege brachte die ausziehbare Stellleiter aus dem Tatortwagen.

Jerry verschaffte sich einen Überblick, ging ins Wohnzimmer, blieb im Durchgang stehen und brauchte nicht lange zu überlegen, was ihn an diesem Raum irritierte. Wände und Einrichtung waren hell gehalten, sanfte Töne, eigentlich hätte es gemütlich sein können. Was fehlte, waren Spuren von alltäglichem Leben, der Historie einer langjährigen Beziehung, Persönlichkeit. Das ganze Zimmer wirkte auf ihn wie eine inszenierte Katalogseite. Nirgends lag eine aufgeschlagene Fernsehzeitung, die Fernbedienung wies keinerlei Nutzungsspuren auf, alles stand in Reih und Glied, glänzte und brillierte durch wohlgewählte Abstände und farbliche Zusammensetzungen, die harmonischer nicht sein konnten. Eine völlig künstliche Atmosphäre, nirgends ein gerahmtes Foto, Strickzeug oder eine Obstschale mit einem angebissenen Apfel.

Im Erdgeschoss entdeckte er überall diese sterile Ordnung, selbst in den Kleiderschränken im Schlafzimmer hing alles akkurat auf praktischen Bügeln der gleichen Sorte, nirgendwo eine Abweichung, kein noch so kleiner Hinweis darauf, dass dieser fremde Stern von menschlichen Wesen bewohnt wurde.

Erst im Dachgeschoss, im Arbeitszimmer von Dieter Pahlen, schlug ihm Lebendigkeit entgegen. Neben dem Sofa stand eine halb geleerte Flasche Rosé, darauf lag eine zusammengeknüllte Decke, knubbelten sich mehrere kleine Kissen an einer herabgesenkten Armlehne, das gebrauchte Weinglas stand ohne Untersatz auf dem eckigen Couchtisch. Offenbar hatte der Mann seine letzte Nacht nicht allein im Ehebett, sondern hier oben verbracht.

Dieser Raum war eingerichtet mit einem kastenförmigen Möbelsystem, das sich beliebig arrangieren und farblich zusammenstellen ließ, in diesem Fall schwarz lackierte Flächen aus Metall in verchromten Rahmen. Eine teure Marke aus der Schweiz. Einige Fächer und Türen waren verschlossen.

Wäre Dieter Pahlen den Tag über mit einem riesigen Schlüsselbund in seinem feinen Jackett herumgelaufen? Niemals, und im Auto hatten die Kollegen lediglich den Schlüssel zum Haus gefunden, an einem einfachen Ring, ohne Anhänger. Das bedeutete, dass die Schlüssel hier irgendwo gelagert waren. Verborgen vor den Augen anderer und vielleicht auch vor dem Zugriff durch seine Frau. Wo würde er etwas verstecken? In der Glasvase auf dem Sideboard? Im Stiftständer? Nichts, er würde die Kollegen im Erdgeschoss um Hilfe bitten.

Jerry zog die Stecker aus dem PC, trennte das Gerät von der Stromzufuhr. Er würde es nachher zur Auswertung mitnehmen.

In der Diele sah er Heierbeck, der auf der Leiter stand und seinen Stromprüfer an den Unterboden der Lampe hielt.

»Das ganze Ding steht unter Strom. Wer hier oben etwas anderes als Glas anfasst, den haut es von der Leiter.«

»Kann das ein technischer Defekt sein?«

»Das kann ich erst sagen, wenn ich mir das genau angeschaut habe.«

Jerry berührte den vergoldeten Spiegelrahmen, Luxus von der Stange. »Vielleicht hat die Chefin den richtigen Riecher gehabt. Zwei Anschläge auf ein Paar. Wenn jemand den Abgang der beiden Eheleute geplant hat, dann ist er ganz nah am Ziel. Ich mache eine Runde durch die Nachbarschaft, ich will mehr über die beiden erfahren. Das Haus allein spricht schon Bände. Wer weiß, wer Dieter Pahlen wirklich war.«

Heierbeck stieg von der Leiter und suchte den Stromverteiler. »Ich muss den Saft abschalten, bevor ich auch einen Flug in die Vitrine mache. Haben Sie mal genau hingeschaut? Egal, in welche Richtung die Frau von der Leiter gefallen wäre, es wäre immer zu schweren Verletzungen gekommen. Die Deckenhöhe in diesem Haus entspricht nicht der Norm, das sind ungefähr fünfzig Zentimeter mehr nach oben, das macht bei einem Sturz viel aus.«

Jerry Patalon stellte sich neben die Leiter und betrachtete, was Heierbeck meinte. Tatsächlich war die Wahrscheinlichkeit sehr hoch, dass man von dort oben entweder auf den Glasschrank, die Kommode mit dem schräg darüber hängenden, monumentalen Spiegel, den Treppenabgang zum Keller oder das Geländer des Treppenaufstiegs traf. Brigitte Pahlen wäre keinesfalls ohne ernsthafte Verletzungen davongekommen.

»Das gibt es doch nicht. Haben Sie das von allen Seiten dokumentiert?«

Heierbeck erschien aus Richtung Küche. »Klar, ich habe alles aufgenommen. Der Sicherungskasten ist in der Abstellkammer. Selbst die ist steril und aufgeräumt wie ein Kasten mit OP-Besteck vor dem Gebrauch. Das wirkt auch ohne Leiche tot hier.«

»Den Eindruck habe ich auch. Entweder haben die hier überhaupt nicht richtig gewohnt, oder man wird so, wenn man sich ständig mit neuesten Möbeln umgeben kann. Ich bin zur Befragung in der Nachbarschaft. Im Dach gibt es verschlossene Schranktüren, wenn Sie die noch öffnen würden? Bin gespannt auf Pahlens Geheimnisse.«

Heierbeck nickte, und Jerry griff sich den Schlüssel, der neben dem Lampenkörper auf der Kommode lag. »Wir müssen bestimmt noch einmal herkommen, ich nehme den Haustürschlüssel an mich.«

Draußen zog er die Schutzkleidung aus und entsorgte sie unter den strengen Augen des direkten Nachbarn, eines älteren Mannes mit breiten Hosenträgern über dem prallen Bauch und einer Kappe auf dem Kopf, die festgewachsen zu sein schien.

»Is dat nich für de gelbe Tonne? Wiederverwertbar?«

»Bedaure, nein, eindeutig nicht. Gut, dass ich Sie treffe, ich hätte ein paar Fragen zu dem Ehepaar Pahlen.«

»Wer sind Se denn überhaupt? Gestern war so eine junge, schicke Frau hier mit en Jüngelchen.«

»Das waren meine Chefin und ein Kollege.« Jerry zeigte seinen Ausweis.

»Da is wat im Argen, wenn so viele Kriminaler hier auftauchen, oder?«

»Deshalb muss ich rundgehen und mit allen sprechen.«

»Dann kommen Se ma mit, meine Frau hat bestimmt viel zu sagen. Die stecken doch immer mit de Köpp zusammen, die Frauen, und wissen über allet Bescheid. Da hat unsereins keine Chance auf en Geheimnis, dat glauben Se mal. Is auch bestimmt noch en Schlücksken Kaffee inne Kanne, is ja normalerweise immer noch wat da.«

Jerry folgte dieser niederrheinischen Version der saarländischen Serienfigur Heinz Becker und fragte sich, ob er daheim eine Hilde mit Dauerwellenfrisur aufzuweisen hatte. Auf jeden Fall würden die Informationen sprudeln.

***

Schon aus der Ferne erkannte Burmeester in Höhe der Unfallstelle das gelbe Warnlicht und sah die orangefarbenen Wagen vom Landesbetrieb Straßen NRW. Die Straßenwärter waren also schon vor Ort, um die Schäden zu beseitigen. Die Baumkrone lag in tausend Stücke zersägt am Straßenrand und wurde geschreddert, starke Arme mit einer großen Kettensäge machten sich an dem Stamm zu schaffen. Die eingesetzten Maschinen verursachten einen Höllenlärm. Keiner nahm Notiz von dem Wagen, der gegenüber auf dem Radweg parkte. Burmeester wechselte die Straßenseite.

Die drei Männer waren ausgestattet mit Schutzkleidung, Helmen und Hörschutz. Burmeester musste sich in das Gesichtsfeld des Mannes begeben, der den Schredder fütterte, um bemerkt zu werden. Der schaltete die Maschine aus.

»Was machen Sie hier, es ist gefährlich, Sie sehen doch, dass wir mit schwerem Gerät arbeiten.«

Burmeesters Ausweis rang ihm ein Nicken ab. »Ach so. Was gibt's?«

Der Kommissar berichtete von seinem Eindruck des gestrigen Geschehens. »Passieren öfter Unfälle an so gut einsehbaren, geraden Strecken?«

»Das müssten Sie doch wissen. Sonst fragen Sie mal die Kollegen von der Streife, wie viele Leute sich hier am platten Niederrhein um die Bäume wickeln. Meist ganz junge Kerle. Die Bäume stehen danach noch, und wir kümmern uns dann um die beschädigte Rinde. Es passiert nicht allzu oft, dass ein relativ alter, gesunder Baum beim Aufprall gefällt wird. Der Fahrer muss gut Speed draufgehabt haben.«

»Hatte er. Und er konnte nicht bremsen. Ist Ihnen hier noch etwas Besonderes aufgefallen?«

Er schien einen Moment zu überlegen, schüttelte den Kopf. Doch bevor Burmeester sich verabschieden konnte, begann er zu plaudern.

»Das ist eher ungewöhnlich, dass an einer Unfallstelle, an der jemand starb, nicht schon Stunden später rote Lichter stehen oder Blumen liegen. Hier war nichts. Hat der keine Angehörigen?«

»Nein. Offenbar nur seine Frau, und die liegt selbst schwer verletzt in einer Klinik.«

»So ist das, wenn man keine Kinder hat, schon traurig. Oder keine wirklichen Freunde. Aber ein Auto ist hier mehrmals vorbeigefahren, so immer hin und her, bestimmt drei, vier Mal. Ich sagte noch zu meinem Kollegen, das sind bestimmt Reporter. Da meint der, nein, die kämen nicht in so teuren Karren daher.«

»Was war das denn für ein Wagen?«

»Ein Hybrid von Lexus, ich glaube ein RX 450h. In Weiß. Sieht man hier nicht häufig.«

Schon hatte Burmeester seinen Notizblock zur Hand. »Und da sind Sie sicher?«

Der Mann geriet ins Schwärmen. »Es gibt kaum einen Fahrzeugtyp, den man nicht kennt, wenn man so viel unterwegs ist wie wir. Und der hatte Felgen mit rot abgesetzten Speichen, irre.«

»Und das Kennzeichen?«

»Weiß ich doch nicht.«

»Irgendwas, ein Buchstabe, eine Zahl? War es von hier, ein ausländisches Kennzeichen?«

Es wurde nach Befragung der drei Männer klar, dass alle sich die Automarke, jedoch keiner das Kennzeichen gemerkt hatte. Dafür versahen sie den Fahrer mit den unterschiedlichsten Merkmalen, und man war sich nicht sicher, ob auf dem Beifahrersitz ein Mann oder eine Frau gesessen hatte.

Na prima, aufmerksame Autofans, die sogar die Felgen beschreiben können, nur nicht das Wesentliche, dachte Burmeester, als er sich auf den Weg zur nächstgelegenen Bebauung machte, einem alten Gehöft auf der gegenüberliegenden Seite, ungefähr zweihundert Meter von der Unfallstelle entfernt. Die Klingelanlage wies darauf hin, dass das alte Backsteingebäude in drei Wohneinheiten aufgeteilt war. Er begann beim untersten Namen, eine junge, flippige Frau mit türkisfarbenem Haar öffnete, musterte ihn von oben bis unten, verharrte bei Block und Stift und zog ihre Schlüsse.

»Ich hab deinen Kollegen gestern schon gesagt, von mir erfahrt ihr nur was, wenn ich entweder mit Bild in der Zeitung erscheine oder für ein Interview Geld kriege.«

Burmeester hielt ihr wortlos den Ausweis ins Blickfeld. »Ich gehe also davon aus, dass Reporter hier gewesen sind, um mit Ihnen zu sprechen? Es ist gut, wenn Sie erst einmal mir berichten, was Sie gestern erlebt haben.«

»Gibt es denn eine Belohnung oder so?«

»Wie man's nimmt. Es gibt eine Geldbuße oder Gefängnis, wenn Sie wesentliche Beobachtungen verschweigen, die uns weiterhelfen würden.«

»Wieso? War doch ein Unfall.«

»Eben nicht, es gibt Hinweise, dass es sich um eine Gewalttat handelt.«

»Mann, wat denn, wat denn. Echt?«

»So, noch einmal von vorn. Ich bin Kommissar Burmeester. Was können Sie mir zu den Ereignissen des gestrigen Tages sagen? Und wollen wir das hier im Flur bereden oder drinnen, oder lade ich Sie offiziell ins Kommissariat 1 ein? Dann müssen Sie nach Wesel kommen.«

Er betrat eine spärlich eingerichtete Wohnung, ins Auge fielen Leitworte, die in jedem Raum in geschwungener Schrift groß an die Wände gemalt waren. »Home«. »Love«. »Be happy«.

Sie bemerkte seine Blicke. »Gut, oder? Hab ich selbst gemacht.«

Auf dem Couchtisch dominierte die Technik, ein Laptop, daneben ein Smartphone, verschiedene Fernbedienungen. *Be happy.*

Im Endeffekt hatte die junge Frau nur den Aufprall gehört

und anschließend vom Dachfenster ihrer Nachbarin aus die Rettungsmaßnahmen verfolgt. Man müsse ja wissen, was da geschieht. Ihr Freund wollte dann helfen, sei aber nicht durch die Absperrung gelassen worden. Das fand sie unverschämt. Er sei dann über das Feld von hinten an den Unfallort gelaufen.

Burmeester erinnerte sich an die Auseinandersetzung zwischen einem Feuerwehrmann und einer Gruppe aufdringlicher Neugieriger, die mit gezückten Smartphones einen Blick in den Rettungswagen erhaschen wollten. »Ich war selbst vor Ort und habe nur Gaffer gesehen, die geil auf Fotos von einem hilflosen, schwer verletzen Menschen waren.«

Es entbrannte eine kurze Diskussion über die Freiheit des Bildes und dessen Veröffentlichung, alles zum Wohle und ausschließlich zur Information der Community, die Burmeester unfreundlich abwürgte. Gegen Uneinsichtigkeit war kein Kraut gewachsen.

»Ist Ihnen vorher oder nachher etwas Merkwürdiges aufgefallen? Autos, Personen, die ein besonderes Augenmerk auf die Unfallstelle hatten?«

Sie überlegte mit verkniffenem Mund. Sollte er sie noch einmal an die Zeugnispflicht erinnern?

»Nix Besonderes. Man guckt ja immer hin bei so einem Unfall, das machen alle. Sie etwa nicht? Moment, da war doch was. Tage vorher hat öfter ein Wagen in der Abzweigung zum Feld gestanden, da haben wir schon überlegt, ob das jetzt eine neue Radarfalle wird.«

»Und? Haben Sie zufällig ein Foto für Facebook gemacht?«

Sie richtete sich keck auf, ihr Gesicht erhellte sich, schnippisch kartete sie nach. »Ach, jetzt ist es plötzlich erlaubt und sogar wichtig, wenn unsereiner fotografiert?«

»Man bemerke den Unterschied zwischen einem unbekannten Wagen an einer verlassenen Kreuzung und einem hilflosen Menschen, um dessen Leben gerungen wird. Also, haben Sie oder nicht?«

Die Frau zögerte. Dann griff sie nach dem Smartphone, per Bluetooth wurden drei Bilder auf Burmeesters Smartphone übertragen. Schlechte Bildqualität, wenig Megapixel, in der Vergrößerung unscharf. Ob die KTU da was machen konnte? Burmeester verabschiedete sich, ließ seine Karte da und schärfte der Frau ein, sich auf jeden Fall zu melden, wenn ihr noch etwas einfallen sollte. Er wollte an der nächsten Wohnung schellen.

»Das brauchen Sie nicht zu versuchen, ich bin heute allein im Haus, die anderen sind alle auf Arbeit.«

»Und Sie haben Urlaub?«

»Nix da, ich bin auf Suche.«

»Und sagen Sie Ihrem Freund Bescheid, den will ich auch noch sprechen. So schnell wie möglich.«

Burmeester sendete die Fotos umgehend weiter an Heierbeck. Da gab es Übereinstimmungen. Ein weißes Auto. Vor dem Unfall und danach.

Wer an Zufälle glaubt, denkt an der Realität vorbei, dachte Burmeester.

✳✳✳

Wer den Namen Dieter Pahlen googelte, wurde überschüttet mit Informationen zu dem Mann. Von Aha saß vor seinem PC und versuchte, die Spreu vom Weizen zu trennen. Pahlen war Herr über fünf gut laufende Möbelhäuser gewesen, drei im Kreis Wesel, zwei im Kreis Kleve, und hatte, laut einem Artikel in der WAZ, den Einzug ins Ruhrgebiet geplant. Mit den Städten Duisburg und Essen war schon über geeignete Standorte verhandelt worden. Er hatte sogar das Gelände am Duisburger Hauptbahnhof vor Jahren für sein Projekt in Erwägung gezogen, jedoch nach der tödlichen Katastrophe bei der Loveparade von diesem Vorhaben Abstand genommen.

Sein Konzept war kundenorientiert, innovativ und expansiv. Er hatte eigene Bausätze für Küche, Wohnen und Schlafen entwickelt, Systeme, die sich beliebig erweitern und verändern ließen. Er ließ vieles in Asien produzieren, was ihm manche Schelte und Kritik bescherte, die an Dieter Pahlen abperlten wie sommerwarmer Landregen. Zur Beruhigung schaltete er Hersteller aus Westfalen-Lippe ein, wenn er ein besonderes Design und Qualität wollte. Der Kunde war König, Pahlens Service war Legende. Sein Angebot sprach Liebhaber von rustikaler Eiche ebenso an wie Youngster mit wenig Geld oder Highender, die stets das Neueste und Teuerste ihr Eigen nennen wollten. Die Internetbeiträge bewiesen, Pahlen war eine Marke geworden. Kaum ein Haushalt am Niederrhein ohne Pahlen. Prahlen mit Pahlen.

Der Mann war Geschäftsführer einer finanziell gut aufgestellten Firma gewesen, entnahm von Aha den regionalen Zeitungen. Er wechselte zur Yellow Press. Es gab eine eher dünne Reihe von Homestorys, die Pahlen mit seiner Frau in ihrem Haus in der Provence zeigten, beim Bad im eigenen Pool in Fort Lauderdale in Florida, auf der Luxusyacht bei den Seychellen. Selbst ein Haus in Sankt Moritz hatten sie, Pferdeschlitten und Bärenfelldecken inklusive. Ein Leben im Luxus, nicht protzig, sondern menschlich und mit Nähe, so wurde es in den Medien lanciert.

Und dann gab es die Berichte über den Wohltäter Pahlen, der soziale Projekte über die heimischen Jugendämter finanzierte. Und auch den Pahlen, der in der Dritten Welt für Arbeitsplätze sorgte, der sich um das Wohlergehen seiner indischen Arbeiter bemühte, die Möbel für einen Spottlohn herstellten und selbst unter Wellblech und Plane lebten. Der nette Mann von nebenan. Ein bodenständiger Niederrheiner, der die Bären für die Felldecken eigenhändig erlegt hatte, ansässig am Bergweg in Xanten. Ein angesehener Provinzler von Weltformat.

Jemand war da offensichtlich anderer Meinung.

Gero von Aha reichte nicht, was er an der Oberfläche entdecken konnte. Er brauchte mehr, hatte schon das Telefon in der Hand und wählte die Nummer von Staatsanwalt Haase. Er kam ohne Umwege zur Sache.

»Angeblich war Pahlen ein gut aufgestellter Unternehmer. Ich glaube nicht, dass jemand beide aus dem Weg räumen wollte, weil es nicht reklamierbare Fehler an Möbeln oder nicht gezahltes Weihnachtsgeld gegeben hat.«

»Und was ist Ihr Anliegen?«

»Ich brauche eine richterliche Genehmigung zur Konteneinsicht. Und Einsicht in seine Steuerakten wäre ebenso hilfreich. Dazu werde ich ausfindig machen, wer in seinem Testament begünstigt wird. Das Ehepaar hatte keine Kinder, da bleibt viel Raum für Spekulationen. Und da wir gerade dabei sind, beantrage ich hiermit auch noch Handyortung.«

»Der Mann bewegt sich nicht mehr mit dem Handy, also wozu dies?«

»Ich will nachvollziehen, mit wem er in den letzten Tagen telefoniert hat; und wo er sich aufgehalten hat, ist ebenso von Interesse.«

»Hausdurchsuchung?«

»Jerry Patalon sieht sich bereits im Privathaus um. Wenn ich mir das Anwesen in Fort Lauderdale genauer anschauen könnte?«

Ein Lacher im ernsten Kontext, Haase konnte sich kaum einkriegen. »Ich werde alles auf deutschem Boden und insbesondere hier in der Region so schnell wie möglich veranlassen.«

Gero von Aha lehnte sich zurück. So viel Reichtum weckte sein Verlangen nach einem edlen Kaffee. Er brauchte eine Pause.

In dem Raum, der trotz Kaffeeautomat Teeküche hieß, stieß er auf Karin, die ihre Tasse in die Spülmaschine räumte. Sie prallten fast zusammen, als sie sich aufrichtete. Sein Hemd müffelte, er konnte es ihrem Gesichtsausdruck entnehmen.

Sie pellte sich aus seinem Dunstkreis. »So habe ich dich noch nie erlebt, ich hoffe, du befindest dich nicht ausgerechnet jetzt in einer Art Sinnkrise.«

Was sollte er sagen ...? »Äh, nein, eher nicht.«

Er setzte den mehrschrittigen Mechanismus seiner edlen Kaffeemaschine in Gang, drehte sich zu ihr um. Sie betrachtete die Knopfleiste seines Hemdes, kam wieder näher und ergriff mehrere blonde Haare, die an einem Knopf hingen.

»Gero? Was ist das? Deine Marlene ist doch brünett.« Es klang ein wenig nach eifersüchtiger Ehefrau.

Er griff nach ihrem Fund. »Nichts. Gar nichts. Ich packe sie gleich in den Müll. Ich bin gestern mit dieser Beerenboom zusammengerasselt, als sie aus deinem Zimmer rauschte, die ist mit ihrem Schopf an dem Knopf hängen geblieben und wollte sich mit aller Macht selbst wieder befreien. Dabei hat sie Haar gelassen.«

Ablenken, Gero, Themenwechsel. Besser.

»Du bist auf dem Weg nach Duisburg, Karin?«

»Ja. Hoffentlich ist Frau Pahlen wach und kann mir was erzählen. Heierbeck gab vorhin durch, dass jemand die Lampe so präpariert hatte, dass alles aus Metall unter Strom stand.«

»Also tatsächlich. Zwei Mordversuche, einer davon vollendet.«

Im Weitergehen drehte Karin sich noch einmal um. »Vielleicht bleibt Brigitte Pahlen doch besser noch etwas umnebelt, sonst muss ich ihr noch in dem Zustand vom Tod ihres Mannes berichten.«

Gero nickte mitfühlend. »Manchmal ist es hilfreich, wenn die Realität vorbeirauscht wie ein ICE.«

Karin verzog das Gesicht. »Gero, komm nie auf die Idee, zum Poeten zu werden, okay?«

»Versprochen.«

Er drehte sich um und wickelte ganz sacht die wenigen Haare um seinen Finger. Er würde sie gleich eintüten. Vielleicht hatte man in Göttingen ihre DNA gespeichert. Damals. Von der Zeugin, die ins Zwielicht geriet.

Der italienische Nobelkaffee rann in einem dünnen Strahl stark und aromatisch duftend in den Porzellanbecher. Gero von Aha schaute auf das blonde Gespinst zwischen seinen Fingern. Er lächelte.

***

Karin Krafft stellte ihren Wagen im Parkhaus ab und lief durch die Parkanlage zum Haupteingang. Die Klinik lag im Duisburger Stadtteil Großenbaum an der Sechs-Seen-Platte, umgeben von einem Wald, den man in der Stadt der Stahlkocher nicht vermutet hätte. Sie fragte nach Brigitte Pahlen, erfuhr Zimmernummer und Station, schaute auf den Wegweiser im Erdgeschoss und begab sich zur Intensivstation.

Die Tür zum Eingang war geschlossen, sie drückte auf den Klingelknopf, wies sich aus und betrat einen Bereich, der ihr Angst und Hoffnung zugleich machte. Hier herrschte höchste Konzentration, in jedem Raum lagen Menschen, deren Vitalfunktionen umfassend überwacht wurden. Ein Fehler, eine Nachlässigkeit würde zur Verschlechterung führen, unter Umständen zum Tod. Sie erkannte das Zimmer von Brigitte Pahlen an dem Wachhabenden, der dort, einem Fremdkörper gleich, saß und sich gerade aus einer Thermoskanne einen Becher Kaffee einschenkte.

Karin ging auf den Mann zu, wurde aber von einer Schwester aufgehalten. »Zu wem möchten Sie?«

Karin wies sich aus. »Ich muss dringend mit Frau Brigitte Pahlen sprechen.«

»Bedaure, das ist zurzeit nicht möglich.«

»Ich kann warten.«

»Auch das wird nicht möglich sein.«

Karin schaute die freundliche junge Frau fragend an.

»Sie müssten sich auf eine unbestimmte Zeit einstellen, die Patientin liegt noch im künstlichen Koma.«

»Wie lange kann das dauern?«

»Warten Sie, ich hole einen behandelnden Arzt. Ich weiß nicht, wie viel Information ich weitergeben darf. Nehmen Sie eben Platz.«

Karin ging zu dem Beamten, der ihr entgegenschaute. »Guten Tag, ich bin Hauptkommissarin Krafft vom K1 in Wesel.«

Noch bevor sie die Tür zu dem Krankenzimmer erreichte, stand er auf und postierte sich davor. »Das kann jede sagen.«

Karin fingerte ihren Ausweis aus der Jackentasche und schaute gleichzeitig durch die Glasscheiben ins Innere des Raumes. So oder so ähnlich hatte sie sich den Anblick der schwer verletzten Frau vorgestellt, das Gesicht durch Schwellungen und Verbandsmaterial unkenntlich, beatmet, durch mehrere Schläuche floss

Wundflüssigkeit aus ihr heraus, Kabel überwachten ihre Werte, wieder andere Zugänge versorgten sie mit lebensnotwendiger Flüssigkeit, Medikamenten und mit Sauerstoff.

Karin hatte nicht bemerkt, dass sich jemand neben sie gestellt hatte. »Schwester Ines sagte, Sie wollen die Patientin sprechen?«

»Ich dachte, nein, ich hoffte, es sei möglich.«

»Was diese Frau am Leben hält, sind unser Fachwissen und ihr Lebenswille, der irgendwo da drinnen in ihr durchhält.«

»Da hat sie noch mal Glück gehabt.«

»Glück? Wirbelbruch im Brustbereich, Schädelfraktur, tiefe Schnittwunden, Glasscherben im gesamten Torso bis in Leber, Lunge, eine hat den Magen getroffen. Der Sturz allein hätte gereicht, aber ihr Herz kämpft auch noch mit den Folgen eines Stromstoßes. Wollen Sie noch mehr Einzelheiten? Ich kopiere Ihnen gern den Diagnosebericht. Wenn sie wieder aufwacht und zu Bewusstsein kommt, wird sie lange brauchen, um ihren Zustand als Glück zu akzeptieren.«

Er schaute durch die Scheibe. »Wie gesagt, wenn die Patientin nicht in so gutem Allgemeinzustand wäre, dann hätte sie es nicht einmal bis zu uns geschafft. Wenn alles gut läuft, werden wir sie in ein paar Tagen aus dem Koma holen.«

Karin hatte genug gehört, suchte in ihrem Rucksack nach einer Visitenkarte, reichte sie dem Arzt. »Sie informieren mich über wesentliche Veränderungen?«

»Da gibt es einen Ehemann, der wird natürlich vorrangig informiert.«

Karin schaute ihm direkt in die Augen, müde Augen. »Der lebt nicht mehr.«

»Was?«

»Unfall. Mit einem manipulierten Wagen. Sein Unfall, ihr Unglück im Haus – beide Ereignisse fanden quasi parallel statt. Jemand hat beide im Visier. Deshalb steht sie unter Personenschutz.«

»Und ich dachte, es wäre zum Schutz der Privatsphäre von Frau Pahlen. Die ersten Reporter haben wir schon abgewimmelt, und vorhin kam ein Patient mit Gehhilfen daher und wollte fotografieren. Eine Seuche ist das, aber eine Pahlen, die sonst in Homestorys zu sehen ist, die ist nun mal ein prominenter Gast in unserem Haus.«

Im übernächsten Raum piepste es durchdringend, das Licht über der Tür blinkte auf, aus mehreren Räumen lief Personal dorthin, auch der Arzt. Ein letzter grüßender Blick, im Gehen verschwand ihre Karte in seiner Brusttasche.

Karin Krafft atmete tief ein, wandte sich an den Uniformierten. »Ich habe mich gerade schon davon überzeugen können, dass Sie wissen, worauf es ankommt.«

»Das ist mein Job. Drei Kollegen sind abgestellt und fehlen jetzt bei den Streifen. Das ist die kritische Grenze für die Wache in der Innenstadt. Jemand aus Wesel muss an richtiger Stelle echt Druck gemacht haben. Sie hätten meinen Vorgesetzten sehen sollen, der hat getobt. Wir werden uns schichtweise abwechseln, eine Woche lang wird das gehen. Aber danach …«

»Danach sind wir hoffentlich ein ganzes Stück weiter und wissen, wer dahintersteckt.«

Auf dem Flur entdeckte die Hauptkommissarin den Wegweiser zur Cafeteria im obersten Stock. Sie nahm das Treppenhaus und kaufte sich einen Cappuccino. Stellte sich ans Fenster. Beobachtete Christopher, den orangefarbenen Rettungshubschrauber, im Anflug. Ein Junge mit zwei Gehhilfen gesellte sich zu ihr. Gemeinsam schauten sie raus.

»Der hat mich hergebracht. Das war geil. Ich hatte Kopfhörer auf, und meiner Mama ist fast schlecht geworden. Die durfte mit und hat Flugangst. Krass, oder?«

»Mamas sind auch nur Menschen. Hab Nachsicht mit ihr. Die hatte bestimmt große Angst um dich.«

»Braucht die nicht. Ich habe Glück. Immer.«

Er drehte sich um, und Karin sah ihm nach. Nur mit leichter Hilfe der Stützen lief er davon, auf einem Bein und einer Prothese.

Der hat verstanden, was Glück ist, ging es ihr durch den Kopf.

✳✳✳

Nikolas Burmeester war pünktlich bei der Chefkommissarin, er schloss die Tür hinter sich.

»Nein, lass sie doch offen.« Ein bisschen kann es doch sein wie im alten Büro, da standen die Türen meist auf. Das ist mir alles zu abgeschottet hier, ich sehe euch nur noch zu Besprechungen.« Er stand wieder auf und kam ihrem Wunsch nach. »Stimmt, so war es immer. Außer in den letzten Wintern, als die Räume nur schlecht beheizbar waren, da mussten wir die Türen schließen.« »So kriegt man mit, wer gerade über den Flur läuft. Es ist doch niemand außer uns hier oben.«

Sie hörten von Aha, der von nebenan dazukam und die Tür hinter sich ins Schloss fallen ließ.

Gleichzeitig riefen Karin und Burmeester: »Auflassen.«

Von Aha stieß fast mit Tom Weber zusammen, der sein Laptop unter den Arm geklemmt hatte, um das Protokoll gleich einzugeben, und automatisch mit der freien Hand die Klinke ergriff. Sofort wurde er ermahnt.

Jerry Patalon trat ein, der Letzte des Teams, und jeder schaute ihm in Habachtstellung entgegen. Doch für ihn schien es selbstverständlich, einfach hereinzukommen und sich zu setzen, ohne an die Tür zu denken.

»Dann sind wir komplett, wer beginnt?«

Von Aha schaute durch eine Reihe ausgedruckter Seiten, schien darauf bedacht, so schnell wie möglich seine Ergebnisse zu präsentieren. »Die Pahlens sind richtig reich und zeigen es auch allen.«

Jerry unterbrach ihn forsch. »Das kann man nicht generell sagen. Wenn ich an das Haus in Xanten denke, das wirkt eher einfach, zumindest von außen.«

Von Aha winkte ab. »Alles Understatement, glaub mir. Wenn du dir anschaust, was ich in bunten Illustrierten, der Regenbogenpresse und den regionalen Zeitungen gefunden habe, da schlackerst du mit den Ohren. Luxus wie im internationalen Jetset, aber auch niederrheinischer Selfmademan, der sich mit seiner ländlichen Herkunft identifiziert. Eine merkwürdige Mischung.«

Er berichtete über die Anzahl der Filialen, das Markenkonzept, alles durchaus in nennenswerter Konkurrenz zu den anderen großen Möbelhäusern.

»Es gibt mehrere große Anwesen im Ausland, luxuriös ausgestattet bis hin zu Bärenfellen, für die Pahlen selbst zur Flinte griff. Unter denen wärmten sich die beiden beim Schlittenfahren in Sankt Moritz. Ich habe Konterfeis des Paars auf unterschiedlichen Kontinenten entdeckt. Sie steht auf den meisten Fotos einen halben Schritt hinter ihm, sitzt im Hintergrund oder lächelt ihn bescheiden von einer Seite her an, während er strahlend im Fokus steht wie ein aufgeplusterter, bunter Hahn. Im Hintergrund seine getreue Henne.«

Er reichte seine ausgedruckten Seiten in die Runde.

»Es gibt Kritiker, die seine Firma rügen, weil er einen Teil seiner Möbel in Indien herstellen lässt. Dafür kümmert er sich laut ›Bunte‹ höchstpersönlich um das Wohlergehen der dortigen Arbeiter. Und nach den Kreisen Wesel und Kleve plante er nun die Eroberung des Ruhrgebiets. Das war zuletzt noch an der Bedarfsanalyse gescheitert, die Städte Duisburg und Essen waren dennoch offen für seine Pläne.«

Karin schaute durch die illustren Fotos des netten Paares, das seinen Luxus präsentierte. »So sieht sie also aus, ich habe heute nur Geräte und Mull gesehen. Wie ist die Firma Pahlen finanziell aufgestellt?«

»Um auf sicherer Basis ermitteln zu können, habe ich bei Haase um richterliche Genehmigungen zur Offenlegung angefragt, auch für das Finanzamt. Er versprach, sich darum zu kümmern. Pahlens Imperium gilt aber allgemein als solvent.«

Von Aha schaute auf sein Smartphone, was Karin nicht entging.

»Du bist nicht schon wieder unter Zeitdruck? Und wenn doch, dann sollten wir bei Gelegenheit darüber reden.«

Er nickte und lehnte sich zurück, während Jerry Patalon seine Erkenntnisse über das Haus und die Befragung der Nachbarschaft der Pahlens mitteilte.

»Ich kann vorweg berichten, dass der Boden der Lampe unter

Strom stand, Schlag und Sturz waren nicht zu vermeiden. Und es ist im gesamten Haus die einzige Lampe in solch einer Höhe mit einem Boden aus leitendem Metall und die einzige Stelle, an der man nach einem Sturz nicht nur unsanft, sondern garantiert schwer verletzt landet. Heierbeck wird dir das Ergebnis noch schicken.«

Jerry hielt inne und deutete mit einer Geste einen Schnitt an. »Anderes Thema«, sagte er. »In der Nachbarschaft waren die Pahlens so etwas wie die Prominenten, mit denen man auf Du und Du sein kann. Der Dieter und die Brigitte. Sie waren regelmäßig Gast bei den Feiern der Nachbarn, runde Geburtstage, Hochzeiten, Taufen und so weiter. Sie zeigten sich stets großzügig, lehnten aber strikt ab, deswegen in den Mittelpunkt gestellt zu werden. Der erste Nachbar erzählte, die Pahlens machten den Eindruck, dass Geld nur Nebensache sei. Man habe sich im Laufe der Jahre daran gewöhnt, dass es immer, ich zitiere, ›genug Essen und Trinken gibt, wenn auch nur ein Pahlen dabei ist‹. So großzügig. Ein Glück für die Nachbarschaft, und wenn die Pahlens selbst eingeladen haben, dann habe niemand gefehlt, denn das waren unvergessliche Feste. Nur um Rabatt auf seine Möbel habe man den erfolgreichen Händler nicht bitten dürfen, jedenfalls nicht, ohne in einer Notlage zu sein. Da habe er geholfen, schnell und ohne Umstände.«

Tom Weber schüttelte den Kopf. »Zwei Gutmenschen ohne Fehl und Tadel. Wir suchen also nach schwarzen Flecken auf der weißen Weste. Yin und Yang, es gibt garantiert eine dunkle Seite. Im Moment kann ich allerdings beim besten Willen nicht einmal den Ansatz eines Motivs entdecken. Nicht mal Neid.«

Burmeester berichtete von den Zeugenaussagen am Unfallort.

»Es ist ja nicht so, als habe er den Wagen in völlig unbewohntem Gebiet vor den Baum gesetzt. Da gibt es einige Häuser in der Nähe, nicht alles wird landwirtschaftlich genutzt, ein Hof wurde ausgebaut und vermietet. Ich habe zwei Zeugen angetroffen, die übereinstimmend von einem weißen Lexus berichteten, der ihnen in den Tagen zuvor in einer Zufahrt zu einem Feld aufgefallen war. Und die Arbeiter von Straßen NRW, die den gefällten Baum abtransportierten, haben auch von dem Fahrzeug gesprochen, das sie nach dem Unfall dort gesehen hätten.« »Hast du das Kennzeichen überprüfen lassen?« Karin, die Pragmatische.

Burmeester, der Witzige. »Haha, habe ich glatt vergessen.« Niemandem war zum Lachen zumute.

»Im Ernst, keiner der Männer hat auf das Nummernschild geachtet. Die können dir sagen, es ist ein Hybrid mit der Bezeichnung RX 450h, wie viel PS der Wagen hat und welche äußeren Extras. So erinnert ›Mann‹ sich an rote Streifen an den Felgen, aber an keinen einzigen Buchstaben. Von diesem Typ und in dieser Ausführung kann es nicht so viele Fahrzeuge hier bei uns geben, ich klemme mich dahinter. Da stehen noch weitere Anwohner und die Ersthelfer auf meiner Liste, die erst morgen wieder erreichbar sind, vielleicht hat sich jemand weitere Details gemerkt.«

Tom blickte von seinem Laptop auf. »Gerade kommt der Bericht von Heierbeck an. Die Lampe ist definitiv in den letzten Tagen abgeschraubt, am Metallrahmen mit einem zusätzlichen Kabelstück an das Netz angeschlossen und wieder montiert worden. Es war unausweichlich, dass eine Berührung zu Stromschlag und Kurzschluss führen würde. Und bei der Deckenhöhe kann sich in solch einem Moment niemand auf der Leiter halten.«

Einen Augenblick lang schaute Karin in die Rheinaue, nickte. »Also doch. Das Ehepaar Pahlen sollte ausgelöscht werden.«

Sie trommelte mit der rechten Hand auf die Tischplatte. »Welchen Ansatz haben wir? Gibt es einen Anfangsverdacht?«

Schweigen in der Runde. Von Aha schien jedoch plötzlich hellwach.

»Nichts haben wir. Ein reiches Saubermann-Paar mit sozialem Engagement unter der Überschrift ›Tu Gutes, lehne dich bescheiden zurück und wehre dich nicht, wenn andere drüber sprechen‹. Wir müssen in den Filialen suchen. Gab es da Unmut oder ungerechte Behandlung? Oder ganz woanders, heißt, wir sollten auch gegenläufig denken, müssen auf jedes noch so kleine, unerwartete Detail achten. Ich bin gespannt, wie die privaten und die Firmenkonten aussehen. Einblick in die Steuerakten kann uns auch weiterbringen.«

Jerry blätterte in seinen Notizen. »Es gibt noch keine Liste mit Freunden und Verwandten. Will vielleicht jemand vorzeitig erben?«

Tom tippte die Idee gleich ins Protokoll. Und seine eigene gleich mit dazu. »Wir sollten in den Filialen besonderes Augenmerk auf die weiblichen Angestellten legen. Denkt an die Me-too-Bewegung, Frauen, die lange zu Übergriffen geschwiegen haben. Vielleicht hat sich jemand wegen einer lange zurückliegenden Geschichte gerächt. Dieter Pahlen wirkt so gockelhaft auf den Fotos, ich kann mir vorstellen, dass der kein Kostverächter war.«

Burmeester winkte ab. »Diese technischen Manipulationen sind untypisch für Frauen.«

Tom blieb bei seinem Standpunkt. »Genau deshalb sollten wir dranbleiben. Man kann sich zu jedem Thema Informationen aus dem Internet besorgen, und ich glaube, dass Frauen genau mit dieser völlig antiquierten Reaktion rechnen könnten. Wir müssen die Handys der beiden auswerten, Standortinformationen, Verbindungen. Das übernehme ich. Bin ja im Haus.«

Niemand blieb gern im Innendienst, Burmeester gab seinem Bedauern Ausdruck. »In der Fernsehserie ›Mord mit Aussicht‹ sagt Polizeiobermeister Schäffer in solchen Situationen immer zur Kollegin Bärbel: ›Ist ja auch wichtig‹, wenn sie aufspringt und ihre Jacke schon in der Hand hat. So isset.«

Karin schmunzelte. »Du hast also noch Zeit zum Fernsehen. Mal schauen, ob das noch der Fall sein wird, wenn wir beide uns die Filialen aufteilen und besuchen. Ich kümmere mich zusätzlich noch um Brigitte Pahlen. Alles klar? Große Lage morgen um zehn, und bitte seid pünktlich, ich befürchte sonst eine räumliche Versetzung, ab in den Keller mit dem undisziplinierten K1.«

Alle außer Tom Weber waren bereits auf dem Weg nach draußen, er vervollständigte seine Aufzeichnungen und wandte sich an Karin.

»Neue Nachrichten von der Spurensicherung, unsere Anwesenheit in der Wagenhalle wird erwartet. Es gibt zusätzliche Erkenntnisse.«

Der Feierabend rückte in die Ferne, sie machten sich auf den Weg.

***

Heierbeck wirkte aufgeregt, keine Spur von Erschöpfung nach dem langen Arbeitstag. Er bat Karin und Tom, ihm zu folgen, und positionierte sich vor dem Wagen, der sich nun knapp in Augenhöhe befand. Dort wies er auf das für Laien undurchsichtige Gewirr aus Drähten, Schläuchen, Blech und den Resten eines zerfetzten Reifens. Er lächelte voller Stolz.

»Die Elektronik ist das eine, aber Sie kennen mich, ich muss erst der kleinsten Schraube auf den Grund gehen, bevor ich mich mit meinem Ergebnisbericht zufriedengebe.«

Schweigend, mit diesem kleinen Lächeln wie James Bond in »Spectre«, der am Ende in seinem heiß geliebten alten Auto davonfährt, schaute er auf den Blechklotz. Gerade als Karin ungeduldig wurde, setzte er zu einer Erläuterung an.

»Es kann viele Gründe für das Versagen der Bremsleistung geben, die nicht vom Fahrer beeinflussbar sind. Hier haben wir Fakten vorliegen, die in absehbarer Zeit zu einer Katastrophe geführt hätten, jedoch nicht ursächlich für das Geschehen waren.«

Er legte eine Pause ein, bündelte damit erneut die gesamte Aufmerksamkeit, genoss diesen Zustand. Der Fachmann, der Detektiv, der Tüftler, sein innerer kleiner Junge wippte auf den Füßen, Sohle, Zehenspitzen, Sohle, Zehenspitzen, bis er einen Scheinwerfer auf den Bereich hinter dem verformten Reifen richtete.

»Was Sie dort sehen, ist das Bremssystem, Sie wissen um die Funktionsweise mit dem Klotz, der Scheibe, Bremsflüssigkeit. Und bei genauer Betrachtung habe ich das hier entdeckt.«

Mit einem Stift wies er auf einen Schlauch, an dem man ganz

offensichtlich zu schneiden versucht hatte. »Sehen Sie das? Das kann unmöglich bei dem Unfall passiert sein, da sind Schäden am Material, die nicht durch den Aufprall verursacht worden sind.«

Beide neigten sich näher zum Inneren des Wracks, Tom Weber wiegte den Kopf voller Zweifel. »Warum sollen diese Spuren nicht im Zusammenhang mit dem Aufprall stehen?«

Heierbeck lenkte den Scheinwerfer in Richtung des anderen Reifens. »Vielleicht hätte ich der Beschädigung keine größere Bedeutung zugemessen, wenn ich nicht auf der anderen Seite das Gleiche vorgefunden hätte. Da hat jemand versucht, die Brems-schläuche so anzuritzen, dass es in absehbarer Zeit zu einem entscheidenden Verlust an Bremsflüssigkeit gekommen wäre. Und das wäre selbst bei Tempo fünfzig ein möglicher Grund, ein Auto in der nächsten kleinen Kurve vor einen Baum zu setzen.«

»Und wieso sind Sie sicher, dass das nicht die Ursache dieses Crashs war?«

»Fehlende Bremsflüssigkeit hätte die Lenkung und die Funktion der Airbags nicht beeinflusst. Sie muss aber Spuren am Standort des Autos hinterlassen haben.«

»Also Flecken im Carport der Pahlens.«

»Wenn der Wagen dort mehrere Stunden vor der letzten Fahrt gestanden hat, ja. Ich habe mich im Haus des Opfers umge-schaut, jedoch keinen Blick in den Carport geworfen, das werde ich nachholen. Vielleicht finde ich auch das passende Werkzeug, dann könnten wir daran noch andere Spuren sichern.«

Karin stand mit verschränkten Armen neben ihm. »Da wollte jemand ganz sichergehen, dass der Mann mit seinem Wagen ver-unglückt?«

In Heierbecks Gesicht wurde Zweifel erkennbar. »Das eine muss nicht unbedingt mit dem anderen zusammenhängen. Ich kann mir nicht vorstellen, dass ein Hacker, der sich mit ein paar Befehlen auf der sauberen Tastatur in die Elektronik einloggt, fast unter den Wagen kriecht, um sich die Hände schmutzig zu machen. Da sind garantiert zwei verschiedene Personen beteiligt. Und wenn Sie mich fragen, wie ich diese mechanisch durchge-

führte Manipulation beschreiben würde, dann käme der Begriff dilettantisch garantiert drin vor. Wer hier geritzt hat, war bestimmt kein Autoexperte. Oder ungeschickt im Umgang mit Werkzeug. Das sieht fast aus, als wäre eine –«
Karin unterbrach ihn. »Jetzt sagen Sie nicht, das könnte eine Frau gewesen sein, dann gibt es Ärger mit dem Kollegen hier. Auch bei der Planung des Ablebens von Ehegatten geht es um Gleichberechtigung.«
Heierbeck schaute sie ungläubig an.
»Verschleierung von geschlechtsspezifisch und statistisch erwiesenen Mordmethoden, Sie verstehen?«
Der Fachmann nickte. »Eine ausgebildete Mechatronikerin kann das jedenfalls nicht gewesen sein, glauben Sie mir.«
»Halten wir erst mal fest, dass es nicht nur Manipulationen an der Elektronik und im Haus an der Deckenleuchte gegeben hat, sondern zusätzlich auch noch angeritzte Bremsleitungen. Das sind die Fakten.«
Auf dem Weg zurück in ihre Etage blieben sie, fast schon einem Ritual gleich, stumm, bis Karin vor ihrem Büro stand.
»So viel Hass auf ein unbescholtenes Ehepaar? Wem sind die beiden auf die Füße getreten? Ein Racheakt? Wir müssen uns beeilen, Tom, Brigitte Pahlen befindet sich in höchster Gefahr.«
Tom war nachdenklich, er glaubte nicht an eine schnelle Aufklärung des Falles. »Vielleicht ist auch alles ein riesiges, gut inszeniertes Ablenkungsmanöver. Wir sollten in alle Richtungen schauen.«
»Das wäre nicht die erste Stecknadel, die wir im Heuhaufen finden.«
»Alle geben ihr Bestes, Karin. Das weißt du doch.«

✳✳✳

Er wollte so unauffällig wie möglich observieren. Gero von Aha redete sich auf jeden Fall ein, dass es sich bei seiner Anwesenheit in der Nähe des Duisburger Hauptbahnhofs um eine rein berufliche Observation handelte.

Sein Auto stand in der Parkgarage auf der anderen Seite des Bahnhofsgebäudes, er selbst saß unauffällig in einem der Sessel in der kleinen Lobby des B&B-Hotels. *Bed and Breakfast.* Eine riesige, modern eingerichtete Version des Hotel Garni für eilige Reisende mit den umgedrehten Tassen auf den Untertellern im Frühstücksraum. Zur Tarnung hielt er eine Zeitung in Händen. Die hohen Rückenlehnen der Sitzmöbel versperrten den Blick von außen, ließen die Sicht durch das seitliche Fenster frei, die Zeitung würde im Gebäude ein Übriges leisten.

Während er hier saß, direkt vor Ort, waren einige Gäste mit ihren rollenden Koffern aus Richtung Bahnhofshalle eingetroffen und nach kurzem Halt an der Rezeption im Aufzug verschwunden.

Gero von Aha war nervös. Die Druckerschwärze der Zeitung hinterließ Spuren auf seinen schweißfeuchten Handflächen. Er wollte es wissen. Musste wissen, ob Cara Beerenboom nicht in Wirklichkeit eine andere war. Tanja Schneider. Die schärfste Frau, der er je begegnet war. Die Frau, die dafür gesorgt hatte, dass seine Karriere im Kommissariat 8 in Göttingen ein jähes Ende fand. Die Frau, der heute sein Begehren galt, ähnlich wie damals, als er sich zähneknirschend bereit erklärt hatte, an einer langen Fortbildung in den USA teilzunehmen, um anschließend am anderen Ende der Republik, genauer gesagt in Wesel am Niederrhein, eine neue Stelle anzunehmen. Versetzung in die Provinz, er hatte sich tagelang betrunken, um herauszufinden, ob er nicht besser alles hinwerfen sollte. Und jetzt, da er endlich angekommen war am Niederrhein, seiner unverhofften Wahlheimat, schlug dieser Blitz direkt neben ihm ein und lähmte alles, was ihn ausmachte.

Sein Smartphone meldete sich vibrierend in der Jackentasche. Von Aha wollte nicht wissen, wer das war. Er ahnte es, wollte den Kontakt vermeiden. Wartete, bis das Gerät wieder schwieg, nahm es dann aus der Tasche und öffnete den Sperrbildschirm. Marlene, wie vermutet. Aber ignorieren konnte er das nicht. Schließlich waren sie für heute verabredet. Bei ihr daheim. Bestimmt hatte sie gekocht, das war ihre Passion, immer schmeckte es hervorragend. Wie üblich würde der Tisch liebevoll gedeckt sein, dekoriert mit Blumen aus ihrem kleinen Garten. Garantiert würde sie eines der reizvollen Kleider, die ihren üppigen Busen betonten, tragen und hinreißend aussehen.

Eine schnatternde Gruppe junger Chinesinnen holte ihn aus seinen Gedanken, sie passten nicht alle zusammen in den Aufzug und rauften spielerisch um den Platz.

Von Aha wurde bewusst, dass er noch immer sein Smartphone in der Hand hielt. Was sollte er Marlene sagen? Ich sitze in einer Hotellobby. Rein beruflich. Ich ermittle. Das war eine glatte Lüge, die Wahrheit hätte einen anderen Klang, scharfkantig und verletzend. Gefährlich für eine wohlgeordnete Beziehung. Ich warte hier mit feuchten Händen auf eine Frau, mit der ich mal zusammen war. Ich will sie wiedersehen. Der Gedanke an sie erregt mich. Nein, das konnte er unmöglich aussprechen. Er entschied sich, eine kurze Nachricht über WhatsApp zu senden, und tippte mit zittrigen Fingern.

»Liebe Marlene, kann leider nicht kommen. Mein Einsatz ist wichtig. Tut mir leid. Kuss.«

Er schaute sich den Text an. Las ihn wieder und wieder. Die Zeit verging. Ein Kommen und Gehen in diesem Hotel. Hier blieb man nicht lange, sondern machte nur Station, um am nächsten oder übernächsten Tag weiterzureisen. Wieso wohnte die sogenannte Cara Beerenboom schon so lange hier, obwohl sie in Wesel gemeldet war? Der Text für Marlene gefiel ihm nicht. Bei allem, was ihn gerade bewegte, fiel es schwer, die richtigen Worte zu finden.

»Hi, kann leider nicht kommen. Bin im Einsatz und kann nicht telefonieren. Sorry, ich weiß nicht, wann ich zurück sein werde.«

Nur ein kurzer Fingertipp auf den grünen Pfeil, und die Nachricht schoss durch die Datenwelt. Zwei graue Häkchen zeigten an, dass ihr Gerät auf Empfang war, sie wechselten die Farbe, als sie die Nachricht las. Er klickte sich aus dem Chat und schaltete das Smartphone auf völlig lautlos. Auch keine Vibration mehr. Nur noch er mit seinen Gedanken und den diffusen

Gefühlen in dieser winzigen Lobby mit dem ständig lauernden Blick durch das Seitenfenster und in Richtung Eingang.

So vergingen eine Stunde und eine weitere. Die Zeitung, die Gero von Aha immer wieder knetete, glich mittlerweile der abgegriffenen Ausgabe der letzten Woche, er warf sie missmutig auf den Nebensitz und roch angeekelt an seinen Fingern. Ranzige Druckerfarbe.

Die meisten Gäste verließen das Haus jetzt ohne Gepäck, bestimmt auf der Suche nach einem Abendessen. Die Dämmerung setzte ein, von Aha bekam Durst, fühlte sich verschwitzt und hungrig. Er stand auf und reckte sich, gähnte ausgiebig. Er klemmte seine Brille mit einem Bügel in die Knopfleiste seines Hemdes und rieb sich durch das Gesicht, ribbelte an den Augen.

Als er die Hände wieder von den Augen nahm, schloss sich die Aufzugtür hinter einer Frau mit langen blonden Haaren. Sein Herz schlug höher. Hatte er sie tatsächlich verpasst? Er lief zur Rezeption.

»Ich warte hier auf Frau Beerenboom, und jetzt habe ich sie wahrscheinlich verpasst. Verraten Sie mir die Zimmernummer?«

Die junge Frau hinter dem Tresen schmunzelte und schüttelte den Kopf. »Ich gebe grundsätzlich keine Informationen raus, wenn ich nicht vorher ausdrücklich dazu berechtigt wurde.«

Gero von Ahas Hand glitt in die Innentasche seines Jacketts. Dann eben anders. Er zog seinen Dienstausweis hervor. »Ich garantiere, dass Sie zu der von mir erfragten Auskunft berechtigt sind. Die Zimmernummer von Cara Beerenboom, bitte. Oder muss ich erst zu Ihnen hinter den Tisch kommen, um einen Blick auf den Bildschirm zu werfen?«

Wortlos und mit schnippischem Ausdruck tippte die Frau hastig auf die Tastatur. »Vierhundertsieben. Soll ich Sie anmelden?«

Er wies mit ausgestrecktem Zeigefinger auf sie und flüsterte. »Sie werden sich hüten. Verstanden?«

Die Rezeptionistin schien beeindruckt und nickte, während er zum Aufzug ging.

Er trat in der vierten Etage aus dem Lift und orientierte sich an der Beschilderung. Warum kamen ihm ausgerechnet jetzt Zweifel? Sie war hier, ganz in seiner Nähe, spürbar, greifbar. Und sie war so weit weg. Wie lange hatte er nicht mehr an diese Frau gedacht? Wenn sie es wirklich war.

Er blickte aus dem Flurfenster auf den Bahnhofsvorplatz, die Autobahn, diese geschäftige Grenze zur Innenstadt, auf den Verkehr, der unablässig rollte. Dann raffte Gero sich auf und suchte im Gang mit Zielstrebigkeit die Vierhundertsieben. Ein letztes Verharren der Fingerknöchel vor dem Türblatt, dann klopfte er, nicht etwa dezent, sondern energisch, bis eine Frauenstimme genervt antwortete.

»Was soll das, wer ist denn da?«

»Housekeeping. Wegen der Aircondition.«

Er hörte sie zur Tür kommen.

»Ich werde mich beschweren, müssen Sie unbedingt abends irgendwelche Reparaturen durchführen? Das kann doch morgens erledigt werden, wenn …« Sie steckte den Kopf durch die Tür.

Einen langen Augenblick geschah nichts weiter, außer dass sich zwei Menschen gegenüberstanden und in die Augen schauten. Dann wollte sie mit einem Ruck die Tür wieder schließen, Gero von Aha stemmte sich dagegen, sie hielt ihm stand. War schon immer eine kräftige Frau.

»Was wollen Sie von mir? Ich schreie gleich um Hilfe.«

»Dann ruf doch gleich die Polizei. Tanja.«

»Das ist Quatsch, mein Name ist Beerenboom, Cara Beerenboom.«

Ruppiges Gedrängel an der Zimmertür mit der Nummer vierhundertsieben.

»Nur die Frisur zu ändern reicht nicht. Sollen wir mal nachschauen, ob ein halbmondförmiges Muttermal die rechte Hüfte ziert? Genau über dem Knochen?«

Sie schnaubte, er sah ihre Augen funkeln, kannte diesen Ausdruck, die wortlose, ohnmächtige Wut. Schließlich ließen beide von der Tür ab.

»Wie hast du mich hier gefunden?«

»Einmal Bulle, immer Bulle.«

»Was willst du von mir?«

»Antworten.«

Sie nickte, ging zurück in den Raum. »Komm rein.«
Gero von Aha schloss die Tür hinter sich und folgte ihr. Sie
setzte sich auf die Kante des Bettes, stützte sich mit den Händen
ab, legte den Kopf schräg in den Nacken und blickte kokett zu
ihm auf.

»Na, Bulle? Willst du wirklich reden?«

VIER

Karin saß früh in ihrem Büro, die Tür zum Flur war geöffnet, und sie blickte auf ihren Bildschirm. Es gab eine terminliche Veränderung, über die sie eine E-Mail der Behördenchefin in Kenntnis setzte. Die große Lagebesprechung war verschoben worden, stattdessen hatte sich das K1 auf eine Pressekonferenz vorzubereiten.

Guten Morgen Frau Krafft,
die Nachricht von Dieter Pahlens Ableben verbreitet sich über den Niederrhein hinaus, die Titelseiten nicht nur regionaler Zeitungen bieten großformatige Fotos, Lebenslauf, Nachrufe. Mit der Nachricht über einen tragischen Unfall geben sich die Journalisten nicht zufrieden, man wetteifert wie immer in solchen ungeklärten Situationen, möglichst exklusiv Näheres über Hergang und Ursache zu erfahren.
Auf Facebook sind erste sogenannte Zeugen zu Wort gekommen, und ich vermute, dass in den sozialen Netzwerken noch wesentlich mehr kursiert. Die Telefone der Leitstelle stehen nicht mehr still. Der Pressesprecher der Kreispolizeibehörde sieht nach Absprache mit mir die dringende Notwendigkeit, kurzfristig zu einer Konferenz zu laden, um die Bevölkerung objektiv über die Todesumstände und den Stand der Ermittlungen zu informieren. Zeitpunkt heute, zehn Uhr, im großen Konferenzraum.
Sie und Ihre Teammitglieder unterstützen den Kollegen Pressesprecher und bereiten ein Statement in gewohnt informativer Art vor.

Mit freundlichem Gruß
Van den Berg

Na großartig, das auch noch. Dabei waren sie ganz am Anfang. Die Erkenntnisse der Kriminaltechnik sollten unbedingt unter Verschluss bleiben. Täterwissen musste sich durch die Aussagen von Verdächtigen bestätigen und durfte nicht vorzeitig veröffentlicht werden. Sie waren noch nicht so weit. Was sollten sie berichten?

Jemand lief an ihrer Tür vorbei, Karin blickte kurz auf, im Bruchteil einer Sekunde nahm sie etwas Merkwürdiges wahr. Es sah aus wie eine Mischung aus Burmeester und Tom Weber, der Kopf des einen über dem Anzug des anderen.

Das Telefon katapultierte ihre Gedanken zurück zu den Fakten. Der Pressesprecher rief an und erkundigte sich nach einer Vorlage für die Journalisten, man müsse mit regem Interesse rechnen, es hätten sich sogar zwei niederländische Zeitungen angemeldet.

»Geben Sie mir etwas Zeit. Ein schriftliches Statement wird es allerdings nicht geben, die meisten Erkenntnisse sind noch nicht verifiziert. Begründen Sie es mit laufenden Ermittlungen und ständig neuem Erkenntnisstand. Ja, wir werden pünktlich unten im Konferenzraum sein. Ich weiß, es wird voll werden, deshalb nicht hier oben bei uns, dafür ist der neue Raum dann doch zu klein. Bis nachher.«

Der Kollege schien nervös zu sein. Sonst war er die Ruhe selbst. Was war anders an dem Fall?

Ihre Gedanken wurden unterbrochen von Tom Weber, der in gewohnt grau melierter Kleidung im Türrahmen stand und pro forma anklopfte, während Jerry Patalon grüßend an ihnen vorbeilief. »Was gibt es Neues?«

»Statt großer Lage ist um zehn Uhr Pressekonferenz. Wir müssen uns kurz abstimmen, in einer halben Stunde. Sagst du den anderen Bescheid?«

»Mach ich. Ist Gero da?«

»Ich habe ihn noch nicht gesehen.«

»Ich schau mal nach.«

Gero von Aha war nicht in seinem Büro. Ähnlich wie am Vortag saßen sie nun zu viert bei Karin und stellten fest, dass die

Erkenntnisse, die vorlagen, nicht für die Öffentlichkeit geeignet waren. Noch nicht.

Um zehn vor zehn machten sich Karin Krafft und Tom Weber auf den Weg, die beiden anderen verschwanden wieder in ihrem Büro. Karin war sich ganz sicher, dass Burmeester am Morgen dezenter ausgesehen hatte als jetzt. Rosa und Rot zu Gelb-Grün-Gestreift.

An der Tür prangte ein Schild: »PRESSEKONFERENZ«.

Der Konferenzraum, in dem das erste improvisierte und von den beiden Kommissaren lustlos betriebene Treffen mit den Medienleuten stattfand, lag im Seitenflügel der Kreispolizeibehörde Wesel. Der Raum wurde sonst für größere Sitzungen genutzt. Jetzt war er gut gefüllt, aber nicht so sehr, wie Karin Krafft erwartet oder sollte sie eher sagen: befürchtet hatte. Es roch nach nassen Mänteln, die meisten Teilnehmer waren beim Gang vom Parkplatz in das Gebäude in einen Regenguss geraten.

Dicht hinter der Tür blieb die Hauptkommissarin stehen. Sie ließ ihren Blick über die versammelten Journalisten, Fotoreporter und den Kameramann gleiten, der, selten genug, zu einem Fall in die Provinz beordert worden war. Wichtigtuerisch verschaffte er sich Raum für seine technische Ausrüstung und wies so demonstrativ auf die Besonderheit hin, dass sich überregionale Medien nach Wesel verirrt hatten.

Karin seufzte. Nach dem bedeutsamen Statement der Behördenchefin würde sie sprechen müssen. Dabei wusste sie, dass heute nicht ihr Tag sein würde, und ihr Ersatzmann für Gelegenheiten dieser Art war unauffindbar. Niemand wusste, wo sich von Aha tummelte. Verdammt, was sollte sie mit jemandem, der offensichtlich machte, was er wollte, ohne sich an Teamabsprachen zu halten! Außerdem, was sollte sie jetzt sagen? Die Rechercheergebnisse waren dünn. Es gab kein verifizierbares Motiv. Sie konnte sich nur verhaspeln oder verplaudern und sich, nein, das K1 blamieren. Sie konnten allesamt weder Komplikationen noch neugierige Medienleute gebrauchen. Jedenfalls nicht jetzt.

Tom Weber spürte ihren Unmut. Er besaß Empathie genug,

um besondere Situationen einzuschätzen, er hatte die Fähigkeit, schnell zu entscheiden, und war durch seine Aufgabe als Protokollführer völlig im Bild.

»Lass mich das machen«, murmelte er seiner Chefin zu. Um keinen Zweifel aufkommen zu lassen, setzte er sich kopfnickend zwischen die Behördenchefin und den Staatsanwalt und richtete das vor ihm stehende Mikrofon. Karin blieb im Hintergrund stehen.

Van den Berg verstand nicht, aber sie wusste so zu tun, als habe sie alles im Griff. Sie begrüßte die unruhiger werdende Schar der Medienvertreter und faselte ein paar belanglose Sätze. In die erste längere Atempause sprach Tom Weber hinein.

»Ich bin ermittelnder Kommissar des K1. Was wollen Sie wissen?«

Mittellautes Gemurmel brach los. So war das niemand gewohnt, das Sprachgewirr hatte einen empörten Unterton.

Tom hob beide Hände: »Bitte der Reihe nach. Sie da an der linken Seite, fangen Sie an, wir machen rechtsherum weiter.«

Während der erste Journalist sich räusperte, staunte Karin im Hintergrund über die Fähigkeiten ihres Mitarbeiters, den sie in dieser Funktion noch nicht erlebt hatte. Respekt.

Frage: »Wann fanden Sie Hinweise, dass jemand bei dem Unglück von Herrn Pahlen nachgeholfen hat?«

Antwort: »… haben könnte. Noch sichern wir kontinuierlich Beweise, zuletzt heute um neun Uhr fünfundvierzig, unterbrochen durch eine dringlich angeordnete Pressekonferenz.«

Frage: »Von wem kam der Hinweis?«

Antwort: »Unsere Kriminaltechniker haben bei der genauen Untersuchung Spuren gefunden.«

Frage: »Was haben sie gefunden?«

Antwort: »Dazu kann ich aus ermittlungstechnischen Gründen nichts sagen.«

Frage: »Na dann eben: Wo wurde etwas gefunden?«

Antwort: »Am Autowrack.«

Frage: »Und der Fund weist auf Tod durch Gewalteinwirkung hin?«

Antwort:»Wahrscheinlich.«

Frage:»Was soll das heißen, wahrscheinlich?«

Antwort:»Das, was man meint, wenn man wahrscheinlich sagt.«

Frage:»Wurde offene Gewalt angewendet, also Schüsse, Messerstiche, Schläge?«

Antwort:»Nein.«

Frage:»Handelt es sich um Mord?«

Antwort:»Wir ermitteln.«

Frage:»Auch in Richtung Mord?«

Antwort:»Ja, aber nicht nur.«

Frage:»Geht es auch um Raub, etwa Schmuck oder Geld?«

Antwort:»Herr Pahlen war ein wohlhabender Mann.«

Frage:»Wurde ihm Geld gestohlen?«

Antwort:»Nein.«

Frage:»Wurde das fahrende oder das stehende Auto manipuliert?«

Antwort:»Wissen wir nicht.«

Frage:»Deutet der Ort, an dem das Auto auf den Baum geprallt ist, auf genaue Planung hin, oder war es Zufall, dass der Wagen hier nahe der Bundesstraße 57 gegen den Baum fuhr?«

Antwort:»Das ist noch Gegenstand der Ermittlung.«

Frage:»Unfall oder Attentat?«

Antwort:»Kein Kommentar.«

Der erste Reporter stand zornesrot auf.

Tom Weber grüßte:»Auf Wiedersehen.«

Frage: »Frau Pahlen ist zeitgleich von der Leiter gestürzt. Glauben Sie an einen Zufall? Oder wurde der Sturz gezielt herbeigeführt?«

Antwort:»Darüber haben wir noch keine Erkenntnisse.«

Frage:»Die Frage war an Sie persönlich gerichtet. Mord, Totschlag oder Zufall?«

Antwort:»Ich bin nicht hier, um persönliche Meinungen zum Besten zu geben.«

Frage:»Aber es wird von Manipulationen geredet, die den Sturz zur Folge hatten. War bekannt, dass Frau Pahlen auf die

Leiter klettern würde, um etwas zu reparieren, das unter Strom stand?«

Antwort:»Weiß ich nicht.«

Frage:»Ich habe von einem Informanten gehört, Sie interessieren sich für die Finanzen der Pahlens. Heißt das, Sie brauchen in absehbarer Zeit Unterstützung vom Bundeskriminalamt?«

Antwort:»Wenn die Finanzen von Interesse sein sollten, wird das BKA routinemäßig informiert.«

Frage:»Also gibt es Tatumstände, aus denen sich das entwickeln könnte?«

Antwort:»Könnte – warum nicht?«

Frage:»Ist Herr Pahlen für das BKA interessant? Hat er mit seinen Geschäften Dreck am Stecken?«

Antwort:»Hören Sie bitte genau zu. Wir haben noch keinerlei Beweise dafür, dass die Unfälle des Ehepaars Pahlen miteinander in Verbindung stehen könnten. Wir wissen aus Erfahrung, dass es besser ist, nicht an Zufälle zu glauben, sondern die Ermittlungen breit anzulegen. Dazu nehmen wir gern das Wissen anderer Dienststellen und Behörden in Anspruch.«

Frage:»Könnte das ein komplizierter Fall werden?«

Antwort:»Es ist ein ungewöhnlicher Fall. Sehr ungewöhnlich.« Tom Weber sah den letzten Fragesteller ausdruckslos an, einen jungen Mann mit farbiger Brille, modisch konturiertem Bart und zur bewusst auffällig gestylten Optik nicht passenden ruhigen Bewegungen.

Die Antworten des Kommissars reichten aus, um den Journalisten eine gute Zeile zu verschaffen und von der Dürftigkeit der Angaben abzulenken. Behördenchefin van den Berg schloss die Veranstaltung, nickte Tom Weber anerkennend zu. Bevor sie nachfragen konnte, warum er und nicht die gerade den Raum verlassende Hauptkommissarin Rede und Antwort gestanden hatte, schoss er auch schon aus dem Raum.

In ihrem Büro in der oberen Etage reichte ihm Karin Krafft einen Kaffee und sagte:»Danke.«

Tom Weber verzog den Mund, als er lösliches Kaffeepulver herausschmeckte. Gero von Aha war offensichtlich noch immer verschwunden, und niemand hatte sich die Mühe gemacht, seinen italienischen Brühautomaten in Betrieb zu setzen. Karin ignorierte den zweifelnden Blick in die Tasse. Die Konferenz hatte eine neue Idee in ihr geweckt. »Die Pahlens waren beziehungsweise sind sehr wohlhabend. Könnten die Anschläge Folge einer Erpressung sein, auf die das Paar nicht eingehen wollte?«

»Interessante These. Vielleicht geben uns die Daten der Pahlens darüber Aufschluss. Ich schau mal, ob Jerry schon mit der Auswertung des PCs starten kann. Und wir müssen unbedingt noch einmal ins Haus.«

»Richtig«, bestätigte Karin Krafft.

❋❋❋

Von Aha saß seit einer Stunde in seinem Büro vor dem PC und arbeitete mit Hochdruck. Die beiden Genehmigungen lagen vor, er würde sich heute noch Einblick in das Finanzwesen der Pahlens verschaffen, privat wie geschäftlich. Erst vorhin war er auf einen neuen Hinweis gestoßen, den es zu beleuchten galt.

Bei seinem Eintreffen hatte der Wachhabende ihn darauf aufmerksam gemacht, es sei zu spät für die PK, die liefe bereits. Eine Pressekonferenz ohne ihn? Ein Novum, nur wegen seiner Disziplinlosigkeit. Er war zu spät dran, das wusste er, und Karin war bestimmt nicht begeistert. Da lieferte der Beamte ihm einen Bonuspunkt, den er bei seiner Chefin ausspielen wollte.

»Haben Sie eigentlich schon auf dem Schirm, dass es vor Kurzem, ich meine, im Februar, einen Einbruch bei den Pahlens gegeben hat?«

»Nein. Was wissen Sie darüber?«

»Im Privathaus in Xanten muss jemand Ölgemälde von berühmten Malern gestohlen haben. Da gab es eine Nachrichtensperre, weil man davon ausging, dass mindestens ein kleines Bild von Emil Nolde darunter gewesen ist. Sie kennen den Weg, den solche Verbrechen nehmen, ein wertvolles Bild wird gestohlen, und da es nicht veräußerbar ist, werden die Besitzer beziehungsweise ihre Versicherungen anschließend bezüglich der Rückgabe erpresst. Deshalb bleiben Details unter Verschluss.«

»Das ist ja interessant. Wer hat ermittelt?«

»Kamp-Lintfort, die sind da zuständig. Suchen Sie im Intranet nach Kommissar Hilmar Wolkenstein.«

Von Aha war in seinem Büro verschwunden, hatte nicht eine Sekunde an den morgendlichen Kaffee gedacht, den Computer hochgefahren und sich die Informationen schicken lassen. Ein Einbruch, der nur geringe Spuren hinterlassen hatte. Profis. Von Aha starrte auf die Liste der gestohlenen Gegenstände. Sie reichte von einem Nolde-Gemälde über drei zeitgenössische Künstler, darunter ein Gerhard Richter, über Familiensilber und technischen Geräten der Nobelmarken Bang und Olufsen sowie Restek bis hin zu Gold- und Brillantschmuck aus einem aufgebrochenen Wandsafe, in dem zusätzlich noch Bargeld gelagert war. Alles in allem ein Gesamtwert von über einer Million, gestohlen aus einem schlecht gegen Einbrüche gesicherten Einfamilienhaus. Expertisen lagen vor.

Gero von Aha legte seine Stirn in Falten. Gab es einen Zusammenhang? Laut Bericht von Kommissar Wolkenstein aus Kamp-Lintfort waren die Täter durch ein aufgehebeltes Kellerfenster eingestiegen, hatten schnell gehandelt, gezielt, hatten zum Abtransport ein Seitenfenster geöffnet und waren dadurch auch wieder verschwunden. Alles sehr geräuscharm, die Nachbarschaft sei vorsichtig und ohne Angabe von Details befragt worden, um eine unbeabsichtigte Weitergabe von Informationen zu verhindern. Sie hätten von den nächtlichen Aktivitäten nichts bemerkt, und die Pahlens seien gerade in Sankt Moritz gewesen.

Mehr als eine Million. Ein Verlust, der umgehend der entsprechenden Versicherung gemeldet worden war, die nach erfolgloser Ermittlung ausgezahlt hatte. Was sollte er davon halten? Normalerweise dauerte der Schadensausgleich wesentlich länger, und man nahm sich gerade bei Kunstwerken deutlich mehr Zeit, um mit eigenen Fachleuten zu recherchieren. Die Kollegen Privatermittler kamen dann zum Zug, um den Weg für die Wiederbeschaffung wertvoller Bilder zu bereiten. Von Aha lehnte sich zurück. Das waren doch interessante Fakten. Bei der Durchsicht des Berichts konnte einem Fachmann der eine oder andere Zweifel durch den Kopf schwirren.

Die Summe ging ihm nicht aus dem Sinn, eine Million. Ausgezahlt knapp vier Monate nach dem Einbruch. Vor ungefähr vierzehn Tagen. War Pahlens Unternehmen doch in Schieflage geraten? Er tippte seine neuen Erkenntnisse in den PC, übermittelte sie noch nicht an Tom Weber, bei dem dieses Mal alle Fäden zusammenliefen. Er verschränkte die Arme hinter dem Kopf, schloss die Augen. Die Erinnerung an den vergangenen Abend ließ ihn grinsen.

Sie hatte nicht darüber sprechen wollen, wieso sie den Namen gewechselt hatte, was sie bewogen hatte, zur Polizei zu gehen. Es sei, wie es sei. Sie konnte und wollte aber auch nicht weiter leugnen, dass sie sich kannten, sie ihn bereits auf dem Flur des K1 erkannt hatte. Dass sie gleich bei dieser Begegnung wieder unter einer Bettdecke landeten, war unerwartet schnell und völlig unkompliziert vor sich gegangen. Einfach toll. Und es war ihm scheißegal gewesen, unter welchem Namen diese Frau sich vorgestellt hatte.

In dem kleinen, funktional eingerichteten Zimmer waren sie ohne große Worte schnell zur Sache gekommen, da war kein Kommissar gewesen, da gab es nur Gero mit verschleiertem Bewusstsein und diese wilde Frau mit zwei unterschiedlichen Namen und ihrer Wollust – und auf dem großformatigen Wandbild hinter dem Bett eine Rückenansicht von Schimi in seiner grauen Schmuddeljacke vor einer schematisierten Hochofenkulisse. Da war auch keine Marlene und nicht die Spur von schlechtem Gewissen. Das hatte sich erst am Morgen eingeschlichen, als er auf seinem Smartphone fünf verpasste Anrufe seiner allerbesten Bekannten, die er immer noch nicht Freundin nannte, aufgelistet sah. Er war nach Hause gefahren und hatte lange unter der Dusche gestanden, glücklich und ausgepowert. Tanja, dieses Teufelsweib.

Einer plötzlichen Eingebung folgend tippte er den Namen in die Datenbank. Suchmeldung. Tanja Schneider. Natürlich, unter dem Namen war sie nicht gesucht worden, nachdem sie vorgestern im K1 erschienen war. Den kannte schließlich nur er. Gero von Aha starrte auf den Bildschirm, während sein Smartphone einen weiteren Anrufversuch von Marlene ins Off laufen ließ.

Es gab eine Akte Tanja Schneider. Sie war offiziell für tot erklärt worden. Vor zwei Jahren im Indischen Ozean verschollen. Er staunte nicht schlecht. Und jetzt war sie wieder da. Als Cara Beerenboom, in seinem Leben und mit einem Fuß und einem fragwürdigen Anliegen in seinem K1.

Wie merkwürdig. Und wie ungemein sinnlich. So erregend.

* * *

Burmeester meldete sich bei Karin Krafft ab, er würde jetzt für weitere Befragungen zu den Zeugen fahren, die er noch auf der Liste hatte.

Karin musterte ihn genau. »Sag mal, kann das sein, dass du heute Morgen in ganz anderer Aufmachung hier eingetroffen bist?«

»Ich? Äh, nö. Wie kommst du drauf?«

»Ich hatte eine partielle Bewusstseinstrübung. Habe einen Anzug à la Tom Weber mit deinem Kopf an meiner offenen Bürotür vorbeigehen sehen. Eine Art Fata Morgana.«

»Ist da Wunschdenken einer Vorgesetzten im Spiel? Lass mir einfach noch mein bisschen Freiheit. Mein Anzug zur Einweihung war die Ausnahme, ich bin schließlich ein guter Junge und weiß, was sich gehört. Wenn ich erst mit Yasmin verheiratet bin, wird ein frischer Wind durch meinen Kleiderschrank wehen. Er wird jedes flippige Modell und jede grelle Farbe hinwegfegen.«

Karin reagierte mit gespielter Empörung und einer abwehrenden Geste. »Das Regiment der Ehefrau wird Auswirkungen auf dein Äußeres haben?«

Burmeester seufzte. Die Brautwerbung um seine Yasmin, deren kurdische Familie auf alte Rituale bestand, hatte ihn das Äußerste an Anstrengung und viel Geld gekostet. In zwei Monaten war der Hochzeitstermin. Rund fünfhundert Leute wurden zur anschließenden Feier erwartet, wobei sich auf seiner Liste die relativ kleine Familie des K1 befand, während der Rest von Yasmin Ögülsans Großfamilie eingeladen wurde. Ein ganzes Flugzeug voll aus der Türkei.

Karin schaute ihn an und befürchtete, mit ihrer Äußerung einen Moment der Nachdenklichkeit ausgelöst zu haben. »Ich sag nichts. Von mir aus kannst du tragen, was du willst, Hauptsache, du trägst was.«

Kommissar Burmeester stellte seine privaten Gedanken wieder in den Hintergrund. »Sind die anderen auch schon unterwegs?«

»Jerry ist mit dem Computer zu Heierbeck, weil er ein Programm hat, um das Passwort zu knacken. Tom versucht, Informationen zu Cara Beerenboom zu finden, die sollte schließlich nicht vergessen werden. Und die Auswertung der Handydaten ist auch sein Job. Ich hoffe, es gibt von dir bald Infos zu dem beobachteten Lexus, bleib dran. Ich werde selbst gleich in die Filialen von Pahlens Firma nach Rheinberg und Wesel fahren, mich umhören. Weißt du was von Gero? Wo der nur bleibt?«

Burmeester wirkte irritiert. »Der ist doch nebenan. Ich habe vorhin nachgefragt, ob es was Neues gibt. Der will nachher mit einer großen Flut von Ergebnissen zu dir rüberkommen.«

»Was?« Karin stand auf und ließ den verdutzten Kollegen stehen, rauschte in das Nebenbüro, schloss nicht einmal die Tür hinter sich und baute sich vor dem Schreibtisch auf. Sie erwischte Gero von Aha dabei, wie er in Windeseile Dateien auf seinem PC schloss.

»Kannst du mir verraten, was mit dir los ist?«

»Hallo erst mal. Und zu spät kommen kann jeder mal, reg dich nicht auf. Von der Pressekonferenz habe ich erfahren, als ich hier eingetroffen bin. Da lief sie schon, und ich wollte nicht stören. Es war sehr effektiv, ich habe hier einiges zutage gefördert, das von Interesse ist.«

Karin schaute ihm in die Augen. Etwas war anders. Sein Gesichtsausdruck, er war entspannt, trotz ihrer unangenehmen Begegnung. Sie ließ nicht locker.

»Du wirkst verändert, irgendwas ist doch los. Vorhin hat deine Marlene bei mir angerufen und wollte wissen, ob du im Dienst bist. Sie kann dich seit gestern Abend nicht erreichen. Wenn da privat was schiefläuft, dann kläre das, bevor es Auswirkungen auf das K1 hat.«

»Ist ja schon gut, ich ruf sie gleich an. Erst wollte ich dir berichten.«

»Ich bin gleich außer Haus. Um fünf Uhr, okay?«

»Gut, dann hole ich mir die richterliche Genehmigung zur Konteneinsicht ab und fahre erst mal zu den Banken, die auf der Liste stehen. Vielleicht komplettiert sich dann ein Bild, das sich vorhin in ersten Konturen auftat. Ich sage nur so viel ...«

Karin war gespannt, wie er jetzt mit wenigen Worten sein effektives Arbeiten unter Beweis zu stellen gedachte.

»Es gab vor Kurzem die Auszahlung eines Versicherungsbetrags über rund eine Million Euro.«

Hinter Karin erschien Jerry auf dem Flur, den PC in Händen.

»Ich kann jetzt alles öffnen, Heierbeck hat auf Pahlens privatem Computer mehrere Passwörter für unterschiedliche Dateien gefunden. Übrigens gibt es einen Erben aus der Familie. Das ist dieser Neffe, Mike Pahlen. Wir sind bei erster Einsicht in eine private Datei auf den Link zu ›Mike‹ gestoßen. Dort gespeichert sind Zeitungsartikel, Suchaktionen und die Nachrichten vom Tod seiner Eltern. Die sind vor Jahren bei einer Bergwanderung verschollen und Wochen später tot gefunden worden. Abgestürzt. Mal sehen, was ich noch so finde.« Er ging weiter, der PC war schwer.

Karin wandte sich wieder von Aha zu, der harmlos dreinblickend hinter seinem Schreibtisch winzige Schwenkbewegungen mit dem Stuhl ausführte. »Gero, du hast nicht einmal einen Kaffeebecher auf dem Tisch stehen. Erzähl mir nicht, alles sei in bester Ordnung.«

Mit gespieltem Entsetzen sprang er auf. »Jetzt, wo du es sagst, weiß ich, was mir fehlt. Magst du auch einen?«

»Nein danke, ich bin auf dem Sprung und habe vorhin mit Tom einen guten Nescafé Gold getrunken.«

Gero gab sich überspitzt entsetzt.»Sakrileg! Löslicher Kaffee auf diesem Flur. Wo steht das verräterische Glas?«

»Mach keinen Aufstand. Was bleibt uns übrig, ohne dich wagt sich niemand an die Maschine.«

Im Eilschritt lief von Aha zur Teeküche. Die Maschine mahlte, gurgelte, rauschte, bald erfüllte der gewohnt aromatische Duft den kleinen Raum, während Karin wieder zu ihrem Büro ging, um Jacke und Rucksack zu holen. Sie begegneten sich auf dem Flur, Gero von Aha nippte an seinem Becher, Karin wies mit dem Finger auf ihn.

»Und du rufst Marlene gleich an.«

»Ja, mach ich.«

Wieder hinter seinem Schreibtisch blickte von Aha auf sein Smartphone. Sieben verpasste Anrufe und eine WhatsApp, alles von Marlene.

»Gero, was ist los?« Emoji mit nachdenklichem Kopf, Hand ans Kinn gelegt.

Er saß lange da und starrte in die Luft. Dann tippte er auf das Gerät ein. Erst einen langen Text. Zum Teil löschte er ihn wieder. Korrigierte. Dachte angestrengt nach. Kein Herumreden. Das war nicht einfach. Nur sieben Worte blieben übrig.

»Weiß ich auch nicht. Wir reden. Später.« Entschlossen tippte er auf den Sendepfeil.

Er fuhr den PC herunter, zog seine Jacke über und hockte sich auf die Ecke seines Schreibtisches. Nachdenken.

Tanja hatte ein merkwürdiges Geheimnis. Ob sie jetzt mit ihm darüber sprechen würde? Garantiert nicht, die war so verschlossen, dass sie nicht einmal den Namen ihres Vaters preisgeben würde. Ihm blieb nichts anderes übrig, als ihr auf den Fersen zu bleiben.

Wie ein Blitz zog die Idee einer Überwachungs-App durch seine Gedanken. Installieren und für die Auswertung auf seinem Smartphone programmieren. Hatte er ein Smartphone bei ihr gesehen? Bestimmt besaß sie eins. Besaß sie außerdem irgendein anderes Gerät? Garantiert hatte sie ein Tablet, ein Laptop, irgendwas Kleines für die elektronische Kommunikation. Er musste vorsichtig agieren.

Immer Ärger mit den Frauen. Seine Marlene wollte ihn vereinnahmen, Karin forderte seine ganze Energie im Job, und Tanja umgarnte den ganzen Mann.

»Schalt dein Hirn ein, Gero, du bist keine dreißig mehr, und es wird ganz schön kompliziert werden.« Die Erinnerung an die vergangene Nacht war plötzlich präsent, er lächelte in sich hinein. Es schmeckte wie damals. Köstlich.

Was war damals geschehen? Seine Ex warf ihm die Sachen hinterher, und sein Dienstherr stellte ihn vor die Wahl zwischen einem Disziplinarverfahren, verbunden mit wahrscheinlich mehrwöchiger Suspendierung, oder der Versetzung in ein anderes Bundesland. Tanja verschwand einfach von der Bildfläche, von heute auf morgen. Wie vom Erdboden verschluckt. Wo war sie die ganze Zeit lang gewesen? Er schaute hoch, wurde sich seines inneren Monologs bewusst. Peinlich, wenn er diesmal mit sich selbst gesprochen hätte.

Er würde sie beschatten, notfalls mit einer der neuen winzigen Kameras, und herausfinden, was sie in dieses Durchreisehotel trieb. Seine Phantasie ging mit ihm durch, beschatten reichte nicht, er war ihr nah, konnte sie riechen, ja erinnerte sich an ihren Geruch, Geschmack. Vielleicht ließ sie sich ja überzeugen, eine Unterkunft zu wählen, die näher an seiner lag. Wenn nicht in Wesel, dann vielleicht in Dinslaken. Voerde hatte auch ein Hotel.

Nach dem letzten Schluck Luxuskaffee diskutierte von Aha lebhaft mit seinem inneren Gero. Dieses Mal nicht lautlos.

»Das kriegst du alles in die Spur, das sind doch ganz klar die Gedanken eines Ermittlers. Na gut, bei genauer Analyse mischt sich dein Alter Ego ein und fühlt sich wie ein ganzer Kerl. Ist ja auch was. So eine feurige Frau trifft ›Mann‹ selten genug. Gero, Hirn einschalten, die lebt mit falschem Namen und in einem Hotel, obwohl sie nur gut dreißig Kilometer davon entfernt eine Meldeadresse hat. Unter falschem Namen. Wieso? Zumindest das kann sie dem ganzen Kerl erklären.«

Und Marlene? Er stand auf, schüttelte den Kopf, versetzte

einem imaginären Gegner ein paar gezielte, kräftige Hiebe und verließ das Büro in gestraffter Haltung.

Das würde nicht leicht werden.

***

Die sonnengelben Fahnen, die den Parkplatz der Rheinberger Filiale von Möbel Pahlen im Gewerbegebiet Winterswick unweit des TerraZoo-Geländes säumten, hingen auf halbmast. In den Schaufensterscheiben klebten große Plakate, auf denen in sauberen Großbuchstaben die nüchterne Mitteilung der Geschäftszeiten prangte und in kleiner Schrift darunter: »Die Mitarbeiter trauern um einen großen Chef. In seinem Sinne machen wir weiter wie gewohnt, höflich, zuverlässig, unschlagbar preisgünstig.«

Das Geschäft lief also uneingeschränkt weiter. Karin Krafft dachte über die Frage nach, unter wessen Federführung der Laden gerade Möbel und Ambiente vertrieb. Es gab in jedem Haus einen Filialleiter, das hatte sie bei einem Blick auf die Seite des Rheinberger Unternehmens festgestellt. Täglich mussten jedoch garantiert auch übergeordnete Entscheidungen getroffen werden, die Dieter Pahlen entweder selbst gefällt oder gegengezeichnet hatte. Gab es einen benannten Stellvertreter? Wie Herr Google ihr verraten hatte, befand sich das Büro des Ex-Firmenchefs hinter diesen stilvoll gestalteten Scheiben mit den überaus mitfühlenden Transparenten.

Innen zierte ein großes Foto in einem opulenten Silberrahmen mit schräg drapiertem Trauerflor die zentrale Kasse, ein Kondolenzbuch lag aufgeschlagen daneben, Kommentare und Unterschriften waren von Weitem erkennbar. Die Mitarbeiter und Mitarbeiterinnen trugen allesamt eine schwarze Schleife. Jeder hatte das berühmte Pahlen-Gelb der Oberbekleidung durch Schwarz ersetzt und das Zeichen der Trauer an dem Namensschild befestigt. Karin ging auf die Angestellte hinter dem Kassentresen zu, laut Schild eine Frau Meiser.

Die Dame lächelte freundlich. »Kann ich Ihnen vielleicht helfen?«

»Ja, Sie können mir den Weg weisen, ich muss den Leiter dieser Filiale sprechen.«

Sie druckste herum, Karin bemerkte ihre Unsicherheit. Garantiert hatte sie die Anweisung, niemanden durchzulassen. Karin kramte in ihrem Rucksack.

»Er hat viel zu tun, wissen Sie? Unser geschätzter Herr Pahlen hat uns verlassen. Sind Sie denn angemeldet?«

Die Hauptkommissarin legte wortlos ihren Ausweis neben das Kondolenzbuch, die Angestellte rang immer noch mit sich. In Karin keimte Ungeduld. »Wir kürzen das Ganze ab. Wo geht es lang? Hinten rechts, da wo ›Nur für Mitarbeiter‹ auf der Tür steht?«

»Oh nein, ich meine, ja, ich zeige Ihnen den Weg, Moment, ich muss erst telefonieren.«

»Danke, ich werde ihn finden.«

Karin lief los, zielstrebig auf benannte Tür zu, die Kassiererin kam hinter ihr hergelaufen. »Das ist unser Aufenthaltsraum. Kommen Sie, ich bringe Sie zu ihm.«

Geht doch, dachte Karin.

Dem Filialleiter war deutlich anzumerken, dass er jede Form von Störung nicht gebrauchen konnte. Er saß in Pahlens Büro hinter dessen Schreibtisch und hatte den PC hochgefahren, um ihn herum lagen aufgeschlagene Aktenordner. Hinter ihm hing Brigitte Pahlen, großformatig in Öl.

»Frau Meiser, jetzt nicht, ich hatte doch ausdrücklich –«

»Die Dame ist von der Kriminalpolizei.«

Ohne sie aus den Augen zu lassen, schloss er die Dateien und griff sich einen Ordner nach dem anderen, klappte die Deckel zu, stellte sie ganz unauffällig zu seinen Füßen auf den Boden. Aus den Augen, aus dem Sinn? Innerlich schmunzelte Karin über den kindlichen Versuch, die Dinge so zu verbergen.

Er setzte sein kundenfreundliches Lächeln auf. »Die Kriminalpolizei? Wie kann ich Ihnen helfen?«

Karins Blick folgte der Kabelverbindung vom Bildschirm, die in einer Mulde in der Tischplatte verschwand, umrundete den Schreibtisch und bückte sich. Sie krabbelte unter den Schreibtisch, entfernte die Verbindungen am Computer und zog, unter den entsetzten Augen der beiden Angestellten, den PC zu sich. »Was erlauben Sie sich, stellen Sie den Rechner sofort zurück! Da sind wichtige Vorgänge drauf. Dürfen Sie das überhaupt? Unser Rechtsanwalt, Frau Meiser, rufen Sie Dr. Schlägel an, der wird gleich hier sein und Ihnen verbieten, den PC mitzunehmen!«

In aller Ruhe stellte Karin das Gerät neben sich ab, nahm als Nächstes die sechs Ordner, die so sorgfältig vor ihren Augen geschlossen worden waren, und stellte sie demonstrativ auf die Tischplatte aus edlem Holz.

»Holen Sie ihn, ja, gern. Ich darf das, ich sehe den Tatbestand der versuchten Verschleierung von Beweismitteln als gegeben, schließlich sitzt hier ein anderer Mensch an dem Gerät als der bisherige Besitzer. Und glauben Sie mir, wenn Sie zwei Minuten intensiv nachdenken, dann fällt Ihnen gewiss ein, dass die geschäftsrelevanten Vorgänge garantiert extern abgesichert sind. Greifen Sie darauf zurück, solange ich diesen PC und die Akten überprüfen lasse. Guten Morgen übrigens, ich bin Hauptkommissarin Krafft vom Weseler K1, Mordkommission. Und jetzt habe ich noch einige Fragen. Mit wem habe ich das Vergnügen?«

Er stellte sich als Wartmann vor.

Das wusste Karin bereits von der Homepage, verriet es aber nicht. »Ihre Funktion?«

Die Angestellte mit dem Namensschild Meiser verließ fast lautlos den Raum.

»Filialleiter hier in Rheinberg.«

»Ich gehe davon aus, dass Sie auch der offizielle Stellvertreter von Dieter Pahlen sind?«

Er rutschte auf dem Schreibtischsessel hin und her. So ist das, wenn man auf fremden Stühlen hockt.

»Nein, nicht offiziell, eher unausgesprochen. Also nicht festgeschrieben.«

»Wer ist es denn offiziell?«

»Frau Brigitte Pahlen.«

Karin zog sich einen Stuhl heran und setzte sich. »Nun fällt

Frau Pahlen ja auch aus. Langfristig. Und wie ist die Leitung in diesem Fall sichergestellt?«

Der Filialleiter nuschelte einen Namen so unverständlich, dass Karin sich zum Schreibtisch vorbeugte.

»Ich kann Sie leider nicht verstehen. Bitte wiederholen Sie diese Auskunft.«

»Sein Neffe ...« Er spuckte den Namen förmlich aus.»... Mike Pahlen.«

»Herr Wartmann, Sie scheinen nicht sehr begeistert zu sein. Wie kommt's?«

Er stand auf und raffte das verbliebene Häuflein von Papieren zusammen, das vor ihm lag.

»Das ist ein Nichtsnutz. Glauben Sie mir, der steht nur auf der Liste, weil er den Namen Pahlen trägt. Der kann doch kein florierendes Unternehmen leiten. Gott gebe, dass die Frau vom Chef schnell wieder ansprechbar ist und auf die Beine kommt, sonst sehe ich schwarz für das Unternehmen. Wir brauchen Entscheidungen für unser Geschäft. Deshalb muss ich doch an diesen PC, unbedingt.«

»Wenn wir die Festplatte durchgeschaut haben, bringe ich ihn höchstpersönlich wieder her.«

»Wieso interessiert sich eigentlich die Mordkommission für Dieters Tod?«

Man duzte sich also.

»Weil es eindeutige Indizien gibt, die auf Gewalteinwirkung hinweisen.«

Wartmann setzte sich wieder. »Das ist nicht Ihr Ernst. Dieter wurde ermordet? Das kann doch nicht sein. Der ist, der war so ein toller Mensch. Ein Vorbild, ein beispielhafter Chef. Ich kann das nicht glauben.«

Er schüttelte den Kopf. Seine entsetzte Reaktion schien authentisch. Ein treuer, enger Mitarbeiter, dem der geschätzte Vorgesetzte abhandengekommen war.

»Gab es interne Querelen? Hatte er Feinde? Unerbittliche Konkurrenten?«

Wartmann schüttelte weiterhin den Kopf.

»Darf ich das jetzt als Antwort werten?«

»Was? Ob alles gut war? Ich weiß nichts anderes. Die Pahlens waren, ich meine, sie sind, vielmehr sie ist, ach, ich will sagen, dass jeder die beiden schätzt. Man kann mit persönlichen Problemen zu ihnen kommen. Da waren in den letzten Jahren zinslose Kleindarlehen für Mitarbeiter üblich, die in Engpässe gerieten, es gab Feste, die man als Gemeinschaft feierte, Weihnachtsgeld, wir können uns nicht beklagen. Feine Menschen. Beide.«

»Nahezu märchenhaft also.«

Sie schauten sich über den Tisch hinweg an, ein kleines Lächeln durchzuckte das Gesicht des Filialleiters. Er druckste herum wie ein Schuljunge, der sich schämte, ein Geheimnis auszuplaudern.

»Los, reden Sie schon.«

Sichtbar gab er sich einen Ruck. »Wie überall nahm der Regent sich das eine oder andere Mal die Freiheit und lud eine Frau zum Wochenende ein. Ganz dezent, alles sollte geheim bleiben. Blieb es meist nicht, aber alles lief in geordneten Bahnen weiter. Keine bösen Worte, keine Liebeleien im Betrieb. Und die Frauen, ich kenne zwei, waren stets zufrieden mit ihren Ausflügen.«

Da sieh an, dachte Karin, doch ein wenig *thunder in paradise*, ein Männergeheimnis, aber nicht nur.

»Sie sprechen von Sex mit Angestellten?«

Er senkte seine Stimme. »Ja, aber alles freiwillig, glauben Sie mir. Er war kein Kostverächter, alles lief diskret, und keiner Frau hat's geschadet. Ich glaube, er erwies sich als äußerst großzügig.«

»Wollen Sie mir sagen, dass er für seine außerehelichen Eskapaden bezahlte?«

»Nein, so doch nicht. Ich weiß aber von hochpreisigen Hotelsuiten und wertvollen Geschenken.«

»Wie darf ich das verstehen?«

»Was Frauen eben mögen. Steigenberger, Ritz, Adlon. Ein Schmuckstück, eine Markentasche.«

Amouren, Orte und Geschenke waren zumindest dem Filialleiter des Stammsitzes bekannt. Vielleicht noch weitere Details?

»Verstehe. Gab es eifersüchtige Ehemänner oder Freunde?«

»Da kann ich nichts zu sagen, Dieter hat nichts dergleichen erzählt.«

»Und Frau Pahlen? Wusste sie von seinen Eskapaden?«

»Ja, bestimmt. Ich weiß es nicht genau, ich halte sie aber für eine großzügige Frau. Die liebte ihren Mann, das war so ein Paar, wie man es selten trifft. Ja, Schatz, aber gern doch, so hat sie immer geredet.«

Ob sich so das wahre Glück ausdrückte?

»Gab es geschäftliche Vereinbarungen, Verträge mit Lieferanten oder Herstellern, für die es, ich nenne es mal: Sonderkonditionen gab? Vereinbarungen in der Grauzone? Irgendwas, das jemanden so richtig sauer machen konnte?«

Wartmann reagierte aufgebracht. »Nein, hier war und ist alles in Ordnung.«

»Sehen Sie, und das würde ich gern überprüfen. Ich nehme den PC und die Akten mit, weil sich vielleicht bei der Sichtung Anhaltspunkte ergeben, die uns weiterbringen können. Denn offenbar war nicht alles in Ordnung.«

Karin schob eine Visitenkarte über den Schreibtisch. »Und wenn Ihnen noch etwas einfällt, dann lassen Sie es mich umgehend wissen. Umso schneller wird es mit der Auswertung gehen. Das ist für die Zukunft der Firma und Ihre berufliche bestimmt von Vorteil. Und jetzt rufen Sie bitte Frau Meiser her, oder helfen Sie mir persönlich, die beschlagnahmten Gegenstände ins Auto zu tragen?«

Das Material rief nach Manpower. Sie würde es für heute bei dieser einen Filiale belassen.

Nicht der Leiter dieses Hauses, nein, Karin stapelte die Aktenordner auf den Armen der jungen Angestellten, sie selbst nahm den PC. Sie lief hinter der schwarz gekleideten Frau her in Richtung Ausgang und überlegte, ob sie wohl zum reichlich entlohnten Harem des Chefs gehörte?

Plötzlich gab es noch den anderen Pahlen, der ihr Interesse weckte. Dieser Neffe war nicht einfach nur ein Verwandter, er spielte eine unklare Rolle. Sie mussten ihn ausfindig machen. Den Nichtsnutz, der um ein Haar reich geerbt hätte, der nun Vize-Herrscher über ein Imperium war.

Zurück in Wesel verspürte Karin großes Verlangen nach einem leckeren Latte macchiato, wie er im »Extrablatt« am Großen Markt in Wesel serviert wurde. Von Ahas Kaffee war eine Offenbarung, aber manchmal brauchte sie warme Milch, cremigen Schaum, all das aufgeschlürft mit für Gero von Aha so etwas Unakzeptierbarem wie einem Trinkhalm, der, nur einmal genutzt, in den Müll musste. Lauter Beiwerk, das es im K1 nicht gab. Und keine Kollegen rundherum. Einen Moment abschalten.

***

Um siebzehn Uhr war das Team fast komplett, nur die Chefin fehlte. Man versammelte sich im Besprechungsraum, um Ergebnisse großformatig präsentieren zu können. Die Männer waren unsicher, ob sie ohne Karin beginnen sollten, entschieden sich, zu warten. In der Zeit widmete sich jeder den eigenen Ergebnissen, es schien, als habe man zur alten Form zurückgefunden, sei mitten im Fall und wolle mit Hochdruck zum Ergebnis finden. Von Aha platzte vor Tatendrang. Siebzehn Uhr drei, und die Chefin kam nicht.

Burmeester sprach voller Hochachtung von den Leistungen der Kollegen der Spurensicherung. »Versteht ihr? Heierbeck guckt sich ein völlig zusammengeschobenes Autowrack an und findet an verborgenen Einzelteilen Nachweise der Manipulation. Das ist doch unglaublich.«

Er deutete auf die Fotos vom Unfallort. »Hättet ihr an diesem Blechklotz noch ein Augenmerk auf die Bremsschläuche gerichtet? Ich finde es beachtlich, welche Spuren er an dieser Kiste gefunden hat.«

Karin riss die Tür zum Besprechungsraum auf und starrte in die Runde. Von Aha grinste und schaute demonstrativ erst auf die runde Uhr an der Wand, danach vergleichend auf das Chronometer an seinem Handgelenk.

»Das kann doch mal passieren, dass man zu spät kommt, Karin, macht nichts.«

Sie blitzte ihn kurz an. »Ihr wisst nicht, was mir passiert ist«, sagte sie und wedelte mit mehreren bedruckten Papierseiten. »Ich habe brisante Details zu Frau Cara Beerenboom.«

Von Aha horchte auf, gab sich äußerlich gelassen und distanziert. »Von wem sprichst du?«

Sie ignorierte seine Frage. »Wir bearbeiten aber zuerst den Fall Pahlen.«

»Wieso das? Erst machst du hier so eine Ankündigung und lässt uns dann wie dumme Jungs sitzen.«

Mit süffisantem Gesichtsausdruck schaute sie in die Runde. »Aber Gero, nicht die eigene Zunft abkanzeln, bitte. Wenn ich in diese Gesichter schaue, erkenne ich, dass es einen Haufen wichtiger Informationen zu beleuchten gibt. Wir werden wohl über das Wochenende im Einsatz sein, da ist es wichtig, dass jeder auf dem neuesten Stand ist. Sie wird lang werden, diese Besprechung.«

Burmeester lief zur Tür. »Ich hole einen Wasserkasten her, das erspart die Rennerei zur Teeküche. Vielleicht macht Gero ja nachher noch einen Kaffee.«

»Mach ich später, denn ich habe viel zu berichten. Es wird kompliziert, manche Informationen unterliegen einer Zugriffssperre. Dazu gleich mehr, eins nach dem anderen.«

Von Aha stand auf und begab sich zum Technikpult, in kürzester Zeit erschienen mehrere Fotos auf dem Board, darauf Gemälde, Besteck, Gutachten über Schmuck, Colliers, Ringe, altmodische breite Goldarmbänder. Er hockte sich betont locker auf die Tischkante des riesigen Tischblocks.

»Ich sehe, ihr fragt euch, was das Ganze darstellt. Die Bilder stammen aus einer Ermittlungsakte des Kollegen Wolkenstein aus Kamp-Lintfort. Das ist die Beute aus einem Einbruch ins Haus der Pahlens. Der Diebstahl ist kein halbes Jahr her.«

Karins Augen wanderten über die Fotos, sie erkannte neben

dem Diebesgut einen geöffneten Wandsafe.»Ein Einbruch bei Pahlens? Davon war bislang nicht die Rede. Das ist ja sehr interessant. Was war in dem Safe? Und, da links, das ist doch nicht etwa ein Bild von Emil Nolde?«

»Ja, da liegst du richtig. Nolde, Gerhard Richter, ein Stillleben von Gabriele Münter, alles in handlichen Formaten, besonders für Richter eher ungewöhnlich. Und aus dem Safe soll Schmuck und Bargeld entwendet worden sein. So reiche Beute hättet ihr nicht vermutet, oder?«

Jerry Patalon schien verblüfft.»Und in dem Haus sieht es so steril aus. Ich kann mir beim besten Willen nicht vorstellen, dass diese Gemälde dort irgendwo an der Wand hingen, das passt überhaupt nicht.«

»Da hast du die Pahlens wohl falsch eingeschätzt. Man vermied aus ermittlungstaktischen Gründen, die Öffentlichkeit zu informieren, ich glaube, nicht einmal die Nachbarschaft weiß Bescheid. Die kleinen Gemälde gehören in eine preisliche Kategorie, bei der die Versicherungen zunächst auf eigene Ermittlungen setzen, da sie in der Folge mit Erpressung rechnen. Die Werke sind schließlich auf dem offiziellen Markt nicht oder so gut wie nicht veräußerbar. Wolkenstein hat sich mit einer Sonderkommission reingehängt, obwohl es keinerlei verwertbare Spuren gab. Kein Hinweis, nichts, als seien in Zellophan verpackte Geister ins Haus eingestiegen und hätten alles mit einem unsichtbaren Fahrzeug abtransportiert. Er ist davon überzeugt, dass dieser Bruch von beauftragten Spezialisten durchgeführt wurde. Die Täter wussten, was sie vorfanden und mitnehmen sollten.«

Von Aha legte diesen speziellen Ich-bin-ein-Spitzenermittler-Blick auf, bevor er mit seinen Ausführungen fortfuhr.»Wie wir aus unserem letzten großen Fall in Bislich-Büschken wissen, eignen sich Elektroautos für solche Fälle besonders gut, da sie lautlos sind und, wenn der Fahrer will, auch unbeleuchtet. Vielleicht war das hier auch der Fall. Dieser Einbruch ohne Ermittlungserfolg ist das eine. Das andere ist die Tatsache, dass Pahlens Versicherung bereits nach ungewöhnlich kurzer Zeit die gesamte Summe überwiesen hat. Rund eine Million Euro.«

Ein Raunen ging durch das Team.

»Jerry, wenn ich das richtig verstanden habe, dann ist das Haus nicht etwa gesichert wie Fort Knox, oder?«

»Richtig, keine Alarmanlage, lediglich neu installierte Überwachungskameras. Das hat mich schon gewundert, aber jetzt verstehe ich es überhaupt nicht mehr. Ich denke, wenn dir so ein Vermögen geklaut wird, dann überlegst du schnell, dein Anwesen für die Zukunft zu schützen, oder?«

Gero von Aha forderte weitere Aufmerksamkeit, indem er die Fotos verkleinerte und neue Bilder in den Fokus stellte. Zahlenreihen erschienen auf dem Showboard, zuletzt eine völlig unleserliche, mit schwarzen Balken versehene Seite.

Tom Weber wies darauf. »Was soll das? Ist dir eine Datei flöten gegangen?«

»Dazu komme ich später. Und glaubt mir, das ist der interessanteste Teil der Ermittlung. Als ich am Nachmittag damit fertig war, war Dieter Pahlen auf seinem Saubermannsockel gehörig in Schieflage geraten.«

Er belegte eine Anzahl unterschiedlicher Konten, privat und geschäftlich, alles säuberlich getrennt und mit satten Zahlen im Plus.

»Das sind die Informationen von drei verschiedenen Banken. Immobilien, Aktienpakete, Sparvermögen, sonstige Anlagen. Leute, macht in Möbeln, solche Kontostände werden wir in unserem Job niemals haben. Es sei denn, jemand heiratet eine Möbelerbin. Da springt einen zunächst nichts Auffälliges an. Es sei denn, wir blicken auf bestimmte Summen, die von den Geschäftskonten immer wieder bar abgeholt werden, in regelmäßigem Turnus. Es ist in der Branche eher unüblich, dass Geschäfte bar über den Tisch abgewickelt werden, dafür wurde das Geld wohl kaum verwendet. Folgen wir dem Turnus, dann ist in der kommenden Woche wieder so eine Barabhebung vorgesehen. Ich habe die betreffende Bank instruiert, mich zu informieren, falls dieser Vorgang getätigt wird. Wir wissen ja nicht, wer alles Prokura hat oder über eine entsprechende Einzelvollmacht verfügt.«

Karin schaute sich die Zahlenreihen an, in denen von Aha diese Kontobewegungen farblich markiert hatte. »Das sind ja einhunderttausend Euro, die jeweils zwischen dem 15. und 20. eines Monats abgehoben wurden. In bar?«

»Genau. Und die Summen tauchen nirgendwo wieder auf. Zumindest auf diesen Konten nicht. Pahlen hat kein Geschäftsgeld auf ein privates Sparkonto oder so geschaufelt, es verschwindet einfach. Durch die Abhebungen verringert sich natürlich auch das zu versteuernde Einkommen immer wieder, so ergeben sich gleichbleibende Einnahmen, bis hin zu einem leichten Minus zum Vormonat. Sollte in der nächsten Woche das Geld abgeholt werden, dann besteht die Möglichkeit, dass jemand unsere Fragen dazu beantworten muss.«

Er vergrößerte den geschwärzten Teil seiner Präsentation. »Und jetzt kommt das Schmankerl.«

Von Aha wusste um die Wirkung seiner Dramaturgie, hielt inne, steigerte die Spannung ins schier Unerträgliche. Karin hasste diese gockelhaften Kunstpausen, wollte ihn schon auffordern, weiterzusprechen, als er fortfuhr.

»Was ihr hier seht, ist die offizielle Information der Finanzbehörde zu meinem richterlich abgesegneten Antrag auf ausführliche Faktendarstellung.«

»Das ist nicht dein Ernst, oder?«

»Doch, mein völliger Ernst. Es besteht eine Informationssperre.«

»Die ist normalerweise mit der richterlichen Genehmigung zur Auskunftserteilung aufgehoben.«

Er schüttelte theatralisch den Kopf. »Nein, das ist sie nicht. Besser gesagt, diese Sperre im Fall Pahlen gilt selbst für unsere Ermittlung.«

Karin dachte einen kurzen Moment nach. »Das kann nur bedeuten, dass andere Kollegen bereits ermitteln. Wer ist da involviert?«

Von Aha trumpfte auf mit seinem Wissen, fühlte sich stark, kompetent.

»Jetzt demontiert sich das perfekte Bild des sauberen Geschäftmanns Dieter Pahlen, aus der Schieflage heraus knallt er auf den harten Boden. Stellt euch vor, das Bundeskriminalamt ist in Zusammenarbeit mit den Ermittlern der obersten Finanzbehörde an ihm dran. Es geht um ein ganz großes Ding, zu dem mir niemand auch nur ein Wort verraten hat. Brisant. Laufende Ermittlungen. Keine Störung. Fernbleiben. Raushalten. Keine schlafenden Hunde wecken. Ab diesem Punkt ist das K1 in Wesel garantiert raus.«

Er setzte sich breitbeinig hin und mit einer Miene, die besagte, ich klopfe mir selbst auf die Schulter, ich habe gute Arbeit geleistet, obwohl mir der Sinn nach anderen Dingen steht.

Karin stand auf und eilte zum Showboard. »Das werden wir nicht akzeptieren. Ich lasse mir die Ermittlungen zu einem Tötungsdelikt und einem gleichzeitigen Mordversuch nicht einfach durch die Zurückhaltung von wichtigen Informationen torpedieren. Ich meine, das geht gar nicht, stillhalten in einer K1-Ermittlung zugunsten von Untersuchungen zu irgendwelchen Vergehen im Bereich Wirtschaftskriminalität und Finanzwesen. Ich werde mich darum kümmern. Weißt du, wer zuständig ist?«

»Das BKA in Meckenheim. Ohne dein Okay wollte ich in der Sache nicht weiter herumstochern. Habe mich weggeduckt.«

»Gut gemacht, Gero. Ich werde mir überlegen, wie wir uns unauffällig, aber energisch heranpirschen.«

Tom tauchte aus seiner beobachtenden, analysierenden Position auf. »Überlass das mir.«

»Wie willst du den Kontakt herstellen?«

Über sein Gesicht breitete sich ein fast schon schelmisches Lächeln aus. So kannte Karin den Kollegen, den stillen Denker nicht.

»Auch beim BKA arbeiten nur Menschen. Ich werde eine alte Bekannte anrufen, die ist mir noch einen Gefallen schuldig.«

»Kriegst du sie über das Wochenende ans Telefon?«

»Wenn Isabell nicht gerade irgendwo in der Welt auf irgendeinen richtig hohen Berg steigt, dann wird das klappen.«

Karin nickte. »Mach das.«

Sie blickte wieder zum Showboard und berichtete im Anschluss von ihrem Besuch in der Hauptgeschäftsstelle, den Verhältnissen Pahlens zu anderen Frauen, der Loyalität, die ihm entgegengebracht wurde, von den Ordnern, die sie nicht sehen sollte, aber sichten würde, und dem PC, den sie der Kriminaltechnik übergeben hatte. Und von Mike Pahlen.

»Das ist der Neffe, dem der Filialleiter sehr skeptisch gegenübersteht. Ein Nichtsnutz sei er, außerdem nicht in der Lage, wichtige Entscheidungen für das Unternehmen zu fällen. Gibt es erste Erkenntnisse?«

Tom gab den Namen ins Laptop ein, und binnen kürzester Zeit hatte er ihn auf dem Schirm. »Kein unbeschriebenes Blatt, Mike Pahlen hatte mehrere Verfahren wegen Drogenbesitz laufen, hat auch schon gesessen wegen Hehlerei und Fahrens ohne gültige Fahrerlaubnis. Der hat seine Jugend in Xanten verbracht und hat jetzt eine Meldeadresse in Dinslaken. Ich sende sie mit der Zusammenfassung von heute rund.«

»Wer wird sich darum kümmern?«

Jerry meldete sich, Karin ging auf ihn zu. »Wir müssen den finden.«

»Ich fahre hin. Wo ist das?«

Tom schaute auf seinen Bildschirm. »In Dinslaken auf der Talstraße. Ich glaube, das ist ein Komplex aus mehreren Häusern mit einer hohen Trefferquote für Kollegen aus unterschiedlichen Dezernaten.«

Jerry notierte sich die Daten. »Genau das Richtige zwischen Frühstück und Büro.«

Gero von Aha wagte kaum, laut zu atmen. Zwar speicherte eine Seite seines Hirns die Informationen ab, die andere Hälfte weigerte sich strikt, an etwas anderes zu denken als an den Abend in Duisburg. Er wollte so unauffällig wie möglich erfahren, was Karin zu Cara – oder Tanja – herausgefunden hatte. Er würde nicht nachfragen, sich schön bedeckt halten. Erst sollten alle Neuigkeiten zu Pahlens an die Wand oder auf den Tisch. Noch nicht, Gero, gleich.

Er hörte Burmeester, der von mehreren Personen sprach,

denen ein weißer Lexus aufgefallen war, die Tatsache schien sich zu verdichten, dass dieses Auto etwas mit dem Unfall zu tun hatte. Eine bundesweite Händlerabfrage sollte ergeben, wie viele Wagen des Typs in der Farbe unterwegs waren. Noch gab es keine Hinweise zum Nummernschild, aber selbst wenn – auch ein Fahrzeug- oder Kennzeichendiebstahl war denkbar. Burmeester blieb dran.

Karin informierte das K1, dass mit einer Aussage der schwer verletzten Brigitte Pahlen vorerst nicht zu rechnen sei. Mehr gab es dazu nicht zu sagen, hoffentlich schafften es die Kollegen aus Duisburg weiterhin, die Wache zu stellen.

Tom zitierte aus dem Bericht der Kriminaltechniker. Die Manipulationen an der Lampe in Pahlens Diele waren bewusst herbeigeführt worden, das war bereits bekannt. Leider hatte die gründliche Untersuchung durch die Kollegen keinerlei verwertbare Spuren eines möglichen Verursachers zutage gefördert. Jemand hatte die beiden offenbar aus der Welt schaffen wollen. Bloß wer? Dieser als Nichtsnutz betitelte Mike?

Ein Nichtsnutz war in Gero von Ahas Augen ein Weichei, jemand, der nicht zu umfangreicher Weitsicht und Planung fähig war. Ohne ihn zu kennen, traute von Aha ihm diese Wucht an Brutalität nicht zu und schon gar nicht diesen Methodenreichtum, um jemanden ins Jenseits zu befördern. Alles wirkte wohldurchdacht, professionell.

Die Auswertung des Computers aus dem Privathaus lief, eine schier unermessliche Anzahl von Dateien war zu sichten, es gab ja kein exaktes Stichwort, unter dem man suchen konnte. Was sollte Jerry eingeben? Verbrechen? Finanzamt? Der Kollege wollte sich über das Wochenende dahinterklemmen.

Das Auslesen beider Smartphones hatte wiederum interessante Informationen geliefert, ließ andererseits eine Reihe von Fragen unbeantwortet. Dieter Pahlen hatte sein Ortungssystem immer wieder ausgeschaltet, so ließen sich seine Aufenthaltsorte nicht komplett nachvollziehen. Da war erneut die Kriminaltechnik gefragt, die Elektronik des Wagens würde verraten, was sein Smartphone verschwieg.

Bei der nächsten Information horchte jeder auf. Wovon sprach Tom? Im Speicher der ein- und ausgehenden Anrufe war eine bemerkenswerte Anzahl wiederkehrender Gespräche ins Nachbarland zu finden. Drei Nummern. Er sei dran, alle anderen Auslandsnummern konnte er schon zuordnen, es gab eine Hausverwaltung auf Mallorca, einen Service in Sankt Moritz, einen Winzer an der Rhone, Firmenkontakte in Asien und so weiter, nur die Niederländer standen noch aus.

Mittlerweile war es nach neunzehn Uhr, von Aha geriet ins Schwitzen, er spürte das Smartphone in der Tasche seiner Weste vibrieren, kurz, kurz, das war garantiert wieder eine Nachricht von Marlene. Die Antwort stand ihm noch bevor. Dabei würde er jetzt so gern nach Duisburg fahren. Und ewig lockt das Weib. Dieses eine auf jeden Fall.

Ein plötzlicher Zweifel überkam ihn, er überlegte, ob man ihm ansehen könnte, wohin seine Gedanken und Gefühle gerade abdrifteten. Karin konnte das bestimmt, weibliche Intuition. Er überzeugte sich blitzschnell davon, dass sein Pokerface alles verbarg, und hoffentlich blieb Karin am Ball und beendete die Lage nicht, bevor sie ihre Informationen zu Cara Beerenboom preisgab.

Man schien sich im K1 einig. Noch waren viele Fakten zu den Pahlens undurchsichtig und von einer nicht überschaubaren Tragweite. Was das BKA anging, konnten sie nur darauf hoffen, dass Toms alte Verbindung noch funktionierte, bevor ihnen die Ermittlungen offiziell entzogen wurden.

Tom hatte also eine Bekannte beim BKA. Soso. Eine Bekannte. Tom war ein Neutrum, man erfuhr nie, was ihn privat umtrieb. Jetzt gab es zumindest eine hochalpin kletternde Isabell in seinem Leben.

Alles lief auf ein arbeitsreiches Wochenende hinaus. Das kam von Aha sehr entgegen, ließ sich prima an Marlene verkaufen. Er würde arbeiten wie ein Tier und sich vergoldete Nächte gönnen. Während er innerlich beim Vorabend verweilte, in sich hineinlächelte, fiel plötzlich der Name, auf den er die ganze Zeit gewartet hatte. Seine Mimik schaltete bewusst auf angestrengt bis sachlich.

Er saß still da, ohne sich zu rühren, mit diesem gut gespielten Maß an Gleichmut, und spitzte mit Herzklopfen seine Ohren.

Karin reckte sich, holte eine neue Flasche Wasser aus dem Kasten, füllte ihr Glas und trank gierig. Es war schon spät. Dennoch hieß es fortfahren, der Bericht zu der parallelen Ermittlung stand noch aus.

»Tom, hast du noch was zu Cara Beerenboom gefunden?«

»Nein, ich habe aber nicht viel Zeit mit der Suche verbracht, das erschien mir angesichts der Infos im Fall Pahlen nicht als dringlich.«

»Wir werden auch nicht viel zu diesem Namen finden. Das ist eine gefälschte Identität. Ich bin heute am Nachmittag darauf gekommen. Im ›Extrablatt‹.«

Bei der Info horchte von Aha auf, bewunderte seine eigene, spontane Art, humorvoll und spitzfindig zugleich zu reagieren. »Die Chefin hat Zeit für ein Mußestündchen im Café, da schau an.«

Burmeester wurde das zu ungemütlich. »Erst sagst du gar nichts mehr, und dann wirst du wieder stieselig. Jetzt lass mal gut sein mit deiner Stichelei, ich will wissen, worum es geht.«

Karin schaute sich um in dem großen Raum, immer saß man auf Distanz. Das störte die Atmosphäre.

»So geht das einfach nicht, wir sollten zusammenrücken. Packt mal mit an. Wir bauen hier ein wenig um, einen kleinen Tischblock, von dem aus die Technik gut zu steuern ist. Wir sind doch schließlich nicht zwei Dutzend. Über das Wochenende wird niemand mitkriegen, dass wir Unordnung in diesen heiligen, behördlich korrekt ausgestatteten Raum bringen.«

Gesagt, getan, ein kleiner Block am Technikpult entstand, in dessen Mitte Karin nun ihre Papiere ausbreitete, die von allen gut einzusehen waren.

»Im ›Extrablatt‹ saß jemand am Nebentisch, den ich aus dem Fernsehen kenne. Erst habe ich ihn nicht erkannt, Schminke und gute Beleuchtung machen viel aus, aber als ich die Stimme hörte, wusste ich es sofort.«

Sie ordnete die Papiere, auf manchen war das Logo der »Tagesschau« erkennbar. Von Aha verschränkte die Arme vor der Brust und lehnte sich zurück, die anderen beugten sich gespannt vor.

»Da saß Jan Hofer, den kennt ihr doch, oder? Der Chefsprecher der ›Tagesschau‹. Erst später fiel mir ein, dass er ja aus Wesel stammt. Alteingesessene Familie, hat hier laut Presse Immobilien, über sein Engagement in Wesel wird hier und da geschrieben. Er hat auch mal den karnevalistischen Weseler Eselorden bekommen. Der scheint öfter in der Stadt zu sein, man grüßte ihn dort, und er war ständig in Gesellschaft. Keine Promifans, die sich anbiedern wollten, das sah nach Bekannten und Freunden aus, herzlich, man kannte sich.«

Burmeester schaute fast unauffällig zur Uhr. »Und? Ein ›Tagesschau‹-Sprecher in Wesel. Ist das was Besonderes? Dieter Nuhr stammt auch aus Wesel, bis zu seinem zweiten Lebensjahr hat er hier gelebt.«

Karin hob beschwichtigend die Hand. »Du wirst es gleich erfahren. Mit einem Mal fiel es mir wieder ein. Hier, ich habe gar nicht lange in den Archiven der ARD suchen müssen, um den Bericht zu finden, um den es geht. Da steht das Datum der Ausstrahlung drüber, ich hätte es aber auch aus dem Gedächtnis heraus ziemlich genau sagen können. Es war letztes Jahr im Oktober. Ein kurzer Bericht über ein tragisches Vorkommnis in Indien. Ich weiß das so genau, weil ich alle Berichte, die Deutsche in Asien betreffen, mit Eifer verfolge, seit mein Sohn Moritz in Myanmar ist. Jan Hofer stand um zwanzig Uhr in der ›Tagesschau‹ hinter dem Tisch.«

Burmeester hakte nach, um welche Gegend in Indien es sich handle, schließlich habe er die ersten Jahre seines Lebens dort verbracht.

»Das Bundesland heißt Kerala, ganz im Süden gelegen, beliebt bei Touristen. Malerische Strände am türkisblauen Indischen Ozean.«

Burmeester überlegte kurz. »Nein, da bin ich nie gewesen.«

Tom Weber beugte sich über die Papiere und las: »… die als

Ersthelferin nach einem verheerenden Sturm in einem Fischerdorf in Kerala bei der Bergung von Verletzten half, wurde zwischen Fischerbooten von tosenden Wassermassen erfasst und versank.«

»Die Frau, die sich hier vorgestellt hat, nannte sich Cara Beerenboom. Mittlerweile bin ich davon überzeugt, dass dieser Name falsch ist. Vor euch liegt ein ›Tagesschau‹-Bericht über das tragische Verschwinden einer Frau, die als Touristin im Sturmgetöse Menschen rettete.«

Jerry schüttelte ungläubig den Kopf. »Und solche Nachrichten merkst du dir mal eben über Monate hinweg? Respekt.«

Karin wies auf ihren Kopf. »Nennt mich fortan das Hirn. Nein, Scherz, es hatte einen anderen Grund. Jan Hofer saß da in der ›Tagesschau‹, wie immer mit modischer Krawatte und korrekt gekleidet, und las neben Staatspolitik und Weltkatastrophen in einer Kurzmeldung vor, dass eine Frau aus Wesel am Niederrhein auf ungeklärte Weise an einem Strand von Kovalam am Indischen Ozean ums Leben gekommen ist. Versteht ihr? Wesel in der ›Tagesschau‹, das passiert sehr selten, gesprochen von einem Weseler. Trotz damals sofort eingeleiteter Suchmaßnahmen sei sie nicht mehr gefunden worden, es handle sich laut Agenturmeldungen um Tanja Schneider. Die indischen Behörden gingen von einem tragischen Unfall aus.«

Burmeester legte einen der Bögen zurück. »Dann müsste sie doch bei uns in den Suchmeldungen registriert sein, wenn ihre Leiche nie gefunden wurde.«

Karin betätigte die Fernbedienung für den Beamer, schaltete das Laptop ein und rief eine Datei auf, die sich auf dem Desktop befand.

Von Aha staunte. »Wann hast du das gelernt, über Nacht?«

Sie schaute ihn grinsend an. »Du als Cheftechniker bist ja manchmal nicht da. Ich habe mir gestern Abend eine Schnelleinführung auf YouTube angeschaut.«

Sie wies auf die Bilder aus dem Archiv der »Tagesschau«. »Da schaut hin. Ich habe die Frau gefunden. Tanja Schneider. Das ist eindeutig Cara Beerenboom. Gero, was sagst du? Du hast sie doch auch gesehen, als ihr auf dem Flur aneinandergerasselt seid.«

Gero von Aha schaute hoch, runzelte die Stirn. Wiegte den Kopf. »Das könnte sie sein. Die auf dem Flur war auch blond, trug langes Haar. Ich bin mir nicht ganz sicher. Und du hast dir tatsächlich das Gesicht gemerkt und es mit dieser Nachricht von Jan Hofer verknüpft? Ist das nicht ein bisschen unwahrscheinlich?«

Karins Blick blieb auf das lächelnde Gesicht auf der Leinwand gerichtet.

»Ich habe mir das Gesicht damals nicht gemerkt. Nur die Geschichte einer Weselerin, die in Indien verschwunden ist, die hat sich bei mir eingeprägt. Die Begegnung mit Hofer hat mich daran erinnert, und irgendwie hatte ich eine Ahnung, dass es sich lohnen würde, nach dem Bericht zu suchen. Darin standen der Vorname und ein Buchstabe des Nachnamens, Tanja S. Die Daten habe ich mit den bei uns verzeichneten Suchmeldungen abgeglichen, die automatisch erstellt werden, wenn eine Leiche nicht geborgen werden kann, und fand Tanja Schneider. Ich habe das Bild aus der Nachrichtensendung mit dem aus der Vermisstendatei verglichen und bin zu dem Schluss gekommen, dass die verschwundene Tanja Schneider nicht nur eine große Ähnlichkeit mit der geheimnisvollen Cara Beerenboom aufweist. Beerenboom ist Tanja Schneider. Zu ihrem heutigen Namen gibt es keinerlei Informationen, weder bei uns noch in den sozialen Netzwerken, nirgendwo.«

Sie legte einen Ausdruck mit dem Foto von Schneider zu den anderen Papieren.

»Offiziell für tot erklärt, noch nicht bei uns gelöscht. Jetzt sagt schon, das entpuppt sich als mysteriöser Fall, richtig? Eine totgeglaubte Frau taucht unter anderer Identität im Kommissariat auf, weil sie sich bedroht fühlt. Ist sie damals untergetaucht? War der Unglücksfall ein Fake? Hat sie ihr Gedächtnis verloren? Befand sie sich schon damals in Lebensgefahr, und wenn ja, wegen was? Hat man sie ausfindig gemacht und bedroht sie erneut? Ist es Teil eines Zeugenschutzprogramms, dass sie heute Beerenboom heißt? Wer hat im Hintergrund die Fäden gezogen?«

Die Kollegen blieben stumm, man sah es in ihren Köpfen spulen und rauchen, Karin gönnte ihnen einen Moment. »Und das sind nur die allerersten Fragen, die mir zu Beerenboom einfallen. Aus der Frau sprach die blanke Verzweiflung. Die kann sich denken, dass wir ihre Angaben überprüfen und früher oder später hinter ihr Geheimnis kommen. Trotzdem sucht sie Unterstützung bei uns. Die wirkt keineswegs naiv oder unterbelichtet, sondern in großer Not. Sie ist bereit, viel zu riskieren. Ich ärgere mich inzwischen darüber, dass ich sie abgewimmelt habe. Das müssen wir wiedergutmachen.«

Gero von Aha atmete tief durch. Er beugte sich vor, als wollte er etwas mitteilen. Blieb stumm. Karin sah die gerunzelte Stirn über den buschigen Augenbrauen.

»Gero? Willst du was sagen? Hast du eine Idee?«

Leicht irritiert schaute er auf. »Ich? Nö, ich wollte noch einmal auf deine Papiere schauen. Ich, äh, ich wusste gar nicht, dass man so alte Aufzeichnungen zu den Sendungen noch finden kann.«

»Das ist auch nicht so einfach, ich erkläre es dir beizeiten. Bleibst du dran?«

»Ich? Nein, ich habe doch genug mit Pahlens Finanzen zu tun. Wie wäre es mit Nikolas?«

Karin schaute Burmeester an.

Er nickte. »Cara Beerenboom alias Tanja Schneider suchen und finden? Kann ich übernehmen. Irgendwo muss sie sich ja aufhalten.«

Wieder schaute er zur Uhr, dieses Mal folgte Karin seinem Blick. Zwanzig Uhr. Zeit für die »Tagesschau«.

»Schluss für heute. Gute Arbeit. Morgen geht es weiter. Dann dürften die Computerdaten ausgewertet sein.«

Gero von Aha stand auf, wirkte völlig geschafft von der Last des Tages, gähnte, streckte sich. »Mensch, gleich geht es flott ins Bett, ohne Absacker. Man wird alt.«

Karin wies ihn auf sein Vorhaben hin, mit Marlene zu telefonieren.

»Boah, du hörst dich an wie meine Mutter. Ich werde das nicht vergessen, mache ich gleich, wenn ich zu Hause ankomme. Keine Sorge.«

Genervt verließ er mit lauten Schritten den Raum, hielt an der Tür inne. »Wie spät morgen?«

»Seid um zehn Uhr hier, ich mache Stallwache ab acht.«

Burmeester blieb in seinem Büro, bis alle anderen die Etage verlassen hatten. Er öffnete seinen Schrank und begann hastig, sich umzuziehen. Der Anzug war ungewohnt, immer scheuerte der Kragen im Nacken. Was man nicht alles für die große Liebe auf sich nahm.

Er schnupperte an den geliebten bunten Kleidungsstücken, die hier im Verborgenen bleiben würden. Das T-Shirt konnte er ohne Weiteres noch einmal anziehen. Ordentlich gefaltet landete alles in seinem Schrank, der eine Auswahl seiner geschmacklichen Unmöglichkeiten barg.

Der Wachhabende, an dem vorbei er zum Ausgang strebte, überlegte kurz, was ihn beim Anblick des Kollegen so irritierte. Dann widmete er sich wieder dem jungen Mann, der offenbar eine Anzeige aufgeben wollte.

❊❊❊

Als Burmeester den Parkplatz der Kreispolizeibehörde verließ und in Richtung Bislich abbog, schnurrte der Motor von Geros Auto bereits auf der B 8 in Richtung Dinslaken.

Er würde sie beschatten, ganz nah, quasi hautnah. Ob sie ihm heute mehr über ihre ominöse Namensänderung offenbaren würde? Eigentlich war ihm das völlig egal, der Kommissar in ihm war gänzlich ausgeschaltet, der private Gero wollte ein wenig Klarheit.

Was hatte diese Frau, das ihn erneut seine Grenzen überschreiten ließ? Nach all den Jahren war er keinen Deut schlauer geworden, setzte, in einer lustvollen Endlosschleife schleudernd, seine Loyalität gegenüber dem K1, seine Integrität durch sein Verhalten aufs Spiel. Skrupellos. Hirnlos. Aber glücklich.

Sein Smartphone vibrierte. Zweimal. Marlene. Einem spontan aufkeimenden inneren Impuls folgend bog er in Friedrichsfeld an der Ampel rechts ab, hielt am Straßenrand. Was passierte gerade mit ihm? Das war doch seine Lene. Er konnte doch die allerbeste seiner guten Bekannten nicht so behandeln. Das hatte sie nicht verdient. Er nahm sein Smartphone und schaute in die neuen Nachrichten.

»Kommst du heute noch vorbei? Ich glaube, wir müssen reden …« Emoji mit weit geöffneten, fragenden Augen.

Die Antwort fiel ihm dieses Mal leicht, da sie ehrlich war.

»Ja, wir sollten reden, Marlene. Ich habe über das Wochenende Dienst, wir alle, brisanter Fall. Vielleicht morgen in der Mittagspause, auf jeden Fall bald. Ich melde mich.« Kein Emoji. Er hasste diesen Quatsch mit den bildhaften Botschaften.

Gero von Aha wartete die Reaktion nicht ab, schaltete das Gerät aus, fuhr bis zum Kreisverkehr und bog an der Kreuzung wieder auf die Bundesstraße ab. Er schaute in sein Handschuhfach. Da lag es, klein, handlich, batteriebetrieben und ohne ein verräterisches Licht, das die Aktivierung anzeigte.

Seit gestern lag es dort, dieses klitzekleine technische Wunderwerk. Er wartete auf eine Gelegenheit, es in Tanjas Hotelzimmer zu installieren.

Eine offiziell zu erwerbende Überwachungskamera würde vielleicht helfen, die Fragen zu beantworten, die Tanja stoisch überhörte. Was sie beruflich machte, warum sie in einem Hotelzimmer lebte, wie es zu der Namensänderung kam. Die Auswertung der Bilder würde problemlos über sein Smartphone erfolgen.

Er lächelte sich im Rückspiegel zu. »Doch nicht ganz hirnlos einer Frau verfallen.« Schon gar nicht jetzt, wo das K1 ihre wahre Identität offiziell ermittelt hatte.

Okay, zur A 59, Abfahrt Duisburg Mitte. Zum B&B. Vierte Etage.

***

Karins Tochter Hannah reagierte motzig auf die Ankündigung, es sei Zeit, ins Bett zu gehen. Sie war spürbar enttäuscht darüber, dass ihre Mutter über das Wochenende arbeiten musste, statt mit ihr wie geplant zur Großmutter nach Bislich-Büschken zu fahren, um die jungen Störche im Horst hinter der Kirche zu beobachten. Ersatz würden jetzt nur die Bilder der Webcam am Nest bieten.

»Och, Mama, es ist doch Freitag, da darf ich sonst immer länger aufbleiben.«

»Du gehst bitte zu Bett, es ist Zeit.«

»Aber du bist doch morgen nicht da. Wenn ich jetzt schlafen gehe, dann sehe ich dich viel zu kurz an diesem Wochenende.«

»Dafür gehst du mit Papa in den Archäologischen Park in Xanten und kannst bei den Vorführungen der römischen Statisten zuschauen.«

»Wie langweilig, die kenn ich doch, die hab ich jedes Jahr gesehen.«

Maarten wurde das zu bunt, er wusste, dass der Dialog tränenreichen enden würde, wenn er nicht einschritt. Er lief hinter seiner Tochter her.

»Wir beide werden morgen nach meinem Dienst zur Oma fahren, und ich leihe dir mein superteures Fernglas, damit du die kleinen Störche beobachten kannst.«

Hannahs Laune änderte sich spontan, Karin konnte ihr Lächeln hören. »Versprochen?«

»Versprochen. Und jetzt ab ins Bad mit dir, waschen, Zähne putzen.«

Hannah schien zufrieden und hüpfte die Treppe hinauf. Oben lehnte sie sich an das Geländer, ihr Satz traf Karin unvermittelt. »Papa, du kannst viel besser Versprechen halten als die Mama.«

Maarten schien sich entscheiden zu müssen, ob er zunächst die Tochter zu Bett bringen oder die Ehefrau trösten sollte, die sich stumm mit einem Glas Rotwein in den Garten verzog, Woodstock an ihren Fersen. Eine nach der anderen, zuerst das Kind. Hannah schlummerte bei einer Geschichte aus dem Abspielgerät zufrieden und schnell ein.

Maarten nahm ein Glas und die Flasche Rioja mit, ging zu Karin, die am Zaun stand und auf den See schaute. Der Hund saß neben ihr, die Schnauze zwischen den Latten des Törchens ebenfalls in Richtung See gerichtet.

Maarten musste schmunzeln bei dem Anblick. »Ihr seid euch so ähnlich geworden, dieser Hund und du.«

Karin schaute auf Woodstock, den alten Bouvier, und drehte sich um. »Willst du sagen, ich habe Fett angesetzt und werde grau?«

»Nein, du weißt, was ich meine. Ihr genießt beide diese Aussicht und das Leben am Wasser. Es ist schön, zu beobachten, wie es euch immer wieder anzieht.«

Er gab ihr einen Kuss auf die Wange. »Nimm Hannah nicht beim Wort, sie meint es nicht so, das ist der spontane Ausdruck der Enttäuschung.«

»Wieso? Sie hat alles richtig erfasst. Ich bin in entscheidenden Momenten arbeiten, das ist so. Und du bist der allgegenwärtige Papa, das ist auch so.«

Maarten legte seinen Arm um ihre Schulter. »Einmal im Jahr stehst du hier und denkst über dasselbe Thema nach. Dabei ist es doch gut mit uns. Wir ergänzen uns prima, und unser Kind hat ein intaktes Elternhaus. Wenn du Urlaub hast, dann weicht sie dir nicht von der Seite, das weißt du doch. Und ich verkrieche mich dann nicht missmutig in irgendeine Ecke, sondern schaue euch gern zu.«

Sie standen eine Weile still beieinander, der Hund neben ihnen, schauten den Blesshühnern und den Haubentauchern nach, die sich gemächlich auf dem Wasser bewegten. Dann lehnte sie ihren Kopf an seinen, flüsterte: »Hast ja recht. Alles ist gut so. Nur manchmal eben nicht einfach.«

Später berichtete Karin ihm von ihrer Begegnung mit Jan Hofer und der plötzlich aufflammenden Erinnerung an die verschwundene Frau aus Wesel, den aufkeimenden Verdacht, dass es sich um dieselbe Frau handeln könnte, und die Bestätigung.

Maarten staunte, erinnerte sich an Karins Reaktion damals. »Da hast du versucht, Moritz zu erreichen, du warst damals richtig betroffen über die Nachricht von der toten Frau in Indien und musstest sofort mit ihm sprechen. Das ging nicht, es war zehn Uhr morgens in Myanmar, und er war in den Bergen im Bundesstaat Chin State unterwegs, ohne Empfang auf dem Handy. Drei Tage später hat er sich per E-Mail aus einem Hotel in Bagan gemeldet. Ihm ging es gut, und du warst beruhigt.«

»Ja, er ist ja dauernd unterwegs. Und wenn irgendwo in Asien ein Taifun gemeldet wird, dann muss ich mich davon überzeugen, dass es ihm gut geht.«

»Jaja, da schlägt dein Mamaherz manchmal Kapriolen.«

Sie erzählte ihm von dem Jungen in der Duisburger Klinik, der mit Gehhilfen und Prothese davon sprach, dass er immer Glück habe und seine Mama sich nicht um ihn sorgen müsse.

»Ein Junge in Hannahs Alter?«

»Ja, so ein Knirps im Grundschulalter.«

»Bewundernswert. Was hast du in der Klinik gemacht?«

Karin fasste den Zustand von Brigitte Pahlen in knappen Worten zusammen. Maarten kannte das, dass sie über ihre aktuellen Fälle reden musste. Er hörte aufmerksam zu, horchte auf bei den niederländischen Telefonnummern, deren Nutzer noch nicht identifiziert waren.

»Haben die Pahlens in den Niederlanden auch irgendwo eine Villa, die verwaltet wird?«

»Nein, die Hausverwaltungen sind alle bekannt.«

»Private Kontakte?«

»Auch alle schon ermittelt, mit Namen und Adressen. Nein, die Niederlande-Connection bleibt bisher ungeklärt, das ist schon merkwürdig.«

Er lachte, füllte ihre Gläser erneut und stieß an. »Dann sind es vielleicht Prepaid-Handys von den Dealern, die das Ehepaar Saubermann regelmäßig mit bestem niederländischem Cannabis versorgt haben.«

Sie reagierte völlig humorlos. »Du bedienst immer noch das alte Klischee. Nein, es sind Festnetznummern, die nicht zuzuordnen sind. Ich hätte nicht vermutet, dass diese beiden gläsernen, von der Öffentlichkeit beobachteten Menschen Telefonnummern in ihren Verbindungsnachweisen haben, die nicht zu identifizieren sind. Mich macht das stutzig.«

»Ja, du bist ja auch die Frau von der Polizei, die in allen unbeleuchteten Ecken eine Untat wittert. Und wenn es einfach nur ein Liebhaber, eine Liebschaft ist?«

»Du nimmst mich nicht ernst. Das ist ein großer Fall, Maarten, da muss die kleinste Unebenheit beleuchtet werden.«

Maarten bemerkte ihre Angespanntheit. »Sorry, ich wollte dich nur ein bisschen ablenken.«

»Manchmal glaube ich, du weißt nicht, was alles mit meiner Arbeit zusammenhängen kann. Mir schwirrt der Kopf, ich bündele Informationen und suche nach Zusammenhängen, gleichzeitig gehen mir dieses Mal die betriebsinternen Pläne auf den Geist. Fortbildungen mit Frau Krafft, so ein Blödsinn. Und an Tagen wie heute ist mir nicht nach humorvoller Ablenkung am Gartentor. Ich will hier einfach stehen und abschalten.«

Die Sonne verschwand hinter einem zarten Wolkengebilde über dem See.

»Ich weiß schon, wie dich deine Arbeit einnimmt. Und da sind wir wieder beim Thema. Da wollte ich heute nicht hin.«

Karin reagierte barsch. »Dann lass es doch.«

Eine Weile standen sie schweigend nebeneinander am Törchen.

Maarten stellte die Rotweinflasche auf den gemauerten Pfosten. »Ich geh rein, es wird mir zu kalt.«

Sie nickte nur, ließ ihn wortlos gehen. Und ohne Kuss. Merkte genau, dass ihre Laune den Abend verdarb.

Sie konnte nicht anders.

FÜNF

Karin war vor den beiden anderen aufgestanden und ohne Frühstück in Richtung Wesel gefahren. Zumindest hatten sie sich vor dem Schlafengehen noch einmal in die Augen schauen können und sich umarmt. Maartens Nachsicht empfand sie als wohltuend. Manchmal fragte sie sich, wo er seine Loyalität ihr gegenüber hernahm, besonders, wenn sie ihn so schroff behandelte. Ihre Mutter Johanna hatte ihr vor Kurzem gesagt, sie solle gut auf ihn aufpassen. So einen bekomme sie nie wieder. Vermutlich hatte sie recht.

Noch schien die Sonne. Von der Rheinbrücke in Wesel aus sah sie eine riesige graue Wolkenwand im Westen stehen. Da braute sich der Starkregen zusammen, der für den Mittag angekündigt war. Hoffentlich versank die Veranstaltung im Archäologischen Park nicht im Wasser, seit Neuestem konnte es im Sommer zu unglaublichen Regenmengen kommen, die wie Sturzbäche vom Himmel fielen.

In ihrem Büro hatte Karin freie Sicht auf die dunklen Wolkenberge. Sie wirkten selbst aus der Ferne bedrohlich.

Sie fuhr den PC hoch. Tom hatte tatsächlich am Abend noch die Protokolle gefertigt und versandt. Ein Nachsatz, geschrieben um einundzwanzig Uhr fünfzig, besagte, seine Bekannte, Hauptkommissarin Isabell Krüger, sei derzeit in Köln und würde gern im Laufe des Samstags bei ihnen vorbeischauen.

Sehr gut. Hauptsache, die Frau erwies sich im Fall Pahlen als gesprächig.

Die Auswertung der Daten von Dieter Pahlens Smartphone gestaltete sich umfangreicher und komplizierter als erwartet. Es gab außer den Nummern, die über Betreiber aus dem Nachbarland noch immer niemandem zugeschrieben werden konnten, weitere Ungereimtheiten. Eine andere Nummer, Prepaid, ebenfalls ohne Namenszuordnung, war mehrfach vor oder nach den Verbindungen in die Niederlande kontaktiert worden. Gab es einen Zusammenhang? Oder bestanden, wie ihr Ehemann gestern vermutet hatte, hier wie dort einfach nur eine Reihe von Liebschaften?

Plötzlich fiel ihr ein altes Kinderlied ein, ein Kanon, den sie früher mit ihrer Oma gesungen hatte: »Der Hahn ist tot, der Hahn ist tot. Er kann nicht mehr kräh'n, kokodi kokoda ...« Herrschte Trauer auf dem internationalen Hühnerhof? Alles war möglich.

Die Kriminaltechniker kündeten für den frühen Nachmittag die Auswertung der Daten des Computers aus der Hauptfiliale in Rheinberg an. Karin war neugierig, unterdrückte den Impuls, die Kollegen um halb neun bereits zu besuchen. Kaffee wäre jetzt gut. Zumindest einen Cappuccino aus der Tüte könnte sie sich machen oder einen Nescafé.

Kaum auf dem Flur, sah sie einen grauen Anzug in Burmeesters Büro verschwinden. Tom war also schon im Haus und Burmeester bestimmt auch. Prima, sie konnte sich auf ihr Team verlassen. Vielleicht mochten die beiden auch einen Cappuccino?

Karin verließ die Teeküche und betrat klopfend Burmeesters Raum. Er schloss gerade seinen Schrank und lächelte ihr freundlich entgegen. »Äh, ich bin etwas früh, ich wollte in Ruhe die Auswertungen durchschauen.«

Grünes T-Shirt, in schillernde Farben übergehend, mit kugeligen Chamäleonaugen auf der Brust, hauteng, satinartige Hose in grellem Gelb. Nicht ungewöhnlich, nur wieder von fragwürdigem Geschmack und in der Kreispolizeibehörde einmalig. Karin sparte sich jeglichen Kommentar. Von Tom keine Spur.

»Guten Morgen, ist Tom nicht da? Ich will gerade Cappuccino machen und fragen, ob ihr auch einen mögt.«

»Tom, hier? Nö. Ich hab ihn noch nicht gesehen, aber ein Cappu wäre super.«

»Ich leide nicht an Halluzinationen, ich habe doch vor ein paar Minuten gesehen, wie ein Mann, ähnlich gekleidet wie Tom, in dein Büro gegangen ist. Wer war denn das?«

Burmeester breitete mit Unschuldsmiene seine Arme aus. »Siehst du hier jemanden außer mir?«

Karin war verunsichert. »Der fertige Becher steht gleich in der Küche, wir sehen uns um zehn Uhr im Besprechungsraum.« Auf dem Flur lehnte sie sich für einen Moment an die Wand. Was geschah hier? Was machten diese neuen Räume mit ihren Wahrnehmungen? Ob hier doch gesundheitsgefährdende Stoffe verbaut waren? Ständig sah sie einen grauen Anzug, der sich offenbar in Luft auflöste.

»Ich muss mir Notizen dazu machen, Uhrzeit, Aussehen, Aussage, so ein Mist.«

***

Gero von Aha stand unter seiner Dusche und genoss das warme Wasser, das über seinen Körper perlte, dabei sang er aus voller Brust: »*Baby, you can take off your coat … Real slow …*«, und imitierte dabei stümperhaft, aber mit Inbrunst die raue Stimme von Joe Cocker. Er fühlte sich wie neugeboren.

»*And take off your shoes. I'll take off your shoes …*«

Beim Abtrocknen schaute er auf den Wäscheberg vor seinen Füßen und sah dieses winzige rosafarbene Stoffbändchen aus der Tasche seiner Jeans lugen.

»*Baby, take off your dress. Yes, yes, yes …*«

Er blickte sich äußerst wohlwollend im Spiegel an, ein ganzer Kerl schaute ihm verwegen lächelnd entgegen. Versuchte, sein Haar zu bändigen. Bückte sich kraftvoll und elastisch, zog an dem rosa Bändchen und holte einen winzigen Tangaslip hervor.

»*You can leave your hat on …*«

Wirbelte sein Souvenir der vergangenen Nacht um den Zeigefinger, bis es sich löste und quer durch das Badezimmer flog, malerisch auf dem Rand der Badewanne landete und sich leicht kräuselnd dort drapierte. Schlussakkord.

»*You can leave your hat on …*«

Sein Körper vibrierte immer noch, jede Zelle hatte die Wollust der Nacht gespeichert und war nach kurzem Schlaf und ausgiebigem Duschen bereit für eine weitere Einheit Sex mit Tanja.

Der rational denkende Rest seines Gehirns, der das Autofahren, die Erinnerung an die eigene Adresse und das Abspulen seiner Tätigkeit als Kommissar zumindest partiell ermöglichte, bescherte Gero von Aha völlig unerotische Gedanken. Und doch war er tief in seinem Innersten bereit, herauszufinden, womit Tanja ihren Tag füllte. Die kleine Überwachungskamera hatte er am Vorhang, ganz oben bei der Aufhängung, festgesteckt. Tanja war nicht sehr groß, sie würde weder nach oben langen noch hochschauen. So konnte er über eine App jederzeit kontrollieren, was sie in ihrem Hotelzimmer tat.

Es irritierte ihn, dass er ihr zwiespältig gegenüberstand, etwas hielt ihn davon ab, alles aufzugeben, was ihm wichtig geworden war, Job, neue Freunde, seine Marlene. Genauso und mit enormer, nahezu magnetischer Kraft zog Tanja ihn in ihren Bann.

»You give me a reason to live. Sweet darling.«

Entweder. Oder. Entweder sie würde bald anfangen, freiweg und ehrlich ihre Geschichte zu erzählen, oder er würde selbst herausfinden, wieso sie in Indien verschollen war, hier unter neuem Namen auftauchte und sich bedroht fühlte.

In ihrer Vergangenheit hatte sie Kontakt zum Rotlichtgewerbe gehabt, als Kommissar war er damals mit den Ermittlungen zu einem Fall von Menschenhandel, weit weg vom Niederrhein, befasst gewesen. Junge Frauen aus Südosteuropa wurden in Bordellen im Göttinger Umland ausgebeutet, die Einnahmen dienten einem dubiosen System aus Drogenhandel und Geldwäsche. So hatte Gero von Aha Tanja Schneider kennengelernt. Sie gehörte zum engeren Umfeld der zwei Brüder, die als Chefs auch mal drohend und schlagend auftraten. Tanja bildete für sie die Brücke zur Legalität, sorgte für saubere Geldanlagen und ordentliche Papiere. Früher. Sie wusste um ihre Wirkung auf Männer. Früher und heute. So war der Herr Kommissar auch jetzt wieder in ihren Bann geraten. »Mann« schläft nicht mit einer wichtigen Zeugin. Er schon. Nur, wer war Tanja heute wirklich?

Frische Kleidung wirkte wie eine neue Haut. Okay, vielleicht waren das drei Spritzer Herrenduft zu viel, er freute sich auf den Kaffee im Büro und machte sich auf den Weg, schälte spätestens, als er aus der Haustür und in das frühe Gewimmel des Weseler Wochenmarktes trat, den Kommissar hervor und verbarg sein Geheimnis hinter seiner männlich strengen Fassade. Kaufte zwei Brötchen beim Verkaufsstand der Kriemhildmühle und holte sich ein Stück warme Fleischwurst am Stand der Metzgerei Tepass. Noch ein Schälchen Erdbeeren auf dem Weg zur Tiefgarage, und der Tag war seiner.

Die Nacht würde er wieder teilen. Mit dieser Frau, die ihn spüren ließ, was für ein Kerl er war.

***

Jerry Patalon nutzte die Zeit vor dem Dienst, er stellte seinen Wagen am Seitenstreifen der Dinslakener Talstraße in der Nähe eines mittelhohen Hochhauskomplexes ab und schaute sich um. In dieser nicht sehr attraktiven Gegend lebte also der Neffe eines steinreichen Möbelhausbesitzers.

Unter den Bäumen der Grünanlage glommen zwei Holz-kohlegrills, umringt von einer Reihe Männern in T-Shirts, die sich um feiste Leiber spannten und schon bessere Tage gesehen hatten – die Männer, die Kleidungsstücke und die Standgrills auf ihren dünnen, krummen, verrosteten Metallbeinen.

Offenbar saßen sie seit dem Vorabend dort, dafür sprachen die leeren Bierkästen und ein Meer von Zigarettenkippen, das rund um die teilweise maroden Gartenstühle auf dem spärlichen, platt getretenen Rasen lag. Unter einem kleinen Pagodenzelt stand ein Tisch, darauf offene Plastikdosen mit Resten von Salaten, gestapelte Pappteller und Plastikbesteck, es musste eine wilde Feier gewesen sein, die übernächtigte Brandwache löschte ihren Durst mit dem verbliebenen Alkohol.

Als die Männer Jerry erblickten, legte der erste verschwitzte Dickbauchträger los. »Was willst du denn hier? Dich kenn ich noch gar nicht. Alles andere, was angebrannt aussah, haben wir gestern in den Müll geworfen.«

Die fünf Männer grölten los, versuchten sich mit ausposaunten Geschmacklosigkeiten gegenseitig zu übertreffen.

»Der Braune hat doch bloß nie gelernt, wie man sich wäscht.«

»Und der feine Anzug ist bestimmt geklaut.«

»Ob der die Krawatte allein binden kann? Lernt man das in Afrika?«

»Ey, Schwarzfuß, dreh dich mal um, hast du echt eine Krawatte um, oder ist die aufs Hemd gemalt?«

Langsam war es Zeit, sich vorzustellen. Jerry drehte sich lächelnd um und lief auf die Männerrunde zu, machte einen Umweg durch den Küchenpavillon und suchte sich fünf Plastikmesser aus dem gestapelten Campingmüll. Er erreichte die Runde.

»Boah, guck mal, der hat sich bewaffnet.«

Jerry hielt mit der anderen Hand beschwichtigend seinen Ausweis hoch. »Kripo Wesel. Guten Morgen, die Herren.«

Die Bierflasche gerade wieder von den Lippen abgesetzt, ging es mit der Großkotzigkeit weiter. »Als ob der Ausweis echt ist. Laminieren kann doch jeder.«

Jerry legte mit strengem Blick, stumm den Abstand taxierend, das erste Plastikmesser vor dem ersten Mann auf den Boden, die Messerspitze auf ihn gerichtet.

»Muss ich erst die Dienstwaffe ziehen, damit Sie überzeugt sind?«

Er legte in der gleichen Weise je ein Messer vor die einzelnen Grillprofis, die ihn mit ungläubigem Gesicht skeptisch beobachteten. Zu träge zum Aufstehen, an den Campingstühlen breitbeinig festgetackert, auf die dreckigen Plastikmesser starrend. Jerry schaute einen nach dem anderen an und verließ den Innenkreis, lief außen um die Runde herum.

»Ich bin nicht aus Afrika, das ist ein Irrtum. Nicht alle Dunkelhäutigen sind von dort. Manche kommen aus der Karibik, so wie meine Vorfahren. Und wissen Sie was? Die meisten beherrschen die alte Kunst des Voodoo. So wie meine Ahnen. Böser Zauber, unheilvoll und schmerzbringend.«

Die Männer verstummten gänzlich. Noch eine Runde.

»Und jetzt dürfen Sie sich fragen, warum ich diese spitzen rituellen Gegenstände vor jedem Einzelnen von Ihnen abgelegt habe. Bald, sehr bald werden Sie die Bedeutung spüren. Es wird mit einem Schmerz im Kopf beginnen.«

Er verließ die Runde in Richtung Gebäudeeingang und setzte mit lauter, klarer Stimme noch eins drauf. »Rühren Sie sich in der nächsten Stunde nicht von der Stelle, dann geschieht Ihnen nichts.«

Mike Pahlen wohnte in der fünften Etage, öffnete die Tür in einer Unterhose, blau, rot, nicht mit den Vereinsfarben von Bayern München, sondern mit dem Muster eines Superman-Umhangs, und mit strähnigen Haaren, die er sich mit einer fahrigen Handbewegung aus dem Gesicht wischte.

»Kripo? Ich hab nichts gemacht.«

»Können wir uns kurz unterhalten? Ich meine, drinnen bei Ihnen?«

»Nein, ich hab Besuch.«

»Macht nichts. Entweder hier oder ich nehme Sie mit aufs Kommissariat.«

Mike Pahlen ging zur Seite, der Blick auf eine zerwühlte Wohnlandschaft mit nackten Beinen, die unter einer Decke hervorlugten, tat sich auf. Jerry ging an dem Lager vorbei durch die abgestandene, cannabisgesättigte Luft und öffnete die Tür zum Balkon. Er nutzte die Gelegenheit und schaute runter. Fünf Männer saßen dort und bewegten sich nicht.

»Herr Pahlen, wo waren Sie am letzten Mittwoch?«

»Mittwoch? Da war ich in Essen. Einen Freund besuchen.«

Jerry suchte Notizblock und Stift aus der Jacke und reichte sie dem fast nackten Superman. »Name und Adresse aufschreiben, wir werden das überprüfen.«

Die nackten Beine bewegten sich, ein nicht abgeschminktes Gesicht mit blinzelnden Augen erschien kurz. »Ruhe, verdammt, kann ich vielleicht mal schlafen? Wer issen das?«

»Kripo.«

»Wegen dem bisschen Kifferei kommt gleich die Kripo? Is doch doof. War alles Eigenbedarf und is geraucht.«

Jerry nahm Block und Stift wieder entgegen und schaute sich um. Der Neffe Dieter Pahlens lebte zwischen einfachen Möbeln, die vor schlecht gestrichenen Wänden standen, in einem Haus mit einer osteuropäischen Namenstafel im Hausflur und Grillmeistern mit Angst vor bösen Geistern in der Außenanlage an der südlichen Gebäudeseite.

»Sie wissen, dass Ihr Onkel bei einem Verkehrsunfall gestorben ist?«

Superman setzte sich. »Nein. Das weiß ich nicht, wie denn auch? Wir sind doch erst heute Nacht wieder hergekommen. Geht doch gar nicht. Sie meinen, der ist tot?«

»Ja.«

»Die arme Tante Biggi. Die waren doch so ein Paar, so oldschool, das finden Sie nicht oft.«

»Das ist die nächste schlechte Nachricht.«

Mike stützte das Kinn auf seine Hände. »Sagen Sie nicht, dass die auch im Auto saß. Was ist mit ihr?«

»Schwer verletzt in der Unfallklinik.«

»Wo?«

»In Duisburg. Und sie saß nicht in dem Wagen.«

»Nicht?«

»Nein, sie hatte einen häuslichen Unfall und ist in eine gläserne Vitrine gefallen. Wann haben Sie die beiden zum letzten Mal gesehen? Wann waren Sie zuletzt in Pahlens Haus?«

Er schien nachzudenken.

»Ich glaube, das war zu Weihnachten.«

»Im Vorjahr also.«

Superman kratzte sich unter dem rechten Arm. »Nein, das war 2016. Im letzten Jahr war ich kurzzeitig verhindert. Mein Onkel hat nicht viel von mir gehalten. Ich soll mich nicht der Tante um den Hals wickeln, sagte er immer. Schmeiß dich nicht an sie heran, so kriegst du auch nicht mehr Geld von uns. Dabei hat sie mich immer beschenkt, schon als kleiner Junge.«

»Was hat sie Ihnen geschenkt?«

»Geld eben, wenn mein Onkel nicht in der Nähe war. Sie hat mich besser verstanden als der Chef. Er hat Geschenke mit Gegenleistungen verbunden. Den Rasen mähen, später sollte ich den Wagen volltanken oder Transporte übernehmen. Du kannst es dir verdienen, sagte er jedes Mal. Die ganze Leier, mach dein Abi nach, geh studieren, übernimm die Firma.«

»Sie sind also vor eineinhalb Jahren zum letzten Mal mit beiden zusammen gewesen?«

»Ja. Und Tante Biggi habe ich zwischendurch immer mal getroffen. Entweder hat sie mich zum Essen eingeladen oder zum Eis.«

»Und immer gab es Geld?«

Er nickte, dann sackte der dünne Mann in sich zusammen und schluchzte.

Ob er den Onkel betrauerte oder sich selbst, war für Jerry nicht erkennbar. Das reichte, hier war außer schlechtem Geruch nichts zu holen. Der Kommissar betrachtete die kleine Sammlung imposanter Shisha-Wasserpfeifen und strebte wieder dem Ausgang entgegen. Im Vorübergehen reichte er Mike seine Karte.

»Sie und Ihr Onkel hatten also nichts miteinander zu tun. Und er hat Sie auch nie finanziell unterstützt, oder?«

»Nein, ja, doch, also nicht ohne Gegenleistung. Tante Biggi stellte keine Bedingungen, die gab einfach.«

»In welcher Höhe?«

»Höhe? Nein, die war nie hier oben.«

Das Wesen unter der Decke regte sich. »Mann, du Depp. Der meint, wie viel.«

»Wie viel Geld? Ach so. Mal einen Hunni oder einen Fuffi.«

»Mehr nicht?«

»Nein, hat immer gereicht. Und die wollte nicht, dass ich es für Drogen ausgeb.«

»Wovon leben Sie?«

»Läuft gerade nicht gut, muss wieder zum Jobcenter, die haben mich gesperrt, weil ich nicht auf dem Friedhof den Zwei-Euro-Jobber machen wollte.«

Der dürre, fast nackte Mann stand auf. »Wer kümmert sich denn um Onkel Didis Beerdigung?«

Jerry erschauerte innerlich. Biggi und Didi. Mike Pahlen war irgendwo im Verlauf seiner Pubertät stecken geblieben. Festgekifft.

»Wir geben Ihnen Bescheid, wenn die Gerichtsmedizin seine Leiche freigibt. Noch eins. Beide Unfälle waren nicht selbst verschuldet. Jemand hat nachgeholfen. In zwei Fällen. Wissen Sie, ob Ihre Verwandten Feinde hatten? Neider?«

Das Wesen unter der Decke erwachte vollends. »Krass. Mike, jemand wollte die beiden umbringen.« Die Frau erhob sich aus dem wüsten Deckenlager, ein riesiger tätowierter Drache schlängelte sich vom Rücken aus über ihre Schulter und schielte von oben auf die rechte, nackte Brust.

Sie stellte sich in den Türrahmen, versperrte Jerry den Ausgang. »Mein Mike ist bestimmt auch in Gefahr. Sie müssen uns beschützen.«

»Wir haben keinerlei Hinweis, der diese These untermauert. Er ist ja noch ganz munter, wie Sie sehen. Und wenn Ihnen irgendwas auffällt, dann rufen Sie mich einfach an. Wir werden eine Lösung finden.«

Jerry schob die junge Frau mit dem verschmierten Make-up und dem verstrubbelten Haar mit zwei Fingern am Oberarm zur Seite und verließ die Wohnung. Nicht ohne sich zu merken, dass es einzelne Gegenstände in dieser schlichten Behausung gab, die durchaus teurer waren, als ein Hunni plus ein Fuffi es zuließen. Der Fernseher war ein XXL-Format von Sony, bestimmt nicht billig, und an der Garderobe standen einige Paare trendiger Markenschuhe.

»Noch besser, Herr Pahlen, kommen Sie am Mittag zu uns ins Präsidium, die Adresse steht auf der Karte. Dann unterhalten wir uns ausführlich darüber, ob eine Bedrohung Ihrer Person vorliegt. Dreizehn Uhr. Schaffen Sie, richtig?«

Draußen roch Jerry an seiner Jacke. Er stank um neun Uhr morgens, als käme er aus einer Hasch-Plantage. Das würde er seinen Kollegen erklären müssen.

Er schaute bewusst nicht hin, als er an der Grillgang vorbeilief, die stumm auf ihren Stühlen hockte, er unterdrückte lautes Gelächter.

Fast außer Hörweite, bevor er die Straße zu seinem Fahrzeug querte, rief er ihnen zu, das sei alles Quatsch. »Die Männer mit der dunklen Haut haben manchmal einen eigenwilligen Humor, aber eins können sie bestimmt nicht, und das ist Voodoo.« Er setzte sich in seinen Wagen, gleichzeitig kam Mike Pahlen wild winkend auf ihn zu. Jerry stieg wieder aus. Der junge Mann, jetzt in Jeans und T-Shirt mit Cannabisblattmuster, riss die hintere Autotür auf, setzte sich und zog die Tür zu.

»Ich will mit, Mandy hat da ganz recht. Was ist, wenn einer mich auch noch aus dem Weg haben will?«

Jerry setzte sich wieder, Mike Pahlen schnallte sich an.

»Gibt es denn einen Grund dafür?«

»Na, ich weiß, dass der Onkel mich in seinem Testament erwähnt. Ich käme auch drin vor, hat er immer gesagt. Und wenn das jemand weiß?«

»Wenn Sie noch lauter schreien, dann wissen diese Grillprofis da drüben gleich schon mal Bescheid. Was soll Ihnen passieren? Sie haben ja noch nichts geerbt. Erst ist Ihre Tante dran. Und auch erst, wenn alles geklärt ist.«

»Kann ich nicht ins Haus? Da habe ich schon mal gewohnt.«

»Haben Sie Befugnisse, irgendwas Schriftliches?«

»Nein, wieso denn?«

»Weil Sie nicht dort gemeldet sind. Und im Übrigen ist das Haus im Moment versiegelt, da darf niemand rein, bis wir es freigeben. Und jetzt steigen Sie aus, sofort.«

Die Jungs vom Grill meldeten sich aus dem Hintergrund. »Der Bulle will Maiki mitnehmen. Ey, der kleine Kiffer ist harmlos.«

»Der steigt auch gleich wieder aus«, gab Jerry zurück. »Ich glaube, der braucht Ihre Unterstützung, würden Sie auf ihn aufpassen?«

Zwei der Männer standen auf. »Klar, Maiki, los, komm her.« Das wirkte, er schnallte sich wieder ab und verließ den Wagen.

»Denken Sie dran, dreizehn Uhr in Wesel.«

»Jaja«, sagte Mike. »Einer von denen kann mich bestimmt fahren.«

Jerry verdrehte die Augen. Der Alkoholpegel der fünf Männer würde sich bestimmt erst in zwei Tagen wieder zum Führen eines Fahrzeugs eignen. Das sollte nicht sein Problem sein. Mike Pahlen hatte Angst.

Vor wem oder was, das war hier die Frage.

***

Gero von Aha lächelte Karin entgegen und wünschte ihr einen guten Morgen. Sie schaute durch den Besprechungsraum und bemerkte die Unterschiede zu gestern. Jemand hatte aufgeräumt, die leeren Gläser und Wasserflaschen entsorgt, auf einem der Tische, die sie an die Wand geschoben hatten, hantierte von Aha an seiner gurgelnden Maschine. Er schien bester Laune, hatte seinen exklusiven Kaffeeautomaten in den Besprechungsraum geholt, daneben eine Reihe seiner Becher auf ausgelegte Trockentücher gestellt und bereitete die erste Runde vor.

Karin staunte über den Diensteifer. »Hast du hier aufgeräumt?«

»In ordentlicher Atmosphäre denkt es sich besser.«

»Du bist ja deutlich besser gelaunt als gestern. Ich hatte mir schon Sorgen gemacht.«

»Alles ist in Ordnung, wie ich dir gesagt habe. Ich wollte heute für guten Geschmack sorgen, der uns beim Denken unterstützt. Jetzt muss ich erst etwas essen, sonst stört uns nachher das Knurren meines Magens. Ist ja noch früh.«

Er nahm sich den ersten Kaffee des Tages und ging zurück in sein Büro, die warme Fleischwurst vom Wochenmarkt machte sich gut auf den vollwertigen Brötchen. Er wischte die Finger an einem Taschentuch ab und zog sein Smartphone hervor, wählte die App, mit der er Cara Beerenboms Hotelzimmer überwachen konnte.

Wie gebannt starrte er auf die Aufnahmen der vergangenen Nacht, sah sich selbst im Liebesrausch, bewunderte diesen begehrenswerten Frauenkörper. Sie hatten ein Nachtlicht angelassen, um einander zu sehen, die Aufnahmen in bester Qualität erregten ihn. Ihm wurde bewusst, dass er sich im Büro befand, jederzeit konnte jemand die Tür öffnen und ihm an den roten

Wangen ansehen, dass er nicht die WhatsApp-Nachrichten seiner Mutter las.

Er suchte im Schnelldurchlauf den Moment, in dem sie aufwachte. Da hatte er schon längst in seiner Wohnung unter der Dusche gestanden.

Was machte sie da? Das Tablet hochfahren und nackt auf der Bettkante sitzend E-Mails checken. Plötzlich aufspringen, das Tablet auf das zerwühlte Bett werfen. Ins Bad gehen, in Unterwäsche, nein, in entzückenden Dessous, und mit kunstvoll hochgestecktem Haar erneut auftauchen, sich das Tablet fischen, noch einmal draufschauen und lesen. Sich in Windeseile anziehen. Nicht wie sonst, wie er sie kannte. Nein. Cara-Tanja zog sich eine weiße Bluse an, ließ die oberen Knöpfe offen, schlüpfte in eine Seidenstrumpfhose und verdeckte ihren heißen Körper mit einem tadellos eng sitzenden grauen Businesskostüm. Da hatte die Garderobe etwas hergegeben, was er noch nicht an ihr gesehen hatte. Was wurde das? Und wo kam plötzlich der Aktenkoffer her, in dem sie das Tablet verstaute?

Sie verließ das Zimmer ungefähr zur selben Zeit, zu der er seine Wohnung verlassen hatte. Die Tätigkeiten des Zimmermädchens interessierten ihn nicht mehr. Ihm rauchte der Kopf, ausnahmsweise so gut wie dienstlich. Cara-Tanja ging einer geschäftlichen Tätigkeit nach, so viel stand nach diesem professionellen Abgang fest.

Gero von Aha widmete sich wieder seinem Weseler Gourmet-Frühstück, aufgewertet mit edlem Kaffee und abgerundet mit einer Reihe nicht erotischer Gedanken an die blonde Frau in ihrer Businessaufmachung.

Womit er nicht gerechnet hatte, war Karin, die im Türrahmen stand und ihm mitteilte, Marlene sei auf dem Weg nach oben.

Er sprang auf. »Ich, äh, das kommt jetzt überraschend. Wir haben doch zu tun, in fünfzehn Minuten legen wir los, da ist es ungünstig, dass Marlene herkommt.«

Karin blickte in Richtung Aufzug. »Da ist sie, du hast einen kurzen zeitlichen Bonus, nimm ihn dir. Es ist bestimmt wichtig, oder?«

Die Frauen begegneten sich vor seiner Tür. Ihm genügte ein kurzer Blick in Marlenes Gesicht, und er wusste, dass dieses Gespräch anstrengend und unschön werden würde.

»Guten Morgen, Marlene.«

Sie knallte ihm eine Brötchentüte auf den Schreibtisch. Das war die Ouvertüre. »Ich dachte, wenn du das ganze Wochenende arbeiten musst, dann können wir gemeinsam frühstücken. Aber du warst schon weg.«

Sie besaß einen Schlüssel zu seiner Wohnung, er einen zu ihrem kleinen Haus am Deich. Vielleicht war das doch keine gute Idee gewesen.

Marlene saß ihm gegenüber und schien vor Wut zu schäumen.

»Ich war kurz bei dir auf Toilette.«

»Du sagst das so. Hatte ich vergessen, den Klodeckel zu schließen?«

Sie griff in ihre Handtasche und kramte ein Papiertuch hervor, in das sie etwas gewickelt hatte, warf es ihm auf die Tastatur. Er brauchte gar nicht nachzuschauen, das kleine Paket hatte sich an einer Stelle entfaltet, ein rosafarbenes Bändchen kam zum Vorschein. Peinliche Stille entstand, er durchsuchte alle Register seines Gedächtnisses nach der passenden Antwort auf diese Konfrontation. Die zweite Frau an diesem Morgen, die ihn ins Schwitzen brachte. Unterschiedlicher konnten die Ursachen für seine körperlichen Reaktionen nicht sein. Da musste er durch.

»Marlene, ich hätte heute Mittag mit dir darüber geredet.«

Sie schnaubte und lehnte sich mit ihrem barocken Körper über den Schreibtisch. »Worüber willst du mit mir reden? Über einen Tangaslip, Konfektionsgröße sechsunddreißig in geschmackvollem Schweinchenrosa, der locker drapiert über deinem Wannenrand hing?«

»Ich kann dir alles erklären.«

Marlene lehnte sich mit verschränkten Armen zurück. »Eine abgedroschene Floskel, aber ich nehme dich beim Wort. Erklär's mir.«

»Das, das geht nicht, ich bin im Dienst.«

»Ich werde mich erst wieder von der Stelle rühren, wenn ich

weiß, warum du mich in den letzten Tagen mit fadenscheinigen WhatsApp-Nachrichten versetzt hast, statt mit mir zu reden. Gero, wir sind Erwachsene, und ich dachte, in unserem Alter kann man über alles sprechen. Auch kontrovers, aber ehrlich. Stattdessen muss ich feststellen, dass du offenbar mit einer anderen Frau rummachst.«

In die Enge getrieben.

»Ich mache nicht so rum.«

»Nein, du hast den Slip nur in deiner Wohnung, weil der farblich zu deiner Sechzig-Grad-Wäsche passt und du großherzig angeboten hast, ihn zu waschen. Spar dir deine Ausreden. Wer ist sie, kenne ich sie?«

»Nein, nein, du kennst sie nicht.«

Marlene konnte unerbittlich sein. »Und was ist mit uns?«

»Was soll mit uns sein, Marlene? Ich weiß es nicht.«

»Dann rück endlich mit der Wahrheit raus, wer ist sie?«

Was sollte er sagen? Sie ist ein Phantom aus meiner Vergangenheit. Es hat mich eingeholt, und ich habe sie eigentlich nie vergessen und einfach da weitergemacht, wo wir vor Jahren aufgehört haben?

Marlene schaute ihn mit einer Mischung aus Wut und Neugier an. In weniger tragischen Situationen würde sie innerhalb der nächsten Minuten wieder ihr warmes Lächeln zeigen. Dies hier gehörte zu den höchst dramatischen Lebenslagen, nach denen normalerweise niemand lächelnd den Raum verlässt.

»Na gut, Marlene …«

Burmeester wunderte sich über die Personenanzahl, die bereits in Position saß, als er den Besprechungsraum betrat. »Einer von uns fehlt anscheinend immer. Fangen wir trotzdem an?«

Karin sah auf die Uhr. Halb elf. »Ich habe Gero Zeit eingeräumt. Er hat Besuch, da gibt es wohl persönliche Schwierigkeiten, deren Erläuterung keinen Aufschub duldet.«

Jerry verdrehte die Augen. »Beziehungsstress. Deshalb ist der so kurz angebunden und so oberflächlich drauf.«

Karin verkündete, dass man in einer Stunde mit einem hoffentlich innerlich aufgeräumten Gero von Aha weitermachen würde, es gäbe schließlich genug zu tun.

Tom kündigte an, Isabell Krüger kurz vor fünfzehn Uhr vom Bahnhof abzuholen. »Sie ist ein absoluter Naturfreak. Ein Vorzeige-Öko. Privat fährt sie nur mit der Bahn.« Burmeester klatschte in die Hände. »Wenn wir erst in einer Stunde anfangen, dann fahre ich kurz nach Büderich und kontrolliere die Meldeadresse von Cara Beerenboom alias Tanja Schneider. Mal sehen, ob sie dort zu finden ist.«

»Gut, das schaffst du in der Zeit. Ich kümmere mich derweil um neue Erkenntnisse der KTU.«

»Gero, hör auf herumzustottern. Diese Frau hat also damals fast für deinen beruflichen Untergang gesorgt?«

»Ja, so kann man es zusammenfassen.«

»Und wieso lässt du dich wieder mit ihr ein?«

Manche Dinge konnte man nicht erklären, von Aha fischte nach plausiblen Worten. »Marlene, es hat nichts mit uns zu tun, glaub mir. Nenn es Obsession.«

Sie sank zurück in den Stuhl, ihr Mund klappte auf und wieder zu, ihr fehlten die Worte. Ein einziger Satz kam über ihre Lippen. »Du meinst, ihr habt nur Sex?«

Sag nicht »nur«, wollte er ihr entgegenschreien, das ist der beste Sex meines ganzen Lebens. Er entschied sich für andere Worte. »Das kann man so nicht sagen. Das ist ein wildes, nahezu magisches Aufeinandertreffen von zwei Körpern.«

Marlene errötete. Von Aha nahm es mit einer gewissen Überraschung zur Kenntnis, aber er spürte, dass er eine Grenze überschritten hatte. Was er gesagt hatte, wertete sie herab, es musste sie verletzen. Aber keine Tränen, ein sachliches Gespräch. Bis jetzt.

»Also doch, nur Sex. Gefällt dir nicht, was wir miteinander machen? Reicht dir unsere Zweisamkeit nicht?«

Gero von Aha hasste solche Entscheidungsfragen. Doch, es gefällt mir, nein, es gefällt mir nicht. »Was ich mit ihr habe, das ist etwas anderes.«

»Und wie soll es weitergehen? Ich schmachte dir nach, und du verkrümelst dich wortlos zu der Frau. Glaubst du, dass ich in die zweite Reihe gehe und dort geduldig auf dein wohlwollendes Erscheinen zu unseren Verabredungen warte?«

Von Aha schaute auf sein Smartphone. Es war Viertel vor elf.

»Du hast jetzt nicht geschaut, ob sie dir geschrieben hat, oder?«

»Nein, äh, ich bin hier im Dienst, und unsere Zeit ist eigentlich um. Ich weiß nicht, ob Karin gleich reingerauscht kommt und –«

»Wie war das? Unsere Zeit ist um?«

»Ich meinte doch nur, unsere Zeit für ein Gespräch ist abgelaufen, Karin wartet. Menno, lass uns doch nach Feierabend weitersprechen, ich kann hier nicht weg, und ich kann mich auch nicht ordentlich konzentrieren, ich meine, auf uns. Das ist hier kein Ort, um über Gefühle reden.«

Marlene stand energisch auf und ging zur Tür. »Du kannst sowieso nicht über deine Befindlichkeiten reden. Oder ist es dir sogar peinlich? Vergiss nicht, den Slip von deiner Tastatur zu nehmen, das könnte peinlich sein.«

»Marlene, versteh mich doch.«

»Was soll ich verstehen? Dass du mich sitzen lässt, um mit einer Frau mit einem Modellfigürchen animalischen Sex zu haben? Was daran soll ich in meiner Großherzigkeit verstehen? Gero, ich bin unglaublich sauer auf dich. Und enttäuscht.«

Was konnte er noch sagen? Dass es ihm leidtue? Tat es nicht, das wäre gelogen. Das geschah doch alles in einer anderen Welt.

Marlenes Hand lag auf der Türklinke. Sie bebte. Nichts ließ ihn aufstehen, sie in den Arm nehmen, um sie zu beruhigen, zu trösten.

»Ich gehe jetzt. Du hast ja zu tun.«

Er hörte, dass ihr die Stimme fast versagte. Er schaute an ihr vorbei. »Dann geh doch.«

Die Tür schloss sich leise hinter ihr. Sollte sie doch gehen, wenn sie ihn nicht verstehen konnte.

Saß er zwischen den Stühlen?

Eigentlich nicht. Doch es fühlte sich eindeutig nicht gut an, was gerade geschehen war.

Ab in den Besprechungsraum.

***

Es kam Burmeester so vor, als sei in Büderich die Zeit stehen geblieben. Seit der Durchgangsverkehr um den Ort herumgeleitet wurde, gab es zwar mehr Ruhe auf der Hauptstraße, dafür wirkte das linksrheinische Polderdorf mit neuer, improvisierter Verkehrsberuhigung, Tempo dreißig und auf der Straße verankerten Hindernissen zur Verengung der Fahrbahn wie ausgestorben. Am Marktplatz war die Traditionsgaststätte van Gelder mangels Nachfolge geschlossen worden, alle paar Meter herrschte rechts vor links an den schnurgeraden Straßen und den im Rechteck gebauten Quartieren. Es gab eine Bäckerei, einen Metzger, einen Blumenladen. Es gab Fassaden, die darauf warteten, aus dem Dornröschenschlaf erweckt zu werden, und andere, die mit Arrangements bunter Sommerblumen freundlich und lebendig wirkten.

Das kleine Haus an der Straße Winkeling am Rande des Dorfes war schnell zu finden, drei Klingeln, auf dem untersten Schild der Name Beerenboom. Er schellte Sturm. Nichts regte sich.

Burmeester ging auf dem schmalen gepflasterten Weg neben dem Haus in den Garten, die Rollläden im Erdgeschoss waren geschlossen. Die grauen Lamellen an der Tür zur Terrasse waren auf halber Höhe verkantet und ließen unten auf ungefähr einem halben Meter Höhe einen Blick ins Innere zu. Er bückte sich und schaute in den Raum. Nichts. Da war nichts zu sehen außer dem leeren Zimmer mit weiß gestrichenen Wänden. Keine Lampe am Deckenanschluss, auch im Nebenraum, durch die offene Tür erkennbar, nichts, was darauf hinwies, dass diese Wohnung bewohnt war.

Erst als Burmeester sich aufrichtete, bemerkte er einen massiv übergewichtigen jungen Mann, der mit finsterem Gesicht vor der Terrasse stand. Er war breit genug, um den schmalen Weg neben dem Haus komplett zu verstellen. In seiner schmuddeligen Jogginghose mit dem T-Shirt in XXXL, der Kappe, die er falsch herum trug, wirkte er wie ein aufgescheuchter Computerfreak, den ein fremdartiges Geräusch aus der Technikhöhle gelockt hatte.

Er war aufgebracht, kurzatmig. »Und? Nix zu holen in der Wohnung, da lohnt sich kein Einbruch.«

Burmeester verstand, es wirkte verdächtig, in einem fremden Garten durch die Fenster zu spähen. Er hob beschwichtigend eine Hand und war froh, seinen Ausweis mit einem Griff in die Hosentasche zu finden.

»Keine Sorge, ich bin von der Kripo. Ich suche Frau Beerenboom. Wissen Sie, wo ich die finden kann?«

Noch entspannte der Mann sich nicht. Er musterte Burmeester von Kopf bis Fuß. »Du willst bei der Polizei sein? Seit wann läuft die in so abgefahrenen Klamotten durch die Gegend?«

»Alles Tarnung. Hier, schauen Sie sich den Ausweis an.«

Bei näherer Betrachtung schien er sich zufriedenzugeben. »Beerenboom ist nur ein Name auf dem Türschild. Hier finden Sie die auf jeden Fall nicht. Hat die Frau was ausgefressen?«

»Wir suchen sie im Rahmen einer Feststellung zur Person, mehr nicht.«

»Meinem Vater gehört das Haus, und er sagt, die Miete würde regelmäßig überwiesen. Die ist aber hier nie richtig eingezogen, mit Möbelwagen und so. Manchmal hören wir nachts, dass jemand kommt und nach Post schaut, der Kasten an der Tür quietscht, wenn man ihn aufschließt, aber mehr nicht.«

»Sie hat sich nicht vorgestellt? Auch nicht mit Ihrem Vater besprochen, ab wann sie die Wohnung nutzen wird?«

»Nein, und es ist ärgerlich, weil alle anderen die allgemeinen Aufgaben mit übernehmen müssen, Vorgarten in Ordnung halten, Treppenhaus wischen und Mülltonne rausstellen. Blöd, einfach blöd.«

Bewegung schien nicht sein Ding zu sein, ging es Burmeester durch den Sinn. »Ist Ihnen sonst noch etwas aufgefallen? Fremde Fahrzeuge, Leute, die wie ich nach ihr fragen?«

Der Mann schüttelte den Kopf.

»Haben Sie sie gegoogelt?«

Jetzt horchte er auf, sein Gesicht bekam lebhafte Züge. »Na klar, ich habe bloß nichts gefunden, sie ist jemand ohne Vergangenheit. Ich war in allen Foren und Netzwerken, nichts. Dabei hatte sie bei der Besichtigung ein Tablet und ein Smartphone dabei, ist also irgendwo unterwegs im Netz.«

»Hat Ihr Vater vielleicht Kontaktdaten, die uns weiterhelfen könnten, die Handynummer, eine E-Mail-Adresse?«

Jetzt zog er sein Smartphone aus den Tiefen einer verborgenen Hosentasche hervor. »Da haben Sie eine gute Idee. Moment, ich rufe ihn an, und Sie sprechen mit ihm. Mir würde er ja so was nicht mitteilen.«

Ein kurzes, grußloses Geplänkel zwischen Sohn und Vater, eine schnörkellose Erläuterung der Situation, dann reichte er das Gerät weiter an Burmeester. Der Mann war freundlich und verständnisvoll, verhielt sich jedoch reserviert, was die Auskünfte anbelangte.

»Ich wohne drei Häuser weiter, selbe Straßenseite. Kommen Sie doch einfach vorbei, dann kann ich einen Blick auf Ihren Ausweis werfen. Kann sich ja heutzutage jeder als Polizist ausgeben.«

Burmeester reichte das Gerät zurück, entnahm der Hülle seines Smartphones zwei Visitenkarten, reichte eine dem jungen Mann, dessen Atmung wieder im Normalbereich lag, mit der Aufforderung, sich zu melden, wenn sich etwas in der Wohnung regt.

Die zweite würde er gleich beschriften und in den Briefkasten einwerfen. Eine simple Botschaft. »Melden Sie sich, es ist wichtig.«

Drei Häuser weiter stand schon ein älterer Herr auf dem Gehweg. Er schaute Burmeester misstrauisch entgegen. Erst der Ausweis, von beiden Seiten begutachtet, und Burmeesters Aufforderung, sich im Zweifelsfall in der Dienststelle bei seiner Vorgesetzten zu vergewissern, nahmen ihm den Vorbehalt gegen den bunt gekleideten Kommissar. Burmeester durfte ihm sogar in die gute Stube folgen.

Klassischer ging es nicht, es gab ihn noch, den röhrenden Hirsch in Öl über der Anrichte, auf der neben zwei identischen Vasen aus Delft gerahmte Fotos diverser Familienmitglieder gesammelt wurden. Der Mann bückte sich schwerfällig und zog aus einem Schrankfach einen Aktenordner hervor, auf dem »Mietverträge« stand. Er setzte sich umständlich die Lesebrille auf und blätterte, bis er den Vertrag fand, nahm ihn heraus und legte ihn vor Burmeester auf den Tisch.

»Da. Mehr wissen wir nicht. Die Kontoverbindung, über die sie uns die Miete überweist, steht da auch. Aber wo die Frau ist, das weiß niemand. Se is ja auch nich von hier. De echte Bürkse kennen sich bis in die dritte Generation, wissen Sie …«

Burmeester ließ ihn reden, blätterte und fand letztlich, was er suchte, eine Mobilnummer und die Kontodaten, machte ein Foto mit dem Smartphone. Er hinterließ auch hier seine Karte und verabschiedete sich von dem netten Mann, der mittlerweile in die Geschichte des Dorfes abgetaucht war.

»Wissen Sie, das war Napoleon, der für unsere Straßenführung im Dorf verantwortlich war –«

»Danke. Und Sie melden sich, wenn sie hier auftaucht.«

»Ja, natürlich, man hilft doch gern.«

Burmeester setzte sich in den Wagen und bog flott auf die Weseler Straße, ohne sich Gedanken über das Tempolimit zu machen. Zu spät. Ein Foto fürs Archiv entstand knapp vor dem Zebrastreifen an der Kreuzung, an der es zum Rheinufer ging. Das konnte seine Laune nicht beeinträchtigen. Er hatte jetzt eine Telefonnummer und würde die Dame orten lassen.

Er bemerkte nicht den Wagen, der ihm folgte, bemerkte nicht einmal, dass Kennzeichen und Fahrer ihm bekannt sein müssten, auch wenn das Fahrzeug sich mit fünf Wagenlängen Abstand hinter ihm hielt. Als er an der Ampel zur Brücke zum Stillstand kam, bog der Wagen links zur Tankstelle an der B 58 ab, wendete, blieb am Straßenrand stehen und wartete, bis sich drei Autos hinter Burmeester gesetzt hatten. Dann zog der Fahrer wieder in den Verkehr und folgte ihm. Erst nach der Rheinbrücke auf der Reeser Landstraße ließ der Verfolger von Burmeester ab, vergrößerte den Abstand noch, damit nicht geschah, was sonst merkwürdig oder sogar peinlich wirken könnte. Ein Kollege, der einen anderen grundlos beschattete. Von Aha sah aus der Ferne, wie Burmeester auf dem Linksabbieger zum Behördengebäude stand.

**

Die Kollegen der Kriminaltechnik schienen unermüdlich und versorgten das K1 ständig mit neuen Erkenntnissen. Eine der bei Dieter Pahlen gefundenen niederländischen Telefonnummern konnte nun eindeutig zugeordnet werden. Sie führte zu einer Firma mit Sitz in Amsterdam, noch war nicht klar, um welche Branche es sich handelte, der Name ließ keine Deutung zu, und es gab keinen Eintrag in bekannte Register. Heierbeck gab zu bedenken, dass die Gegend dafür bekannt sei, dass es ganze Häuser nur mit Briefkastenfirmen gab. Was das nun wieder sollte?, fragten sich Karin Krafft und Tom Weber, die die Berichte gemeinsam durchgingen.

Die andere mobile Nummer gehörte zu einem Prepaid-Handy. Das bedeutete, dass der Teilnehmer nicht ermittelt werden konnte. Heierbeck schrieb dazu, dies sei der bedauerliche Teil der Neuigkeit. Der erfreuliche Teil sei, dass die Nummer zeitweise aktiv sei und zum Beispiel heute in Duisburg-Mitte in einem Funksektor eingeloggt war. Karin wollte Konkreteres wissen und rief ihn an.

»Wann ist die Nummer zum letzten Mal aktiv gewesen?«

»Wir haben sie am heutigen Morgen geortet, da war sie in Bewegung, auf der A 59 in Richtung Dinslaken. Bei Walsum war ein Stau gemeldet, kurze Zeit später verschwand das Signal abseits der Autobahn, vermutlich auf Nebenstraßen, die zu dem Zeitpunkt natürlich ebenso verstopft waren. Sollte die Nummer wieder ins Netz gehen, werden wir es sofort wissen.«

Die Auswertung des privaten Computers war beendet, brachte jedoch nichts von Bedeutung zum Vorschein. Dafür war mittlerweile klar, dass es eine externe Festplatte geben musste, auf der regelmäßig gearbeitet wurde, auch konnte der Zugang zu einer Cloud, einem Speichersystem im Internet, nicht entschlüsselt werden. Es gab also Daten, an die nur herankommen konnte, wer eingeweiht war.

Auch auf dem PC aus der Filiale in Rheinberg befanden sich lediglich geschäftliche Vorgänge, die KTU hatte weder auf dem Gerät noch in den Ordnern fragwürdige Informationen gefunden, und so konnte alles wieder in das Möbelgeschäft zurückgebracht werden.

Kaum hatte Tom Weber diese Nachricht weiterverteilt, gab es schon die nächste Bestätigung. Die Kollegen hatten sich erneut im Haus der Pahlens in Xanten umgesehen. Im Carport waren Flecken auf dem Boden gefunden worden, die zweifelsfrei von auslaufender Bremsflüssigkeit stammten. Tom war nicht überrascht, dennoch las er den Bericht mit besonderem Interesse. Es hatte geheißen, dass die Beschädigungen der Bremsleitungen mit wenig Kraft und eher dilettantisch ausgeführt worden waren. Toms erster Gedanke galt der unerwarteten Amateurhaftigkeit. Sein zweiter handelte von mangelnder körperlicher Kraft. Zum Schluss war er vorurteilsfrei von einem Täter zu einer Täterin gewechselt, hatte dies bislang für sich behalten.

Was, wenn Brigitte Pahlen ihren Gatten loswerden wollte? Sie galten als Vorzeigepaar der Society. Das war nach ihren zwischenzeitlichen Erkenntnissen eine Lüge. Hatte die Ehefrau die andauernde Selbsttäuschung nicht mehr ausgehalten, war das denkbar? Man würde es herausfinden.

Der Bolzenschneider, der bei dem Anschlag zum ruppigen Anschneiden der Bremsschläuche genutzt worden war, lag am Grund der Pahlen'schen Restmülltonne. Man würde Fingerabdrücke und DNA-Spuren sichern, eine Haarbürste der Hausherrin war zu diesem Zweck gleich mitgenommen worden.

Es ging zügig voran. Auch wenn Burmeester und Gero von Aha momentan nicht im Haus waren. Und Letzterer unauffindbar war.

Karin kochte. Sie konnte von Ahas Eigenmächtigkeiten als Vorgesetzte nicht dulden, war kurz davor, die alten Vorbehalte

ihm gegenüber wieder auszupacken. Solist, Grenzgänger, Großkotz. Was sie auf dem Weg in ihr Büro sonst noch vor sich hin
murmelte, war unverständlich.

✳✳✳

Burmeester brachte die Infos aus Büderich, gab ungeachtet der
Tatsache, dass er noch keine Genehmigung hatte, die Handy-
nummer von Beerenboom zur Ortung frei und wartete auf das
Ergebnis.

Von Aha tauchte nur Minuten nach ihm wieder auf und traf
auf Karin, die ihn zum Gespräch in ihr Büro nicht bat oder einlud, sondern unmissverständlich aufforderte. Alle Kollegen in
der neuen Etage konnten hören, dass sie sich anbrüllten, Worte
wie mangelnde Zuverlässigkeit, fehlende Loyalität hallten durch
die geschlossene Tür, auch die Begriffe Beziehungsprobleme und
Geheimniskrämerei fielen, gefolgt von Auszeit, Zwangsurlaub
und Abzug von der laufenden Ermittlung sowie ein erbostes
»Du spinnst wohl«.

Danach, es standen mittlerweile alle drei Männer in der Nähe
von Karins Raum auf dem Flur und lauschten, wurde es zu ihrem
Bedauern wieder leiser.

»Ein Gewitter klärt die Luft«, flüsterte Burmeester Tom zu,
das Unwetter sei notwendig gewesen.

Jerry meinte, Kollege Gero habe es übertrieben in den letzten
Tagen, sei kaum wiederzuerkennen.

»Als du nach Büderich gefahren bist, kam er erst völlig ge-
stresst in den großen Raum, um gleich darauf wieder wortlos zu
verschwinden. Kannst du nicht mal mit ihm reden? Ich meine,
wo er dich doch während unseres letzten Falls im Storchendorf
zu seinem Hochzeitswerber bei Yasmins kurdischer Familie gemacht hat. Ihr steht euch doch nahe, oder?«

Burmeester schüttelte den Kopf. »In die weiteren Hochzeits-
vorbereitungen ist er nicht eingebunden, und ich sehe ihn kaum
noch privat, da Yasmin mich völlig in Beschlag nimmt. Schade,
aber so ist es.«

Ein weiteres Mal drang ein heftiger Dialog aus Karins Büro auf den Flur.

»Reiß dich zusammen, Gero! Mensch, ich brauche ein funktionierendes Team!«

»Ist ja schon gut, verdammt. Behandle mich nicht wie einen kleinen Jungen. Ich habe es verstanden!«

Die Tür sprang auf, reflexartig lösten sich die drei Lauscher voneinander und liefen zerstreut in unterschiedliche Richtungen, von Aha schien sie nicht zu bemerken.

Karin kam hinter ihm hergelaufen. »Und deine Beziehungsprobleme gehören nicht hierher. Marlene ist vorhin heulend rausgelaufen, erzähl mir nicht, dass dich das nicht belastet.«

Von Aha drehte sich um. »Das hat dich nicht zu interessieren, halte dich da raus. Die wollte gehen, da habe ich sie gehen lassen.«

»Aber ...« Karin stoppte die Bemerkung, es würde zu nichts führen, zumal alle anderen zuhören konnten. »Falls ich es für nötig erachte, werden wir morgen weiterreden.«

Ein Wachhabender trat mit Mike Pahlen aus dem Aufzug, zusammen gingen sie auf Karin zu, deren Gesichtsausdruck von streng auf neutrale Begrüßung wechselte.

»Guten Tag, Frau Krafft, der Vogel sagt, er müsse sich um dreizehn Uhr hier melden. Ich kenne ihn, deshalb habe ich ihn eskortiert. So sauber, wie er riecht, ist er bestimmt nicht. Nicht wahr, Mike? Immer einen Deal am Laufen.«

Mike Pahlen schien aus seinem Rausch erwacht, wirkte aufgedreht, sah gepflegt und gestylt aus, wie aus dem Ei gepellt. Er sprach Jerry aus der Entfernung mit einem freudigen »Hallo« an, wie man einen alten Freund begrüßt.

»Ich übernehme ihn, wir gehen in den kleinen Raum. Er sollte nachdenken, über die Pahlens, über eventuelle Feinde oder Neider und darüber, wie sein Verhältnis zu den beiden war beziehungsweise ist.«

Jerry schob ihn vor sich her, Mike lachte und wehrte mit einer Handbewegung ab. »Ich weiß doch nichts.«

»Das wird sich in den nächsten Stunden zeigen.«

Karin sah den beiden nach. »Kommissar Burmeester wird hinzukommen.«

Mike Pahlen protestierte. »Ist das ein Verhör? Ich habe doch nichts getan. Dürfen Sie das? Ich will einen Anwalt sprechen.« Jerry öffnete die Tür und schob ihn in den Raum. »Das wird ein Männergespräch zu dritt. Heute Morgen haben Sie sich noch bedroht gefühlt, Sie erinnern sich? Sie sind in mein Auto gesprungen und wollten nicht mehr aussteigen. Jetzt sind Sie in Sicherheit, und wir unterhalten uns ein wenig. Da brauchen wir keinen Anwalt, das dürfen wir.«

Burmeester schloss die Tür, er wusste genau, dass die anderen die Übertragungsfunktion des neuen Vernehmungsraums testen würden, zuschauen, sich anhören, was es zu sagen gab, und sich im Verborgenen darüber unterhalten. Auch über Mike Pahlens Verhalten im Gespräch.

Wenig später war Mike Pahlen schon dabei, sich in Widersprüche zu verwickeln, was seinen Aufenthalt in den letzten fünf Tagen betraf. Karin war sich nicht sicher, ob er den jungen, ein wenig kindlich-naiven Mann spielte, der aufgrund exzessiver Kifferei mit Gedächtnislücken zu kämpfen hatte, oder ob er sie gezielt hinters Licht führte. Er erzählte den Kommissaren ernsthaft, er sei überhaupt nicht an der Firma interessiert, auch nicht an dem Geld, das würde nur den Charakter verderben, schwafel, schwafel.

Jerrys Ton gewann an Bestimmtheit. »Wo sind Sie in dieser Woche gewesen, ich möchte, dass Sie jeden einzelnen Tag von Montag bis heute rekonstruieren.«

Mike Pahlen geriet ins Stottern. »Also Montag. Wieso denn Montag? Wissen Sie so genau, was Sie am vergangenen Montag gemacht haben?«

Burmeester stand auf und verließ das Zimmer, kam in den Nebenraum, setzte sich zu den Kollegen, zeigte auf den Bildschirm, bewegte die Kamera, zoomte ihn heran und deutete auf Jacke, T-Shirt, Jeans, Schuhe, die Kappe, die er auf den Tisch gelegt hatte.

»Schaut ihn euch genau an, von oben bis unten. Der trägt von Kopf bis Fuß Markenklamotten, die sind nicht mit einer kleinen Spende der guten Tante zu haben und auch nicht mit der Auszahlung vom Jobcenter. Und in seiner Jackentasche befindet sich das neueste Smartphone von Apple. Kostet alles. Der verschweigt uns was.«

Karin nickte. »Du hast recht, der wirkt wie ein reicher Junge, nicht wie der Loser aus der schmuddeligen Wohnung im Hochhaus, die Jerry beschrieben hat. In die Umgebung passt er nicht. Das ist kein kleiner Gelegenheitsdealer.«

Tom zoomte sich die Armbanduhr heran, dank der neuen Technik war das möglich. »Da schau her, du liegst richtig. Der Herr trägt Breitling am Handgelenk. Fehlt noch der Porsche in einer Garage in der Nachbarschaft.«

Karin wählte wieder die Totale, man sah, dass Mike Pahlen mit dem rechten Knie wackelte, nervös und unablässig. »Der steht wesentlich schlimmer unter Strom, als er vorgibt. Burmeester, geh zurück, setzt ihn zu zweit unter Druck, ihr müsst dranbleiben, nicht lockerlassen. Kann es sein, dass er Zugang zu einem der Pahlen'schen Konten hat? Haben wir das alles ausreichend überprüft?«

Von Aha wies auf den jungen Mann mit der Uhr. »Wir sollten ihn fotografieren. Am Montag gehe ich mit dem Bild zu der Bank, bei der regelmäßig der große Geldbetrag abgehoben wird.«

Karin stimmte zu. »Du bist der Techniker, gib uns eine praktische Einweisung in die digitalen Möglichkeiten.«

Alles ließ sich über den Computer steuern, in wenigen Sekunden hatte von Aha eine gute Einstellung gewählt und mehrere Schnappschüsse gemacht, gestochen scharf, die gleich ausgedruckt wurden. Karin schaute sich die Fotos an, hob anerkennend den Daumen.

Burmeester saß wieder auf seinem Platz neben Jerry, lächelte Mike Pahlen freundlich an und legte einen ungewohnt harten Ton an den Tag. »Ich glaube, Ihnen ist nicht bewusst, in welcher Situation Sie sich befinden. Jetzt ist Schluss mit Gegenfragen und Geplänkel. Ich erwarte Alibis von Ihnen, die Namen von Leuten, die Sie gesehen, mit denen Sie in den letzten fünf Tagen gesprochen, geschlafen oder gechillt haben. Also, fangen wir mit dem letzten Montag an, was haben Sie wo und mit wem gemacht, und wer kann dies bezeugen?«

Karin, Tom und von Aha waren gespannt. Doch da kam erst mal nichts. Mike Pahlen blickte zur Seite, wippte unaufhörlich mit dem Knie und schwieg. Sie sahen, wie beide Kommissare sich fast synchron zurücklehnten.

»Wir haben Zeit.«

Karin wollte die Zeit nicht ungenutzt verstreichen lassen. »Lasst uns ein Brainstorming machen. Alle Thesen und Ideen auf den Tisch, bitte. Nehmen wir an, er holte bei der Bank einmal im Monat das Geld im Auftrag seines Onkels ab. Und dann? Was geschieht mit der riesigen Summe?«

»Er ist der Geldbote«, schlug von Aha vor.

»Wofür brauchte Pahlen einen Geldboten?«

Tom wies auf das wippende Knie. »Der ist viel zu zart besaitet, um hohe Geldsummen von A nach B zu bringen, der fällt doch auf. Dazu ist der nicht abgebrüht genug.«

Karin blieb bei ihrer Theorie. »Er kann Geld abholen und irgendwo abliefern, das schafft er, bekommt jedes Mal eine stattliche Provision und lebt bescheiden weiter in seinem Loch, damit nichts auffällt.«

Von Aha zweifelte ebenfalls. »Pahlen konnte doch selbst zur Bank gehen und hohe Summen abheben, wozu brauchte er einen Mittelsmann und dann noch einen mit so einer windigen Vergangenheit?«

»Er will nicht auffallen. Es soll nicht augenscheinlich sein, dass er so viel Geld abhebt. Wie war das? Er hat ein Haus in der Schweiz? Vielleicht hat er dort auch ein Konto, das jeden Monat wächst. Können wir das überprüfen?«

Die Männer im Vernehmungsraum saßen sich weiterhin schweigend gegenüber. Tom nahm die Augen nicht vom Bildschirm. »Was für eine Art von familiärer Geschäftsbeziehung könnte das sein? Legal oder illegal?«

Von Aha lehnte sich zurück, dieses Gewibbel mit dem Knie konnte er sich nicht länger anschauen. »Was ist mit Steuerhinterziehung?«

Karin winkte ab. Dafür gab es bisher keine Hinweise. Von Aha ließ nicht locker. »Der ist der Neffe eines Möbelmoguls, was noch nichts heißen muss. Er wird von seiner Tante unterstützt, gut. Der Onkel gibt Geld nur gegen Leistung. Aber der Junge da draußen mäht nicht oft den Rasen, glaub mir. Ich glaube nicht, dass er etwas mit dem Geld des Onkels zu tun hat. Das ist ein kleiner Großkotz, ich tippe eher auf Drogenhandel.«

Er wies auf die Totale. »Schaut ihn euch doch an, das ist ein teuer verkleideter Loser, nichts mehr. Dem fällt höchstens ein, dass er am Montag bei McDonalds war, am Dienstag im Centro in Oberhausen und am Mittwoch in Essen bei einem Kumpel. Da können wir lange auf die Offenbarung warten, die uns im Fall Pahlen weiterbringt.«

Tom schaute auf die Uhr. »In einer halben Stunde hole ich Isabell ab, bin gespannt, was wir von ihr erfahren. Bislang haben wir einzelne Puzzlestücke, aber nichts Verwertbares zusammengesetzt.«

Das Telefon im Überwachungsraum schellte, Karin nahm das Gespräch an.

»Ja? … Ach. Na, immer doch. … Ist gleich oben? Prima, danke.« Sie legte auf. »Gero, die Vernehmung wird aufgezeichnet, oder?«

»Na klar.«

»Ihr glaubt ja nicht, wer gerade die Pforte passiert und gleich oben sein wird. Gero, lass uns in mein Büro gehen. Und, Tom, du verschwindest, wenn es Zeit ist, okay?«

Von Aha stand mit ihr zusammen auf, sie verließen den Raum.

»Mach es nicht so spannend, wer kommt denn?«

»Der Wachhabende hat Cara Beerenboom angekündigt, sie müsste gleich da sein.«

Von Aha blieb abrupt an der Fensterfront stehen, schaute hinab auf die Straße, während Karin die Tür zu ihrem Büro öffnete. So konnte niemand sehen, dass ihm die Röte ins Gesicht gestiegen war. Auch zitterten seine Finger, er musste sich beruhigen, bevor sich die Tür zum Treppenhaus öffnete.

»Ist was?«

»Nö, war alles ein wenig viel heute Morgen. Ich muss mich nur eben sammeln, gib mir eine Minute, dann bin ich voll da. Ich bringe Kaffee mit.«

Er starrte hinunter auf die Reeser Landstraße, die Geschäftigkeit auf der Bundesstraße. Sollte er fliehen, eine plötzliche Magen-Darm-Erkrankung vortäuschen? Er erkannte ein Auto mit der Sixt-Aufschrift auf dem Parkplatz vor dem Haus.

Es herrschte gerade seit einer halben Stunde wieder ein Waffenstillstand zwischen ihm und der Chefin. Sollte er Karin sagen, was los war mit Cara oder Tanja und ihm, bevor sie selbst es tat? Das ging gar nicht, Karin war eindeutig auf Marlenes Seite. Die würde ebenso wenig begreifen, wie es ihm gerade ging. Die wenigsten Frauen konnten verstehen, dass es eine solche körperliche Anziehung geben konnte. Frauen glaubten immer an Treue. Die meisten jedenfalls.

Marlene und Cara-Tanja an einem Morgen im Haus, was geschah hier gerade mit ihm? Sein Herz klopfte wild. Würde die Frau mit der doppelten Identität ihn in die Pfanne hauen?

Er ließ es darauf ankommen, verschwand im Besprechungsraum und drückte auf diverse Knöpfe, bis sein Kaffeeautomat schnurrte, gurgelte, prustete. Dreimal.

SECHS

Tanja Schneider alias Cara Beerenboom trug ein graues Businesskostüm. Eine beeindruckend elegante, seriöse Erscheinung, dachte Karin, als sie auf sie zukam und sich mit gekonnt übergeschlagenem Bein vor ihren Schreibtisch setzte. Sie wirkte nicht ruhiger als bei ihrem letzten Auftritt, gemäßigter vielleicht, dennoch nervös.

Karin wollte Offenheit und offenbarte ihr Wissen über die Identität der Besucherin gleich zur Begrüßung.

»Guten Tag, Frau Beerenboom.«

»Hallo, Frau Krafft.«

»Ach, lassen Sie uns noch einmal anfangen. Guten Tag, Frau Tanja Schneider.«

Die Frau schaute sie mit festem Blick an und schien gründlich über ihre Erwiderung nachzudenken. Karin kam ihr zuvor.

»Wir haben Aufnahmen der Überwachungskamera von Ihrem letzten Besuch hier mit Fotos aus der Berichterstattung über ein tödliches Unglück im Indischen Ozean miteinander verglichen, und wir sind zu dem Schluss gekommen, dass Sie entweder eine Zwillingsschwester haben oder ein und dieselbe Person sind.«

Gero von Aha hatte die Türklinke mit dem Ellenbogen heruntergedrückt und sich eine unverfängliche Begrüßung ausgedacht.

»Von Aha. Ich bin hier zuständig für den Kaffee. Wir sind uns ja schon mal auf dem Flur begegnet, nur konnten Sie vor ein paar Tagen den Kaffee nicht kosten. Heute haben Sie dazu Gelegenheit.«

Er stellte die Becher vor den Frauen ab, setzte sich in Karins Nähe. Er sollte hier klarmachen, zu wem er gehörte. Ob sie mitspielte?

Die Frau schnupperte an ihrem duftenden Becher, nippte und nickte. »Da habe ich ja letztens etwas verpasst, Ihr Kaffee ist wirklich köstlich.«

Karin wunderte sich über den aufkommenden Plauderton, kam auf ihre anfängliche Bemerkung zurück. »Frau Schneider, ich darf Sie doch ab jetzt so nennen?«

Sie schien abzuwägen, ob sie bei ihrer Version bleiben sollte, fällte in Sekunden die Entscheidung. »Ja, ich bin Tanja Schneider.«

»Erklären Sie uns doch bitte, wie es zu dem Namenswechsel kam.«

Sie stellte den Becher ab und massierte mit den Fingerspitzen beider Hände ihre Schläfen, schien einen Anfang zu suchen, die ersten aufklärenden Worte nach ihrer Enttarnung.

»Ich bin hergekommen, weil Sie völlig recht hatten. Sie können mich nicht beschützen, wenn Sie nicht wissen, worum es eigentlich geht. Und glauben Sie mir, die, die mich ausfindig gemacht machen, meinen es dieses Mal genauso ernst wie beim ersten Mal.« Sie schaute auf.

Karin bemerkte, dass sie den Blickkontakt zu ihr hielt und von Aha ignorierte. »Beim ersten Mal? Was meinen Sie damit?«

»In Kovalam am Indischen Ozean. Das war kein Unglücksfall, das war ein heimtückischer Mordversuch. Im Auftrag. Ich hatte so ein verdammtes Glück, ich kriege noch immer eine Gänsehaut, wenn ich daran denke.«

Sie hatte ihre Ersparnisse mitgenommen, alle Brücken hinter sich abgebrochen und war wochenlang durch Indien gereist, immer auf der Suche nach Ursprünglichkeit. Und die begegnete ihr in so einem kleinen einheimischen Lokal, eine Mischung aus Krämerladen, Bar und Restaurant. Bis drei betrunkene Inder ihr an die Wäsche wollten. Sie berichtete von einem Retter in der Not, einem sympathischen, scheinbar selbstlosen Niederländer in ihrem Alter, der sie aus einer bedrohlichen Situation gerettet hatte, in der die drei Männer ihr in der Dunkelheit nachgestellt hatten. Der Mann brachte sie in eine gemütliche Bar in Strandnähe, neben ihm kam sie zur Ruhe.

Ein aufkommender Sturm hatte plötzlich für Chaos gesorgt, alle halfen mit, eine umgestürzte Palme von einer Hütte zu heben, Menschen zu retten. Auch der zu dem Zeitpunkt immer noch von ihr als aufrichtig empfundene Niederländer und sie selbst.

»Dann geriet ich zwischen zwei Boote, die von den hohen Wellen an Land gepeitscht wurden. Ich ging immer wieder in den Wassermassen unter, und statt mir zu helfen, drückte die starke Hand, nach der ich gegriffen hatte, meinen Kopf mehrmals unter Wasser.«

Sie stoppte einen Moment, sprach von Todesangst, aber das Business-Gesicht blieb gleichförmig, gefasst, fast geschäftlich. Sie war gut darin, ihre Gefühle zu verbergen.

Karin konnte sich keinen Reim darauf machen, gönnte sich und der Frau ein paar Minuten, schob den Kaffeebecher in ihre Richtung.

»Sie meinen, der Mann hat Sie absichtlich unter Wasser gedrückt?«

Tanja Schneider nickte. »Ich stellte mich leblos, konnte mich wegdriften lassen, unter dem Boot wegtauchen und mich an die abgewandte Bordwand krallen. Es war stürmisch, unübersichtlich. In dem ganzen Tumult bin ich später an Land gestolpert und weggelaufen, immer weiter weg von dem Dorf. Meine Schuhe habe ich am Strand zurückgelassen. Am nächsten Tag habe ich mich nicht ins Hotel getraut. Ich bin bei Einheimischen untergekommen. In der Nacht drauf habe ich das Notwendigste aus dem Hotel geholt, Geld, ein paar Klamotten. Mein Ausweis ist dageblieben. Es war die perfekte Gelegenheit, um von der Bildfläche zu verschwinden.«

Das war es, dachte Karin. Tanja-Cara war ob der Enthüllung so auffällig unaufgeregt geblieben, weil sie ihre Geschichte erzählen wollte. Die Sätze saßen präzise. Mit der schlüssigen Botschaft, eine vermeintliche Katastrophe genutzt zu haben, um ihr altes Leben zu beenden.

»Erklären Sie mir, warum Sie zu dem Zeitpunkt Ihrer bisherigen Existenz den Rücken kehrten.«

Die Pause, die entstanden war, ließ sich schlecht ertragen. Karin schnippte mit den Fingern. »Bitte, Frau Schneider, jetzt nicht wieder so eine Schweigesequenz einlegen, wir sind doch schon ein Stück weiter. Mich interessiert, wie es dazu kam, dass Sie aus Ihrem Leben ausstiegen.«

»Ich hatte zum ersten Mal richtig Angst. In meinem Geschäft trifft man immer auf zwielichtige Leute. Die meisten bellen nur, wollen spielen, beißen aber nicht.«

Sie schaute Karin unvermittelt mit klarem Blick an. »Die Zeiten haben sich geändert, Frau Krafft, ich bin eine Frau und muss immer top sein, um anerkannt zu werden. Wer nicht mehr top ist, den lässt man fallen. Und wer dann Gesichter, Namen und Zahlen aus bestimmten Geschäften kennt, der stirbt leicht durch einen Unfall. Plötzlich und unerwartet. Das geschieht dann oft in Urlaubsländern. Touristen, die verschwinden, schaffen es bis in die ›Tagesschau‹. Hätten Sie bei der Berichterstattung gedacht, dass ein Mord dahintersteckt?«

Karin dachte einen Moment nach. Der perfekte Mord im Urlaubsparadies?

»Das könnte erklären, warum Ihnen ein angeheuerter Killer bis Kovalam nachreist, um dort eine Gelegenheit wie das Chaos nach einem Sturm zu nutzen, um Sie von der Bildfläche verschwinden zu lassen.«

Zum ersten Mal schien die Frau sich verstanden zu fühlen, atmete auf. Tief, hörbar. »Tanja Schneider war bei dem Sturm ertrunken. Der Scheißkerl namens Thijs konnte getrost abreisen und eine Kerbe in seinen Gürtel ritzen. Cara Beerenboom durfte aus dem Wasser steigen und leben.«

Karin nickte. »Wie sind Sie zu den neuen Papieren gekommen?«

Ihr Gesicht entspannte sich wieder. »Wenn eine Sache seit Langem kein Problem in meinem Leben darstellt, dann ist es Geld. Und für Geld gibt es alles.«

Da war wieder das überlegene, selbstsichere Gesicht, ihr Körper straffte sich.

»Ich ging nach Bangalore. In den Bars abseits der Hauptstraße findest du überall Kontakte, Leute, die ihre Großmutter verkaufen, wenn das Geld stimmt. Ich wollte Papiere mit dem Namen Cara Beerenboom, Impfpass, Rückflugticket. Alles, was mir fehlte, war der Pass mit dem Touristenvisum. Mit den Nachweisen ging ich zum Generalkonsulat und erzählte in blumigen Worten und tränenreich von einem dreisten Überfall. Ich bekam einen Ersatzausweis ausgestellt. Damit hatte ich ein Dokument in der Hand, mit dem ich legal im Land bleiben und reisen konnte, und habe es hier weiter genutzt. So wurde ich Cara Beerenboom. Das ist ein aufregender Name, oder?«

»Stimmt, sehr klangvoll. Aber falsch und nicht legal.«

»Er kann mich nicht mehr schützen. Ich weiß, dass sie mich wieder beobachten.«

»Deshalb diese Wohnung in Büderich?«

Tanja Schneider verschränkte die Arme und schaute auf ihre Füße, zupfte an ihrem Rocksaum. »Das war eine naive Idee.« Sie lachte kurz auf. »So eine bescheuerte Idee von einer blonden Frau. Ich habe eine Adresse, schaut dorthin, sucht mich in dem Kaff. Die hatten schnell raus, dass sie mir von meinen Kundenkontakten aus folgen müssen.«

»Wer sind *die*?«

Mit fester, lauter Stimme rief sie: »Ich weiß es doch nicht. Aber sie sind da!«

Gero von Aha spürte, wie ihr Fuß unter dem Tisch kurz, aber sehr effektvoll sein Bein streifte. Er rang innerlich um Fassung, merkte, wie sein Körper reagierte. »Ich mache uns noch einen Kaffee.« Er nahm die drei Becher und verließ den Raum.

Die Frau kramte in ihrer Handtasche. »Kann ich hier rauchen?«

Karin schüttelte den Kopf. »Auf keinen Fall, da müssen Sie vor das Haus. Kollege von Aha wird Sie begleiten.«

»Wieso? Ich habe nichts gemacht und laufe auch nicht weg, schließlich will ich, dass Sie mich vor denen beschützen.«

Von Aha erschien mit den drei Bechern.

»Du begleitest Frau Schneider zu einer Zigarettenpause. Sie braucht Schutz. Vor *denen*, wie sie sagt. Wir sind noch nicht durch mit der Geschichte. Fünf Minuten.«

»Äh, ich?«

Karin schaute ihn entgeistert an, bemerkte seinen unsicheren

Blick. Was war das schon wieder? »Ja, du. Spricht irgendwas dagegen?«

»Äh, nein.«

»Los, die Zeit läuft, und die Schneider ist schon im Treppenhaus.«

»Na gut, solange ich nicht mitrauchen muss.«

Sie stand abseits des Haupteingangs neben der Kippentonne. Von Aha wahrte Abstand, sprach sie aus gebotener Entfernung an.

»Danke.«

Tanja Schneider drehte sich um. Von Aha schaute immer noch an ihr vorbei, ständig waren Kollegen unterwegs, er wollte bei niemandem Spekulationen auslösen. Sie war noch nicht fertig mit ihrer Geschichte, wer weiß, was sich noch ergeben würde.

»Wofür?«

»Dafür, dass wir uns hier nicht kennen.«

»Schon gut. Warum bist du dabei?«

»Sie hat mich hinzugerufen, sie ist die Chefin.«

»Ach so.«

»Ist dir das unangenehm, oder wieso fragst du?«

Sie aschte in den sandgefüllten Metallkorb, eine routinierte Bewegung, schaute ihn nicht an. »Ich habe nicht den Bullen in mein Bett gelassen, sondern den Gero. Und jetzt hört der Gero meine Geschichte. Ist doch Mist.«

»Wieso?«

»Kein Mensch kennt meine ganze Geschichte, die wahre.«

»Du hast viel erlebt. Keine Sorge, es bleibt unter uns.«

Sie drückte die Zigarette aus und begab sich zur Tür. »Lass uns raufgehen, ich muss noch viel loswerden.«

Im Treppenhaus lief sie eine Stufe hinter ihm, flüsterte ihm Verheißungen zu, die ihn fast stolpern ließen.

»Und wenn du alles von mir weißt und trotzdem noch mit mir Sex haben willst, dann mache ich dir die Tür auf, du geiler Bulle. Jederzeit.«

Er wäre am liebsten sofort mit ihr umgedreht, hinuntergerannt, ins Auto gesprungen und losgefahren.

Er sah nicht, dass sie lächelte. Sie sah nicht die Schweißperlen auf seiner Stirn.

Ausgebremster Bulle.

* * *

Im Überwachungsraum berichtete Tom Weber, die Vernehmung mit Mike Pahlen laufe zäh. Der Neffe denke mittlerweile darüber nach, ob er doch für seinen Onkel gearbeitet habe. Am Haus, also handwerkliche Tätigkeiten, größtenteils im Garten.

»Was? Weiß er schon, dass wir die manipulierte Lampe für den Unfall seiner Tante als ursächlich ermittelt haben? War er das vielleicht?«, fragte Karin.

»Der hat null Plan. Allein bringt der nicht viel auf die Kette. Der ist die ganze Woche über mit seiner Freundin entweder shoppen gewesen oder im Kino oder hat Leute besucht. Diese ›Leute‹ werden Zwischenhändler oder Stammkunden gewesen sein, wir prüfen gerade zwei Adressen in Essen. Die Kollegen dort sind dran. Und wir sollten uns seine Wohnung mal vornehmen, Drogenspürhund, KTU, das ganze Programm.«

»Informiere den Staatsanwalt und besorge dir einen Durchsuchungsbeschluss. Ich bin drüben mit Cara Beerenboom alias Tanja Schneider beschäftigt. Sie ist es tatsächlich, eine lange Geschichte, und wir sind noch nicht beim aktuellen Stand angelangt.«

Tom schaute sie erstaunt an. »Du verlässt ein Gespräch, ohne dass du beim Kern angekommen bist? Das ist sehr ungewöhnlich.«

»Ja, die ist eben eine rauchen. Gero passt auf, dass sie uns nicht wieder verloren geht.«

Die Totale zeigte, dass Mike Pahlen seinen Kopf abstützte.

»Ich will eine Pause, ich bin total fertig.«

Burmeester bot ihm an, Wasser zu holen.

»Nein, ein Big Mac und 'ne Cola, das wär's.«

Jerry klatschte beide Handflächen auf die Tischplatte, laut, sehr laut und effektiv. Der junge Mann schreckte hoch und wirkte hellwach.

»Wir sind doch nicht im Schnellimbiss, das hier ist die Mordkommission, falls Ihnen das noch immer nicht klar ist. Sie sind Haupterbe des riesigen Vermögens des Ehepaars Pahlen und daher als hochverdächtig eingestuft, Anschläge auf Ihre Verwandten verübt zu haben. Also Schluss jetzt mit diesen Mätzchen, ich will Fakten hören, die Wahrheit. Verstanden?«

Mike Pahlen saß auf seinem Platz und rührte sich nicht mehr.

»Ob Sie mich verstanden haben, will ich wissen.«

Karin klopfte Tom auf die Schulter. »Du musst los.«

Tom schaute auf seine Uhr und sprang auf. »Das wird knapp.«

»Steck dein Blaulicht auf.«

»Mach ich, Chefin.«

»Frau Schneider, warum sind Sie nach Deutschland zurückgekehrt?«

»Ich habe es nicht geschafft, mich in Indien in den Kreisen zu bewegen, in denen ich mit meinen Fähigkeiten Geld verdienen konnte. Ich war zum Schluss pleite, ich konnte mir gerade noch am Flughafen einen Kaffee kaufen und musste zurück, um wieder Geld zu verdienen. Außerdem kotzen mich die gesellschaftlichen Unterschiede und der Umgang mit Frauen in dem Land an. Mädchen, die verkauft werden, Massenvergewaltigungen, Leute, die unter einem Stück Wellblech neben prachtvollen Villen und hypermodernen Firmengebäuden leben. Diese Widersprüche konnte ich nicht mehr ertragen. Den spirituellen Weg für ein anderes Leben habe ich auch nicht gefunden. Es ist kompliziert, in Indien einen Glaubensursprung zu finden.«

»Wie passt das zu der Bedrohung, von der Sie berichtet haben, dem Anschlag, dem Sie knapp entkommen waren?«

Tanja Schneider breitete die Arme aus, eine Siegerpose. »Ich wurde zu einer anderen Person, halb bewusst, halb entwickelte sich das einfach. Ich ließ die alte Tanja zurück. Als Cara Beerenboom war ich furchtlos und voller Energie, bereit zu einem

Neuanfang ohne alten Ballast. Ich habe immer selbstständig gearbeitet und hatte keine Sorgen, schnell wieder Fuß zu fassen.«
»In welcher Branche?«

»Ich habe ein paar Semester Wirtschaftswissenschaften stu-
diert und bin erstklassig in Anlageberatung ausgebildet. Ich habe
ein Gespür dafür, wie man Geld vermehrt. Und ich kenne die
Leute, mit denen man ein Vermögen vergrößern kann.«

»Jetzt kommt der Part, der Sie zu uns führt. Man hat Sie hier
entdeckt? Wer?«

»Das ist mehrschichtig. Ich versuche mich kurz zu fassen.«

Es schien ihr nicht leichtzufallen. Bislang hatte Tanja über ihre
Vergangenheit berichtet, jetzt ging es um die Gegenwart. Dieses
Mal lehnte von Aha, rein zufällig, seinen Fuß an ihre Fessel,
merkte, wie sie tief durchatmete, ließ seinen Fuß dort stehen.

»Ich habe neue Kontakte geknüpft, ich fand eine Vermögens-
beratung, zu der ich passte. Doch es gibt windige Konkurrenz,
Leute, die Verfahrenstricks kennen, Anlagewege in Steueroasen,
wobei man sich fragt, für wen hier der Begriff Oase erfunden
wurde. Eine Gruppierung hat mich ausfindig gemacht und unter
Bedrohung meines Lebens zur Mitarbeit gezwungen. Ich kann
aus Scheiße Gold machen, aus Schwarzgeld, aus hinterzogener
Steuer schaffe ich auf dem Papier saubere Gewinne, und ich bin
gut darin, Illegales legal aussehen zu lassen. Kurierfahrten inklusive.«

»Wie kann ich mir das vorstellen?«

»Ich verabrede mich mit einem Kunden zur Beratung. Kommt
ein Kontrakt zustande, gibt es eine weitere Verabredung an
einem anderen Treffpunkt. Ich übernehme einen Koffer, eine
Aktenmappe mit Dokumenten, quittiere den Erhalt und bringe
ihn in eine Kanzlei. Zuletzt meist in die Niederlande. Schnell,
nah, unauffällig.« Sie lächelte Karin an.

»Alles nach außen hin unspektakulär. Ich rase nicht nachts
mit pickepackevollen Geldkassetten im Kofferraum in unauffäl-
liger Geschwindigkeit bei Elten über die Grenze. Ich sitze nicht
hinten, das Gesicht hinter einer großen Sonnenbrille verborgen,
sondern lächelnd hinter dem Steuer. Das Steuern-zahlen-nur-

die-Dummen-Geschäft läuft wesentlich diffiziler für den, der es sich leisten kann. Es gibt den vollen Service und Komplettbetreuung durch Anwälte, Banker und Wirtschaftsprüfer. Du meldest dich an und erhältst eine Beratung für deine Spezialbedürfnisse.«

Karin richtete sich auf. »Wohin genau führt Sie dieser Weg?«

»Wenn ich das jetzt sage, unterschreibe ich garantiert mein Todesurteil. Ich bringe persönliche Unterlagen ins Nachbarland, lassen wir es momentan dabei. Ich kenne einige der wichtigen Männer im Hintergrund, die wissen, wie sie die Finanzbehörden betrügen können. Das funktioniert, solange ihr System geschlossen arbeitet, aber sie dulden keine Fehler. Den Kernfehler macht man, wenn man rauswill. Sie hassen und fürchten Leute, die spezielle Informationen über sie weitergeben könnten. Man setzt mich unter Druck. Sie sagen, du arbeitest für uns, es gibt keinen Ausstieg. Wer Namen und Gesichter kennt, ist bis zum bitteren Ende dabei. Also bin ich als Cara Beerenboom auf Dauer im Einsatz, und zwar ohne Ausstiegsklausel. Ich kassiere fette Provisionen, davon lebe ich. Die sind legal verdientes, ordentlich versteuertes Geld für meine besonderen Dienstleistungen.«

»Wie ist das denn möglich, wenn Sie von denselben Leuten gleichzeitig mit dem Tod bedroht werden?«

»Ich bin selbstständige Finanzberaterin, schon vergessen? Es geht immer nur ums Geld, und wer nicht nach ihren Regeln spielt, kriegt Druck. Bis hin zur Bedrohung. Und mehr.«

Karin nahm einen Schluck Kaffee, der inzwischen kalt geworden war. »Werden Sie konkreter, vor wem sollen wir Sie beschützen?«

Tanja Schneider schaute aus dem Fenster hinter Karin und schwieg, schien nachzudenken. Gero von Aha verstärkte die Berührung ihrer Ferse minimal, spürte, dass sie sein Signal verstanden hatte.

Sie atmete tief durch. »Sie hatten angekündigt, dass sie ihn umbringen würden, wenn er nicht weiterhin bezahlt.«

Beide horchten auf. Auch von Aha, der bislang nichts gesagt

hatte, reagierte hellwach. Er stellte die Frage nur einen Bruchteil eher als Karin.

»Wer sollte getötet werden, wenn er nicht zahlt?«

»Das hat mich doch so aufgebracht, deshalb bin ich hier gewesen, ich hatte so eine Angst. Ich wusste, dass es passiert. Ich habe es einfach gewusst, weil er sagte, jetzt ist Schluss, jetzt gibt es nichts mehr, ich will raus, macht und sagt, was ihr wollt.«

»Wovon sprechen Sie? Und von wem?«

Tanja Schneider beugte sich vor und legte ihre Hände auf den Tisch, betrachtete den breiten goldenen Ring am Mittelfinger ihrer linken Hand, richtete sich auf, öffnete den Mund. Im selben Moment klopfte jemand an die Tür, Tom erschien, hinter ihm eine schmale Frau im mittleren Alter.

»Oh, Entschuldigung, ihr seid noch im Gespräch. Ich mache euch nachher miteinander bekannt.«

Schweigen lag im Raum. Tom bemerkte seinen Fehler, schloss die Tür kommentarlos.

Karin versuchte, den Faden wieder aufzunehmen. »Tanja, bitte sprechen Sie mit uns. Um wen und was ging es bei dieser Erpressung?«

Sie zögerte.

»Da ist schon jemand gestorben, nicht wahr? Sie wollen nicht das nächste Opfer sein, richtig?«

Sie nickte und fuhr mit leiser Stimme fort. »Ich hatte ein Verhältnis mit Dieter.«

Er konnte es nicht fassen, Gero von Aha schaute Karin an, musste es genau wissen. »Dieter Pahlen?«

»Genau. Der große, heilige Pahlen, der überall in den Illustrierten als Saubermann dargestellt wird, wollte Finanzberatung und wilden Sex von mir. Er hat beides gekriegt. Sie haben uns fotografiert. Bei allem. Und wollten die Fotos an die Zeitungen mit den großen Überschriften verkaufen.«

»Hat er gezahlt?«

»Ja. Aber im letzten Monat wollte er nicht mehr, die Erpresser hatten die Forderungen überzogen. Sie konnten nicht gleichzeitig Geschäfte mit ihm machen und ihn nach Belieben melken.

Dann wäre er am Ende und wahrscheinlich schnell ein fertiger Mann gewesen. Es sei ihm egal, hatte er gesagt, solle die Welt doch alles erfahren. Er gestand seiner Frau die Affäre mit mir. Die war scheißsauer und sprach sogar von Scheidung. Immer muss es nach einer gesellschaftlich abgesegneten Ordnung gehen, nie nach Begehren und Gefühl, ist doch Mist. Ich hätte ihr den Mann nicht ausgespannt, ich will doch unabhängig sein. Aber die Männer im Hintergrund fackeln nicht lange, sie sind die wahren Drahtzieher all dieser dubiosen Geschäfte mit den Steuertricks und anderen Dingen. Weil er nicht mehr zahlen wollte und drohte, alles offenzulegen, haben die ihn umgebracht.«

»Moment, Sie erzählen uns gerade, dass Dieter Pahlen das Opfer derselben Leute geworden ist, die einen Niederländer nach Indien schickten, der Sie umbringen sollte?«

»Das ist höchstwahrscheinlich so. Die Branche ist einem Konkurrenzkampf ausgesetzt und buhlt um Rechte und Reviere. Mein Fehler war, hierher zurückzukehren. Ich spüre geradezu diese verborgenen Blicke, manchmal denke ich, ich kann sie riechen, da aus der zweiten Reihe. Immer schön verdeckt bleiben.«

»Wer sind die Hintermänner?«

»Ich weiß es nicht genau. Ich kenne Treffpunkte, Decknamen, ich weiß, wie sie aussehen.«

»Das ist ja immerhin etwas, Sie werden unserem Zeichner Angaben machen.«

Tanja Schneider stand auf. »Nein, das geht nicht, nicht heute. Ich habe wichtige Dokumente im Wagen und muss heute bis achtzehn Uhr an meinem Ziel ankommen.«

Von Aha wunderte sich darüber, dass Karin seelenruhig sitzen blieb. Sie nahm das Telefon zur Hand, signalisierte Tanja Schneider, sich wieder zu setzen.

»Warten Sie, nicht weglaufen. Sie werden gleich Ihren Auftrag ausführen, aber nicht ohne unsere sehr diskrete Begleitung. Und Sie müssen uns helfen, die Mörder von Dieter Pahlen zu finden, nur Sie können das.«

Tanja Schneider setzte sich auf die Stuhlkante. »Sie werden mich nicht eskortieren, das fällt doch auf, ich bin schließlich nicht lebensmüde. Die haben schon Dieter auf dem Gewissen. Und indirekt bin ich bestimmt auch für den Anschlag auf Brigitte Pahlen verantwortlich, der Zeitpunkt kann kein Zufall gewesen sein.«

Sie stand auf, Karin wollte auf Tanja Schneiders letzten Satz eingehen, als Burmeester sich am Telefon meldete.

»Ja, Karin hier, lasst den Mann laufen für heute. Ich erkläre gleich, warum. Der rennt uns nicht weg, der soll unbedingt erreichbar bleiben.«

Karin dachte kurz nach und entschied sich für eine außergewöhnliche Maßnahme.»Burmeester, du bist mit deinem Privatwagen da, richtig? Ich brauche dich und Gero gleich für eine Fahrt in die Niederlande. Ich selbst bin auch dabei.«

Sie wandte sich an Tanja, die wieder sprungbereit auf der Stuhlkante hockte.»Das sind ganz unterschiedliche Privatwagen, frei von jeglichen Dienstkennzeichnungen. Wenn diese Wagen Sie abwechselnd im Auge haben, kommt im Nachbarland niemand darauf, dass sie Ihnen folgen. Bei Tempolimit hundertzwanzig bis hundertdreißig kann man nicht einfach davonrasen. Ich brauche Ihre Handynummer für den Fall der Fälle und Ihr Ziel. Und ich will Sie erreichen können, es gibt noch eine Menge Fragen. Wo wohnen Sie?«

»Finden Sie es heraus. Ich komme zu Ihnen, das ist meine Bedingung.«

Tanja Schneider nahm sich den Notizzettel, der ihr gereicht wurde, und schrieb eilig.

Karin fand die Idee genial, die drei neutralen Privatwagen für eine Observation im Ausland abwechselnd einzusetzen. Offiziell würde eine solche grenzübergreifende Aktion einen ungeheuren administrativen Aufwand bedeuten und großen Widerhall im Innenministerium in Düsseldorf finden. Dafür hatte sie nach Lage der Dinge keine Zeit. Eigentlich benötigte sie nur die drei Privatwagen mit WES- und MO-Kennzeichen, die Autos ihrer Teammitglieder nämlich, und diese wie x-beliebige Privatleute auf den Fahrersitzen.

Wer Erfolg wollte, musste Mut zu unerwarteten Wegen haben.

Karin Krafft hatte Mumm. Sie würde die Kommissarin vom BKA mitnehmen, und neben Burmeester sollte von Aha der Dritte im Bunde sein, während Tom und Jerry weiter an der Auswertung der Dateien arbeiten sollten.

Allerdings war ihr nicht so ganz geheuer dabei, im benachbarten Ausland, in der Heimat ihres Mannes Maarten, zu fahnden. Sie würde Staatsanwalt Haase zum Mitwisser machen müssen. Zur eigenen Sicherheit.

»Herr Haase? Krafft hier. Ich brauche Ihre Zustimmung für eine verdeckte Aktion.«

Alles ging sehr schnell, die Aktion wurde auf dem Flur besprochen, während Tanja Schneider durchs Treppenhaus zu ihrem Fahrzeug ging und Mike Pahlen das Haus per Lift verließ, von Aha hinterherhechtete, um zu überprüfen, ob seine Tankfüllung reichte, Burmeester schon mal unten auf dem Parkplatz das Kennzeichen des Mietwagens der Schneider fotografierte, an alle versendete und sich startklar hinter das Steuer seines Wagens setzte.

Von Aha beeilte sich und erwischte Tanja im Eingangsbereich. Er zog sie hinter die Ecke des Gebäudes und umarmte sie. Sie wehrte sich, er ließ sie erstaunt wieder los, sie strich ihr Kostüm glatt.

»Bist du verrückt, wenn uns jemand hier sieht!«

Schon geschehen. Burmeester traute seinen Augen nicht. Von Aha hatte gerade eine Frau, die in ihrem aktuellen Fall eine wichtige Rolle spielte, sehr eng umarmt und redete nun wild auf sie ein. Sie schien sich zu wehren, die Situation war weder innig noch entspannt.

Von Aha und die Frau mit dem falschen Namen? Sein Kumpel und die Frau, der sie nun in die Niederlande folgen sollten? Die kannten sich offensichtlich, was war das nun wieder? Ein kurzes Gerangel noch, dann gab sie ihm einen Kuss, indem sie seinen Kopf mit beiden Händen hielt, und er umarmte sie, wie man sich nur umarmt, wenn man sich ganz privat kennt. Gero von Aha war mit Marlene zusammen, das war Burmeesters letzter Stand.

Der Kollege hatte bislang nicht darüber gesprochen, dass er diese Cara oder Tanja kannte, war vorhin bei der Befragung anwesend gewesen. Und Karin hatte nichts davon mitgekriegt? Die hätte ihn garantiert vom Fall abgezogen.

Von Aha hatte nicht registriert, dass Burmeester ihn beobachtet hatte, er hatte ebenso wenig bemerkt, dass Tanja etwas in seine Jackentasche fallen ließ, bevor sie loslief. Erst später würde er dort einen USB-Stick finden und ihn achtlos zu seiner Sammlung werfen.

Von Aha ging zu seinem Wagen. Tanja Schneider hastete zum anderen Ende des Parkplatzes, überholte Mike Pahlen, während Karin und Isabell Krüger das Gebäude verließen. Im Augenwinkel sah Karin die beiden, bemerkte, dass Pahlen hinter Tanja Schneider herlief, sie an der Schulter hielt und rüde zum Stehenbleiben zwang. Karin bedeutete Isabell Krüger, sich zurückzuhalten, und wagte sich nur so weit aus dem Eingangsbereich, dass sie mitkriegte, wie der junge Pahlen auf Tanja Schneider einredete, sie an den Schultern hielt und schüttelte. Die Frau riss sich los, er schrie sie an, hier vor den Augen und Ohren der Polizei, so laut, dass die Hauptkommissarin ihn verstehen konnte.

»Du bist das Letzte. Was hast du hier gemacht, he?«

Sie war auf ihr Äußeres bedacht und strich sich gelockerte Strähnen aus der Stirn, schrie in ähnlicher Lautstärke zurück.

»Das hier ist kein McDonald's, du kommst doch selbst gerade von den Bullen, wie soll ich das finden? Und es gibt da eine Reihe von Leuten, die sich die gleiche Frage stellen werden.« Er ging auf sie zu, holte aus, bereit zum Schlag.

Sie schrie ihn an. »Achtung, Kameras und überall Bullen! Bessere Zeugen gibt es nicht.«

Von Aha fuhr seinen Wagen in Position, sah, wie Mike Pahlen sich zu Fuß auf den Weg zur Reeser Landstraße machte. Er hatte ja keinen Führerschein, schien, zumindest hier im Schatten des hohen Gebäudes der Kreispolizeibehörde, brav zur Bushaltestelle zu laufen.

Karin informierte Jerry, er solle sich weiter mit Mike Pahlen befassen, da gebe es garantiert noch mehr zu ermitteln.

Tanja Schneider wirkte derangiert, als sie in ihren Wagen stieg, von Aha wusste ihren Gesichtsausdruck nicht zu deuten. War das Wut? Weinte sie etwa? Wieso brachte Mike Pahlen diese taffe Frau an den Rand der Verzweiflung? In ihm wuchs der Impuls, sie in den Arm zu nehmen. Dann sah er Karin und die junge, gertenschlanke Kollegin aus Meckenheim zu ihrem Auto sprinten, und er passierte Burmeester, der in seinem Wagen saß, den Kopf schüttelte und eine Wischbewegung vor dem Kopf machte, als von Aha neben ihm hielt. Was wollte er ihm sagen? Er hatte keine Ahnung.

Burmeester sah zu Tanja Schneider rüber. Diese Frau sollte er also überwachen, um herauszufinden, wo sie in geheimer Mission hinwollte. Das entwickelte sich zu einem shakespeare'schen Verwirrspiel mit vertauschten Rollen und dunklen Geheimnissen.

∗∗∗

Karin hatte die schnelle Zustimmung zu der Aktion von Staatsanwalt Haase bekommen. Gut, sie hatte ihm verschwiegen, dass sie jemandem vom BKA im Wagen haben würde, es nicht ausschließlich um die Fahndung nach Pahlens Mörder ging und die Sachlage wesentlich umfangreicher und komplizierter war, kurzum, sie hatte wesentliche Fakten vergessen. Sie rechtfertigte es vor sich selbst damit, dass es schnell gehen musste, es blieben noch ganze zweieinhalb Stunden bis zu dem unbekannten Ziel in der Nähe von Amsterdam.

Karin hatte drei mobile Funkgeräte mitgenommen und an die Wagen verteilt, ließ Burmeester nicht zu Wort kommen, der ihr etwas mitteilen wollte, und musste von Aha beruhigen, der das Aufeinandertreffen von Pahlen und Schneider kommentieren wollte. Keine Zeit, Frequenz A, unterwegs miteinander in Verbindung bleiben und los. Wachwechsel hinter dem Leihfahrzeug mit dem Münchner Kennzeichen jede halbe Stunde.

Während Tanja Schneider den Weg über die Schermbecker Landstraße zur A 3 wählte, testeten sie die Verständigung. Bei

Karins Anfrage an Burmeester, was er ihr mitteilen wollte, reagierte er ablehnend, es sei nicht wichtig gewesen. Burmeester wusste, dass von Aha zuhörte, das ging jetzt einfach nicht. Und vielleicht ging es ihn auch einfach nichts an.

Von Aha war der erste Verfolger, ab Auffahrt Wesel/Schermbeck zur A 3 galt für die Observation das System der Abwechslung nach dreißig Minuten. Karin bat bereits in Höhe des Evangelischen Krankenhauses in Wesel um Funkdisziplin und erhöhte Aufmerksamkeit.

»Ich habe Isabell Krüger im Wagen, wir haben uns darauf geeinigt, beim Du zu bleiben, und ich habe ihr erklärt, wer in den Fahrzeugen sitzt. Sie kann uns bestimmt darüber aufklären, um welche Art von Geschäften es bei diesem Deal in den Niederlanden geht. Offenbar gibt es Lücken im deutschen Steuersystem beziehungsweise steuertechnische Angebote in den Niederlanden, die genutzt werden, ohne dass man die Trickser und die Steuerverkürzer belangen kann. Geld von hier nach da, oder wie läuft das?«

Isabell saß neben Karin und beugte sich zum Funkgerät. »Kann mich jeder verstehen?«

Zustimmung aus den anderen Wagen.

»Gut. Ich brauche noch eure Zusage, dass ihr von mir nie ein Wörtchen gehört habt, ich mache das hier nur für meinen alten Freund Tom. Wenn herauskommt, dass das BKA seine Informationen verschleudert, dann bekommt das meiner beruflichen Laufbahn überhaupt nicht. Verstanden?«

Zustimmung.

»Wir müssen das Thema strukturieren. Welche Firmen hat der Möbelmogul zu welchem Zweck verschachtelt? Welche Investoren stecken dahinter? Wer wiederum steckt hinter den Investoren, wer hält die Fäden der Macht in der Hand? Wer steuert die legalen Tricks? Wer ist nur Mitläufer und dient den Mächtigen als Tarnung für das große Ganze? Da hilft nur eine Fragenkette. Und ihr, ihr fragt, wenn ihr etwas nicht versteht. Ihr steckt garantiert noch in einer alten Welt fest. Für euch sind die üblichen Verdächtigen die raffgierigen, bösen Steuertrickser mit Sitz auf den karibischen Inseln, Diktatoren, Oligarchen oder griechische Reeder. Aber doch nicht Eliten aus unserem guten, sauberen Land. Da liegt ihr leider falsch.«

Burmeester meldete sich zu Wort. »So ein regionaler Möbelmogul vom Niederrhein passt also in die Reihe der Großen? War unser Unfallopfer reich genug für internationale Geschäfte?«

Von Aha blendete sich ein. »Wenn der ungeheuer viele Millionen verdient hat, dann hat er sie aber gut vor der Welt versteckt. Niemand hat darüber berichtet, dass er wie Dagobert Duck jeden Morgen in den Pool voller Geld sprang. Wo beginnt eigentlich der Mogul?«

Isabell Krüger übernahm wieder. »Berechtigte Fragen. Doch wie sieht die Realität aus? Unsere Verfahren, Reichtum zu bemessen, stammen aus der Nachkriegszeit. Niemand hat sie an die globale Finanzwelt angepasst. Heute jagen Milliarden per Knopfdruck in Computersystemen um die Welt. Warum sollte ein reicher Xantener sein Geld im Land belassen? Der hat international Vorkehrungen getroffen, also hohe Summen verschoben, vermute ich. Nur naive Gemüter glauben heutzutage, dass sich Offshore-Steuerhinterziehung noch in vernachlässigbaren Grenzen hält. Man muss nur wissen, wo die Helferlein zu finden sind, die die Wege zu den Steueroasen kennen, und das Geld haben, sie zu bezahlen. Oase, welch ein perverser Begriff, wenn man der Gemeinschaft Steuern hinterzieht.«

Jetzt brauchte Karin eine Erläuterung. »Moment, heißt das, du hältst die Vorgehensweisen, Geld mit trickreichen Methoden zu verstecken, für alltäglich? Heißt das, normale Steuerzahler wie du und ich und ein paar ehrbare Kaufleute und Handwerker finanzieren unser Land, während sich andere vom Acker machen?«

Sie bogen in einer Grünphase gemeinsam auf die A 3, von Aha klemmte sich mit einer Wagenlänge Abstand hinter den anthrazitfarbenen Audi. Die anderen ließen sich zurückfallen, in dreißig Minuten war Burmeester dran.

Isabell antwortete. »Überspitzt, aber stimmt grundsätzlich, der Ehrliche ist der Dumme. Eine bekannte Unternehmenserbin hat mal gesagt: Steuern sind nur was für ehrliche Leute. Vor lauter Abgehobenheit hat sie nicht bemerkt, dass sie damit ausgedrückt hat, Betrug ist in gewissen gesellschaftlichen Sphären normal. Finanziell gesehen hast du als Arbeitnehmerin ja auch keine Chance, Gelder zu verstecken. Aber verschone mich jetzt bloß mit einer Gerechtigkeitsdiskussion. Wir sind Polizisten, wir haben jeder einen Fall aufzuklären, die Fäden laufen gerade jetzt und hier zusammen. Und das wird kompliziert genug, wenn es wirklich um Steueroasen und Briefkastenfirmen gehen sollte.«

Karin saß mit krauser Stirn hinter dem Steuer. »Gib mir Gelegenheit, mich in das Thema hineinzudenken. Ich hab's nicht so mit Zahlen. Meine Steuererklärung lege ich immer in die zuverlässigen Hände meines Mannes.«

Isabell Krüger lächelte sie an. »Siehst du, genau deshalb gehörst du auch nicht dem Dezernat für Wirtschaftskriminalität an. Ich wiederum mag nicht das Herumgepuzzle mit Leichenteilen und mikroskopisch kleinen Spuren, sondern wühle lieber in Steuerunterlagen. Aber nebenbei: Wirtschaftskriminalität verursacht regelmäßig einen Großteil des Gesamtschadenvolumens aller in der polizeilichen Statistik erfassten Straftaten. Klingt amtlich, ist es auch, unterstreicht aber eindrucksvoll die erheblichen Auswirkungen. Das tatsächliche Ausmaß der Wirtschaftskriminalität ist aber noch viel größer. Kompliziert. Das liegt zum einen daran, dass in unseren Statistiken keine Wirtschaftsdelikte erfasst sind, die von Staatsanwaltschaften oder von den Finanzbehörden unmittelbar bearbeitet werden. Zum Beispiel arbeitsrechtliche Straftaten oder Subventionsbetrug. Zum anderen an den vielen Milliarden, die um die Welt schwirren.«

Isabell Krüger schaute zur Seite, sah Karin den Kopf schütteln. »Du schaust so gequält. Frag mich.«

»Nur mal zur Erinnerung, ich bin Ermittlerin für Mord und Totschlag, ich brauche Tatortspuren, Zeugenaussagen, Befragungen, Motive. Also: Was aus der dschungelartigen Finanzwelt muss ich dringend wissen, um im Fall Pahlen voranzukommen?«

Isabell Krüger lachte ein freundliches, verständnisvolles Lachen. »Die Männer in den anderen Autos sind so still, denen geht es bestimmt genauso. Es ist nun mal so, das Bundeskriminalamt ist als Zentralstelle für den Bereich Wirtschaftskriminalität zuständig. Dies umfasst die internationale Zusammenarbeit mit vergleichbaren Dezernaten. Die Polizeibehörden der Bundesländer übernehmen die Ermittlungsverfahren vor Ort.«

Karin nickte. »Soll heißen, wir dürfen denen, Pardon, euch da oben nicht in die Quere kommen. Wir leiten weiter, was wir herausfinden, wenn wir passende Fakten finden. Basta.«

»Genau, es gibt Spielraum nur, wenn ihr kein Aufsehen erregt.«

Burmeester blendete sich ein. »Mann, das wissen wir doch seit der Ausbildung. Ihr nutzt einfach alles, auch informelle Kontakte zu Spezialisten. Und deine Rolle, Isabell, ist es aktuell, die Maschinerie der Steuervermeidung zu verstehen, während wir den Mörder oder die Mörderin ermitteln.«

Von Aha meldete sich zu Wort, während er gerade dem Audi an einer Reihe von Lkw vorbei folgte. »Gut. Und da es um jede Menge Geld geht, kann das durchaus hinter diesem tödlichen Anschlag und dem inszenierten häuslichen Unfall im Fall Pahlen stecken. Klingt mir aber zu einfach. Unsere Rolle ist es, weitere Hintergründe und Motivstränge zu finden.«

Karin ergänzte. »Du hast recht, und dabei müssen wir die Wege der Steuergelder verstehen lernen. Aber es steckt viel mehr dahinter, da bin ich mir sicher.«

Isabell Krüger bestätigte. »Und du musst kapieren, dass die Niederlande ganz naheliegende Lösungen für Steuervermeider bieten. Im wahrsten Sinne des Wortes. Ist zwar schön sonnig in der Karibik und das Meerwasser meist türkisblau, aber es müssen nicht mehr Offshore-Konten sein, wenn die Reichen und Superreichen ihr Vermögen auch im Nachbarland in Trusts, Stiftungen oder Briefkastenfirmen transferieren können und steuerlich nicht deklarieren müssen. Auch wenn das Meer hier fast immer grau ist.« Isabell seufzte und fuhr fort: »Zudem ist kaum bekannt, dass unsere Nachbarn und EU-Freunde großen Konzernen diensteifrig helfen, Steuern ihrer Unternehmen zu vermindern. Da geht es aktuell um eine Summe im Bereich von vier Billionen. Pahlen wollte am Steuerkuchen naschen, wir wissen, er war Mitglied im Unternehmensverbund BuyLocal@ Niederrhein. Da haben sich eine Menge kleiner Unternehmen vom Niederrhein zusammengeschlossen und als winzige Player versucht, den Fuß in die Tür zu bekommen. Als Motor diente er selbst, der Möbelmogul. So weit haben wir beim BKA bereits ermittelt. Seine Steuerakten zu sichten ist unser Job. Euch kleine Kommissare vor Ort haben wir nicht informiert.«

Burmeester überholte Karins Wagen und sprach sie quasi von der Seite an. »Hätte uns aber brennend interessiert. Diese Kompetenzabgrenzung ist ärgerlich. Jetzt mal konkret. Ich bin ein Konzern und will eine Briefkastenfirma gründen. Dazu mache ich mich auf den Weg nach Amsterdam.«

»Genau. Du vereinbarst einen Beratungstermin für deine speziellen Bedürfnisse, nimmst Unterlagen mit, und gemeinsam sucht man nach einer steuersparenden Lösung, bildet Tochterunternehmen, verschiebt Zahlungsströme und Gewinne. Und jetzt fahr vorbei, du hältst den Verkehr auf.«

Von Aha setzte sich genau vor Karin und Isabell. »Und die Kohle landet dann auf einem Nummernkonto, kein Name, keine Identifizierung?«

Isabell lachte auf. »Du hast zu viele Spionagefilme gesehen. Nummernkonten sind mittlerweile durch das Geldwäschegesetz verboten. An ihre Stelle sind besagte Trusts, Stiftungen und Briefkastenfirmen getreten. In meiner Laufbahn habe ich keine einzige Briefkastenfirma gesehen, die legalen Zwecken gedient hätte. Wenn ich versuche, dem Staat Geld zu entziehen, bewege ich mich ganz schnell in der rechtlichen Grauzone. Bei einer Briefkastenfirma tritt Steuerumgehung fast immer als Nebeneffekt auf. Der oder die Kontoinhaber sind nie zu identifizieren, alles ist verschachtelt. Es sei denn, clevere Leute wie die von der Staatsanwaltschaft Wuppertal überreden den zuständigen Landesminister, Steuer-CDs anzukaufen. Dann sind Klarnamen vorhanden, dann gibt es schon auf die Veröffentlichung der Nachricht hin Selbstanzeigen mit Millionen Steuernachzahlungen.«

Burmeester setzte zum kurzen Sprint an und löste von Aha ab, der sich nun zurückfallen ließ.

**

»Ja! Ja! Ja!«

Jerry lief rüber zu Tom, solche Töne waren vom stillen Teil des Ermittlerduos nicht oft zu hören. »Erzähl mir nicht, dass du im Lotto gewonnen hast. Ich habe dich in all den Jahren nicht so jubeln gehört.«

Tom drehte den Bildschirm in Jerrys Richtung und wies auf eine Reihe von Namen, Kontaktdaten, Zahlen.

»Die Zugangsdaten zu Dieter Pahlens Cloud. Ich habe die extern gespeicherten Dateien gefunden, die teilweise verschlüsselt sind. Das Ganze nennt sich ›BuyLocal@Niederrhein‹, ein Verbund mittelständischer Unternehmen vom gesamten Niederrhein, Einzelhändler aus Bocholt und Kleve, aus Moers, Hamminkeln, Emmerich, Goch, Xanten und so weiter, die haben sich unter Pahlens Federführung zu diesem Verbund zusammengefunden.«

»Zu welchem Zweck? Wo ist denn der Unterschied zu den Werbegemeinschaften?«

»Werbegemeinschaften sind ortsgebunden und bemühen sich um Attraktivität und Umsatzsteigerung vor Ort, das ist etwas ganz anderes. Diese Leute von BuyLocal@Niederrhein haben sich einen Fachanwalt geholt, eine Strategie entwickelt und sich in unterschiedlichen europäischen Ländern beraten lassen, unter welchen Bedingungen sie dort Firmen eröffnen könnten, um steuerlich so behandelt zu werden wie die großen Unternehmen. Die träumen von Gleichbehandlung. Leider haben hiesige Finanzämter dann das Nachsehen.«

»Du meinst, die wollen ihr Geld ins Ausland schaffen? Das ist nicht neu.«

»Neu ist, dass sich viele Kleine zur Größe summieren wollen. Hier, schau, es gab eine Reise nach Malta, das ist das Protokoll einer Beratung. Ein dort ansässiger deutscher Anwalt erklärte einer Delegation, wie das Steuerthema in dem Inselstaat finanz-rechtlich zu bewerkstelligen ist.«

Jerry Patalon fuhr sich durch das Haar, zupfte an seinem Krawattenknoten, lockerte ihn ein wenig.»Malta? Unsere halbe Mannschaft fährt gerade in die Niederlande.«

»Ja, das passt. Wenn ich alles richtig verstanden habe, dann wird es auf Malta schwierig, eine Gesellschaftsform zu finden, in der alle Mitglieder dieses Zirkels untergebracht werden kön-nen«, erklärte Tom.»Bleibt die Chance auf das von unseren gemütlichen Nachbarn in den Niederlanden aktiv geschaffene Steuerschlupfloch mit Konzept. Nicht nur die richtig Großen sollen absahnen können, auch die kleinen und mittleren Fische werden dort gefüttert. Glaubt der Zusammenschluss braver Händler vom Niederrhein. Man müsse nur die richtigen Leute finden.« Er klickte sich durch weitere Dokumente.

»Die Erfinder von BuyLocal@Niederrhein hatten sich be-reits bei verschiedenen deutschen Finanzämtern nach legalen Firmengründungen im Ausland erkundigt, ob sie so quasi die Steuerverlagerung akzeptieren würden. Es gab dazu aber keine eindeutigen und positiven Antworten. Also sind sie ins Nachbar-land gefahren, um das Pferd von der anderen Seite aufzuzäumen. Ohne fachlich versierte und in gewissem Sinn skrupellose Helfer geht das nicht.«

***

Der auseinandergezogene Konvoi passierte den offenen Grenz-übergang bei Elten. Über der Fahrbahn war ein Galgen mit Ka-meras für jede Fahrspur installiert, mit der die überwachende Behörde zu bestimmten Zeiten des Tages Fotos der Fahrer in ihren Autos anfertigte. Sporadisch wurde kontrolliert, wer wann ins Land einfuhr. Isabell Krüger musste just in dem Mo-ment in ihrem Rucksack kramen, der zu ihren Füßen stand. »Die müssen mich nicht unbedingt auf dem Schirm haben«, erklärte sie.

Sie fuhren an Arnheim vorbei, Karin schaute kurz auf die

Skulptur in Form eines Hirsches, der auf einem künstlichen Hügel vor der Stadt auf die Straße hinabschaute.

Von Aha war ungeduldig. »Jetzt komm mal zur Info über das System in den Niederlanden«, forderte er Isabell auf.

»Die sind aufgefallen im Zusammenhang mit der Steueroptimierung multinationaler Konzerne. Man möchte meinen, die Unternehmen würden ihre Gewinne in dem Land versteuern, in dem sie anfallen. Wir zahlen ja unsere Steuern auch nicht in Luxemburg. Eine Fiktion. Die wirklich großen Konzerne verlagern mit Hilfe von Wirtschaftsprüfungs- und Beratungsfirmen ihre Gewinne an den Ort, wo sie die geringsten Steuern zahlen. Da werden zum Beispiel konzerneigene Patente teuer an Tochterunternehmen im Billigsteuerland vergeben oder intern Dienstleistungen zu überhöhten Preisen verrechnet. Die Gewinne in den Steueroasen steigen, die Länder mit hohen Steuerraten verlieren. Und die Niederlande, auf deren wunderbar ausgebauten Autobahnen mit durchweg reguliertem Tempo wir uns befinden, ermöglichen den Deal mittels komplexer Firmenstrukturen und machen das Verschieben der Gewinne mit. Sie verdienen an den geringen, aber zusätzlichen Steuereinnahmen. Abgesehen von den Einnahmen der Industrie, die sich drumherum entwickelt hat. Alles von der Finanzbehörde in Deutschland akzeptiert. Euer braver Verbund niederrheinischer Händler liegt also gar nicht so falsch mit seiner Idee.«

Sie passierten eine der wenigen Raststätten in Bunnik, Isabell Krüger wies auf den zurückgesetzten, dunklen modernen Bau.

»Da ist der Postillion, dort treffen sich immer wieder Geschäftspartner aus beiden Ländern, das Hotel liegt in der Mitte des Landes und bietet eine Menge Möglichkeiten für diskrete Meetings. Und für größere Veranstaltungen stellen sie Tagungsräume zur Verfügung.«

Karin verstand. »Welch ein perfides Spiel. Da verliert man das Vertrauen in einen fairen Staat.«

»Ja, das spaltet. Und das System ist eins, das die kleinen Firmen klar benachteiligt. Deshalb haben sich die Leute von Buy-Local@Niederrhein und Möbelmogul Pahlen zusammengefunden, um als finanzstarke Holding dazustehen. Aber die Kleinen überschätzen sich, wenn sie wie die Großen profitieren wollen. Man muss nicht nur Wirtschaftsmacht haben, um da mitzumischen, sondern auch eine ausgeklügelte steuertechnische Maschinerie, um Gewinne hin- und herzuschieben. Nebenbei muss auch das Finanzamt die Firmengründung in den Niederlanden mittragen. Ich wage die Prognose: Die Niederrheiner werden scheitern. Wenn sie klug sind, machen sie das öffentlich. Dann muss die Politik irgendwie antworten.«

»Und der Möbelmogul?«

»Der ist ... der war ein harter Hund. Der war drauf und dran, eine eigene Lösung zu finden und das System auf seine Art zu knacken. Kein sicherer, aber zumindest ein trickreicher Weg, der eine gewisse Perspektive versprach.«

Karin bog wie die anderen ab in Richtung Utrecht. »Und wie?«

»Er plante eine Niederlassung in den Niederlanden, um dort Gewinne zu parken, und drängte im Alleingang auf die Steuerlösung. Er störte die Geschäfte anderer, das heißt, er war zu einer Gefahr geworden für die Steuervermeidungskanzleien und ihre deutschen Ableger. Die können niemanden gebrauchen, der eine Konkurrenz für ihre speziellen Dienstleistungen ist oder werden könnte, die fürchten um ihre Pfründe. Es würde mich nicht wundern, wenn Pahlen die BuyLocal@Niederrhein-Bewegung bewusst eingesetzt hat, um das Kartell der Steuerverhinderer unter Druck zu setzen. Sich selbst als unbeugsam zelebriert hat. Mit dem Ziel, selbst in den Club der Begünstigten aufgenommen zu werden.« Aus Isabell Krügers Worten klang eine gewisse Wertschätzung für Dieter Pahlen.

Von Aha bremste ab, Geschwindigkeitsbegrenzung mit gleichzeitiger Wegstreckenabmessung. Karin musste vorfahren, um Burmeester abzulösen. Wenn das mal gut ging.

»Pass auf, Karin, wenn du hier zu schnell bist, zeigen sie es dir erst in einigen Kilometern, weil sie zurückgelegte Wegstrecke und Geschwindigkeit berechnen.«

»Ich weiß, wir nehmen diese Strecke immer nach Texel. Ich muss das riskieren.«

Karin Krafft setzte sich zwei Wagenlängen hinter den Audi und dachte dabei angestrengt über den Berg an Informationen nach. »Doppelte Gefahr vom Niederrhein für das Kartell. Da kann man schon auf die Idee kommen, ein Sonderkommando mit speziellen Aufgaben loszuschicken. Da wird zum Beispiel ein Auto manipuliert, damit der unliebsame Gegner an einem Baum zerschmettert wird.«

Isabell nahm eine Trinkflasche aus ihrem Rucksack, als sie gerade die riesige Anlage des Ajax-Stadions in der Peripherie von Amsterdam passierten.

»Wir sind bald da, Tanja Schneider muss garantiert nicht in die Innenstadt, alles wird sich in der Nähe des runden Hochhaues abspielen, in dem die Briefkastenfirmen der deutschen Unternehmen ihren zwielichtigen Sitz haben.«

Alle schwiegen, die Informationen von Isabell Krüger mussten erst sacken. So einfach. So effektiv. So ungeheuerlich.

Karin wählte die Handynummer von Tanja Schneider. »Wir sind knapp hinter Ihnen. Alles ist in Ordnung, da kann uns niemand gefolgt sein. Werden Sie öffentlich parken?«

»Nein, es gibt dort fast nur Parkhäuser.«

»Gut. Der Kollege von Aha mit dem silbernen Auto wird sich an Sie dranhängen.«

Burmeester verstand die Taktik nicht. »Was ist mit der Kollegin vom BKA?«

»Die darf noch weniger hier sein als wir. Die hockt neben mir und duckt sich. Wir sind zu nahe am Kraterrand, wir müssen hier weg und drehen ab. Das ist auch zu viel Präsenz deutscher Fahrzeuge.«

Burmeester bestätigte über Funk. Das silberne Auto, das war der Wagen von Gero von Aha. Der hängt schon irgendwie an der Schneider, dachte er, sprach es jedoch nicht aus.

Es galt, sich Eindrücke zu verschaffen, Fotos zu machen, Fakten zu sammeln. Und dann geschah etwas, ohne Vorwarnung. Tanja Schneider fuhr in die Einfahrt zu einer Tiefgarage unter einem modernen, rund gebauten Hochhaus, führte eine Karte in den Schlitz der Eingangsmechanik, ein Rolltor öffnete sich und schloss sich wieder zügig, nachdem sie es passiert hatte. Keine Chance, weder für von Aha noch für Burmeester, ihr zu folgen. Ihre beiden Wagen bildeten nun ein Hindernis vor der Tiefgarage, sie mussten sich schnell entscheiden.

Burmeester nutzte die offene Funkfrequenz. »Das Observationsobjekt ist abgetaucht. Silbernes Auto, was nun?«

»Die Wagen parken und in der Nähe bleiben. Ich versuche es beim Haupteingang, du bist echt unpassend angezogen für diese Geschäftswelt.«

»In Ordnung.«

Burmeester sah sich um. Sie waren in einem Viertel gelandet, in dem es ausschließlich hohe, moderne neue Häuser gab, ohne die Ortsangabe »Amsterdam« auf einem der Schilder würde man die Gegend nicht mit der alten Grachtenstadt in Verbindung bringen. Die wenigen Menschen, die zu Fuß unterwegs waren, schienen Modezeitschriften für junge Manager entsprungen zu sein, adrett, zeitlos, businesslike. Keine Geschäfte, keine Cafés in dieser Straße, keine Aussicht auf einen Parkplatz in der Nähe, alles zugebaut, jeder genutzte Quadratmeter ein gewinnbringender Quadratmeter. Eine Finanzwelt, ein kleiner Abklatsch des Bankenviertels von Frankfurt am Main. Nur waren hier noch weniger Menschen unterwegs, und hinter vielen Fenstern, an denen er hochblickte, schien sich nichts zu regen. Nicht unüblich für einen frühen Samstagabend. Bei genauer Betrachtung waren weder Lampen noch Möbel erkennbar, keine Pflanze, nichts. Es war ihm, als bewegte er sich durch eine ordentliche Geisterstadt.

Burmeester parkte weit entfernt am Straßenrand, machte sich auf ein saftiges niederländisches Knöllchen gefasst und rannte zurück zu dem Gebäudekomplex.

Tanja Schneider stand im Fokus windiger, zuarbeitender Finanzunternehmen. Anscheinend gehörte es zur gängigen Geschäftspraxis, die Menschen, die sich von diesen Unternehmen trennen wollten, auch schon mal im Indischen Ozean versenken zu lassen. Der Gedanke ließ Burmeester nicht los. Da macht sich ein Mann an eine Frau heran, indem er sie vor drei Betrunkenen in Sicherheit bringt. Er gewinnt ihr Vertrauen, um sie kurz darauf unter Palmen, die im Sturm rauschen, im aufgepeitschten Meer zu ertränken.

Wo war von Aha? Ob er es geschafft hatte, in das Gebäude zu gelangen? Und wie kamen sie jetzt an Tanja Schneider heran? Der bunt gekleidete Kommissar stand ratlos vor dem grauen Haus, ein ungewohnter Farbklecks in der Betonwüste, und wünschte sich angesichts der wenigen, dezent gekleideten Menschen, die eilig über den Bürgersteig hasteten, seinen einfarbigen Anzug her. So machte sein Einsatz hier wenig Sinn, er würde nur auffallen. Burmeester hastete zurück zu seinem Auto, suchte den Funkkontakt zu Karin.

»Die beiden sind außer Sicht, ich kann hier nichts machen, außer eine schlechte Figur. Ich fahre wieder los.«

»Kannst du in der Nähe bleiben?«

»Ist das jetzt noch notwendig? Sie hat sich doch bereits erklärt, und von Aha ist auch noch da.«

»Ich traue ihr nicht. Die hat sich mit falschen Papieren eine Existenz aufgebaut, warum sollten wir ihr glauben? Bleib in der Nähe und häng dich mit dran, sie wird ja irgendwann auftauchen. Ich will unbedingt wissen, wo sie sich aufhält.«

»Ich soll ihr gemeinsam mit Gero folgen?«

»Die kann ruhig wissen, dass sie ab jetzt beobachtet wird.«

Es blieb also bei seinem Auftrag. Vor Burmeesters geistigem Auge löste sich das letzte Fitzelchen Freizeit an diesem Wochenende in Luft auf. Er schrieb Yasmin, sie möge nicht auf ihn warten, er habe vermutlich die ganze Nacht zu tun.

Von Aha hatte Tanja aus den Augen verloren, war durch die zufallende Eingangstür in das Gebäude geschlüpft, nachdem ein Mann im Inneren verschwunden war. Das Foyer des Hauses wirkte nüchtern, gepflegt, lud nicht zum Verweilen ein und bot auch keinerlei Hinweisschilder, Wegweiser, nur eine geschlossene Tür zum Flur. Durch die Scheibe war erkennbar, dass auch am Aufzug kein Gebäudeplan zu erkennen war. Dafür gab es, gemessen an der Anzahl der Etagen des Klotzes, eine überdimensionale Anzahl Klingelschilder. Auf die Schnelle berechnet, mussten jedem Namensschild vielleicht zehn Quadratmeter Bürofläche zur Verfügung stehen.

Ein ganzes Haus voller Briefkastenfirmen, deshalb wirkte es von außen so unbelebt – abgesehen davon, dass an einem Samstag auch im niederländischen Amsterdam wenige Arbeitnehmer unterwegs waren. Er las sich durch die Namen, entdeckte Logos großer Konzerne, die bundesweit oder auch international bekannt waren. Er machte eine Reihe von Fotos mit seinem Smartphone, Hunderte von Namensschildchen, kein Platz frei.

Er hatte die Kamera nicht bemerkt. Erst der bullige, freundlich lächelnde Mann, der aus dem Flur auf ihn zukam, lenkte seine Aufmerksamkeit von der Auflistung der Namen ab. Er gab von Aha unmissverständlich und in bestem Englisch zu verstehen, dass er das Haus verlassen solle.

»Aber ich suche eine Firma, äh, *I am looking for a specific company, you understand? It's not easy to find. I got the address from ...*«

Völlig unbeeindruckt öffnete der Wachmann die Eingangstür und wies nach draußen. »*Please leave the building.*«

Er sollte nicht auffallen, dezent im Hintergrund bleiben. Nun war er bereits ein Gesicht auf einer Überwachungskamera. Von Aha hob beschwichtigend die Hände und ging. So würde er eben draußen auf Tanja warten. Schließlich wusste er, wo sie in die Tiefgarage gefahren war, und würde sich einfach wieder an ihren Wagen hängen, wenn sie herausfuhr.

Eine Stunde später lief er immer noch den Gehsteig auf und ab. So lange konnte die Übergabe der Dokumente doch nicht dauern, oder doch?

Zwischenzeitlich machte er aus der Hüfte heraus Fotos von allen Menschen, die in die Garage einfuhren, es waren insgesamt zwölf Männer und Frauen, die aus herabgelassenen Seitenfenstern heraus ihre Karten in den Schlitz schoben, dank deren sich das Rolltor willig öffnete.

Nach einer weiteren Stunde, wachsender Ungeduld und knurrendem Magen wurde ihm bei genauer Betrachtung der in das

Untergeschoss führenden Zufahrt klar, dass er seine Zeit vergeudete. Die Einfahrt zur Garage war nicht gleichzeitig Ausfahrt. Daran hatte er einfach nicht gedacht, ärgerlich. Tanja hatte mit aller Wahrscheinlichkeit das Gebäude längst an einer anderen Stelle verlassen.

Gero von Aha hastete zu seinem Wagen und fuhr los. Ein Knöllchen klemmte hinter dem Scheibenwischer, klar, er hatte in der Eile den Wagen im Halteverbot abgestellt. So ein Mist. Er legte einen lauten Kickstart hin. Das Licht der Blitzanlage nahm ihn mit verzerrtem Gesicht auf, weil er mit überhöhter Geschwindigkeit davonbrauste. Er wollte nicht darüber nachdenken. Die Niederländer waren unerbittlich im Umgang mit Verkehrssündern.

Er schaltete das Funkgerät ein. »Habe Tanja Schneider verloren. Bin auf dem Rückweg. *Over and out.*«

Abgeschaltet. So konnte Gero von Aha nicht erfahren, dass Burmeester noch am Ball war, dem grauen Wagen mit der Mietservice-Aufschrift in gebührendem Abstand folgte und sich bei seinem Observationsauftrag ziemlich gut fühlte. Mit angesagter guter Musik, »Don't Make Me Wait«, Reggae von Shaggy und Sting mit der Bluesgitarre, durch das kleine Land schleichen, das war fast schon Meditation. Kein anderer Wagen in Sicht, er beobachtete genau, ob ihr noch jemand folgte, dies schien nicht der Fall zu sein.

Hinter dem ehemaligen Grenzübergang Elten, bei dem die verfallenden Gebäude des Zolls noch an die Zeit der regelmäßigen Passkontrollen erinnerten, gab Tanja wie befreit Gas, und Burmeester befürchtete, dass er ihr mit seinem alten Auto nicht weiter folgen konnte. Bei der zehn Kilometer langen Baustelle hinter dem Rastplatz Hünxe hatte er sie jedoch wieder eingeholt. Auf den Autobahnen im Ballungsraum Ruhrgebiet ging niemand verloren.

Er folgte ihr in der einbrechenden Dämmerung über die Verbindung zur A 59, wieder verhalfen ihm Geschwindigkeitsbegrenzungen und Baustellen dabei, ihr auf den Fersen zu bleiben, bis sie in Duisburg-Mitte abbog, um ihren Wagen im Parkhaus hinter dem Hauptbahnhof abzustellen.

Duisburg also, hier hielt sie sich auf. Sie nahm den Weg in die Bahnhofshalle, betrat die lang gezogene Unterführung, die unter den Gleisen hinweg in Richtung Innenstadt führte. Was hatte sie vor? Mit einem Zug weiterzufahren? Gut, dass mehrere Gruppen unterwegs waren, Burmeester konnte sich perfekt verbergen, ohne sie aus den Augen zu lassen.

Sie begab sich nicht zu einem der Bahnsteige, sondern verließ das Gebäude wieder und bog links ab. Auf dem Vorplatz des Bahnhofs hatten sich einige Menschentrauben gebildet, er schaute an ihnen vorbei und konnte erkennen, dass Cara Beerenboom alias Tanja Schneider die Straße zu einem der Hotels überquerte. Das B&B war also ihr Ziel, durch die ausgeleuchtete, verglaste Lobby konnte er von Weitem erkennen, dass sie den Aufzug betrat. Zeit, sich dem Gebäude zu nähern. Hunger. Durst. Was sollte er machen? Seinen Posten verlassen?

Er nahm einen Zwanziger aus seinem Portemonnaie und guckte sich auf dem Platz einen Jungen aus einer Gruppe Gleichaltriger in Begleitung mehrerer Erwachsener aus. Er zeigte ihm den Geldschein und seinen Ausweis.

»Wichtiger Einsatz, Observation, ich kann hier nicht weg. Die Kollegen sind in der Halle und ebenfalls nicht abkömmlich, überall Polizei. Besorgst du mir einen Kaffee und einen Hamburger mit Pommes? Das Restgeld kannst du behalten.«

Der Junge schien sich zunächst über seine Kleidung zu wundern, was Burmeester mit »undercover« erklärte, lief motiviert los, und innerhalb kürzester Zeit war der Kommissar mit dem Notwendigsten versorgt. Er bezog Position auf einer der Bänke auf dem Platz, ließ den Eingang des Hotels nicht aus dem Blick, genoss seine Mahlzeit, die seine Mutter als völlig dekadent, menschenfeindlich und gegen die Natur kommentiert hätte, die ihm genau deshalb, im inneren kindlichen Trotz verharrend, umso besser schmeckte.

Wie lange sollte er hierbleiben? Würde sich Tanja noch einmal aus dem Haus bewegen?

Die Zeit verging. Ihm wurde zwischenzeitlich eine Dose Bier angeboten und das Du von mehreren Frauen, die anscheinend zu einem Junggesellinnenabschied gehörten und ihn zu einem Tanz mit der Braut einluden. Er ließ sich nicht irritieren.

Den Mann, der mit eiligen Schritten aus der Halle des Hauptbahnhofs trat, kannte er. Gut sogar. Burmeester unterdrückte einen Ruf quer über den Platz, um auf sich aufmerksam zu machen, widerstand dem Impuls, aufzustehen und ihm zu folgen. Stattdessen schaute er aus der Ferne zu, wie der Mann eilig an den alten Backsteingebäuden vorbei in Richtung des kastigen Hotels lief, ein paarmal über die Schulter schaute und letztlich das Foyer betrat. Burmeester reckte den Hals und konnte nicht glauben, was seine Augen wahrnahmen. So war das!

Sein Kollege und angeblicher Freund Gero von Aha ging zielstrebig zum Aufzug. Er schien zu wissen, wohin er wollte. Gero und Tanja Schneider waren also mehr als ein kleiner Flirt an der Ecke des Polizeigebäudes. Was lief zwischen den beiden? Und wieso verschwieg Gero dem Team seine Beziehung?

Burmeester verstand die Welt nicht mehr und merkte, wie ein Konflikt in ihm hochkochte. Sollte er mit seinem Freund, seinem vermeintlichen Freund darüber sprechen? Oder mit Karin? Scheiße. Aber mit irgendwem musste er seine Beobachtungen doch teilen.

Zunächst brach er den Dienst ab. Um Tanja Schneider musste er sich wohl keine Sorgen machen, eher um den Kollegen.

Er nahm sein Smartphone und tippte. »Ich weiß, was du heute Nacht machst. Ich weiß auch, wo und mit wem.«

Dann stellte er sein Telefon aus, durchquerte den Bahnhof und fuhr in Richtung Wesel.

Immer eine Extrawurst für diese Diva des K1. Immer musste Gero von Aha aus der Reihe tanzen. Verdammt.

SIEBEN

Der Wachhabende in der Zentrale war neu. Er kannte seinen Auftrag, richtete sich an dem Pult ein, an dem die Notrufe koordiniert wurden, hielt die Bildschirme im Blick und reagierte auf die Anrufe, die ihn über sein Headset erreichten. Der andere Kollege im Dienst nahm gerade eine Anzeige auf, hatte das Protokoll angefertigt und ließ es gegenlesen.

Ab und zu schaute der Neue zu ihm hinüber. Alle Gesichter waren ihm fremd, und er wusste dementsprechend auch die Fahrzeuge nicht zuzuordnen, mit denen an diesem frühen Sonntagmorgen der Bereitschaftsdienst eintrudelte. Lauter Kollegen in Zivil betraten das Gebäude durch die Tür neben der Zentrale, in der er sich langsam an die Abläufe gewöhnte.

Der Mann vor der Theke war einverstanden mit dem Protokoll, unterschrieb und verließ die Wache, sie waren wieder zu zweit.

Der alte rote Polo, der mit Schwung einparkte, fiel dem Neuen auf den Überwachungsbildern auf. Der Fahrer stieg nicht aus, sondern hantierte mit gewagtem Ganzkörpereinsatz im begrenzten Wageninneren. Merkwürdig. Als er begann, sich auszuziehen, rief der Neue den erfahrenen Kollegen zum Bildschirm.

»Was geschieht da? Kennen Sie den?«

Der Kollege kam zum Pult und schaute schmunzelnd auf das nun vergrößerte Bild, das die Parkplatzüberwachung bot.

»Das ist der Modeschreck aus dem Dachgeschoss. Kommissar im K1. Burmeester heißt er, bietet immer was fürs Auge, meist Gewöhnungsbedürftiges. Was macht der denn da?«

Inzwischen saß Kommissar Burmeester mit nacktem Oberkörper hinter dem Steuer und verschwand immer wieder in der Tiefe seines Wagens. Plötzlich erschien ein nacktes Bein hinter der Windschutzscheibe. Die Männer in der Wache saßen gefesselt vor dem Bildschirm. Der ältere Uniformierte grinste breit und aktivierte die Videoaufnahme, der Neue räusperte sich.

»Man könnte meinen, der ist nicht allein im Wagen.«

»Sex auf dem Parkplatz? Nein, schauen Sie, da sind nur zwei Beine.«

»Na und?«

Sie schauten sich kurz an, grinsten, während draußen in dem Wagen ein nackter Fuß in rotem Stoff verschwand und zwei Hände versuchten, den Stoff über die Wade zu streifen.

Dem Neuen wuchsen Stielaugen. »Das ist nie und nimmer eine Männerhose.«

Ein Lacher neben ihm. »Sie kennen den Verrückten noch nicht. Wegen dem gab es schon besorgte Anrufer, die über den Notruf wissen wollten, ob jemand, der so schräg aussieht, hier tatsächlich arbeitet.«

Draußen schien es schwierig zu werden, auch das zweite Bein, gut sichtbar über dem Armaturenbrett, wurde in eine hautenge Pelle verpackt.

»Aber gelenkig ist er ja.«

Zwei nackte Fußsohlen pressten sich gegen die Scheibe.

Auch der Neue lachte nun. »Na? Zu eng, das Höschen?«

Er schaute seinen Kollegen an, der sichtlich amüsiert neben ihm stand, sich grölend auf die Schenkel klopfte. »Aber es sind wirklich nur zwei Beine in der Rostlaube.«

»Der muss doch den Sitz völlig zurückgeklappt haben, sonst könnte der nicht ... Da, der liegt auf dem Rücken und stülpt sich ...«

»Jetzt hat er es geschafft.«

Der Neue rückte näher an dem Bildschirm. »Der zieht tatsächlich ein violettes Oberteil an, ist der farbenblind?«

Dem erfahrenen Kollegen liefen inzwischen Lachtränen über die Wangen. »Achten Sie drauf, jetzt kommen die Cowboystiefel.«

»Ach, Sie wollen mich veräppeln.«

Schon verschwand der erste Fuß, wieder in Höhe der Windschutzscheibe, in einem sehr spitz und eng wirkenden Kurzstiefel.

»Was sage ich? Der hat einen Rückfall. In der letzten Zeit kam der halbwegs zivilisiert hier an, kaum zu erkennen. Der soll eine

Braut haben, die auf sein Äußeres streng achtet. Aber heute hat es ihn gepackt.«

Burmeester stieg aus und bot ein Bild der Geschmacklosigkeit, die Kleidung etwas stramm um Bauchansatz und Hüfte. Gekrönt wurde das Gesamtwerk durch eine Frühstückstüte von Burger King neben dem Jobcenter. Chicken-Wings und Cowboystiefel, Farben am Körper, die jede Kuh in die Flucht schlagen würden. Der Wachhabende lief um das Pult herum und holte einen USB-Stick aus einer Schublade, speicherte die Aufnahme und hielt den Stick in die Höhe.

»Das wird bei passender Gelegenheit ein Brüller.«

Beide starrten Burmeester entgegen, der sich mit einer Hand durch das Haar fuhr, die Tüte unter den Arm geklemmt, mit der anderen Hand die Nebentür öffnete, sich offenbar wunderte, dass die Wachhabenden ihn anschauten, als sei er ein Alien. Dabei sah er doch aus wie immer.

***

Das K1 saß in der Frühe bereits komplett und hellwach im Besprechungsraum. Isabell Krüger hatte noch drei Stunden Zeit, bis ihr Zug abfuhr. Sie hatte ihr gesamtes Gepäck in einer Ecke des Raumes ausgebreitet auf der Suche nach einem bestimmten T-Shirt. Equipment für eine Woche Gebirgswandern. Die Kommissarin bewegte sich in der Runde, als gehöre sie dazu.

Zwischen Burmeester und von Aha schien es ungut zu knistern. Karin bemerkte eine gewisse Feindseligkeit in Burmeesters Blick, als er von Aha anschaute, der gerade seine Ergebnisse des Aufenthalts in Amsterdam sortierte. Von Aha hingegen schien völlig ungerührt von dieser stummen, zickigen Begrüßung. Was da wieder los war?

Sie wies auf ein Papptablett mit belegten Brötchen von der Bäckerei gegenüber. »Es wird anstrengend heute, stärkt euch gut. Burmeester, ist was?«

Er schüttelte abwehrend den Kopf. »Nö, mit mir ist alles in bester Ordnung. Was soll sein?«

Der Ausflug ins Nachbarland hatte dieses Team spürbar belebt, in den Köpfen rumorte es, endlich gab es konkrete Ansatzpunkte, die es zu verfolgen galt.

Von Aha hatte die Aufnahmen aus dem Eingangsbereich des Geschäftshauses in der Peripherie Amsterdams vergrößert und den Namen BuyLocal@Niederrhein eingekreist. Voller Euphorie war er an diesem Morgen in den Fall eingestiegen. Kein Wunder, er war großartig, stark, ein ganzer Mann. Seine Testosteronproduktion lief auf Hochtouren, er fühlte sich unbesiegbar.

Die Nacht hatte ihn wieder in ihren Bann gezogen, Tanja und er waren übereinander hergefallen, kein Wort über ihre Offenbarungen vom Vortag und ihren zwielichtigen Job. Es hatte nur zwei Körper gegeben, einen Mann und eine Frau.

Isabell Krüger sah die Informationen bestätigt, mit denen sie das BKA zitiert hatte. Es gab eine Gruppierung von kleineren Wirtschaftsbetrieben am Niederrhein, die gemeinschaftlich versuchten, eine imposante Größe darzustellen, um sich genau wie die wirklich Großen um die Zahlung von Steuern zu drücken. Beeindruckt las sie sich durch die Namen auf den Klingelschildern des Gebäudes, nickte, machte sich Notizen, bat um Zusendung der Aufnahmen an ihre dienstliche E-Mail-Adresse.

»Das BKA liegt mit den Erkenntnissen über die Struktur richtig. Nur bei den Teilnehmern hat sich einiges verändert, eigentlich müssten wir ein wöchentliches Update machen, weil die Auflistung der Firmen im ständigen Wandel ist.«

Burmeester reagierte erstaunt. »Die Adresse ist euch also bekannt? Wieso lässt du uns nach Amsterdam fahren und da herumstochern, wenn ihr schon alles kennt?«

»Bislang gab es keinen Grund, andere Dezernate einzuschalten, es ging nicht um Mord und Totschlag, es geht immer um Geld, das an der deutschen Steuerbehörde vorbeigeschleust wird. Schau dir die Namen an, da residiert das Großkapital und nutzt ohne Skrupel ein Schlupfloch im System.«

Sie wandte sich an von Aha. »Du hast BuyLocal@Niederrhein eingekreist. Wir wissen ja, dass Pahlen da tüchtig mitgemischt hat. Neu für uns beim BKA ist, wie weit die Aktivitäten in Amsterdam gediehen sind.«

Jerry meldete sich und legte einen Stapel Papier auf den Tisch.

»Während ihr eure kleine Auslandsreise gemacht habt, haben wir hier das Passwort für eine Cloud geknackt, die sich mit BuyLocal@Niederrhein befasst. Sie haben erst versucht, in Malta ans Ziel zu kommen, alles ist hier dokumentiert, die Gespräche, die dort geführt wurden, Spesen, eine kodierte Liste der Mitglieder und ihre möglichen Einlagen in das Projekt. Das hat nicht funktioniert, und so kam der Kontakt zu Tanja Schneider zustande, die als Beraterin Rechnungen mit beachtlichem Honorar ausgestellt hat, ihm, Dieter Pahlen, als Vorsitzendem des Vereinsvorstands. Wisst ihr, was diese Leute offiziell auf ihren Fahnen stehen haben? Die Förderung der regionalen Wirtschaft. Stimmt auch, aber nicht nur.«

Isabell schaute sich die ausgedruckten Dateien an und nickte anerkennend. »Da sind die finanziellen Einlagen in den Pool aufgelistet, ich gehe mal davon aus, dass Pahlen mit seinem Unternehmen den größten Betrag einzahlte.«

Auch Karin schaute durch die Unterlagen. »Hier steht, der Verein BuyLocal@Niederrhein ist beim Amtsgericht registriert. Wir werden morgen Einblick ins Register nehmen. Wir kennen die genaue Satzung noch nicht. Mal sehen, wie die aussieht und wer sich noch in diesem besonderen Verein tummelt.«

Sie stand auf und griff sich ein Käsebrötchen, biss hungrig hinein. Zeitgleich klingelte ihr Smartphone, Karin meldete sich, kauen, schlucken, reden gleichzeitig.

»Hmm, Moment … Ach. Ja? Das ist ja eine phantastische Nachricht. Gut. Ich bin dort, so schnell es geht. … Sie warten? In Ordnung.« Sie nahm zwei große Bissen, schaute in erwartungsvolle Gesichter, legte den Rest des Brötchens wieder auf das Tablett.

»Das war ein Arzt von der Intensivstation in der Duisburger Klinik. Brigitte Pahlen liegt nicht mehr im Koma. Sie ist wach, orientiert und kann sprechen. Ich fahre los. Ich rechne damit, dass ein Gespräch mit ihr weiteres Licht in den Fall bringt.«

Sie wandte sich an Isabell Krüger, verabschiedete sich herzlich von ihr, bedankte sich für die unkomplizierte inoffizielle Zusammenarbeit.

Isabell winkte ab. »Ich werde mit guten Erkenntnissen zurückfahren. Ich überlege schon die ganze Zeit, wie ich die Fakten in Meckenheim einstreue, ohne dass unser inoffizielles Teaming auffällt. Im Übrigen wäre ich dankbar für eine Liste aller Mitglieder von BuyLocal@Niederrhein. Das erspart mir, sie persönlich im hiesigen Vereinsregister anzufordern.«

Karin sagte weitere Informationen zu. »Können wir mit deiner Unterstützung rechnen, wenn du wichtige Fakten für uns hast? Du bekommst die Infos zur Kohle und wir die zum Herumpuzzeln an der Leiche?«

»Schon klar. Nicht unwahrscheinlich, dass beides zusammenhängt.«

»Ja, Pahlens Tod wirkt professionell inszeniert. Einerseits. Andererseits sind auch amateurhafte Manipulationen am Wagen entdeckt worden.« Karin erläuterte die Beschädigungen an den Bremsleitungen.

Isabell hatte aufmerksam zugehört. »Dieses Herumsäbeln an den Leitungen sieht dilettantisch aus, da ist noch wer anders auf ihn sauer gewesen, glaub mir. Wenn ich aber über die finanziellen Hintergründe spekuliere, dann bin ich ganz schnell bei Spezialisten, die sich anheuern lassen. Das ist keine Seltenheit, wenn es um viel Geld geht.«

»Gekaufter Mord also?«

»Warum nicht?«

***

Auf dem Parkplatz der Kreispolizeibehörde sah Karin konsterniert, dass Gero von Ahas Auto mit verschiedensten Taschen und Tüten auf dem Dach und der Motorhaube bepackt war. Ungläubig starrte sie auf Marlene, die zwei Paar Schuhe in den Händen hielt und sie in das ungewöhnliche Stillleben hineinstellte.

»Was machst du da?«

Marlene schaute sie aus verquollenen Augen an. »Wonach sieht das denn aus? Ich kann Gero nicht mehr erreichen, er nimmt meine Anrufe nicht an und ist kaum noch in seiner Wohnung anzutreffen. Bevor mich dort der Schlag trifft, bringe ich seine Sachen lieber her.«

»Was ist denn passiert? Er ist schon seit Tagen so komisch.« Marlene schien zu kurz zu zögern, dann brach es mit Wut und Verzweiflung aus ihr heraus. »Er treibt es mit einer Tussi, die rosafarbene Tangaslips in Kindergröße trägt, das ist passiert.« Sie lehnte sich an den silberfarbenen Wagen, und schon liefen ihr Tränen über die Wangen.

Karin kramte nach Papiertaschentüchern und reichte ihr das Paket. »Mensch, das ist vielleicht nur ein Strohfeuer. Habt ihr darüber geredet?«

Marlene schüttelte den Kopf. »Geht nicht, wenn er nie da ist.«

Sie lief zurück zu ihrem Ford Ka und holte als Letztes einen Bademantel heraus, rot mit golddurchwirkten Streifen, den sie malerisch über die Sachen auf der Motorhaube drapierte. »Erst mal ist Schluss, vielleicht bringt ihn das hier zum Nachdenken.«

»Mensch, Marlene, das tut mir echt leid. Wenn du jemanden zum Reden brauchst …«

»Danke, geht schon. Ich bin ein großes Mädchen, ich werde das überleben.«

Sie stieg ein und verließ den Parkplatz in rasantem Tempo.

Karin stand einen Moment lang verdattert vor dem zugepackten Auto, dann folgte sie ihrem Plan. Sollte von Aha doch von dieser Aktion überrascht werden. Sie selbst hatte damals die Sachen ihres Ex-Mannes vor den Augen seiner Kollegen aus dem Fenster geworfen. Dagegen war das hier harmlos. Geordneter Rausschmiss. Geschah ihm recht.

Mit wem er wohl neuerdings zusammen war?

Die beiden Wachhabenden hingen mit ihrer ganzen Aufmerksamkeit an den Aufnahmen der Überwachungskamera. Der Neue guckte ungläubig, während sein Kollege laut lachen musste.

»Da gewinnen Sie an Ihrem ersten Arbeitstag den richtigen Eindruck von unseren Kollegen.«

Er speicherte eine Aufnahme des voll bepackten Wagens auf dem Stick, der schon Burmeesters akrobatischen Einsatz enthielt. »Seit das K1 hier eingezogen ist, gibt es ständig was zum Schmunzeln.«

»Sind die so eigenwillig?«

»Die haben jahrelang in einem halb verfallenen Amtsgebäude ihr unabhängiges Dasein geführt. Niemand hier weiß, wieso ausgerechnet für die eine ganze Etage gebaut wurde. Das sind Outlaws.«

»Und wem gehört das Auto?«

»Einem ›Von‹. Gero von Aha heißt er, ein eingebildeter Kerl, der sich für den Schlauesten unter der Sonne hält.« Wieder lachte der Ältere. »Und jetzt kriegt die gesamte Mannschaft mit, dass er eine ausgewachsene Beziehungskrise hat, das ist zu krass.«

»Wollen Sie ihn nicht informieren?«

»Was soll ich ihm sagen? Gucken Sie mal auf den Parkplatz, Ihre Frau hat Sie vor die Tür gesetzt? Nein, wir warten hier einfach ganz geduldig auf die Fortsetzung dieser Soap-Opera. Ich bin schon ganz gespannt auf die nächste Folge. ›Die schrägen Typen vom K1‹, das ist besser als Fernsehen. Genießen Sie Ihren Einstand, normalerweise geht es hier an einem Sonntagvormittag nicht so spaßig zu.«

⁎

Der Arzt erkannte Karin von Weitem und kam auf sie zu.

»So schnell sehen wir uns wieder. Es ist ein halbes Wunder, dass die Patientin in so gutem Zustand aus dem Koma erwacht ist.«

»Kann ich gleich zu ihr?«

»Natürlich, sie hat schon nach ihrem Mann gefragt und die Nachricht von seinem Tod erstaunlich gefasst aufgenommen. Es kann sein, dass sie unter den vielen Schmerzmitteln gedämpft reagiert, dennoch ist sie völlig klar in ihren Fragen und Äußerungen. Wer bei der Polizei zuständig ist, wollte sie wissen, und da dachte ich sofort an Sie.«

»Das hatten wir auch so vereinbart, vielen Dank.«

Gemeinsam gingen beide in Richtung der Uniformierten, die vor der Tür Posten bezogen hatte.

»Wir verlegen sie morgen auf die Innere, das ist eine Etage tiefer«, sagte der Arzt.

»Das geht jetzt aber schnell.«

»Unsere Intensivplätze sind rar, ein freies Bett ist schnell wieder belegt.«

Die zur Bewachung eingesetzte Polizistin nahm ihren Auftrag sehr genau und ließ sich von Karin den Ausweis zeigen.

»Gut so«, befand Karin. »Ich kann mich darauf verlassen, dass Sie Frau Pahlen nicht aus den Augen lassen?«

»Natürlich.«

»Alle Personen außer dem Personal müssen beobachtet werden. Wenn sie Besuch bekommt, lassen Sie die Tür offen stehen oder gehen mit in den Raum, wenn Sie auch nur den kleinsten Zweifel haben.«

»In Ordnung.«

»Es gibt keinen Verwandten mehr außer einem Neffen, Mike Pahlen. Wenn der da ist, dann informieren Sie mich umgehend, ja?«

»Mach ich.«

»Und bitte teilen Sie das auch der Ablösung mit.«

»Geht klar.«

Karin betrat den Raum. An der Situation der Patientin hatte sich nicht viel verändert, sie war immer noch an die Überwachungsgeräte angeschlossen, nur waren ihre Augen zwischen den ganzen Abdeckungen hellwach, und sobald Karin in ihr Blickfeld trat, fixierte sie sie. Karin stellte sich vor.

»Gut, dass Sie hier sind. Bitte sagen Sie mir, was passiert ist. Ich verstehe das alles nicht.« Sie sprach leise und deutlich.

Karin zog sich einen Stuhl ans Bett und setzte sich. »Ich

dachte eher daran, dass Sie mir zunächst erzählen, was Ihnen geschehen ist.«

»Ich wollte die kaputte Birne in der Lampe austauschen und habe plötzlich einen Stromschlag bekommen. Der war so heftig, dass ich in hohem Bogen von der Leiter gestürzt bin. Das Ergebnis hat Ihnen der Arzt bestimmt schon berichtet. Ich kann mir das nicht erklären, ich habe doch schon oft selbst die Birnen gewechselt.«

»Haben Sie für solche Aufgaben nicht eine Hausangestellte?«

»Die darf aus versicherungstechnischen Gründen keine Sonderaufgaben erledigen, zu denen man auf eine Leiter steigen muss.«

»War irgendetwas anders als sonst? Ungewöhnlich?«

Brigitte Pahlen dachte nach, setzte zum Sprechen an, schwieg.

»Was ging Ihnen gerade durch den Kopf?«

»Als ich das Kristallgehäuse abschraubte, dachte ich kurz, ich hätte es beim letzten Mal richtig festgeschraubt. So wie immer. Es ließ sich aber leicht drehen. Ich bin runtergestiegen, um es auf die Kommode zu legen, und als ich mich oben am Lampenboden abstützt habe, um mit der anderen Hand die Birne rauszudrehen, da geschah es dann. Man sagt doch immer, die meisten Unfälle passieren im Haushalt.«

Karin beugte sich vor. »Frau Pahlen, das war kein Unfall.«

»Was?«

»Sie haben mich richtig verstanden. Es war kein Unfall. Jemand hat die Lampe manipuliert und den Boden unter Strom gesetzt. Jemand, der sich auskannte und wusste, wo der Sicherungskasten ist. Jemand, der genau wusste, dass Sie die Birne austauschen würden.«

»Aber, das kann doch nicht sein …« Sie schwieg und wich Karins Blick aus. Für einige Minuten war es völlig still in dem Raum.

»Frau Pahlen, hat man Ihnen erzählt, was Ihrem Mann geschehen ist?«

Mit gedämpfter Stimme antwortete sie. »Er ist tot. Ein Autounfall, furchtbar. Mehr weiß ich noch nicht. Ich habe mich nicht getraut zu fragen.«

»Möchten Sie wissen, was geschehen ist?«

»Ja.«

Karin berichtete von dem Unfall auf der B 57 und darüber, zu welchen Erkenntnissen ihre Kollegen gekommen waren. Die Verletzte hörte aufmerksam zu.

»Sie meinen, er konnte nicht mehr lenken und bremsen?«

»Genau.«

»Und die Airbags haben auch nicht funktioniert?«

»Er hatte keine Chance, den Zusammenprall mit dem Alleebaum zu verhindern.«

»Ich muss es wissen, ganz genau. Die Lenkung von seinem Auto hat versagt, da sind Sie sich sicher?«

»Ja, das Ergebnis der Kriminaltechnischen Untersuchung ist eindeutig. Was irritiert Sie im Moment daran?«

»Mich irritiert nichts, Frau Krafft. Mein Mann ist tot, und ich will verstehen, was passiert ist.«

»Ja, daran arbeiten wir. Wir haben jemanden aus Ihrer Familie kennengelernt.«

»Sie können nur den Mike meinen, da ist niemand sonst. Was ist mit ihm? Dem ist nicht auch etwas passiert?«

»Nein, das dürfen Sie nicht denken. Als ich ihn gestern verabschiedete, war er putzmunter. Wenn ich das richtig deute, dann kann er so lange, wie Sie unabkömmlich sind, die Geschicke der Firma leiten?«

»Ach.«

Sie wollte sich aufrichten, es gelang ihr nicht. Die Tatsache schien sie mehr zu bewegen als das gewaltsam herbeigeführte Ableben ihres Ehemannes. Karin hatte sehr wohl registriert, für wen Brigitte Pahlen Emotionen zeigte.

»Ich weiß, worauf Sie hinauswollen, aber mir ist auch klar, dass Mike dazu nicht in der Lage ist. Ich werde unseren Rechtsanwalt, Herrn Schlägel, morgen damit beauftragen, jemanden einzusetzen, vertrauenswürdig und mit Fachwissen. Mike ist ein armer Junge. Er tut mir leid. Ich habe ihn bislang oft unterstützt, auch wenn mein Mann das nicht guthieß. Wissen Sie, Mike hat keine Eltern mehr.«

»Ist Ihnen bekannt, was er so treibt? Womit verdient er seinen Lebensunterhalt?«

»Er ist nicht der Hellste. Der Tod seiner Eltern hat ihn aus der Bahn geworfen, er hat bisher nicht zurück in die Spur gefunden. Mir erzählt er darüber nicht viel. Das sind immer Gelegenheitsarbeiten, von denen er lebt. Security oder so. Meist reicht es vorn und hinten nicht.«

»Da haben Sie Mitleid mit ihm und unterstützen ihn.«

»Genau, dann kann nur noch die Tante helfen.«

Die Tür zum Krankenzimmer ging auf, eine Schwester betrat den Raum, las die Werte ab und kontrollierte den Tropf, schaute Karin mit kritischem Blick an. »Ein paar Minuten noch, dann sollten Sie Frau Pahlen wieder etwas Ruhe gönnen. Sie ist zwar wach, aber dennoch schwer verletzt.«

Karin nickte. »Nur ein paar Fragen, dann sind wir für heute fertig.«

Erst als sich die Tür wieder schloss, fuhr sie fort. »Gibt es noch etwas, was uns weiterhelfen kann?«

»Nicht dass ich wüsste.«

»Ihr Mann war Mitglied in einem Verein, der sich Steuervermeidung auf die Fahnen geschrieben hatte. Was wissen Sie über BuyLocal@Niederrhein?«

Ihre Augen flackerten kurz, auf dem Monitor wurde die erhöhte Herzfrequenz sichtbar.

Da schau her, ein Konfliktthema oder ein Geheimnis, dachte Karin.

»Das war ein abwegiger Plan, mehr weiß ich nicht darüber. Ich habe mich nie um seine geschäftlichen Entscheidungen gekümmert.«

Eine glatte Lüge. »Sie haben keine Ahnung?«

»Nein. Ich will mich jetzt ausruhen.«

Karin stand auf und stellte den Stuhl zurück vor das Fenster. »Ich komme wieder, Frau Pahlen, ich habe noch eine ganze Reihe von Fragen, auch zu Ihrem Wissen über das außereheliche Leben Ihres Mannes. Ich wünsche Ihnen Gutes, bis wir uns wiedersehen.«

Karin entging nicht, dass Brigitte Pahlens Augen bei ihrer letzten Aussage zuckten.

Auf dem Weg durch den Eingangsbereich erkannte Karin den lieben, ach so armen Neffen von Brigitte Pahlen, der mit einem dicken Strauß roter Rosen auf das Gebäude zustrebte. Sie hielt sich hinter einem Mauervorsprung verborgen. Kein Geld, soso, ging es ihr durch den Kopf, aber die fünfzig Euro für dieses Bukett, die hat er noch in seiner Jackentasche gefunden.

Sie schlich hinter ihm zurück zur Intensivstation, immer darauf bedacht, dass er sie nicht entdeckte, beobachtete, wie sich die Beamtin vor Brigitte Pahlens Tür seinen Ausweis zeigen ließ und wie sie durchsetzte, dass die Tür des Zimmers offen blieb. Von Weitem hielt Karin sich einen Finger vor die Lippen, um der Polizistin klarzumachen, dass sie nichts sagen sollte. Dann stellte sie sich neben die Tür und lauschte.

Im Krankenzimmer gab Mike Pahlen sich entsetzt über den Zustand seiner Tante Biggi, mit weinerlicher Stimme bedauerte er ihre Verletzungen und schien tief erschüttert über den Tod seines Onkels, den er mit theatralischer Stimme »Onkel Didi« nannte. Die Tante fragte nach, was er momentan mache, ob seine Einkommenssituation stabil sei.

»Es geht so. Du weißt, dass es nie ganz reicht. Aber wenn du noch lange hier bist, dann werde ich wohl die Leitung der Firma übernehmen müssen. Da gibt es ein Gehalt, richtig?«

»Mike, du kannst von mir Geld bekommen. Die Firma braucht jemanden, der Ahnung hat, das ist zu komplex für dich. Unser Rechtsanwalt wird jemanden finden, der sich auskennt.«

Er wollte protestieren, irgendwie hörte es sich halbherzig an, er schien froh zu sein, den Chefsessel nicht besetzen zu müssen.

Er wechselte schnell das Thema. »Hast du schon mit der Polizei gesprochen?«

»Ja, vorhin war eine Hauptkommissarin da, du müsstest ihr begegnet sein.«

»Ich habe niemanden gesehen. Was wollte sie wissen?«

»Sie hat mir über Dieters Tod erzählt. Jemand hat ihn ermordet, wusstest du das?«

»Haben sie mir auch gesagt. Schlimm.«

»Du fragst gar nicht nach, was mir passiert ist.«

»Entschuldige, meine liebe Tante Biggi. Erzähl mir, was ist geschehen?«

Sie berichtete von ihrem Unfall, nein, von der Tatsache, dass jemand an der Lampe herumgebastelt hatte, damit sie von der Leiter stürzte.

Gespieltes Entsetzen, aber Tantchen, so etwas, Karin wurde fast schlecht von der Heuchelei, die sie belauschte.

»Und sonst wollten die nichts wissen?«

»Sie will noch einmal herkommen, die Hauptkommissarin.«

»Aber weshalb denn?«

»Weil es mir heute zu viel wurde. Mein Kopf ist noch ganz durcheinander, es fällt mir schwer, mich zu konzentrieren.«

»Was die nur will? Die ist echt lästig.«

Karin grinste in sich hinein. Lästig. Der Kleine hatte was zu verbergen, das stand fest. Und seine Tante »Biggi« war nun auch seiner Fragerei überdrüssig.

»Du solltest eine Vase für die Rosen besorgen, und sag im Schwesternzimmer Bescheid, dass sie für meinen Umzug aufbewahrt werden sollen. Hier dürfen keine Blumen im Zimmer stehen. Und dann lass es gut sein für heute.«

Karin verschwand gedanklich mit einem Satz im Nebenzimmer. Nur bewegten sich ihre Beine nicht. Mike Pahlen starrte sie an, als er das Zimmer verließ, sekundenlang, stumm, ließ fast die Rosen fallen.

»Passen Sie auf, der Strauß war sicher teuer. Die liebe Tante Biggi soll sich doch daran erfreuen.«

Sie ging ganz nah an ihm vorbei und spürte, wie er vor Unsicherheit bebte, teilte ihm ihre Botschaft langsam und gut verständlich mit.

»Und morgen sind Sie zur Fortführung unseres netten Gespräches um zehn Uhr im K1 in Wesel. Den Weg kennen Sie ja bereits.«

Karin lief weiter, drehte sich um und sah ihn so lange an, bis er sich umdrehte und zum Schwesterzimmer lief. Mit dir bin ich noch nicht fertig, dachte sie, da gibt es noch viel Gesprächsbedarf.

»Wir sehen uns, Herr Pahlen.«

***

Zurück in Wesel arbeitete die Hauptkommissarin mit dem Team sämtliche offenen Fragen ab, die ihr während der Fahrt durch den Kopf geschwirrt waren.

»Mike Pahlen kennt Tanja Schneider. Die sind sich gestern unten auf dem Parkplatz begegnet und aneinandergeraten. Er schien ziemlich aufgebracht. Was habt ihr zu ihm herausgefunden?«

Jerry schaute in seine Notizen. »Die Leute in Essen, die er benannt hat, haben sein Alibi bestätigt. Das sind auch keine ganz hellen Leuchten, daher hat uns einer von denen verraten, dass es noch eine Adresse gibt. Der gute Mike lebt nicht nur auf der Talstraße, anscheinend nutzt er noch eine Wohnung in der Dinslakener Altstadt. Die gehört nicht ihm, aber er ist oft da. Der Mann sagte allen Ernstes, das sei die Geschäftsadresse von Mike. Gemeldet ist er dort nicht, wir sind dran.«

»Burmeester, hast du Tanja Schneider gestern noch verfolgt?«

»Äh, ja, habe ich.« Er stand auf, wurde geschäftig. »Kein Wasser mehr da, ich hole noch ein paar Flaschen aus der Küche.«

Karin hielt ihn auf, bevor er die Türklinke berührte. Nein, sie wolle erst wissen, wo die Schneider zurzeit lebte. Ihr entgingen die Blicke, die von Aha und Burmeester austauschten.

»Also, sie wohnt seit Wochen in einem Bed & Breakfast in Duisburg, in der Nähe des Hauptbahnhofs. Ich habe sie dort hineingehen sehen ...« Er schaute sich um und suchte von Ahas Blick. »... als ich sie gestern observiert habe. Ich habe später an der Rezeption nachgefragt. Cara Beerenboom hat drei Wochen im Voraus gebucht mit der Option auf Verlängerung und wünscht nur einmal in der Woche den Roomservice.«

Von Aha konnte dem Blick nicht standhalten, Burmeester fuhr fort.

»Mein Auftrag war damit beendet, sie wird wieder herkommen, schließlich hat sie ein Problem. Später habe ich gedacht, ich würde einen Mann erkennen, der das Hotel ebenfalls betrat. Aber ich habe mich wohl geirrt.«

Von Aha sprang auf und bediente seinen Kaffeeautomaten, fluchte über die leere Kaffeedose, und beim ungelenken Öffnen eines neuen Päckchens sprangen ihm die Bohnen aus der Verpackung und verteilten sich zu seinen Füßen. Burmeester kam ihm zu Hilfe, beide bückten sich, um die wertvollen Bohnen aufzulesen.

»Und dann bin ich gefahren. War mir zu blöd, bei ihr anzuklopfen. War ja auch nicht mein Auftrag. Karin, wenn sie kommt, kannst du sie ja fragen, ob sie noch Besuch hatte.«

Karin verstand nicht, was er meinte, kam nicht dazu, nachzuhaken, denn die Tür öffnete sich, und die Behördenchefin stand mit einem Lächeln, das sich in Sekunden versteinerte, im Rahmen und schaute in die Tiefe des Raumes. Hinter ihr stand eine kleine Gruppe von Leuten, offenbar Kollegen aus anderen Dienststellen, und lugten an ihr vorbei. Geistesgegenwärtig zog sie die Tür zu zwischen sich und den Augen, die auf das Chaos stierten.

Sie flüsterte mit deutlich wütendem Timbre: »Was ist denn hier geschehen? Ich wollte den Kollegen aus Krefeld und Kleve die neue Technik und den wundervollen Raum … Ich bin entsetzt, Frau Krafft. Und was ist das für eine Schweinerei auf dem Parkplatz unten? Da steht direkt vor unserer Behörde ein Wagen voller Sperrmüll, der zu Ihrem Team gehört. Ich erwarte Sie morgen in meinem Büro.«

Schnell schloss sie die Tür wieder von außen. Karin schaute sich um. Die Tische in wilder Formation verrückt, die Kücheneinrichtung herübergeholt, Kaffeebohnen auf dem Boden verstreut, ein überfüllter Papierkorb, geschredderte Papierfäden, die auf den Boden quollen, der Käse auf den Brötchen vom Morgen wellte die Kanten nach oben und glänzte. Das Team blieb stumm. Bis von Aha sich aufrichtete.

»Das kriegen wir hin, Karin. Wenn wir nachher gehen, sieht

es hier aus wie vorher. Kann doch keiner wissen, dass die van den Berg hier sonntags Leute herumführt. Was meinte sie eigentlich mit ›Sperrmüll‹?«

»Marlene hat lauter Sachen von dir auf deinem Auto abgelegt.«

Er schaute sie mit großen Augen an und lief auf den Flur, blickte hinunter auf die geparkten Fahrzeuge.

Karin klatschte in die Hände. »Stopp, bevor jetzt jeder hier abdreht, habe ich eine Ansage. Wir schaffen gleich hier eine grobe Ordnung, die Tische bleiben, und alles, was in die Küche gehört, wird zurückgebracht.«

Mürrische Gesichter.

»Wer jetzt meckern will, kann gern morgen für mich zum Gespräch mit van den Berg gehen.«

Es gab Argumente, die wirkten.

»Und ich will, dass wir morgen mit Ergebnissen glänzen. Ich will Mike Pahlen hier sehen und Tanja Schneider, offiziell und in getrennten Räumen zur Vernehmung. Außerdem haben wir Schneiders Handynummer von ihrem Vermieter in Büderich und sollten Überwachung und Überprüfung beantragen.«

Gero von Aha sprang innerlich auf, wollte protestieren. Er blieb mit beiden Beinen auf dem Boden, verschluckte seinen Kommentar und kehrte die letzten Kaffeebohnen zusammen, während Karin fortfuhr.

»Der Blick ins Vereinsregister wird die einfachste Aufgabe sein, ich selbst werde Brigitte Pahlen weiter auf den Zahn fühlen. Und jetzt verwandeln wir diesen neuen, gerade eingeweihten Raum wieder in eine heilige Halle, nur mit etwas mehr Charakter. Kleine Lage morgen um siebzehn Uhr. Für heute ist Schluss. Gero, du kümmerst dich besser um dein Auto, es sieht echt lächerlich aus.«

Der ältere der beiden Diensthabenden in der Wache reckte sich, der Neue saß einsatzbereit am Pult.

»Das war ein relativ ruhiger Sonntag, nur vier Verkehrsunfälle, zwei Diebstähle, ein sexueller Übergriff im Freibad. Ich denke, bei dem guten Wetter in Verbindung mit Vollmond kriegt die Spätschicht mehr zu tun. Ruhestörung, häusliche Gewalt und Randale.«

»Ja? Ist das ein Erfahrungswert?«

Der Ältere sprang auf und wies in den Eingangsbereich. »Schauen Sie, das ist der ›Von‹.«

Beide blickten von Aha nach, der aus dem Haus eilte. Er geriet bald aus dem Blickfeld, die Beamten riefen die Aufnahmen der Überwachungskamera ab und beobachteten, wie er auf sein Auto zulief und sich das Haar raufte.

»Was sage ich? Sie hat ihn verlassen, und es war nicht angekündigt.«

Von Aha schloss den Kofferraum auf und lud seine Sachen, die Taschen und Beutel ein. Bevor er den Bademantel greifen konnte, stand plötzlich Burmeester vor dem Wagen.

Der Neue auf der Wache hakte nach. »Und die beiden sind Kollegen? Völlig gegensätzliche Typen, und das sieht nach einer mächtigen Meinungsverschiedenheit aus.«

»Genau, Moment, ich …« Der andere sprang auf und holte seinen USB-Stick. Währenddessen war zu erkennen, dass sich die Männer mit hochroten Köpfen gegenüberstanden und von Aha Burmeester zu drohen schien.

Der Neue starrte wie gebannt auf den Bildschirm. »Das geht ja hoch her, schade, dass es keine Tonaufnahme gibt.«

Der andere Kollege aktivierte die Videoaufnahme. »Schauen Sie, der ›Von‹ hat den Bunten am Kragen und redet wütend auf ihn ein.«

»Wenn das mal gut geht. Das ist Comedy pur.« Der Neuling lehnte sich zurück, verschränkte die Arme. »Gewalttätige Auseinandersetzung unter Kollegen auf einem Parkplatz. Zur Not holen wir die Polizei.«

Während Burmeester von Aha seinen goldgestreiften Bademantel hinterherwarf, saßen sie am Pult und krümmten sich vor Lachen.

ACHT

Die Retourkutsche für die verpatzte Besichtigungstour am Vortag kam auf der Stelle. Behördenchefin van den Berg war aufgrund der eigenwilligen Umgestaltung ihres Vorzeigeraumes beleidigt und nahm der Hauptkommissarin das Chaos persönlich übel. Alles Weitere solle sie einer E-Mail entnehmen, das Gespräch sei beendet. Karin lief mit hochrotem Kopf in die obere Etage und verschanzte sich hinter ihrem Schreibtisch, fuhr den PC hoch und schaute in ihr Postfach. Da war sie, die schriftliche Anordnung der Chefin:

... werden Sie aufgefordert,
a) den Mehrzweckraum am heutigen Tag in den ursprünglichen Zustand zu bringen,
b) sich bis zum Ende der Woche mit dem Aufgabenbereich der Fortbildungsleitung auseinanderzusetzen,
c) sich mit fundierten Informationen zum laufenden Fall Dieter Pahlen auf eine Pressekonferenz am morgigen Dienstag, dreizehn Uhr dreißig, vorzubereiten.

Karin starrte noch immer auf den Bildschirm, als Tom Weber ihr Büro betrat. Sie schien ihn nicht wahrzunehmen.
»Karin? Darf ich kurz mal stören?«
Aufgeschreckt schaute sie hoch. »Ja, was gibt es?«
»Das frage ich dich, ist etwas passiert? Du wirkst so betroffen.«
»Post von der Behördenchefin. Muss ich erst sacken lassen, erzähle ich nachher in der Lagebesprechung.«
»Okay, wenn ich etwas tun kann, dann sag Bescheid, ja?«
»Danke.«
Tom fiel es nicht leicht, seine dienstlichen Informationen loszuwerden, Karin wirkte nachdenklich, genervt und abwesend.
»Ich wollte dich darüber informieren, dass Tanja Schneider

in der Nacht noch das B&B in Duisburg verlassen hat. Ich habe veranlasst, ihre Handynummer zu orten, denn irgendwo wird sie sich eine neue Bleibe suchen.«

»Es war abzusehen, dass sie zeitnah das Quartier wechseln würde. Sie hat bestimmt Angst, dass man ihr oder sogar Burmeester von Amsterdam aus gefolgt ist. Ist überprüft worden, ob sie selbst ausgecheckt hat oder ob jemand sie, wie soll ich sagen, begleitet hat?«

»Das war auch mein Gedanke, dass jemand sie dezent einkassiert hat. Der Nachtportier sagte, sie habe zunächst ihr Auto aus dem Parkhaus geholt und dann ihr Gepäck aus dem Zimmer nach unten transportiert, habe ausgecheckt und sei dann gegen sechs Uhr abgereist. Allein, niemand sonst in Sicht.«

»Wieso kann er sich so genau erinnern?«

»Cara Beerenboom war der einzige Gast, der morgens um sechs Uhr abgereist ist. Und sie hat ihm einen Fünfziger als Trinkgeld dagelassen. Gute Gründe, sich genau zu erinnern. Sollen wir sie zur Fahndung ausschreiben?«

Karin winkte ab. »Die ist uns mit ihren Kontakten und auch mit ihrer offensichtlichen Angst da draußen nützlicher. Sie ist vorsichtig, das bedeutet, alles ist noch im Gange.«

»Und wenn ihr etwas passiert?«

»Ich sehe das nicht. Vielleicht hatte sie Burmeester bemerkt und wollte sich der Überwachung entziehen. Sie hat doch recht, wenn sie sagt, man würde ihre Zusammenarbeit mit der Polizei sofort entdecken, wenn sie bewacht wird. Sie hat Angst.«

»Die wird nicht ohne Smartphone leben, wir werden sie finden, sobald die Ortung läuft. Und das ist wichtig.« Tom unterstrich seine Überzeugung mit kurzem Nicken, während Karin den Computer herunterfuhr.

»Gut, halte mich auf dem Laufenden, auch wenn ich nachher in Duisburg bin. Was ist mit Mike Pahlen? Ich hätte gern etwas in der Hand, bevor er zur Vernehmung hier einläuft. Ihr nehmt ihn zu zweit in die Mangel, Jerry und du.«

»Es gibt ja diesen zweiten Wohnsitz. Der hat uns eins vorgefilmt, es kam mir gleich merkwürdig vor. Jerry ist in der richtigen Laune für ein Gespräch mit ihm, er ist nach Dinslaken gefahren, um den Aufenthaltsort zu überprüfen, und gibt uns Ergebnisse durch.«

»Wer ist zum Amtsgericht wegen Einsicht ins Vereinsregister?«

»Gero ist schon unterwegs.«

Karin drehte den Stuhl, schaute in die Aue. »Ich muss hier raus. Ich starte jetzt zu meinem täglichen Besuch bei Brigitte Pahlen. Alle wissen mehr, als sie offenbaren. Wir müssen vorwärtskommen. Diese Steuergeschichte ist so brisant, die Frau muss von dem Risiko etwas mitbekommen haben. Da kann sich durchaus ein Motiv verbergen. Du dokumentierst. Ich will alle Ergebnisse am Nachmittag in der Lage sehen. Wir liefern morgen eine Eins-a-Pressekonferenz.«

✳✳✳

Das alte Gebäude an der Ecke Herzogenring und Hansaring flößte Respekt ein. Hinter kompakten Mauern aus der Gründerzeit war das Amtsgericht Wesel ansässig. Niemand kam mehr durch den imposanten Eingang ohne vorherige Überprüfung hinein, der Zugang und auch das Verlassen des Gebäudes wurden durch das Wachpersonal per Knopfdruck ermöglicht oder verweigert.

Gero von Aha hatte sich ausgewiesen, dennoch durchlief er die Sicherheitsschleuse im Eingangsbereich wie jeder andere Besucher auch. Das hieß: Taschen ausleeren, den Gürtel mit der kompakten Schnalle ablegen, die Waffe einschließen lassen. Und zuletzt das Kleingeld aus der Hosentasche kramen, an das er nie dachte. Dabei fiel das visitenkartenähnliche Pappkärtchen mit dem Code für das Zimmer im B&B auf das Band, das Tanja ihm am Vorabend überreicht hatte, damit er sie immer besuchen könne. Er hatte sich gebrüstet gefühlt – mit so einem Vertrauensbeweis hatte er nicht gerechnet, und jetzt zuckten seine Finger zurück. Es würde mehr Gewicht bekommen, wenn er es jetzt vor den Augen des Justizbeamten wieder zurücknahm. Erst als es nicht mehr piepste, durfte er seine Habseligkeiten wieder in die Taschen stopfen und passieren.

Vereinsregister. Er erinnerte sich, dass er zu Beginn seiner Weseler Zeit hier Auskünfte eingeholt hatte. Ein Rechtspfleger in der ersten Etage war zuständig für den Einblick gewesen, der jedem Bürger möglich war. Sein Orientierungsvermögen wies ihm blind den Weg.

Von Aha schlich die Treppen hinauf, ohne Elan, mit einem Auftrag in einem Fall, der sich mittlerweile tonnenschwer anfühlte.

In den altehrwürdigen Hallen, angelegt wie ein U mit einem lichten Innenhof, schien die Zeit stehen geblieben zu sein. Abgesessene Stühle standen längs der Wände, der Steinfußboden erzählte Bände von schlurfenden Schritten, die hohen Räumlichkeiten wirkten aufgrund der gedeckten, angegrauten Farben eher drückend als weitend.

Drei Leute vor ihm, von Aha setzte sich. Was geschah gerade in seinem Leben?

Erst als er gesehen hatte, dass Marlene ihm die Sachen auf seinem Auto hinterlegt hatte, war ihm bewusst geworden, wie sehr er sie mochte, dass sein Herz an ihr hing. Und dann war da noch Nikolas Burmeester, sein einziger Freund in dieser Stadt, der Einzige, für den er ein Freund war, nah genug jedenfalls, um im letzten Jahr dessen Brautwerber gewesen zu sein. Er hatte ihn mit Tanja gesehen, die flüchtige Umarmung am Samstag, bevor sie nach Amsterdam gestartet waren.

Es war einfach über ihn gekommen, vielleicht zum letzten Mal in diesem Leben hatte er sie umarmen wollen. Sie hatte ihn barsch zur Seite gestoßen. »Bist du verrückt, hier sind doch überall Augen, ich denke, du willst nicht, dass deine Kollegen von uns erfahren«, hatte sie ihm zugezischt. Er hatte sich zunächst nicht viel dabei gedacht. In Duisburg hatte er Burmeester nicht mehr auf dem Schirm gehabt. Und der hatte ihn beobachtet, wie er im B&B ohne Anmeldung und ohne Nachfrage im Aufzug verschwand.

»Du bist mit ihr zusammen. Mit einer wichtigen Figur in diesem Fall. Zwielichtig, mit gefälschten Papieren. Das kannst du mit Karin nicht machen, die reißt dir den Kopf ab.« So hatte Burmeester ihn am Sonntag auf dem Parkplatz angeschrien. »Ich weiß auch nicht, wie lange ich das noch verschweigen kann, ich bin dein Freund, ich bin aber auch Kommissar.«

Da hatte von Aha ihn am Kragen gepackt und ihn beschworen, den Mund zu halten, er würde das selbst regeln, mit Karin, persönlich. In den nächsten Tagen. Wenn sich die Gelegenheit bot.

Dennoch war er wieder bei Tanja gewesen, hatte sich kopflos in eine weitere heiße Nacht fallen lassen. War schweißgebadet aufgewacht und hatte sich davongeschlichen.

In diesem alten, langen, kahlen Flur fühlte er sich plötzlich wie ein dummer Junge, ein unerfahrener Pennäler, dem weise Lehrkörper beibringen mussten, zu leben, damit er nicht unterging.

Verdammt. Was nun?

Katharsis. Gegen diese Glut half nur Feuer.

Noch zwei Leute vor ihm.

***

Natürlich war es angesagt, in der Dinslakener Altstadt zu leben. Die Wohnung, in der Mike Pahlen ebenfalls gemeldet war, lag in der Fußgängerzone, der Duisburger Straße. Jerry hatte auf der Rückseite nach einem Parkplatz gesucht und dabei festgestellt, dass das vierstöckige Gebäude dort mit lauter perspektivisch perfekt dargestellten schwarzen Löchern bemalt war, riesigen Löchern neben den Fenstern, gekonnte Fassadenmalerei. Krasser Geschmack.

Mike Pahlen öffnete ihm mit schnellem Schritt und energischem Griff an die Klinke die Tür, setzte zu einer Begrüßung an und stutzte, als er den Kommissar erkannte. Der stellte sofort den Fuß in die Tür und setzte ein verschmitztes Lächeln auf.

»Damit haben Sie nicht gerechnet, was? Unser Computer hat Ihre zweite Adresse mit Verzögerung ausgespuckt, und da ich Ihre

Bleibe auf der Talstraße kenne, dachte ich mir, schau mal nach, ob es hier genauso abgerissen und halb verwahrlost aussieht.«

Schon betrat Jerry die Wohnung, hell und ordentlich, kein schwarzes Loch. »Außerdem kann ich Sie dann gleich mitnehmen, damit Sie pünktlich zum Termin erscheinen.«

»Hallo, hallo, dürfen Sie das?«

»Ich darf. Ich bin der Kommissar, und ich wittere Gefahr im Verzug. Und wenn es hier schwierig werden sollte, ist in null Komma nix Verstärkung hier. Was wäre Ihnen da recht, einfach Uniformierte oder ein SEK, das unten die Fußgängerzone sperrt und dieses Haus evakuiert? Sie haben die Wahl.«

Mike Pahlen schien überrumpelt.

Das Wohnzimmer war in Schwarz und Weiß gehalten, Jerry setzte sich unaufgefordert auf das weiße Ledersofa. »Was man sich alles mit Hartz IV erlauben kann, ist schon erstaunlich.«

Mike Pahlen lehnte schweigend am Türrahmen. Er schwitzte.

Jerry wies auf den Einsitzer, der ihm gegenüberstand. »Setzen Sie sich doch, wir haben noch Zeit, Sie können mir schon mal erzählen, wie das alles zusammenhängt.«

»Was soll ich denn sagen? Die Wohnung gehört nicht mir.«

»Was machen Sie dann hier?«

Er setzte sich zögerlich. »Ich brauche sie für das Geschäft.«

Jerry schaute sich um, es gab Bilder an den Wänden, in silbernen Rahmen, der PC auf einem Glastisch vor dem Fenster sah aus, als sei er schon lange dort in Gebrauch, es gab eine Menge Spuren, die darauf hindeuteten, dass die Räume persönlich genutzt wurden.

»Was wollen Sie mir jetzt erzählen? Nur keine Hemmungen, ich höre zu.«

»Manchmal kommen Leute mit, und dann kann ich denen nicht Mandy im Schlafrock servieren. Andererseits kann die nichts anderes, die würde hier alles auf den Kopf stellen.«

Jerry setzte sich wie sprungbereit auf die Sofakante. »Mandy also. Ein bisschen mager, ich meine, als Auskunft, nicht als Frau. Und jetzt mal Butter bei die Fische, was bedeutet ›geschäftlich‹? Die Zeit läuft.«

Mike Pahlen schwieg. Saß da und starrte auf seine Knie, eins davon wibbelte, ließ seine teure Jeans und die roten, noch teureren Sportschuhe vibrieren.

»Ich kann nicht drüber reden. Es reicht schon, wenn irgendjemand gesehen hat, wie Sie hier ins Haus gegangen sind. Dann bricht das alles zusammen.«

Jerry lehnte sich zurück. Schon wieder so eine Aussage, die darauf hindeutete, dass sein Gegenüber sich in zwielichtiger Gesellschaft bewegte. Abrupt stand der Kommissar auf.

»Dann machen wir uns jetzt auf den Weg. Völlig zwanglos und gut gelaunt werden wir dieses Haus verlassen und zu meinem Auto gehen. Und Sie werden keinen Versuch machen, zu türmen, okay? Ich bin gut im Sprint, und mit Handschellen wollen Sie garantiert nicht durch die Fußgängerzone geführt werden. Klar?«

Was blieb ihm anderes übrig? Mike Pahlen setzte eine seiner besten Basecaps auf, ein aus silbernen Perlen gestickter Totenkopf prangte nun auf seinem Schädel.

Vor der Haustür packte Jerry ihn fest an der Schulter. »Lächeln, Herr Pahlen, lächeln.«

In bester Laune verließen zwei Männer das Haus und bogen ab in Richtung Burghofbühne.

**

Das dauerte. Noch immer saß eine Frau in seiner Nähe, die vor Gero von Aha zu dem Angestellten der Justiz wollte. Sie hatte einen dicken Aktenordner mit, dessen alter, teilweise angegilbter Inhalt aus dem Deckel lugte, der in einer zu kleinen Plastiktüte steckte.

Ihm gegenüber ging eine der hohen Türen auf, eine junge Frau in knappem Minirock trat heraus. »Und das mit der Kündigung muss ich nicht ernst nehmen, richtig?«

»Sie haben gegen die Räumungsklage Widerspruch eingelegt, jetzt warten Sie erst mal ab.«

»Danke.«

Dafür waren sie hier also auch zuständig, dachte von Aha,

sank noch tiefer in den unbequemen Stuhl und hätte entspannen können. Stattdessen kreisten immer die gleichen Gedanken durch seinen Kopf, wechselten sich ab, Tanja, Marlene, Karin, die Frauen in seinem Leben sorgten dafür, dass es sich jetzt gerade ziemlich schwierig gestaltete. Er war hin- und hergerissen zwischen den heißen Nächten mit Tanja und dem beschaulichen Leben mit Marlene. Und er wagte sich nicht auszumalen, wie Karin reagieren würde, wenn sie von seinem Verhältnis mit einer möglichen Tatbeteiligten erfuhr.

Bei dem Gedanken richtete er sich schlagartig auf, die Frau in seiner Nähe erschrak, die Tüte donnerte zu Boden, dabei glitt der Aktenordner heraus, und ein Wust von Papieren ergoss sich auf den steinernen Boden. Vergilbte, angestaubte Bögen, vom vielen Blättern mit rissigen Kanten.

Die Frau sprang entsetzt auf. »Wie können Sie mich so erschrecken!«

»Aber ich habe doch nichts getan.«

»Jetzt muss ich alles wieder einordnen. Das kann dauern.«

Die Tür neben Gero von Aha ging auf, der Mann, der aus dem Raum kam, hatte es eilig. Chancen musste man nutzen.

»Ordnen Sie in aller Ruhe. Ich geh dann schon mal vor.«

Fast tat sie ihm leid, wie sie ungelenk auf dem Boden hockte und sich Blatt für Blatt über ihre Brille hinweg anschaute und zurechtlegte, während er die Tür hinter sich schloss.

»Was kann ich für Sie tun?«

Von Aha wies sich aus und setzte sich. »Sie können mir die Unterlagen zu dem Verein BuyLocal@Niederrhein zeigen.«

Sein Gegenüber schaute vom Bildschirm seines Computers hoch, musterte ihn und lehnte sich zurück. »So. Sie meinen also, dass ich das kann.«

»Na, sicher doch. Sie verwalten das Vereinsregister, es handelt sich um einen eingetragenen Verein, sagen Sie mir einen Grund, weshalb ich etwas anderes annehmen soll.«

»Da gäbe es mehrere.«

Dann schwieg er, wie von Aha meinte, eine ausgiebige, ungute dramaturgische Pause und zu lang.

»Dann will ich Ihnen mal einen Grund nennen. Den wichtigsten.«

Wieder dieses unerträgliche, sekundenlange Schweigen. Von Aha wurde es ungemütlich. Was sollte das? »Jetzt mal los, der Steuerzahler will sehen, dass wir arbeiten. Ich war doch schon einmal hier mit ähnlichem Anliegen.«

Das überlegen grinsende Männergesicht hinter dem Tisch zog die Augenbrauen leicht hoch. »Das liegt garantiert schon mehrere Jahre zurück. Dann will ich Sie mal auf den neuesten Stand bringen. Das Vereinsregister für den gesamten Regierungsbezirk befindet sich beim Amtsgericht in Duisburg, mitten in der Stadt am König-Heinrich-Platz.«

Es kreiste in von Ahas Gedanken. Duisburg. Dorthin, in die Stadt seines Begehrens, würde dieser Auftrag ihn offiziell leiten, unweit vom Hauptbahnhof, gegenüber vom modernen Casino, lag das alte Gerichtsgebäude, ganz in der Nähe zum B&B.

»Gut. Dann fahre ich gleich mal dorthin.«

Der Justizangestellte rückte seine Lesebrille zurecht und schaute über die randlos gefassten Gläser hinweg. »Moment, Moment, was genau ist denn Ihr Anliegen?«

»Es geht um den Verein BuyLocal@Niederrhein, ich brauche Einblick in die Akte, wer im Vorstand sitzt und wer Mitglied ist.«

»Dann warten Sie einen Augenblick, ich rufe den Verein auf, das geht alles digital. Da sind Sie heute nicht der Erste, dem ich weiterhelfen kann. Ein Verein von wahrlich hohem Interesse.«

»Digital?« Enttäuschung klang aus der Stimme des Kommissars.

Der Justizangestellte blieb unbeeindruckt. »Natürlich. Die Daten sind von öffentlichem Interesse und für jedermann zugänglich.« Er schwenkte den Bildschirm in Richtung Besucherstuhl.

Von Aha staunte nicht schlecht. Keine Fahrt ins gelobte Land. Vor seinen Augen tat sich hier alles auf, was er suchte. Er wurde kleinlaut. »Kann ich einen Ausdruck bekommen?«

»Natürlich, einen Moment.«

»Und wer hat sich heute noch dafür interessiert?«

Dieser Blick über die Lesegläser stach ihm in die Augen. »Ob ich Ihnen das überhaupt sagen darf? Datenschutzgründe, Sie wissen schon.«

»Kommen Sie, ich gehöre zu den Guten. Sie dürfen.«

»Staatsanwalt Haase ist am Morgen schon da gewesen.«

»Ach!

Der Justizangestellte blinzelte verschmitzt. »Das habe ich auch gedacht.«

Die frisch gedruckten Blätter lagen auf der Ablage des Druckers, von Aha nahm sie entgegen und bedankte sich. Er sprang auf. »Dann werde ich Herrn Haase kurz einen Besuch abstatten.«

Draußen auf dem Flur glitt er fast auf den Blättern aus, die die Frau großflächig ausgelegt hatte, er hielt sich gerade noch auf den Beinen. In ihrem Blick lag Verärgerung.

»Schon wieder Sie. Jetzt kann ich von vorn anfangen.«

Aufregen oder den Flur verlassen? Gero von Aha entschied sich für die Flucht. Ein drittes Mal würde es nicht geben.

Wo war noch einmal das Büro von Haase?

**

»Sie sehen heute schon wieder ein wenig besser aus, Frau Pahlen, die vollbringen hier anscheinend wahre Wunder.«

Karin sah, wie sich die Schwerverletzte über das Kompliment freute. In die richtige Stimmung versetzen und dann ganz ruhig und offen reden, so wollte sie das Gespräch strukturieren.

»Ich finde gar nicht, dass es im Vergleich zu gestern Veränderungen gibt, ich bin nur umgezogen in ein Privatzimmer. Vielleicht spiegelt sich die freundliche Wandfarbe auf meinen Verbänden wider. Was wollen Sie schon wieder von mir?«

Hoppla, das schien in eine andere Richtung zu laufen.

»Ich habe angekündigt, dass ich mit einem Berg von Fragen zurückkommen würde. Und das so lange, bis ich genügend Antworten habe.«

»Dürfen Sie das? Ich habe heute früh mit unserem, mit meinem Anwalt gesprochen. Der hat gesagt, ich brauche Ihnen gar nichts zu sagen. Ich bin schwer verletzt, eigentlich nicht vernehmungsfähig. Und Sie behandeln mich mit Polizei vor der Tür wie eine Verbrecherin. Das ist so peinlich.«

Karin zog sich ein gepolstertes Sitzmöbel neben das Bett. In einem Privatzimmer gab es keine einfachen Stühle.

»Dies ist keine Vernehmung. Vor Ihrem Zimmer sitzt ein Beamter zu Ihrem Schutz, nicht zu Ihrer Bewachung. Ihr Anwalt kann nichts gegen ein freiwillig geführtes Gespräch haben, das unter Umständen der Aufklärung der Anschläge auf Ihren Mann und Sie dienlich sein kann. Oder möchten Sie noch mal eben mit ihm telefonieren? Er wird es Ihnen bestätigen.«

Brigitte Pahlen blieb stumm.

»Frau Pahlen, was genau wissen Sie über die Geschäfte Ihres Mannes, die ihn ins Ausland führten?«

Sie schwieg.

»Fangen wir doch mit einem anderen Thema an. Frau Pahlen, wie ging es Ihnen mit dem Wissen über die Seitensprünge Ihres Mannes?«

Der stumme Monitor neben ihrem Bett sprach Bände, Karin rechnete damit, dass jeden Moment eine Schwester ins Zimmer gestürmt kam, so erhöhte sich die Herzfrequenz. Sie wies auf die bewegte Linie. »Sie scheinen im Bilde zu sein, das sagt zumindest ihr Überwachungsbildschirm. Reden wir doch drüber, das ist einfacher.«

Sie habe immer gewusst, wenn ihr Mann wieder unterwegs gewesen sei. Er sei unersättlich gewesen, es hätten viele Frauen Schlange gestanden, um ihn zu erobern. Immer wieder sei er für die Firma über ganze Wochenenden verreist, da habe sie gewusst, dass es wieder so weit war.

»Meist hat eine der Sekretärinnen für ein Geschenk gesorgt, manchmal habe ich diese, wie soll ich sagen, diese Gaben für den Beischlaf im Kofferraum liegen sehen. Originalverpackt, immer exklusiv, teuer. Einmal habe ich mir angeschaut, wie viel ihm straffe Brüste und Beine wert waren. Ich fand eine goldene Uhr im Wert von zweitausend Euro.«

Sie schaute weg, schnaubte verächtlich, wodurch sie husten musste, ein unguter Moment, anscheinend sehr schmerzhaft für sie. Karin ließ ihr Zeit.

Sie fuhr ohne Aufforderung fort. »Wissen Sie, ich habe früher darauf bestanden, dass unsere finanziellen Angelegenheiten durch einen Ehevertrag geregelt sind.«

»Wieso?«

»Meine Einlage bei der Firmengründung war hoch, da ich auf ein beachtliches Erbe zurückgreifen konnte. Dieter hatte eine Vision und ich das notwendige Geld. Er hat immer schon den Frauen hinterhergeschaut, da wollte ich nicht eines Tages gegen etwas Junges ausgewechselt werden und ohne Vermögen dastehen.«

»Wie hat der Vertrag Ihr Leben beeinflusst?«

»Ich hätte im Fall einer Trennung mein Geld mit Zins und Zinseszins zurückbekommen. Eine mehrstellige Millionensumme. Damit wäre das Imperium in die Knie gegangen, glauben Sie mir, Dieter hätte ein Möbelhaus nach dem anderen verloren, die Immobilien hätten verkauft werden müssen. Die wertvollen Bilder sind ja nicht wieder aufgetaucht, die Versicherungssumme war lächerlich bemessen.«

»Das konnte nicht in seinem Interesse gelegen haben.«

Brigitte Pahlen atmete langsam und bedacht. Karin spürte, wie ihr Smartphone in der Tasche ihrer dünnen Jeansjacke vibrierte. Sie stand auf.

»Gönnen Sie sich einen Moment Pause, ich bin gleich wieder da. Mir geht es in diesem Gespräch um eine ganz spezielle Frau. Denken Sie doch eben nach, ob Ihnen der Name Cara Beerenboom etwas sagt.«

Vor der Tür nahm sie das Gespräch an, Jerry berichtete, dass er mit Mike Pahlen auf dem Weg ins Kommissariat sei.

»Der junge Mann ist bestimmt zum Gespräch bereit, er fühlt sich ziemlich unwohl, weil ein Bulle ihn daheim besucht hat.«

»Dann los.«

Wieder im Raum, sah die Frau aus dem Bett ihr schon entgegen.

»Das ist eine Nutte, diese Beerenboom. Glauben Sie mir, die

schläft mit jedem, der ihr einen Vorteil verschaffen kann, und am liebsten sind ihr Vorteile in Form von Geldscheinen mit möglichst vielen Nullen drauf.«

Karin setzte sich wieder und ließ den Satz ausklingen. »Sie kennen die Frau?«

Brigitte Pahlen bewegte ihren Kopf, um Karin anschauen zu können. »Trägt die einen dicken goldenen Ring mit einem imposanten Rubin?«

»Ja, das kann ich bestätigen.«

»Dieser geschmacklos protzige Klunker kostet knapp über fünfundzwanzigtausend Euro. Ich habe die Rechnung gefunden und Dieter zur Rede gestellt. Ob das Schmuckstück für mich sei, wir hätten ja bald Hochzeitstag, wie schön, dass er daran gedacht habe. Wissen Sie, was er mir geantwortet hat? Wenn ich ihm geben könnte, was er vermisst, dann hätte er es nicht nötig, zu anderen Frauen zu gehen. Geld sei eben nicht alles.«

»Und? Sind Sie der Frau begegnet?«

»Ja, sie selbst hat mir gezeigt, wer diesen Ring trägt. Dünn, blond, auf hohen Absätzen, mit Strümpfen, deren altmodische Naht unter dem Saum des dezenten Kostüms verschwindet. So setzte sie sich vor ein paar Wochen in Xanten ungefragt neben mich, als ich in aller Ruhe meinen Cappuccino im Eiscafé genießen wollte. Manchmal ist es lästig, wenn Personal oder Passanten mich erkennen. Bei Fabio Santin ist es anders, dort wird man behandelt wie jeder andere. Was nicht zuletzt daran liegt, dass seine osteuropäische Crew nicht unbedingt deutsche Illustrierte oder die Tagespresse liest.«

Karin überlegte kurz, ob sie die Pahlen auffordern sollte, direkter zu antworten, entschied sich aber dagegen. Sie war gerade gut im Fluss.

»Sie setzte sich neben mich, ohne ein Vorwort sagte sie einen Satz, der sinngemäß lautete: ›Wir beide haben etwas gemeinsam.‹ Ich fühlte mich belästigt, wollte sie bitten, zu gehen und mich in Ruhe zu lassen, und dann sah ich den Ring an ihrer Hand.«

»Wie haben Sie reagiert?«

»Ich habe ihr gesagt, falls sie damit meinen Mann meinen

würde, den solle sie sich abschminken. Der würde ab und zu mal in fremden Betten wildern, er sei jedoch nicht zu haben. Und ob ihr der Ring nicht auf Dauer zu schwer sei, ich hätte ihn unhandlich gefunden.«

»Ganz schön tough. War sie Ihnen wirklich so gleichgültig?«

Brigitte Pahlen zögerte einen Moment, ihr Blick richtete sich auf einen imaginären Punkt an der Decke.

»Natürlich nicht. Die hat ein gewisses Charisma, das die Männer rasend werden lässt, so etwas lässt eine Ehefrau nicht kalt. Ich habe ihr aber mit meiner offensiven Antwort den Wind aus den Segeln genommen. Sie wollte mir noch erzählen, was sie alles mit ihm macht, was er bei mir vermisst, auch diesen Vorstoß habe ich gekontert, nicht jede Frau sei willig wie eine Prostituierte.«

Karin stellte mit leichter Irritation fest, dass Brigitte Pahlen grinste.

»Das hat sie getroffen. Am liebsten wäre sie aufgesprungen und hätte mir die Augen ausgekratzt, über den Tisch gebeugt hatte sie sich schon. ›Lass es besser sein, Kindchen‹, hab ich gesagt, ›ich trage stets Pfefferspray in meiner Handtasche, du wirst tagelang nicht mehr so nett aussehen, wenn du versuchst, mich anzufassen.‹ Da ist sie zurück auf ihren Stuhl gesunken. Irgendwas war anders gelaufen, als sie es geplant hatte. Ich war nicht die zerknirschte Ehefrau. Und je länger ich mir dieses dürre Blondchen anschaute, desto stärker wuchs mein Wunsch, mich von Dieter zu trennen. Gleich da, im Eis-Café Santin, unter der Markise, rechts außen, an meinem Stammplatz, war ich mit einem Mal so wütend auf ihn, so schrecklich enttäuscht.«

Sie schluckte mit trockenem Mund, das Reden war anstrengend.

Karins Blick auf die Schwerverletzte veränderte sich minütlich. »Bestimmt haben Sie Durst, kann ich Ihnen etwas reichen?«

»Tee, da drüben auf dem Beistelltisch, bitte.«

Sie konnte den Kopf nicht heben, ein Strohhalm half, gierige Schlucke aufzunehmen, dann schaute sie Karin wieder mit klarem Blick an.

»Ich habe es ihr auf den Kopf zugesagt.«

»Was?«

»Dass sie ihn bald haben könnte, ich würde den ausgeliehenen Ehemann nicht dauerhaft zurückhaben wollen.«

Eine klammheimliche Freude sprach aus ihr.

»Bloß, wenn ich mich von ihm trennen würde, dann wäre er keinen Pfifferling mehr wert. Wie sie das verstehen solle, fragte sie. Ich lächelte sie freundlich an und erklärte ihr, dass das gesamte Vermögen, die Firmen, die Konten und einiges an Sachwerten und Immobilien per Vertrag mir gehörten. Er sei im Falle einer Trennung so mittellos wie vor seiner Ehe.«

Sie nahm einen weiteren Schluck Tee.

»Und jetzt war es an mir, mich über den Tisch zu beugen und ihr in die Augen zu schauen, ich habe ihr fast ins Ohr geflüstert, als ich ihr sagte: ›Da er so eine Granate im Bett ist, macht es Ihnen bestimmt nichts aus, ihn bei sich aufzunehmen und eine Zeit lang zu unterstützen, bis er etwas Neues gefunden hat, oder?‹ Ich könnte mich heute noch über ihren Gesichtsausdruck amüsieren, sie war zu Stein erstarrt. Ich bezahlte meinen Cappuccino und ließ sie verdattert sitzen. Und daheim erzählte ich Dieter von unserer Begegnung.«

Karin brauchte nicht nachzufragen, sie wusste, die verletzte Frau im Krankenbett war auch innerlich so beschädigt, dass sie die Geschichte zu Ende bringen würde.

»Mein Mann war völlig aufgebracht, entsetzt. ›Bist du verrückt, die kann uns ruinieren‹, hat er geschrien. Ich darauf: ›So ein Quatsch, *du* wirst uns mit deiner Herumhurerei noch in den Ruin treiben.‹ Er sagte: ›Du verstehst gar nichts. Diese Frau ist der Schlüssel, die hat die besten Verbindungen zu den nahen Steueroasen, die ist ein Genie, was Finanzen betrifft. Und du bringst sie so gegen mich auf.‹«

Karin horchte auf. Das war die Bestätigung. Dieter Pahlen hatte seine Geschäfte in den Niederlanden mit Unterstützung von Cara Beerenboom alias Tanja Schneider gemacht, und seine Frau wusste davon.

»Erzählen Sie mir von den Geschäften. Fädelte die Beerenboom das ein? Übernahm sie Kurierfahrten?«

Brigitte Pahlen setzte zu einer Antwort an. Karins Smartphone klingelte, jetzt nicht, hätte sie am liebsten gerufen, ich bin doch so nah dran, erinnerte sich gleichzeitig an ihren Appell an die Kollegen, ihr zu berichten, wenn es relevante Neuigkeiten gab.

»Entschuldigung, so ist das, wenn die Chefin außer Haus ist. Ich bin gleich zurück.«

Gero von Aha telefonierte, als er schon mit eiligen Schritten auf dem Rückweg zum Kommissariat war, Karin konnte ihn nur schlecht verstehen, da der Straßenlärm der Reeser Landstraße in Wesel einen Teil seiner Worte verschluckte. Er stoppte in einer Einfahrt am Straßenrand und wiederholte seine Nachricht, damit sie bei ihr ankam.

»Der Auszug aus dem Vereinsregister liegt unter anderem bei der Staatsanwaltschaft. Ich war bei Haase, der sagt, einen Teil der Ermittlungen im Fall Pahlen werden wir tatsächlich an das Ressort Wirtschaftskriminalität abgeben müssen. Aber der Verein ist sauber, er soll die örtliche beziehungsweise regionale Wirtschaft fördern und hat mit den Investitionen im Ausland nur am Rande zu tun.«

Karin stutzte. »BuyLocal@Niederrhein muss trotzdem finanziert werden. Hat der Verein eine Finanzabteilung?«

»Er verwaltet auch Geld. Der Verein ist offiziell und konzeptionell, nicht von der Umsetzung her, zuständig für Werbestrategien, Marketing, für Veranstaltungen, um potenzielle Kunden in den Fußgängerzonen zu binden, einen besonderen Reiz beim Einkauf in der gesamten Region zu erzeugen. Denn das Besondere ist, dass die Mitglieder des Vereins nicht nur aus einer Stadt kommen, sondern aus der ganzen Region. Nicht Wesel lebt oder Moers lädt ein, nein, der Niederrhein, wie der Name es sagt. Viele namhafte Einzelhändler gehören dazu, auch Werbegemeinschaften und Ähnliches.«

Karin unterbrach ihn. »Komm zum Punkt, wieso liegt das bei Haase auf dem Schreibtisch, und wieso kann der Verein sein Geld ins Ausland bringen, damit es dort Junge kriegt?«

»Das ist ja der Clou. Das kann ein Verein gar nicht. Dafür haben dieselben Mitglieder unter gleichem Namen eine Genossenschaft gegründet. Und die hat eine riesige finanzielle Einlage von Pahlen und beteiligt jeden, der Teil des Ganzen werden will. Und diese Genossenschaft hat ein Steuersparmodell im Sinn, da wird deshalb von anderer Stelle draufgeschaut, da sind wir außen vor. Da geht es um höhere Interessen, bundesweit.«

»Heißt das, die Schneider arbeitet im Auftrag der Genossenschaft?«

»Genau. Verein und Genossenschaft heißen nur gleich. Und jetzt kommt der Part, der uns noch interessieren darf. Es ist per Satzung festgelegt, wer im Falle der Verhinderung durch Krankheit oder Tod die Nachfolge des Vorsitzenden übernimmt.«

Von Aha ging weiter, gleich war er schon auf dem Parkplatz der Kreispolizeibehörde. »Es gibt einen Händler alternativ hergestellter Kleidung, kennst du ›NaturalEarthWear Limited‹?«

»Das sagt mir was, natürliche Fasern und Farben, fair gehandelt, edle Optik teilweise, teuer und gut für ökologisch orientierte Gemüter. In der Weseler Fußgängerzone ist ein Modellshop der Firma, da, wo bis vor Kurzem das nach einhundertzweiundsechzig Jahren geschlossene Spielzeugfachgeschäft war.«

»Genau, ein Riesending über zwei Etagen. Ich habe dort auch schon eingekauft.«

»Stand der Laden nicht letztens öffentlich in der Kritik, weil sein Onlinehandel inzwischen beträchtliche Ausmaße annimmt? Der Eigentümer würde Naturfasern in Plastik verpackt mit Dieselfahrzeugen ausliefern und seine Fahrer unterbezahlen oder so?«

»Da war was, ja, ich werde gleich recherchieren. Der Gründer und Inhaber ist ein gewisser Manuel Kracht, sagt dir der Name was?«

»Nicht auf Anhieb. Und der ist jetzt an Pahlens Stelle gerückt?«

»Genau. Ich bin schon auf dem Weg nach oben. In einer Stunde weiß ich mehr.«

Voller Elan öffnete Gero von Aha die Tür zu seinem Büro.

Er zog seine Jacke aus und warf sie über die Stuhllehne. Etwas fiel mit einem kurzen klirrenden Geräusch auf den Boden. Er schaute nach, dort lag ein USB-Stick. Gero konnte sich nicht daran erinnern, ihn in seiner Jacke transportiert zu haben. Er legte ihn zu den anderen in die Schreibtischschublade und fuhr seinen Computer hoch. Wie problemlos das ging in den neuen Räumen.

Noch bevor das Bild sich aufgebaut hatte, öffnete er erneut die Schublade und holte den Stick hervor, schaute ihn prüfend an. Das war nicht seine Marke, er nutzte ausschließlich Alu-Sticks, dieser hatte eine Metallkappe, war jedoch aus Kunststoff. Er legte ihn zögerlich zurück. Er würde nachher sein Tablet holen, um sozusagen einen privaten Blick auf die abgespeicherten Dateien zu werfen.

Jetzt zu Manuel Kracht, der zweiten Größe von BuyLocal@ Niederrhein. Dem derzeitigen Vorsitzenden des Vereins und der Genossenschaft, versehen mit allen Vollmachten. Vielleicht der neue Herr über das gesamte Imperium, von dem man nicht wusste, ob es wirklich eins war, in dem auf jeden Fall eine Menge Geld kursierte.

Von Aha schaute immer wieder auf den unbekannten Datenträger. Wie der wohl zu ihm gelangt war? Hatte er ihn versehentlich irgendwo eingesteckt? Der Stick brannte ihm sinnbildlich ein Loch in seine Schreibtischplatte.

Karin wollte aus dem Raum schleichen, da Brigitte Pahlen mit geschlossenen Augen dalag, ruhig und gleichmäßig atmete. Sie kam bis zur Tür, die leise Stimme der Patientin ließ sie dort verharren.

»Es ist furchtbar.«

Sie schlief also nicht, Karin entschied sich, zu bleiben.

»Der Anschlag, nicht wahr? Ja, das ist furchtbar, da haben Sie recht. Aber Sie leben. Um den Mord an Ihrem Mann aufzuklären, wäre es hilfreich, wenn Sie mir noch etwas zu seinen auswärtigen Geschäften berichten könnten.«

»Das habe ich ihm überlassen. Ich habe ihm vertraut. Dafür

hatte er ein Händchen. Die Möbelhäuser boten Qualität und Stil, auch die neuesten Trends, schrieben beachtliche schwarze Zahlen. Warum hätte ich mich kümmern sollen? Dieter gab mir keinen Anlass, ihm zu misstrauen. Die ganze niederrheinische Welt kannte unsere Erfolgsgeschichte, unser Image war gewaltig positiv, der Einstieg ins Onlinegeschäft gelang ihm, er ließ eine Fangemeinde in gewissen Zeitschriften gern an unserem Leben teilhaben.«

Sie lächelte, als belustige sie ein plötzlicher Gedanke. »Würde ich meinem Mann ein Tier zuordnen, wäre er ein Hahn. Der Hahn vom Niederrhein. Scharrt überall, plustert sich auf, gibt mit seinem farbenfroh glänzenden Gefieder an und kräht ausdauernd heraus, dass er der Chef im Stall ist. Ein Allesbesserwisserkönner vom Lande.«

Sie musste verhalten lachen, als habe sie ihrem verstorbenen Mann mit ihrer provinziellen Tierwahl eins ausgewischt. Ihr Mann, der Möbelmogul, nicht Löwe, nicht Adler, nein, ein männliches Haushuhn. Karin war darüber erschrocken. Brigitte Pahlen machte sich über einen Toten lustig, über ihren eigenen Mann. Verlustschmerz sah anders aus.

Sie hakte nach. »Meinen Sie damit auch seine Affären?«

»Der Gockel hielt sich eine Hennenschar, er krähte nicht nur bei Sonnenaufgang, gegen Mittag und am Abend, sondern immer dann, wenn er beeindrucken wollte. Er war nicht immer so, aber in den letzten Jahren immer häufiger. Er markierte sein Revier. Manchmal verteidigte er es aggressiv. Er pumpte dann in theatralischer Pose die Krährufe regelrecht durch seinen aufgerissenen Schnabel, ein Bild, klar, aber können Sie sich die Situation vorstellen? Er hackte anderen auch schon mal ins Bein. Und er war kein Kapaun. Wissen Sie, was ein Kapaun ist? Nein, ein kastrierter Hahn war er wirklich nicht. Er fand sich unwiderstehlich. Affären? Was sonst?«

Karin erschrak wieder. Schimmerte da Hass durch? Unterdrückte Verletzungen? Sie schwenkte dazu über, ihre eigene Geschichte anzubieten, damit Brigitte Pahlen sich weiter öffnete.

»Ich habe meinem Ex-Mann wegen seiner ständigen Affären

die Klamotten vor versammelter Kollegenschaft aus dem Fenster geworfen. Alles, restlos. Das tat so gut. Er hat sich allerdings gerächt und in einer Nacht-und-Nebel-Aktion meine ganzen privaten Dinge verschwinden lassen. Meine alten Zeugnisse, Kinderbilder unseres Sohnes, der hat mehrere Säcke gleich zur Müllverbrennungsanlage Asdonkshof gebracht, vollständig ver- nichtet.«

Jede der Frauen schien in eigene Gedanken versunken. Eine Schwester kam in diesem schweigsamen Moment ins Zimmer und wechselte den Beutel am Tropfgalgen, wollte nicht stören. Brigitte Pahlen räusperte sich, es klang wie ein leises, vorsichtiges Hüsteln.

Karin wagte sich vor. »Sie haben sich gegenseitig in Ihren Testamenten bedacht.«

Brigitte Pahlen bestätigte, zögerte aber. »Was wollen Sie damit andeuten?«

»Im Falle Ihres Todes hätte Ihr Mann alles geerbt. Kein Ehe- vertrag hätte ihn hindern können, sein Leben zu gestalten, wie und mit wem er es möchte. Der Vertrag, von dem Sie vorhin sprachen, hätte im Todesfall keine Wirkung mehr gehabt.«

Die plötzlich eintretende Stille im Raum wurde nur unter- brochen vom leisen Summen der Überwachungsgeräte. Pahlens Blutdruck stieg, ihre Herzfrequenz erhöhte sich. Mäßig, nicht besorgniserregend, wie Karin fand. Dennoch öffnete sich die Tür, und eine andere Schwester schaute herein.

»Frau Pahlen, ist alles in Ordnung?«

»Ja, bestens.«

»Mögen Sie vielleicht eine Pause einlegen mit Ihrer netten Gesprächspartnerin, es scheint Sie anzustrengen.«

»Wir werden bald fertig sein.«

Die Schwester schloss die Tür ebenso leise, wie sie eingetreten war.

Karin befand, es sei an der Zeit, zu gehen. Sollte sich Brigitte Pahlen über das Gespräch und dessen offenes Ende ihre eigenen Gedanken machen. »Ich denke auch, es ist genug für heute. Ich komme wieder.«

Pahlen nickte, versuchte ein Lächeln. Plötzlich verdunkelte sich die Stimmung, Karin bemerkte, wie sich ihr Gesicht verzerrte.

»Einen Moment noch, Frau Krafft. Zu Ihrer Bemerkung über unsere testamentarischen Regelungen. Wollten Sie andeuten, mein Mann könnte die Lampe manipuliert haben, damit ich mir den Hals breche?«

Karin ließ diesen Satz wirken, stellte sich ins Blickfeld der liegenden Frau und nickte einfach nur ein paarmal. »Erscheint das so abwegig?«

»Wir hatten viele gute Jahre.«

»Ich lege meine Karte auf Ihr Tischchen neben das Telefon. Denken Sie ein wenig darüber nach. Rufen Sie mich an, wenn Ihnen etwas einfällt, auch wenn Sie selbst es für unwichtig halten. Rufen Sie den Beamten, der vor der Tür sitzt, wenn Sie Assistenz brauchen, der steht unter Schweigepflicht, und nichts wird an die Öffentlichkeit geraten. Versprochen?«

Brigitte Pahlen nickte wie ein braves Mädchen, das darauf wartet, dass die Mutti ihr nun über den Kopf streichelt.

Selbst eine Mutter hätte bei dem sterilen Netz aus Gaze keine Möglichkeit dazu gefunden. Karin berührte kurz die Finger ihrer Hand, die reglos auf dem Laken lag. »Morgen bin ich wieder da.«

Vielleicht, so dachte Karin beim Hinausgehen, musste sie alles neu denken. Nachdenken über eine mögliche Täterin, die tief verletzt war. Die sich über ihren toten Mann amüsierte, ihn herabwürdigte. Wären Rache und enttäuschte Liebe nicht ein klassisches Motiv, um dieses Attentat auf Dieter Pahlen zu inszenieren, selbst oder als Auftrag?

Verratene Liebe, das älteste Mordmotiv der Welt. Es musste nicht immer um Gier und Geld gehen. Karin fragte sich, ob sie nicht schon zu lange der falschen Spur gefolgt waren.

***

Die Ortung des Smartphones von Tanja Schneider ergab als konstanten Punkt das Hotel Niederrhein in Voerde. Da die

Genehmigung zur Überwachung auch die Überprüfung der Kontaktdaten und der geführten Gespräche beinhaltete, schien es niemanden zu überraschen, dass es Übereinstimmungen mit den unbekannten Nummern aus den Niederlanden gab, die auch bei Dieter Pahlen gefunden worden waren. Im Gegensatz zu dem Geschäftsmann hatte die Schneider auch Namen dazu gespeichert, die nun im grenzübergreifenden Einsatz überprüft wurden.

Während Tom Weber auf das Ergebnis wartete, rief die Pforte an, unten am Eingang stehe ein älterer Mann mit Hund, der zum Kommissariat wolle, um eine Aussage zu machen.

»Ich bin mir nicht sicher, ob das ein notorischer Vielredner ist, der sich wichtigmachen will, oder ob der ernsthaft etwas zu einem Fall beitragen kann. Er will jemanden für Mordsachen sprechen, er redet von einer Beobachtung in einer Todessache. Der zauselige Hund macht einen ebenso ungepflegten Eindruck wie der Mann, und der will sich nicht von seinem Tier trennen. Ich lasse die beiden so nicht ins Gebäude.«

»Jemand kommt runter.«

Tom hörte von Aha, der sollte übernehmen.

Von Aha machte sich auf den Weg. Er würde bei der Gelegenheit auch sein Tablet aus dem Auto holen, das er im Kofferraum deponiert hatte.

Mann und Hund standen vor der Tür, sie waren nicht zu verfehlen, und mit seiner Beschreibung hatte der Wachhabende eher untertrieben. Der Mann roch, als würde er in Viehställen übernachten, und sein Hund stand dem in nichts nach. Von Aha stellte sich vor, der Mann hieß Bernhard Janßen, mit scharfem »s« bitte.

»Worum geht es, Herr Janßen?«

»Wollen wir uns nicht in Ihr Büro setzen? Ich kann so schlecht stehen.«

Von Aha wies auf den Hund. »Bedaure, dort haben nur Diensthunde Zugang. Wir laufen über den Parkplatz, da bleiben wir in Bewegung, und Sie erzählen mir, worum es geht.«

Sie liefen los, der Hund röchelte.

»Der ist zu alt, um als Diensthund durchzugehen. Der ist auch der Grund, weshalb ich an dem Tag draußen war, eigentlich wie an jedem Tag.«

»An welchem Tag?«

»Na, letzte Woche, als der Pahlen mit seinem Wagen auf der Bundesstraße den Baum gefällt hat, da war ich in der Nähe. Ich kenn doch die Autos, die regelmäßig vorbeikommen, weil ich bei Wind und Wetter mit Bello auf Tour bin.«

Von Aha blieb stehen. »Wo waren Sie genau zu dem Zeitpunkt, als der Unfall geschah?«

»Sie haben doch bestimmt schon rausgefunden, dass es kein Unfall war, schließlich sind Sie Kriminaler, der den Fall aufklären muss. Das war eine Mordsache, nicht?« Der Mann lachte auf, röchelte umgehend, ähnlich wie der Hund, hustete einmal kräftig.

»Also ich war draußen mit meinem Hund, der muss nämlich immer raus, sonst macht er in die Wohnung, und dann gibt es Ärger mit meiner Frau. Deshalb sind wir dauernd unterwegs und setzen uns schon mal an den Wegrand oder ins Heu, denn mein Bello kann nicht mehr so weit und so schnell, so ist das eben mit zunehmendem Alter, ich bin auch nicht mehr so fit, man wird –«

Von Aha unterbrach ihn. »Warten Sie, ich muss eben etwas aus meinem Wagen holen, und ich möchte Sie bitten, mir dann zu erzählen, was Sie beobachtet haben.«

Er öffnete die Kofferraumhaube, ein Wust aus Taschen, Tüten, einzelnen Schuhen fiel ihnen fast entgegen.

Der alte Mann lachte wieder hustend auf. »Donnerwetter, da hat Sie wohl jemand vor die Tür gesetzt. Haben Sie etwa in fremden Gewässern gefischt?«

Von Aha schaute ihn wortlos an.

»Ich mein ja nur, meist wird man rausgeschmissen wegen Techtelmechteln und so, ist mir auch schon mal passiert, dabei hatte ich –«

»Entschuldigung, aber das geht Sie gar nichts an. Sie wollten mir was erzählen.« Von Aha kramte und fand, was er suchte, versperrte dem Mann die Sicht auf sein Privatleben, indem er den Deckel wieder mit Wucht schloss.

Der Mann schmunzelte, Bello röchelte erneut, als sie sich in Bewegung setzten.

»Ach ja, ich will das loswerden. Also, ich habe gesehen, wie in dem kleinen Feldweg unweit der Unfallstelle ein weißes Auto stand. Da waren zwei Personen drin, die haben gar nicht bemerkt, wie wir beide aus der Wiese kamen und an ihnen vorbei sind, die waren zu beschäftigt.«

Von Aha verlangsamte seinen Gang. »Ein weißes Auto, zwei Personen. Ein Liebespaar?« Ihm standen die Haare zu Berge, diese Beredsamkeit, der strenge Geruch, kein Ergebnis.

»Nee, die haben ganz konzentriert was beobachtet. Die haben abwechselnd zur Straße und auf ein hell erleuchtetes Ding geguckt, etwas größer als dieses Gerät da.« Er wies auf Gero von Ahas Tablet.

»Ein tragbarer Computer?«

»Jaja, bestimmt.«

»Ein Laptop.«

»So heißt das, glaube ich.«

Von Aha hatte es plötzlich eilig, diese eigenwillige Aura zu verlassen, der Hund hinterließ vorn Speicheltropfen und hinten strenger riechende Flüssigkeiten. »Können Sie die Automarke nennen oder die Personen im Wagen beschreiben?«

»Na ja, ich sehe nicht mehr so gut und –«

»Gut. Ich verabschiede mich schon mal, ich habe ja Ihren Namen. Wenn wir noch Fragen haben, melden wir uns.«

Der Mann blieb stehen. »Kein Protokoll? Ich meine, wenn es eine Belohnung gibt –«

»Gibt es bislang nicht. Vielen Dank für Ihre gut gemeinte Mitarbeit.«

Janßen verharrte, strubbelte durch das zauselige Fell seines Begleiters. »Na gut, wenn Sie das Foto von meinem Smartphone nicht haben wollen …«

Von Aha blieb stehen. So konnte man sich täuschen, doch kein mittelloser Streuner oder wenn, dann einer mit neuer Technik. Man sollte Menschen nicht nach dem Äußeren beurteilen und erst recht nicht nach dem Mief, den sie ausströmen.

Er drehte sich um. Wieder kam ihm ein Schwall Hundepipi-duft entgegen. Er zückte sein Smartphone. »Sie haben bestimmt Bluetooth?«

»Na klar, bin doch kein Hinterwäldler.«

So standen die Männer und der Hund auf dem Parkplatz, und Gero von Aha bekam in gebotener Eile ein Foto gesendet, das er umgehend abspeicherte, um sich so schnell es ging zu verabschieden.

»Wir werden sehen, ob das Bild relevant ist. Auf Wiedersehen, Herr Janßen.«

Er beeilte sich, ins Gebäude zu kommen, und schaute kurz zu den Wachhabenden. »Eine inkontinente Schäferhundmischung und ein Besitzer, der seinem Tier sehr ähnlich ist, das war eine weise Entscheidung, die beiden nicht reinzulassen.«

Während er die Treppen hinauflief, hatte er bereits vergessen, dass ein neues Foto auf seinem Smartphone gespeichert war. Der Fluchtgedanke hatte ihn nachlässig gemacht. Saubere Luft. Und schließlich wollte er endlich wissen, was dieser Speicherstick enthielt.

✳✳✳

Karin raufte sich das Haar. Zahlen, Statistiken, das war nicht ihr Ding, ihr schwirrte der Kopf. Von Aha schaute ihr über die Schulter, wie sie Zahlenkolonnen über den Bildschirm laufen ließ, eine Datei nach der anderen öffnete und wieder schloss.

»Und du hast keine Idee, wie dieser Stick zu dir gelangt ist?«

»Nein, er lag in meinem Büro, ich habe ihn wohl zu Boden gefegt. Bislang konnte ich keinen Hinweis auf den Eigner finden. Erstaunlich ist nur, dass die gespeicherten Informationen zum Fall passen und sehr nützlich sind. Pahlen kommt drin vor, BuyLocal@Niederrhein auch, ich habe nur noch keine komplette Liste aller Mitglieder der Genossenschaft gefunden. Da gibt es eine Verschlüsselung, eine Art Zahlen- und Buchstaben-Code. Heierbeck ist schon dran, der hat einen Assistenten da, einen jungen Kerl, der sich in solche Klein-Klein-Aufgaben mit Hingabe verbeißt.«

Karin schloss die letzte Datei. »Ich bin echt froh darüber, dass wir alles, was mit diesen Zahlen zu tun hat, nicht nur abgeben *dürfen*, sondern dem BKA überlassen *müssen*. Ich möchte Isabells Job nicht machen. Mich interessieren die Mitglieder, die Hintergründe und vor allem, wie der neue Vorsitzende die Situation bewertet. Gibt es Neues über seinen Verbleib?«

Von Aha stellte sich ans Fenster und stierte in die Rheinaue, da war sie wieder, die meditative Wirkung der Farbe Grün.

»Seine Frau sagt, er sei geschäftlich mit dem Flugzeug unterwegs, man würde ihn bald zurückerwarten. Manuel Kracht regelt viele Angelegenheiten im Homeoffice, der ist nicht so präsent in seiner Firma wie der verblichene Vorsitzende Pahlen. Seine ›NaturalEarthWear‹ ist anders aufgestellt, arbeitet bereits auf internationalem Niveau mit Callcentern und nimmt Onlinebestellungen auf. Die Filialen verkaufen zwar gut, sind aber längst nicht so ertragreich wie die Geschäfte im Internet.«

Karin sprang auf, tippte von Aha auf die Schulter. »Ich hab's, ich weiß jetzt, wie wir ganz legal an weitere Informationen kommen, vielleicht lässt sich der Entschlüsselungsvorgang so abkürzen. Sei so gut und mach eine, nein, besser zwei Kopien vom Inhalt des Sticks, ich setze mich mit der Staatsanwaltschaft Wuppertal in Verbindung.«

Von Aha krauste die Stirn. »Wuppertal?«

»Lass mich mal machen, ich erkläre es dir nachher.«

Sie wählte die Nummer von Staatsanwalt Haase und verabredete sich mit ihm zu einem Gespräch.

Es dauerte nicht lange, und Gero von Aha stand vor ihrem Schreibtisch und legte drei USB-Sticks vor ihre Tastatur. »Das Original habe ich zur KTU gebracht; da die Herkunft mysteriös erscheint, finden sie vielleicht noch Spuren.«

Karin griff sich die Sticks, mit der anderen Hand Jacke und Rucksack und stand schon auf dem Flur. »Ich bin gleich bei Haase. Denkt bitte alle an die Besprechung um siebzehn Uhr.«

***

Sie nahm den Wagen. Ungewöhnlich, dachte von Aha, der vom Flur aus auf den Parkplatz schaute, denn die Staatsanwaltschaft war besser zu Fuß erreichbar. Und sie bog nicht nach rechts ab, sondern steuerte an der Ampel vor der Kreispolizei links auf die Reeser Landstraße. Ach, sie musste bestimmt noch was erledigen.

Als er sich umdrehte, stand Burmeester hinter ihm.

»Die Chefin ist außer Haus, ich denke, wir sollten die Gelegenheit nutzen und unser kleines Gespräch vom Parkplatz fortsetzen. Erklär mir bitte, was da abläuft zwischen dieser Cara oder Tanja und dir. Hast du darüber nachgedacht? Ich werde dein Geheimnis nicht lange für mich behalten können. Ich will hier weiterarbeiten, auch an diesem Fall, und meiner Chefin in die Augen schauen können. Kannst du das nachvollziehen? Nach meiner Dummheit damals, als ich in einem Mordfall die gefundenen Knochen von der Weseler Brücke in den Rhein geworfen habe, wollte ich im Kommissariat nie wieder mit schlechtem Gewissen durch die Gegend rennen müssen.«

Von Aha drehte sich um. »Sag mal, wer zieht sich hier jeden Tag heimlich um und versucht es zu verbergen wie ein Schuljunge, der seine altmodische Kniebundhose vor den Mitschülern versteckt hält?«

»Das ist ja wohl was anderes, als mit einer Verdächtigen in einem Mordfall zu pennen, die dazu noch mit einer falschen Identität durch die Gegend läuft.«

»Stimmt, aber irgendwen bescheißt du trotzdem. Gehst daheim in feinem Zwirn aus der Tür und winkst deiner Yasmin zu, um dich hier in den alten, schrillen Burmeester zu verwandeln.«

»Ich habe ihr versprochen, auf mein Äußeres zu achten. Na und? Ich betrachte das hier als Dienstkleidung. Und was machst du? Gefesselt vom Sex mit einer Hauptverdächtigen. ›Fifty Shades of Gero‹? Wie bescheuert ist das denn!«

Von Aha hatte keine Lust auf Auseinandersetzung, blieb gelassen und ruhig. »Du weißt doch gar nicht, was es heißt, so einer Frau zu begegnen. Die ist Körper pur, Lust ohne Grenzen.«

»Und das ist es? Immer wieder in die Kiste, Mensch, Gero,

so hätte ich dich nicht eingeschätzt. Wie lief das eigentlich? Hast du sie hier angequatscht?«

Was sollte er sagen? Die Wahrheit? Einen Teil der Wahrheit. »Ich bin ihr schon mal begegnet. Früher, als ich in Göttingen lebte.«

Burmeester stand da mit verschränkten Armen und schüttelte ungläubig den Kopf. »Du weißt seit einer Woche, dass sie nicht Cara Beerenboom heißt, und lässt deine Kollegen hier ermitteln, wer das ist? Wie abgebrüht bist du denn drauf?«

Gero von Aha schmollte. »Das hat sich so ergeben. Mensch, warst du noch nie so richtig obsessiv mit jemandem zusammen?«

»Darum geht es hier nicht.«

»Genau darum geht es hier. Ich habe meinen Spaß unabhängig davon, wie sie sich nennt. Sie ist verschwunden, wieder aufgetaucht und hat eine Zeit lang einen anderen Namen getragen. Wenn ich mit ihr zusammen bin, dann schweigt alles rundum, und mich interessiert nur, was sie macht, und nicht, was sie irgendwann gemacht hat.«

Gero von Ahas Smartphone klingelte, gab den einen Ton von sich, den er für eine bestimmte Person gespeichert hatte. Er nahm das Gespräch an.

»Marlene ... ja, ich habe ein paar Minuten.«

Er verschwand in seinem Büro. Burmeester blieb noch einen Moment stehen. Verständnislos. Es gab Grenzen. Für ihn, den in freier Liebe gezeugten, freigeistig erzogenen Mann gab es eindeutige Grenzen, und Gero von Aha hatte eine davon überschritten.

Und nun?

NEUN

Karin fuhr auf dem kürzesten Weg in Richtung Bislich-Büschken. Wer wusste schon, auf welche Ideen der Staatsanwalt angesichts der Dateien, die sich auf dem Stick befanden, kommen würde? Sie konnte ihn hören, die Aufforderung, ihm diesen Speicher zu überlassen und auch das Original, das in der KTU gerade untersucht wurde. Dann hätte sie keine Möglichkeit mehr, noch jemals in die Dateien hineinzuschauen. Das ging gar nicht. Etwas aus der Hand zu geben lag ihr nicht. Zwischendurch schaute sie immer wieder in den Rückspiegel, um sicherzugehen, dass ihr niemand folgte. Keiner zu sehen.

Sie hielt abrupt in der Himmelsstiege und entdeckte ihre Mutter im Vorgarten zwischen den Teerosen, die sie seit Jahren mit Akribie züchtete.

»Karin, das ist aber ein überraschender Besuch. Henner, schau mal, wer da ist, und setze schon mal Teewasser auf.«

»Mutter, nein, ich habe keine Zeit, ich muss sofort wieder los. Ich habe eine Bitte.«

»Ja, dann mal raus mit der Sprache.«

»Nicht hier draußen.«

»Also doch mit einer Tasse Tee?«

»Nein, kein Tee.«

Henner schaute zur Tür heraus. »Der ist aber schon fertig, komm rein, meine Liebe.«

Der Tisch im Esszimmer, die Spitzendecke, die Tischsets mit den verblassenden Mohnblumen, alles war so vertraut.

Vertrauen, genau das war es, weshalb sie den Weg hierher gewählt hatte.

Sie legte den Stick auf den Tisch. »Ich möchte euch etwas zur Aufbewahrung geben. Das hier enthält eine Menge Zahlen, ich habe noch nicht alles gesichtet.«

Johanna bekam Stielaugen. »Karin, da denkst du an mich! Das ehrt mich.«

Das Leuchten in den Augen von Miss Marple ließ etwas anderes vermuten als das, was Karin geäußert hatte. Sie wandte sich an Henner. »Hast du einen Briefumschlag?«

Er verstand, was sie vorhatte, und stand auf.

»Mutter, ich gebe das Teil nur zur Aufbewahrung in eure Hände, falls ich das Original nicht mehr in die Finger kriege. Du hältst dich davon fern. Versprochen?«

Während sie den Stick in den Umschlag schob, den angefeuchteten Schließungsstreifen anpresste, den Brief verschloss und quer über die Rückseite schrieb, nickte Johanna eifrig. Versprochen. Niemand sah, dass sie die Finger auf ihrem Schoß kreuzte.

Karin stand auf und gab ihr einen flüchtigen Kuss auf die Wange. »Danke. Ich muss los, sitze eigentlich schon seit einer Minute beim Staatsanwalt. Ich rufe ihn gleich vom Wagen aus an. Tschüss, ihr zwei. Und Tee trinke ich beim nächsten Mal. Versprochen.«

Schon saß sie hinter dem Lenkrad und fuhr los.

Sie wusste genau, dass ihre Mutter nun gerade den Umschlag umkreiste. In immer engeren Abständen. Sie gab ihr und Henner bis zum Abend, dann würden sie das Kuvert vermutlich mit irgendeinem uralten Wasserdampf-Trick öffnen und den Inhalt des herausgefischten Sticks analysieren, mit neutralen Gedanken betrachten, was ihr selbst verschlossen blieb.

Karin lächelte. So engagierte man kostenfrei Privatdetektive für die langwierige Kleinarbeit.

»Herr Haase? Ja, ich weiß, Ihre Zeit ist knapp. Ich bin gleich da.«

Der Staatsanwalt schaute nur kurz in einige Dateien hinein und hatte schon das Telefon in der Hand. Während er eine Nummer aus seinem Register aussuchte, erklärte er Karin, was er vorhatte.

»Wuppertal ist eine gute Idee, das ist die Schwerpunkt-Staatsanwaltschaft für Steuerhinterziehung. Sie erinnern sich an den Skandal um den Ex-Chef der Post AG? An die gekauften Steuer-CDs? Schonungslos, die Damen und Herren, die dort ermitteln. Moment …«

»Staatsanwaltschaft Wesel, Haase hier, ja ... Schön, dass Sie sich erinnern, sagen Sie, ist die Frau ...? Nicht zu sprechen? Wann ist sie ...? Nicht mehr für Sie tätig? Ach so. Und ihr Vertreter, der Herr ...?«

Karin drehte den Bildschirm mit den geöffneten Daten zu sich herüber und klickte mit der Maus, um einen letzten Einblick zu nehmen.

Haase schwafelte und zog lauter Namen aus seinem inneren Register, die es anscheinend in dieser Dienststelle nicht mehr gab. Dafür stolperte Karin immer wieder über den Namen Dieter Pahlen, manchmal unterstrichen, versehen mit Ausrufezeichen. Da hatte jemand seine finanzielle Situation kritisch beleuchtet, hier und da mit Fragezeichen versehen und somit angezweifelt. Nur sein Name kenntlich, alle anderen verschlüsselt.

Ruckartig entzog Haase den Bildschirm ihrem weiteren Einblick und blickte sie streng an, während die Informationen aus Wuppertal ihn nicht zu erfreuen schienen.

Entnervt legte er auf und schaute Karin an. »Die Welt ist schlecht«, sagte er nur. Mit tiefer, ernster Stimme.

Karin reagierte irritiert, so kannte sie den gut situierten, strengen Mann nicht. »Alles in Ordnung mit Ihnen?«

»Was? Jaja. Wissen Sie, was ich gerade von dieser Vorzeige-Staatanwaltschaft erfahren habe?«

»Nein. Erzählen Sie es mir. Das muss ja etwas Schlimmes sein, wenn ich Sie so sehe. Haben die etwa eine Bombendrohung? Eine Epidemie im Haus, Sommergrippe?«

»Ach, das wäre noch öffentlichkeitswirksam zu verarbeiten. Denen ist der gute Ruf abhandengekommen. Ich nehme den Stick an mich und suche eine andere passende Instanz.«

»Und? Was ist denn los in Wuppertal?«

»Stellen Sie sich vor, die Top-Fahnder, die durch hartnäckige, zielorientierte, investigative Arbeit versteckte Steuermillionen entdeckt haben, sind allesamt nicht mehr da.«

»Wie das? Hat man ihnen etwa nahegelegt, zu gehen? Und wenn ja, warum?«

Haase schüttelte den Kopf. »Schlimmer. Von der Führung bis

zur Angestellten sind die mutigen Steuer-CD-Ankäufer in die Wirtschaftswelt gewechselt. Die sind laut Wuppertal jetzt bei einer Düsseldorfer Beratungsfirma, einer großen Wirtschaftsprüfungsgesellschaft, tätig.«

»Was ist deren Schwerpunkt?«

»Die lotet Steuerersparnisse für namhafte Kunden aus und vertritt Unternehmen und Privatpersonen unter anderem bei Steuerverfahren, Durchsuchungen und so weiter.«

»Nein!«

»Doch. Die haben sich entweder abwerben lassen, oder sie haben keine Zukunft mehr in der Behörde gesehen, weil ihnen Steine in den Weg gelegt wurden, nachdem Führungsposten ohne sie neu besetzt wurden, weil der alte Finanzminister abgewählt wurde und der neue seine Unterstützung versagte, was weiß ich. Und die Neuen werden gerade eingearbeitet.«

Karin traute ihren Ohren nicht.

»Für Sie, liebe Frau Hauptkommissarin, heißt das: Sie arbeiten weiter an der Mordermittlung Pahlen. Die ganze Angelegenheit, alles, was mit legalem oder illegalem Umgang mit Steuern zu tun hat, werden wir dem BKA überlassen. Überlassen müssen.«

Karin gab sich zögerlich, aber einverstanden. Er musste nicht wissen, dass Isabell Krüger bereits mit ihr zusammengearbeitet hatte.

Haase steckte den Stick in einen großen Umschlag, legte ihn vor sich auf den Schreibtisch. Sie schauten sich noch einen Moment an. Dann nickte Karin und stand auf.

»Sie haben völlig recht. Die Welt ist schlecht«, sagte sie, bevor sie das Büro verließ.

＊＊＊

Im Kommissariat wurde Karin von Tom aufgehalten, der mit ihr über die neuen Ergebnisse der Kriminaltechnischen Untersuchung sprechen wollte.

»Inhaltlich sagen sie, dass in einigen Dateien bestimmte Summen im Zusammenhang mit Dieter Pahlen offenbar kritisch beleuchtet wurden.«

»Genau das habe ich mir vorhin auch angeschaut.«

»Die Verschlüsselung weiterer Dateien ist noch nicht geknackt, sie rechnen damit, dass sie es bis zum Abend schaffen, dann ist der junge Kollege zurück, dem sie die kniffligen Aufgaben zutrauen.«

»Tom, jetzt komm zum Punkt, das waren keine Erkenntnisse, die es groß anzupreisen gilt.«

»Es geht um die Spuren, die an dem Stick gesichert werden konnten.«

»Gibt es Fingerabdrücke?«

»Das auch, aber nur welche von Gero, der hat ihn ja ohne zu wissen, dass es sich um ein wichtiges Beweismittel handelt, in der Hand gehabt. Die anderen Abdrücke sind zu verwischt, um gesichert werden zu können.«

Karin reagierte unwirsch. »Heute macht hier jeder aus seiner Arbeit ein Quiz. Ich habe keine Lust mehr, zu raten. Erzähl mir bitte einfach, was du weißt.«

»Es gibt DNA-Spuren.«

»Bekannte?«

»Bisher noch nicht. Fakt ist nur, dass es Spuren von einem Mann und einer Frau sind, wir brauchen Vergleichsdaten. Keiner von beiden ist in unseren Dateien zu finden.«

Von Aha, der mit einem seiner edlen Kaffeebecher aus der Stehküche kam, hatte mitgehört. »Spuren, aber nicht zuzuordnen?«

»Du hast wirklich keine Ahnung, wie du an den Stick gekommen bist? Das würde uns weiterhelfen.«

Von Aha nahm einen Schluck Kaffee. »Ich zermartere mir das Hirn, ehrlich, aber ich habe keinen Schimmer.«

Gero von Aha ging weiter zu seinem Büro und schloss die Tür hinter sich, lehnte sich von innen dagegen und schloss die Augen. Jetzt wäre die Gelegenheit, reinen Tisch zu machen. Da draußen standen seine Chefin und ein Kollege und suchten nach einer Antwort. Seiner Meinung nach gab es nur eine plausible Erklärung. Wenn nicht in seiner Abwesenheit jemand heimlich in seinem Büro gewesen war, um diese brisanten Informationen zu hinterlegen, dann konnte nur eine Person ihm den Stick zugesteckt haben. Tanja.

Niemand sonst war ihm so nah gekommen, um etwas in seiner Kleidung deponieren zu können. Die logische Erklärung war nämlich, dass der Stick nur aus seiner Jackentasche fallen konnte, weil er ihm zugesteckt worden war.

Gero von Aha nahm hinter seinem Schreibtisch Platz und stellte den Becher umsichtig vor sich ab. Er öffnete die oberste Lade des Containers, der auf der rechten Seite unter seinem Tisch stand. In einem der kleinen Fächer ganz hinten fand er, was er suchte. Dort lag ein kleiner Kunststoffbeutel mit Verschluss. Er hielt das Beutelchen gegen das Licht. Im Inneren konnte er die Haare erkennen, die er nach dem legendären Zusammenstoß mit Tanja von seinem Hemdknopf gezupft hatte.

Es war keine Woche her, dass sie als Cara Beerenboom aus Karins Büro gestürmt und auf dem Flur mit ihm zusammengeprallt war. Ihr Haar hatte sich an dem Knopf verfangen, und als er es entdeckte, hatte ihn bereits die Ahnung beschlichen, dass er Tanja wiedererkannt hatte. Gewissheit hatte ihm erst die Konfrontation an der Tür des Hotelzimmers gebracht. Dieser Kick, die Erregung, die Erinnerung.

Genau für den Fall, dass er sie nicht gefunden hätte, hatte er ihre Spuren konservieren wollen. Ein Akt, den er gerade als ebenso bekloppt einstufte wie das Mitnehmen ihres Tangaslips. Ohne diese verdammte aufreizende Unterwäsche hätte Marlene nicht so einen Aufstand gemacht. Hätte er Marlene nicht so wehgetan. Verdammt.

Er trank den Kaffee, der langsam an Temperatur verlor, bis auf den letzten Tropfen. Er schmeckte vorzüglich, half aber nicht seiner Konzentration. Er war zu aufgewühlt, blieb in seinem ureigenen, sumpfigen inneren Konflikt verhaftet. Hatte er den Zeitpunkt der Offenbarung gegenüber seiner Chefin verpasst? Sollte er heute noch mit ihr sprechen? Sie würde ihm den Kopf aus berechtigten Gründen abreißen und ihn mit aller Wahrscheinlichkeit wegen Befangenheit vom Fall abziehen.

Wenn er sich endlich zu seiner Beziehung mit Tanja bekannte, dann wäre sein einziger Freund nicht mehr in der Zwickmühle, es wäre aber auch unwiderruflich Schluss mit den heißen Nächten bei dieser Frau. Er könnte sein Leben neu ordnen. Er musste es sowieso. Marlene hatte ihm ein Gespräch angeboten.

Gero von Aha zwirbelte das Tütchen mit den blonden Haaren zwischen seinen Fingern. Er schaute in seinen Becher. Der Kaffee war alle.

Entweder. Oder.

***

Jerry Patalon hatte die Vernehmung von Mike Pahlen übernommen und innerhalb einer Stunde bereits drei Mal den Raum verlassen, um sich zu sammeln und zu besprechen. Der Junior der Sippe Pahlen war eine unerwartet harte Nuss. Erst die Wartezeit, jeweils nur ein paar Minuten, bis Jerry den Raum wieder betrat, verunsicherte ihn sichtbar. Er wurde nervös, das war gut. Der Kommissar sah den Wendepunkt gekommen.

»Mir ist nicht klar, ob Sie wissen, was eine billige Komödie ist? Sie schauen mich mit großen Augen an und fragen sich, was der Bulle jetzt schon wieder damit meint. Ich versuche mal, es Ihnen verständlich zu erklären. Sie spielen uns ein jämmerliches Kifferleben vor, mit Möbeln aus dem Sozialkaufhaus der Diakonie, und gleichzeitig bewohnen Sie eine Stadtwohnung, eingerichtet vom Feinsten. Was soll das Theater? Oder sind Sie etwa heimlich als Callboy unterwegs?«

»Ich? Nee, ich hab so was nicht nötig, ich doch nicht.«

»Auf welche Weise finanzieren Sie sich dann Ihr Doppelleben? Was Drogen angeht, hat unser Spürhund in der Stadtwohnung nur kleinen Eigenbedarf erschnüffelt, nicht mehr.«

Pahlen sprang auf. »Was? Sie sind in meiner Wohnung gewesen? Dürfen Sie das? Scheiße, wenn jemand den ganzen Aufmarsch gesehen hat.«

Jerry drückte ihn an der Schulter zurück auf seinen Stuhl. »Wir dürfen das, und es hat uns garantiert jemand bemerkt, drei Leute und ein Hund sind nicht zu übersehen.«

»Ey, was wollt ihr von mir? Ich hab doch einen Job. Ich bin bei ›Safe Way‹.«

»›Safe Way‹, was soll das sein?«

»Na, ich mach da Security. Ich fahre manchmal mit, wenn einer was transportiert. Aber nur als zweiter Mann, ich hab ja keinen Führerschein im Moment.«

Tom saß verborgen im Nebenraum, über Headset mit Jerry verbunden, hörte mit und grinste. »Mann, das mit der Durchsuchung war eine knallharte Lüge, das musst du nachher noch richtigstellen, sonst bleibt die Geschichte so in der Aufzeichnung. Ich überprüfe ›Safe Way‹. Habe ich noch nie gehört.«

Jerry sah, dass Mike Pahlen körperlich reagierte, er schwitzte, seine Finger zitterten, aber er schwieg.

»Sie wissen, dass Sie hier als Verdächtiger sitzen, und zwar nicht aufgrund Ihres kleinen, unfraglich florierenden Drogenhandels.«

Pahlen rang innerlich mit sich. Tom wartete genauso wie Jerry darauf, dass er endlich aussprach, was so offensichtlich in ihm rumorte.

Tom kommentierte die Szene, während er die Vernehmung auf mehreren Bildschirmen mit unterschiedlichen Perspektiven verfolgte. »Mike Pahlen, dieses kleine Schlitzohr, sitzt in der Falle. Windet sich wie ein Aal, ist noch nicht greifbar. ›Safe Way‹ ist nicht offiziell als Firma geführt, nichts im Register.«

Er gab Jerry weitere Tipps. »Werde mal so richtig energisch, vielleicht braucht der den Papa, der böse auf ihn ist. In Wirklichkeit ist dieses Jüngelchen ein Weichei. Entweder hat der sich schon Gehirnzellen weggekifft, oder der ist völlig abgebrüht.«

Jerry stand erneut auf, brachte durch seine Aktivitäten Bewegung in den Raum, umrundete den Tisch und stellte sich mit verschränkten Armen hinter Mike Pahlen. »Niemand hier nimmt Ihnen die ärmliche, jämmerliche Version Ihres Lebens ab. Ihre ›Safe Way‹-Firma gibt es doch gar nicht.«

»Doch, die rufen mich immer an, und dann wird nach dem Auftrag direkt cash abgerechnet.«

»Ab und zu bar auf die Hand, kann man davon leben? Ist doch schon wieder so was Windiges, gerade ausgesprochen, schon verweht. Sie sind ein kleiner Angeber, einer, der vor irgendwem etwas darstellen muss, um anerkannt zu werden. Sie erscheinen hier in Kleidung, die ein Vermögen kostet. Woher haben Sie das Geld für diesen Lebensstil? Und plötzlich gibt es Leute in Ihrem Umfeld, vor denen Sie sich fürchten. Nennen Sie uns die Namen, und wir können Sie beschützen.«

»Wenn ich Namen nenne, dann bin ich noch schneller tot, als ihr schießen könnt. Die erwischen mich, sobald ich rausgehe. Die werden mich jetzt schon auf der Liste haben, wenn die gesehen haben, dass die Bullen bei mir waren. Ich geh hier raus, und peng.«

»Mord auf dem Gelände der Kreispolizeibehörde, das wäre dann schnell aufgeklärt.«

»So meine ich das nicht. Die Maschinerie läuft und läuft. Beobachtungen, Infos, der kennt den, und der schreibt dann und schickt es rum. Die Community schläft nie, Bilder über das Smartphone senden, das geht so easy.«

Jerry drückte sein Headset ans Ohr, Tom riet ihm, genau da weiterzumachen.

»Guck mal, wie der unablässig mit dem Bein wibbelt, der hält nicht mehr lange durch. Ich schicke gleich den Gero, der wird sein Smartphone einkassieren, ich hole schon mal die Genehmigung zur Überprüfung.«

Jerry bohrte nach. »Um ein Haar wären Sie in der letzten Woche Alleinerbe eines regionalen Imperiums geworden. Ihnen hätte ein unglaubliches Vermögen zur Verfügung gestanden. Mike Pahlen, der neue Eigner von Möbel Pahlen. Ihr Bild in allen Zeitungen. Ihr Name auf den neuen Visitenkarten, auf Briefköpfen, Ihre Unterschrift zum Geldabheben. Der Betrieb ist eine Lizenz zum Gelddrucken. Was hätten Sie als Erstes gemacht?«

»Er lächelt«, sagte Tom, »der schwimmt gerade im Geld, bleib dran, frag ihn noch mal.«

»Was hätten Sie als Allererstes gemacht? Sich in Düsseldorf neu eingekleidet? Einen Wagen gekauft, einen Fahrer engagiert?« Mit träumerischem Blick saß Mike Pahlen da. »Ich hätte als Erstes meine Schulden bezahlt, damit der mich in Ruhe lässt.«

»Damit wer Sie in Ruhe lässt?«

»Na, der Dilan aus dem Casino ... Scheiße, Mann, du hast mich reingelegt!«

Jerry zog sich einen Stuhl neben den inzwischen durchgeschwitzten jungen Mann, der nun vor Aufregung zu kochen schien.

»Welcher Dilan aus welchem Casino? Ach, egal, da draußen wird die Information schon zur Überprüfung rausgegeben. Sollen wir Dilan fragen, wie hoch Ihre Schulden sind, oder verraten Sie uns endlich mehr? Leugnen oder Schweigen ist zwecklos. Dilan wird begeistert sein, wenn wir ihn herbringen.«

Zusehends brach Mike Pahlen innerlich zusammen, Jerry ließ nicht nach, kam zum Punkt.

»Sie haben eine schwerreiche Tante, die Ihnen per Anwalt nicht gestattet, die Geschicke der Firma zu übernehmen, wie es in einer Art familiärer Erbfolge denkbar wäre. Sind Sie da nicht furchtbar sauer auf die gute Tante Biggi?«

»Was? Wieso ...?«

»Unsere Hauptkommissarin hat im Krankenhaus ein wenig vor der Tür gelauscht, als Sie zu Besuch waren. Mike Pahlen, Ihre beiden reichen Verwandten hätten Sie durch das fast zeitgleiche Ableben um ein Haar zu einem Millionenerben gemacht. Was an dieser Tatsache macht uns hier so stutzig?«

Tom runzelte im Nebenraum die Stirn. »Zu kompliziert, das kapiert der nicht.«

Jerry ließ nicht locker. »Ihr Onkel starb, weil jemand sein Auto manipuliert hat. Ihre Tante wäre fast gestorben, weil jemand eine Lampe unter Strom gesetzt hat, bei der sie die Birne wechseln wollte und stürzte. Jemand hat versucht, beide umzubringen. Was haben Sie damit zu tun?«

»Ich? Ich doch nicht, ich kann doch, ich könnte nie ...«

»Sie könnten ein riesiges Vermögen verprassen, wenn alles

nach Plan gelaufen wäre. Ihre Alibis sind dünn, verdammt dünn, und diese Dilan-tut-mir-weh-Geschichte mit den Schulden passt gut ins Bild. Um wie viel handelt es sich?«

Schweigen.

»Wie viel?«

Nichts.

»Spucken Sie es aus, Mann!«

Leise, kaum vernehmbar und kleinlaut gab er Auskunft. »Zweihundertfünfundsiebzigtausend.«

»Was? Über eine Viertelmillion? Wie kommt das denn zustande?«

Er sackte in sich zusammen, ein Häufchen Elend in teuren, durchgeschwitzten Klamotten.

»Ich hab gepokert, zwei ganze Tage und zwei Nächte, auf Speed, ein abgefahrener Dauerrausch. Immer höher wurde der Einsatz. Dilan, der ist Albaner und ein harter Zocker, hat mir das Geld geliehen, so hat der mich immer weiter reingeritten. Ich war nicht mehr von dieser Welt, manchmal hab ich gewonnen, dann habe ich weitergemacht. Immer weiter. Und als ich die geschuldete Summe fast wieder raushatte, da hab ich in einer Serie alles wieder verloren. Und seitdem ist er hinter mir her.«

»Und da haben Sie die gute Tante Biggi gefragt, ob sie Ihnen hilft.«

Mike Pahlen schüttelte den Kopf. »Erst nicht. Ich hab dem Dilan von dem Zeugs erzählt, das bei denen zu Hause zu holen ist, Bilder und so.«

»Dann hat der Albaner also den Einbruch verübt?«

»Ja, der konnte die meisten Sachen aber nicht loswerden. Die Gemälde zum Beispiel, zu heiß.«

»Und dann?«

Mike Pahlen schob nun alles auf den noch unbekannten Dilan. Tom war bereits bei der Suche nach dem Mann und kontaktierte das Einbruchsdezernat.

»Und dann hat Ihnen auch noch der böse Onkel gesagt, wer sich den Mist einbrockt, der soll ihn auch selbst wieder auslöffeln.«

»Der hat mich nie unterstützt. Dabei haben die doch so viel Geld.«

»Und ›Safe Way‹ weiß auch, dass Sie mit dem reichen Pahlen verwandt sind?«

»Na klar. Ich hab ja auch schon im Wagen gesessen und einen Auftrag begleitet für Onkel Didi.«

»Ach, wo ging es denn da hin? Und was wurde transportiert?«

»Das weiß ich nicht, aber die Cara saß mit in dem Auto, die hatte eine Tasche dabei, die war nicht einmal groß, eine für Akten und Papiere. Ich dachte während der ganzen Fahrt, da kann ja nicht viel Kohle drin sein.«

Jerry blickte hoch zum Bildschirm. Tom im Nebenraum verstand und schickte von Aha los. Der betrat den Raum mit gebotener Autorität.

»Ihr Smartphone, Herr Pahlen.«

»Was ist damit?«

»Geben Sie es mir.«

»Was, wieso?«

Angesichts der beiden Kommissare und des uniformierten Kollegen, der den Raum hinter von Aha betreten hatte, gab Pahlen auf und zog das Handy aus seiner Jackentasche. Die neueste Version mit dem angebissenen Apfel im Logo. »Aber wenn ich nachher gehe, dann kriege ich es wieder.«

Von Aha verließ wortlos den Raum.

Jerry schaute Pahlen lächelnd an. »Wenn wir Sie nachher gehen lassen und die Kollegen mit der Überprüfung fertig sind, dann können Sie es mitnehmen, klar.«

Den Satz ließ er sacken. Es dauerte ungefähr eine Minute, bis Mike Pahlen aufschaute.

»Was heißt das, wenn Sie mich gehen lassen?«

»Denken Sie mal drüber nach. Ich bin eben draußen. Der uniformierte Kollege bleibt bei Ihnen. Ich werde Wasser mitbringen.«

***

Karin hatte sie unterschätzt. Noch ahnte sie nicht, dass ihre Mutter und deren Lebensgefährte nicht bis zum Nachmittag um den Stick gekreist waren.

Bereits nach dem Mittagessen öffneten Henner und Johanna den Umschlag möglichst unauffällig. Das Material würde leiden, okay, aber die Neugier ließ sie nicht los. Sie mussten das Kuvert ja nicht ganz öffnen, der Stick rutschte durch eine gelöste Ecke und lag schließlich in der siegessicher geschlossenen Faust von Johanna Krafft, der Mutter der Hauptkommissarin, die immer auf ihren Fahnen stehen hatte, »zu helfen«, wo es nötig war. Und diesen Einsatz hielt sie für besonders dringlich, hatte in den Medien vom Tod des Unternehmers Pahlen gehört und gelesen, hatte seit vielen Jahren die Erfolgsstory dieses sympathischen Paares verfolgt und wusste auch ohne große Erläuterungen ihrer Tochter, dass sie gerade an der Aufklärung dieses Falles arbeitete.

Minuten später, nachdem Henner sich drei Mal vergewissert hatte, dass sie wirklich wissen wollte – was für eine Frage –, was auf dem Stick gespeichert sei, saßen die beiden mit hochroten Köpfen vor Henners Computer.

»Datenreihen, Zahlen über Zahlen und eine Liste, die verschlüsselt ist. Was das wohl darstellen soll?«

Henner meinte, es müsse sich um Tabellen zur Ermittlung von steuerlichen Abgaben handeln, einmal für einzelne, noch nicht identifizierbare Firmen und einmal, im Vergleich dazu, für die beteiligten Unternehmen, unter Berücksichtigung interner Zahlungsströme und für eine gemeinschaftliche Veranlagung.

»Ein sehr spezielles Konstrukt. Das erschließt sich mir bei einem kurzen Blick jetzt nicht, die können doch nicht weniger Steuern zahlen, weil sie alles in einen Topf werfen. Das sieht man an den Zahlen am Ende der Auflistung. Und ist das überhaupt der Arbeitsschwerpunkt von Karin? Die ist doch immer noch bei Mord und Totschlag, oder?«

Johanna verstand zunächst nichts von dem, was sich in der Datei offenbarte. Ihr Interesse galt der verschlüsselten Liste, sie schaute sie mehrmals an, während Henner immer wieder zu den Zahlenreihen scrollte.

»Das kann doch nur heißen, dass mit Pahlens Tod wirklich was nicht stimmt. Da, zeig mir das noch einmal, das sieht interessant aus. Kannst du das ausdrucken? Wenn ich etwas auf Papier in der Hand habe, kann ich besser drüber nachdenken.«

Es handelte sich um eine Liste, in der bestimmte Wörter durch Kürzel ersetzt worden waren. Anscheinend wollte jemand die Namen der Beteiligten nicht preisgeben.

»Es ist doch verdächtig, wenn jemand seinen Namen im Zusammenhang mit Steuern verbergen will. Henner, was wird das hier? Großflächig angelegter Steuerbetrug am Niederrhein kommt einem in den Sinn.«

»Was du für Phantasien hast. Immer gleich eine kriminelle Geschichte im Kopf.«

»Hat nicht eine Hauptkommissarin diesen Stick zur Aufbewahrung hiergelassen? Was steckt anderes dahinter als krimineller Murks?«

»Hm, seit ich dich kenne, ist es spannend geworden in meinem Leben, besser als jeder ›Tatort‹.«

Johanna musste lachen, strich ihrem Henner zärtlich über die Wange. »Los, druck mir die Liste aus.«

Schon ratterte der alte Drucker, baute sich auf, überprüfte die Patronen, nahm den Auftrag an, spuckte zwei Bögen aus. Johanna nahm sie und setzte sich damit an den Esstisch, kam zurück und griff nach einem Schreibblock und einem Stift.

Henner grinste. »Wenn du ein Rätsel in Händen hältst, dann gibst du keine Ruhe, bis es gelöst ist. Ich weiß, was deine Tochter eindeutig von dir geerbt hat.«

***

Karin Krafft ließ sich von Jerry den Verlauf der Vernehmung schildern.

»Der hat einen Einbruch veranlasst? Übler Typ, dieser Mike. Habt ihr Dilan schon auf dem Schirm?«

»Wir sind dran.«

»›Safe Way‹? Habe ich noch nie gehört, ihr überprüft das?«

»Ja, ist in der Branche keine bekannte Größe, wollen auch nicht bekannt werden, glaube ich, denn die Firma ist in einer Grauzone unterwegs. Von den bekannten Security-Unternehmen, die wir befragt haben, sprachen einige von Bewachung zu illegalen Zwecken, dies sei gerade bei den aufkommenden Konflikten zwischen Gangs mit unterschiedlichen ethnischen Herkünften üblich geworden, Verteidigung von Revier und Einfluss, und wenn es da um Geldtransporte, Drogen oder auch Hehlerware gehe, dann würden schon mal bestimmte Leute ihre Dienste anbieten. Die kann man im Darknet finden. Wenn man weiß, wo man suchen muss.«

»Und Mike Pahlen hat Cara Beerenboom im Auto sitzen gehabt und kennt sogar ihren Namen?«

»Zumindest den Vornamen, ja.«

»Mike Pahlen wird hierbehalten, vierundzwanzig Stunden geht das. Und schafft mir die Schneider her, ich will, dass sie sich begegnen, hier auf dem Flur, jeder mit einem uniformierten Kollegen an der Seite.«

Gero von Aha stand auf. »Ich mach das, ich hole sie in Duisburg ab.«

Karin schaute ihn an. »Du musst gar nicht so weit fahren, sie ist umgezogen und hat sich jetzt offenbar ein Zimmer im Hotel Niederrhein in Voerde genommen.«

Von Aha stutzte einen Moment. Wieso hatte Tanja ihn nicht darüber informiert? Ohne den Auftrag der Chefin wäre er am Abend nach Duisburg gefahren, wie immer in den letzten Tagen. Ihm wurde heiß und kalt nacheinander. Die verarschte ihn schon wieder. Immer endete sein Kontakt zu ihr im Fiasko. Immer? Nein, einmal. Das war genug gewesen.

Er setzte sich wieder. Wollte er wirklich hier in Wesel alles verlieren wie damals in Göttingen?

Mit einem Mal brauchte er nicht weiter nachzudenken, was zu tun war. Ihm wurde bewusst, dass er seinen Verstand kühl einsetzen konnte. Seine Gefühle für Tanja würden klares Denken nicht mehr verhindern.

»Karin, ich will mit dir reden. Unter vier Augen.«

Jerry stand auf. »Ich muss sowieso wieder zu dem zitternden Mike, der Bube weiß noch mehr, glaubt mir.«

Karin sah Gero von Aha an, dass es ein ernstes Gespräch werden würde. »Dann leg mal los.«

»Nur, wenn du mir versprichst, dass du dich nicht aufregst.«

»Was? Lass das mal meine Entscheidung sein, und wenn es so weit ist, dann wirst du merken, wie emotional sie ausfällt. Jetzt rück schon raus mit der Sprache.«

»Also, es ist so …« Er zog das Tütchen mit den blonden Haaren aus der kleinen Tasche seiner Weste. »Die gehören zu Tanja Schneider.«

Auf dem Flur begegneten sich Gero von Aha und Nikolas Burmeester, der wortlos an ihm vorbeigehen wollte. Von Aha hielt ihn auf.

»Hey, alles in Ordnung, ich habe mit Karin geredet. Sie hat geflucht und mich nur deshalb im Boot belassen, weil ich ihr versprochen habe, dass mein Ding mit Tanja ein Ende hat.«

»Hat es das?«

Von Aha hielt auch ihm das Tütchen mit den blonden Haaren hin. »Ich hole sie gleich in Voerde ab, zur Vernehmung.«

Er wedelte mit dem kleinen Plastikbeutel. »Die sind von Tanja. Ich bringe sie jetzt in die KTU, weil ich wissen will, ob die Spuren am Stick mit ihrer DNA übereinstimmen.«

»Und das soll mich überzeugen?« Burmeester ging an ihm vorbei, drehte sich noch einmal um. »Alles nur wegen einer alten Liebe.«

»Was du nicht sagst. Ich stand tagelang neben mir und war wie besessen, das trifft es eher. Wenn du noch mit mir ein Bier trinken gehst, dann erkläre ich dir mal, was in mir vorging und mich aus meiner Welt gerissen hat.«

»Und? Bist du jetzt schlauer oder gestärkt, oder ist irgendwas anderes Weltbewegendes passiert?«

Von Aha ging einen Schritt auf ihn zu. »Ich habe mich für Offenheit und Ehrlichkeit entschieden, das ist geschehen. Und ich finde, das ist schon eine ganze Menge. Ich hätte nicht damit gerechnet, dass Karin so souverän reagiert. Die ist echt sauer, hat mich aber nicht suspendiert, ich bin sehr froh darüber.«

»Ein Anfang, ja.«

»Ich hoffe jetzt inständig, dass Marlene ... Ich vermisse sie.«

»Du kannst nicht einfach meinen, dass alles wieder gut ist, nur weil du ein Gespräch geführt hast.«

Karin öffnete die Tür und trat in den Flur, schaute beide Männer an. Sie wusste über Burmeesters verzwickte Lage Bescheid, da ihr von Aha umfassend berichtet hatte, wie er mit sich gerungen hatte.

»Gero, ich dachte, du wolltest zur Kriminaltechnik. Und Burmeester, du hast auch zu tun. Falls ihr beide was auszufechten habt, dann gefälligst in der Freizeit. Was ich jetzt hier auf keinen Fall gebrauchen kann, ist ein Konflikt unter Kollegen. Ich will nachher in der Besprechung alle relevanten Informationen ordentlich sortiert vorlegen.«

Ihr Smartphone klingelte, sie nahm das Gespräch an, ohne zu schauen, wer es ist.

»Mutter! Das ist jetzt ungünstig, ich ... Aber ... Was? Sag das noch einmal ... Kannst du mir die Liste schicken? Henner soll das machen, doch, der schafft das bestimmt.«

Von Aha setzte sich in Bewegung, Burmeester blieb stehen. Karin lächelte, und nachdem sie das Gespräch beendet hatte, sah sie sich genötigt, Burmeester einzuweihen.

»Johanna hat einen konspirativen Auftrag erfolgreich durchgeführt. Alles nach Plan. Während in der KTU der Kollege noch nicht eingetroffen ist, der als Spezialist für Codierungen gilt, hat meine Mutter die auf dem Stick versteckten Namen entschlüsselt.«

Burmeester war fassungslos, rang nach Worten. »Ja, drehen denn hier alle am Rad? Das kann doch nicht wahr sein! Hast du deine kommunikationsfreudige, einer Stadtteilzeitung gleich vernetzte Mutter mit dieser brisanten Mission *beauftragt*? Miss Marple im Spezialeinsatz?«

»Nein, so war das nicht, bestimmt nicht. Aber du kennst doch ihr hohes Maß an Neugierde.«

»Sag ich ja. Lass mich nicht so blöd hier stehen, erzähl.«

»Ich habe ihr lediglich eine Kopie des Sticks zur Aufbewahrung gebracht. Natürlich war mir klar, dass sie nicht widerstehen konnte und sich den Inhalt anschauen musste, obwohl ich ihn in einem Umschlag hinterlegt habe. Und das Ergebnis ist so brisant, nicht einmal das BKA dürfte über die Informationen verfügen, die mir gleich gesendet werden. Eine komplette Namensliste des engeren Kreises, lauter angesehene Menschen aus der Region, die mit Pahlen an einem Strang gezogen haben. Wie sie das herausbekommen hat, ist mir ein Rätsel. Aber sie hat es.«

Sie ging ein Stück weiter in Richtung Vernehmungsraum, stoppte. »Holst du die Schneider ab?«

»Gero macht das. Er ist zur Kriminaltechnik, und dann fährt er los. Ich muss noch mal kurz weg.«

»Mitten im Dienst?«

»Karin, was soll das? Ich fahre garantiert nicht zu einem geheimen Nümmerchen mit einer Verdächtigen. Lass gut sein, ich mache nur meinen Job.«

Karin hob beschwichtigend die Hände.

Ob sie Geros Geheimniskrämerei, seine Eigenmächtigkeiten, das Techtelmechtel mit der blonden Frau jemals wieder aus ihrem Kopf bekam?

Was wohl auf Johannas Liste stand?

Es ratterte wieder dienstlich im Hirn der Hauptkommissarin. Die Tatsache, jemanden im Team zu wissen, der sich mit einer Verdächtigen in einem laufenden Fall intim einlässt, bohrte in ihr. Eigentlich musste sie der Behördenchefin Meldung erstatten. Das würde zur Folge haben, dass von Aha suspendiert würde und auch Burmeester zur Sache aussagen müsste.

Ein ganzes Team in Aufruhr, und das mitten im Fall, das ging überhaupt nicht. Aber wie lange wollte sie das noch allein tragen? Es lastete jetzt schon schwer auf ihren Schultern.

***

Karin war sauer. Weder von Aha noch Burmeester waren pünktlich zur Lagebesprechung erschienen. Von Aha schlich sich zehn

Minuten zu spät in den Raum und verkündete lapidar, die Verdächtige sei nicht vor Ort gewesen, er habe das Hotelpersonal angewiesen, ihn zu informieren, wenn sie auftauchte. Kein Ton, keine WhatsApp-Nachricht, nichts von Burmeester. Merkwürdig.

Karin verteilte unbeirrt eine Liste an die Männer, auch Staatsanwalt Haase hatte sich eingefunden und hielt das Papier nun in Händen. Er hatte es für notwendig erachtet, ganz nah an den Ermittlungen dran zu sein, da es eine Verflechtung mit anderen Ressorts bis hin zum Bundeskriminalamt gab. Eine transparente Zusammenarbeit, er wollte Differenzen, Konflikte um Kompetenzen und Konkurrenzdenken vermeiden, aber gleichzeitig den Schwerpunkt der Ermittlungen des K1 in Wesel auf den Verdacht des geplanten Mordes an Dieter Pahlen und den Verdacht der versuchten Tötung im Fall von Brigitte Pahlen in den Vordergrund stellen. Jetzt saß er da und stutzte.

Auf dem Papier, das er gerade in Händen hielt, las er eine Reihe von Namen, die ihm geläufig waren. Da stand ein Wirtschaftsförderer aus Bocholt, der mit ihm zusammen Golf spielte, es gab einen Makler aus Mönchengladbach, der sich ausschließlich mit Großprojekten befasste, und er entdeckte zwei Lokalpolitiker, mit denen er bereits gemeinsam zum Brunch eingeladen war. Ein Name stach hervor, der ihm aus einem der letzten Fälle in Erinnerung geblieben war.

»Frau Krafft, was ist das für eine Zusammenstellung? Ich hoffe auf eine logische Erklärung, bevor Sie damit weiterarbeiten. Hier sind eine Reihe bekannter Namen aufgelistet.«

Sie erläuterte, dass sich die Liste codiert auf einem Stick mit Daten befunden habe, der auf unerklärliche Weise zu ihnen gelangt sei, eine Kopie liege der Staatsanwaltschaft vor. Die Verschlüsselung war kompliziert und hatte die Hilfe von externen, erfahrenen Spezialisten erfordert, worauf sie nicht näher eingehen wolle.

»Hinzu kommt die Auswertung diverser Daten, die Dieter Pahlen in einer Cloud abgespeichert hatte. Dort finden sich einige der Namen aus der Ihnen und euch vorliegenden Liste, die im Zusammenhang mit einer Genossenschaft genannt werden, die aus dem Verein BuyLocal@Niederrhein entstanden ist. Der Verein hat laut abgespeicherten Daten noch die gleichen Ziele wie eine Werbegemeinschaft von Einzelhändlern, nämlich die Kunden an die Orte zu binden und so die Kaufkraft nicht zu sehr an den Onlinehandel zu verlieren. Die Organisation erstreckt sich schon über mehrere Orte am Niederrhein. Pahlen hat Mitglieder von Emmerich über Rees, Bocholt, Hamminkeln, Wesel bis nach Dinslaken und von Kleve über Goch, Geldern, Xanten, Rheinberg, Moers, Krefeld bis nach Mönchengladbach geworben. Das ist schon ungewöhnlich. Als Hauptziel entpuppte sich neben gemeinsamen Marketing- und Vertriebsstrategien die Suche nach Wegen, bezeichnen wir es mal so, Steuern im großen Stil neu zu gestalten. Man versuchte in Malta ein Steuerschlupfloch zu finden, scheiterte jedoch an der Gesellschaftsform. In diesem Verein war Dieter Pahlen eines der reichsten Mitglieder, war Vorstandsmitglied und lenkte so die Hauptaktivitäten in der Region maßgeblich mit. Auch aus Eigeninteresse.«

Der Staatsanwalt unterbrach sie.»Das sind relevante Daten. Das, was auf dem Stick abgespeichert und uns zugespielt wurde, gehört jetzt nicht zu den Themenbereichen des K1 laut Aufgabenplanung, ich erwarte einen Zusammenhang zu den Fällen, die in Ihren Bereich gehören.«

»Warten Sie ab, das wird sich gleich ergeben.« Unbeirrt und mit sicherer Stimme fuhr Karin fort.

»Irgendwann stand dann die Erwirtschaftung von Gewinnen im Vordergrund, man gründete eine gleichnamige Genossenschaft, um anders auftreten zu können. Jetzt traten auch andere Interessierte ein, mit größeren Einlagen. Pahlen war nicht mehr der oberste Strippenzieher. Und man fand andere Schlupflöcher, um die reale Steuerzahlung hier in der Region, ja bundesweit zu umgehen.«

Sie war froh, die nicht einfachen Zusammenhänge so schlüssig konzentrieren zu können, damit Staatsanwalt Haase die brisanten Informationen sofort schluckte. Sie verteilte ein zweites Papier.

»Nur zum Verständnis, denn der Hintergrund erscheint mir enorm wichtig in Bezug auf die Taten, um deren Aufklärung es hier geht.«

Burmeester schlich sich in den Raum, erntete einen bösen Blick seiner Chefin, setzte sich ebenso leise hin und nahm von Jerry ein Papier entgegen, vertiefte sich stumm in den Inhalt.

»Hier ist zu erkennen, wie der Lauf des Geldes geplant war, wie man in der sogenannten Genossenschaft vieler Kleiner das von weltweit florierenden Firmen benutzte Steuersparsystem zu kopieren gedachte. Es werden Rechte und Patente an Scheinfirmen verkauft, Gewinne verlagert, die wiederum im Ausland wesentlich geringer zu versteuern sind als hier.«

Haase staunte nicht schlecht. »Und das ist legal? Ist das im Übrigen nicht doch Ermittlungsinhalt für das BKA?«

»Nicht nur legal, sondern so lukrativ, dass es ganze Hochhäuser gibt mit Hunderten von Namensschildern, hinter denen sich nur Briefkastenfirmen verbergen. Ich will nur, dass alle die Hintergründe verstehen.«

»Daher Ihre Ermittlungen in den Niederlanden?«

»Genau. Die Cayman Islands sind out, die Schweiz muss Steuerinformationen herausrücken, und die schlauen Niederländer haben sich ein legales Geschäftswesen ausgedacht, das für Geschäftspartner und sie selbst gleichermaßen lukrativ ist. Wir konnten einer Vermittlerin von Geschäften bis in einen Vorort von Amsterdam folgen und uns persönlich ein Bild des Ausmaßes machen.«

Haase wurde ungehalten. »So, jetzt sind wir aber ganz weit von dem hiesigen Mord und Mordversuch entfernt, ich bitte um Erklärung. Und kommen Sie mir nicht wieder mit Geduld, die habe ich gerade nicht im Übermaß.«

Karin hielt den Atem an. Dann sagte sie: »Ich beeile mich, Herr Staatsanwalt. Aber ich muss Sie vorwarnen. Ich kann Ihnen keinen überführten Mörder melden.« Sie stockte. »Die Sache ist komplizierter geworden. Wir haben vier Tatverdächtige. Dringende.«

Haase verschränkte die Arme vor der Brust, als wolle er diese

Aussage nicht an sich heranlassen. Er rang nach Worten; statt öffentlich gut zu verkaufender Klarheit erwarteten ihn Komplikationen. Er entschloss sich, kühl zu reagieren, Fakten zu verlangen. »Von vier Verdächtigen war bisher nie die Rede. Nennen Sie Namen und Gründe.«

Karin nickte. »Unser erster Aspirant heißt Manuel Kracht. Ihn hatten wir bisher nicht auf dem Plan. Zum Hintergrund: Die Steuertricks von BuyLocal@Niederrhein über den Umweg Niederlande waren zwar ausgeklügelt, funktionierten legal aber nicht. Die Behörden spielten nicht mit. Es gab heftige Auseinandersetzungen unter den Mitgliedern. Aus den Informationen, die in der Cloud versteckt gespeichert waren, geht hervor, dass einige Mitglieder der Genossenschaft plötzlich um den Vorsitz buhlten, weil sie die vorsichtigen Entscheidungen und Abwicklungen von Dieter Pahlen nicht länger tragen wollten. Der hatte aber sein Amt gerade angetreten und war per Vertrag für die nächsten drei Jahre nicht absetzbar.«

Sie warf ein Bild an die Wand, Textauszüge mit Markierungen.

»Es meuterten unter Verwendung von eindeutigen Begriffen wie Kleinunternehmertyp, mangelnde Risikobereitschaft, ruinöses Verhalten, Luschenkommando, der Pahlen gehört abgesägt, der Pahlen muss weg im gespeicherten E-Mail-Verkehr einige der wichtigsten Mitglieder dieser ehrenhaften Gesellschaft. Dabei tut sich besonders der Gründer von ›NaturalEarthWear‹, Manuel Kracht, hervor, den wir seit gestern sprechen wollen. Er zettelte eine Art Palastrevolution an. Dieter Pahlen müsse weg, egal wie.«

Karin wandte sich erst an den Staatsanwalt und blickte dann in die Runde.

»Ich hoffe, den Zusammenhang logisch dargestellt zu haben. Kracht ist verdächtig. Doch ist er der Mörder Pahlens? Bleiben wir einmal in der Familie. Ich hatte nicht erwartet, dass die Frau des Todesopfers in den Kreis der Verdächtigen geraten könnte. Sie ist selbst Opfer eines gezielt herbeigeführten häuslichen Unfalls, wie wir wissen. Wir hatten Mitleid mit ihr, aber Mitleid ist kein guter Ratgeber. Wir haben sie mit Samthandschuhen angepackt, weil sie schwer verletzt ist. Ich gebe zu, Fakten fehlen, aber ich habe seit meinem letzten Besuch eine Ahnung. Brigitte Pahlen hat sich im Krankenbett über ihren Mann lustig, ja ihn vor mir lächerlich gemacht. Hass und Bitterkeit schimmerten durch, sie hat die Treulosigkeit ihres Mannes lange ausgehalten. Die Wut hat sich aufgeschaukelt. Das ist bisher nur meine Interpretation, aber sicher ist: Dieter Pahlen war der Hahn, der sein Revier markierte und sich einen Harem hielt, in dem unter anderem Cara Beerenboom vorkam.«

Es entstand Unruhe in der Runde. Die Dinge verknoteten sich immer mehr. Sie hatten nicht das Gefühl, Stück für Stück zur Wahrheit vorzudringen. Dieser Fall war ein besonderer.

Staatsanwalt Haase klopfte energisch auf den Tisch und verlangte fortzufahren.

»Noch zwei weitere Personen«, erklärte Karin, »stehen im Fokus. Ich übergebe jetzt in loser Form an meine Kollegen, die die Ergebnisse des Tages vorstellen werden.«

Jerry Patalon sprach über die Vernehmung von Mike Pahlen, der die Nacht in Gewahrsam verbringen würde.

»Mike Pahlen, der Neffe von Dieter, unser Weichei, ist Verdächtiger Nummer drei. Ein Millionenerbe ist ihm nur entgangen, weil seine Tante den Anschlag in ihrem Haus überlebt hat. Er hat Schulden in beträchtlicher Höhe und wird von einem kriminellen Eintreiber unter Druck gesetzt. Er war Tippgeber für den Einbruch bei den Pahlens. Er hatte genügend Gründe, um selbst aktiv zu werden, und für die Zeit der Anschläge hat er nur windige Alibis vorzuweisen. Zudem lebt er in zwei Wohnungen in Dinslaken, ist nachweislich Hartz-IV-Empfänger mit einer Adresse in einem Hochhaus und gleichzeitig der nobel gekleidete Yuppie in einer Stadtwohnung, der auf Abruf für eine nicht registrierte Security-Firma namens ›Safe Way‹ arbeitet. Dort werden Leute oder auch nur Unterlagen transportiert, die so wichtig sind, dass sie einen Fahrer und eine Begleitperson brauchen. Wahrscheinlich findet man die Firma im Darknet. Mike Pahlen hat ein starkes Motiv, er braucht Geld, ist daher höchst verdächtig, an den Anschlägen mitgewirkt zu haben.«

Der Staatsanwalt hatte aufmerksam zugehört. »Bei Verdichtung des Verdachts bekomme ich gleich Bescheid, dann sind wir schnell beim Untersuchungsrichter.«

Burmeester war an der Reihe. Er räusperte sich. »Das kann unter Umständen ganz flott gehen. Ich habe einen, sagen wir, alternativen Spezialisten für besondere Internetrecherche damit beauftragt, herauszufinden, wer in der Lage ist, ein Auto so exakt zu manipulieren, dass es gezielt zu einem Unfall an einem Baum an einem bestimmten Straßenstück kommt. Technologisch geht das, ich erinnere nur an die Masche von Autodieben, sich in den Funk von zum Beispiel im Hausflur liegenden Autoschlüsseln einzuwählen, das Programm on air zu überspielen, um dann mit einer eigenen Fernbedienung den Luxuswagen im Carport zu öffnen, zu starten und damit abzurauschen. Wir haben die Beobachtungen mehrerer Zeugen, dass an dem Unfallort an der B 57 öfter ein Lexus auftauchte –«

»Moment«, unterbrach ihn von Aha, dem siedend heiß einfiel, was er bisher vergessen hatte, zu Protokoll zu geben. »Der Zeuge, Herr Janßen, der sich heute Morgen gemeldet hat, hat ebenfalls ein weißes Auto gesehen, und zwar kurz vor dem Crash. Es sollen zwei Personen darin gesessen haben, die mit einem Laptop hantierten und sofort verschwanden, als es zum Aufprall kam.«

»Umso mehr können wir davon ausgehen, dass die Lenkung, also ihr Steuerungsprogramm, und die Auslösung von Airbags elektronisch manipuliert worden sind, solche Fälle sind von Kriminalisten schon dokumentiert worden. Das kann nur ein Profi gemacht haben. Genauso braucht es einen Profi, einen solchen Plan einzustielen, perfekt abzustimmen, überhaupt einen Hacker mit solchen Spezialkenntnissen ausfindig zu machen.«

Mit einem Aufschrei, der die anderen aufschreckte, sprang von Aha auf und hielt sein Smartphone triumphierend in die Höhe. Er lief zur Technikeinheit und schloss es an den Computer an, ein zweiter Schrei deutete auf eine gelungene Aktion.

»Der Janßen hat Fotos gemacht, per Bluetooth übertragen, da schaut mal. Ich fasse es nicht. Wir haben ein Kennzeichen!«

Burmeester notierte es beiläufig, wollte nicht zeigen, dass er sich über die Aussicht auf Informationen zum Halter des Fahrzeugs freute. Er werde es gleich überprüfen lassen, sagte er ohne Begeisterung oder Elan und warf von Aha einen flüchtigen Blick zu. »Einer gewissen Cara Beerenboom trauen wir wohl zu, die Kontakte zur kriminellen Hackerszene herzustellen, die hier nötig waren. Sie kennt sich aus in halbseidenen Kreisen. Sie ist eine dubiose Figur mit Falschnamen, verwickelt auch in das vorhin beschriebene Geschäftsmodell. Die Nummer vier im Verdächtigen-Quartett. Für mich die Top-Favoritin.«

Karin stellte in kurzer Form Cara Beerenboom alias Tanja Schneider vor, die sich zunächst an das K1 gewandt hatte, weil sie sich massiv bedroht fühlte, dann der Kooperation zugestimmt und ihnen den Einblick in die neue Geschäftswelt von Amsterdam ermöglicht hatte. Später habe sich herausgestellt, dass sie ein Verhältnis mit Dieter Pahlen hatte.

»Daraufhin wurde er erpresst von Leuten, die ihm beim Verschieben von Gewinnen geholfen hatten«, fuhr Karin fort. »Das Verhältnis mit Cara Beerenboom und ihr Wissen wurden laut ihrer Aussage als Druckmittel benutzt. Pahlen hat auch eine Zeit lang riesige Summen dafür bezahlt, dass nichts an die Öffentlichkeit gelangte, bis seine Frau das Ganze erfuhr und er den Erpressern vermittelte, nun sei Schluss. Brigitte Pahlen hatte bereits von Liebschaften ihres Mannes gewusst, und in einer konfrontativen Situation, die Tanja Schneider gesucht hat, hat Frau Pahlen ihr verdeutlicht, dass Dieter Pahlen im Falle einer Trennung bitterarm dastehen würde. Das Firmenvermögen gehört Brigitte Pahlen, und das ist für den Fall einer Trennung in einem Ehevertrag festgelegt.«

Haase lauschte mit gesteigertem Interesse. »Ist diese Frau Beerenboom vernommen worden?«

Von Aha meldete sich zu Wort. »Sie ist aktuell nicht anzutreffen. Sie bewohnt derzeit ein Zimmer in einem Hotel in Voerde, die Rezeption informiert uns, sobald sie auftaucht.«

»Was wissen Sie über die Frau, ist sie bekannt in der Behörde?«

Von Aha gab sich offen und berichtete von Schneiders damaligen Kontakten in Göttingen, sie sei jedoch nie ermittlungsrelevant in Erscheinung getreten.

Karin fügte die Geschichte ihrer zweiten, eigentlichen Identität hinzu. Aufgrund ihrer Kontakte und der Kenntnisse um Pahlens Geschäfte im Ausland sei die Schneider bislang nicht weiter belangt worden.

»Bei verwendbaren Verdachtsmomenten ist auch hier die Ausstellung eines Haftbefehls schnell erfolgt. Nehmen Sie sich auch dieses meuternde Mitglied der Genossenschaft vor, die gleich eine ganze Reihe verdächtiger Personen mit sich bringt, und ich hoffe, dass Herr Patalon den richtigen Riecher hatte und diese Safe-Way-Firma aus dem Darknet den Auftrag durchgeführt hat. Auch da gilt es, schnell zu handeln, wenn es um Beschlagnahmung von PCs geht und ein Durchsuchungsbeschluss gebraucht wird. Ich bin Tag und Nacht für Sie erreichbar.«

Mit diesen Worten stand Haase auf und strebte zur Tür. »Danke Frau Krafft, gute Arbeit von Ihnen und dem K1. Sieben Sie die Informationen für die Pressekonferenz gut, es sollte nicht alles gleich an die Öffentlichkeit gelangen.«

Karin sackte innerlich zusammen. Stimmt, das galt es auch noch zu erledigen.

»Bereitet euch auf ein paar Überstunden vor«, sagte sie.

Sie teilten sich die Aufgaben auf und vereinbarten eine weitere Auswertung um zweiundzwanzig Uhr.

Als sie den Besprechungsraum verließen, saß Yasmin Ögülsan, die Verlobte von Nikolas Burmeester, auf einem der Wartestühle auf dem Flur. Er erstarrte zur Salzsäule, als er sie wahrnahm, erinnerte sich schlagartig an die Verabredung, heute, achtzehn Uhr zum Essen mit ihren Eltern, schaute auf die Uhr, eine halbe Stunde drüber. Angesichts ihres entsetzten Gesichtsausdrucks wurde ihm bewusst, dass er in anderer Kleidung das Haus verlassen hatte als in der, in der er ihr nun so verdattert gegenüberstand.

»Du hast es mir versprochen«, zischte sie ihm entgegen und rauschte davon. Er rannte ihr nach.

Der Beamte vor dem Überwachungsbildschirm, der Bilder vom Parkplatz aufzeichnete, rief seinen Kollegen. »Guck mal, schon wieder Zoff bei den Neuen vom Dach.«

»Nimm es auf, schnell, der Herbert hat doch extra einen Stick dafür reserviert. Er meint, die Figuren vom K1 taugen für einen breiten Lacher auf einer Betriebsfeier.«

Yasmin schrie und weinte, zeigte auf seine Hose und zupfte angewidert mit zwei Fingern an seinem T-Shirt, Burmeester geriet offenbar in Erklärungsnot, sie hörte ihm nicht zu, und er musste tatenlos zusehen, wie seine Liebste mit verweinten Augen ausparkte und davonfuhr.

Den beiden Kollegen war nicht nach Lachen. »Das sieht aber nicht gut aus.«

»Warum macht der auch so eine Scharade, ist doch lächerlich. Der rennt rum wie ein bunter Vogel und findet sich dabei toll, der sollte diese Scheißklamotten lieber verbrennen. Kriegt man ja Augenkrebs von. Ich kann sie verstehen.«

***

Burmeester hatte sich einteilen lassen, um das Hotel Niederrhein in Voerde zu observieren. Der Krach mit seiner Verlobten setzte ihm zu, er wollte allein sein, sich in sein Leid vergraben, sich eine Strategie der Versöhnung ausdenken. Da kam ihm der Auftrag gerade recht.

Es tat sich nichts, er hatte vorher mit dem Nachtportier besprochen, dass er unauffällig bei ihm durchklingeln sollte, falls die Schneider alias Beerenboom doch an ihm vorbeihuschen sollte. Es geschah nichts. Das Handy konnte nicht geortet werden, der Wagen mit dem Münchener Kennzeichen tauchte nicht auf, diese Nacht war für ihn und sein Leid wie geschaffen.

Wie sollte er das wieder hinbiegen? Er, der eigentlich den Konflikten gern aus dem Weg ging. Der trotzige Outlaw, der durch seine Kleidung weder dem esoterischen Ökofimmel seiner Mutter frönen noch zum Establishment gehören wollte, den Mittelweg jedoch noch nicht gefunden hatte. Er, der Nikolas, der sich aufgrund einer sorglos vorgegaukelten Zukunft zu einer Heirat entschlossen hatte und der nun mit dem Versprechen, den nötigen Vorbereitungen und der falschen Kleidung dasaß und sich überlegen musste, wie es weiterging. Garantiert würde Yasmin Ögülsans Familie morgen bei ihm anfragen, was denn los sei. Die hielten zusammen wie das sprichwörtliche Pech und Schwefel, und der Familienpatriarch würde seine Rolle ausfüllen.

Plötzlich kamen Scheinwerfer auf ihn zu. Der Seitenstreifen der alten Friedrichsfelder Straße war dicht zugeparkt, es fiel nicht auf, dass jemand in einem der Fahrzeuge saß. Er richtete sich auf, der Wagen fuhr weiter. Er hatte von seiner Position aus auch das erhöhte Parkdeck zwischen dem Voerder Rathaus und dem Hotel im Blick, dort hätte man unbemerkt das Auto abstellen können, jedoch über die Zufahrtsrampe hinuntergehen müssen. Alles war einzusehen, und nichts geschah.

Nichts, außer dass er an sich selbst, an seinem Vorhaben zweifelte. Yasmin hatte ihn doch als bunt gekleidetes Unikum kennengelernt, warum musste sie jetzt versuchen, ihn in einen Einheitskerl zu verwandeln? Bestimmt steckte ihr Vater dahinter – Tochter, mit so einem Papagei kannst du nicht glücklich werden, was sollen die Großeltern in der Türkei dazu sagen?

Der Nachtportier trat vor die Tür, Zigarettenpause. Einige grölende Jugendliche fühlten sich großartig, setzten im Vorübergehen immer wieder ihre Bierflaschen an den Hals. Mitten in der Nacht fuhr eine Polizeistreife langsam durch das Viertel. Keine Tanja Schneider zu sehen und auch für ihn keine Lösung in Sicht. Abhauen? War auch nicht das Wahre.

Innerlich und äußerlich zerknittert saß er in seinem Wagen, hungrig, durstig, hellwach und doch müde.

Es wurde hell draußen, die Stadt wurde lebendig. Er schaute auf die Uhr, zwei Stunden noch, dann würde Gero ihn ablösen. Sein Freund Gero, von dem er nie gedacht hätte, dass er sich Freiheiten herausnahm, ohne nach links und rechts zu gucken. Der machte einfach. Völlig egoistisch. Aber auch verdammt gut. Der würde wegen keiner Frau seinen Kleidungsstil aufgeben, der war sich treu. War er deshalb so sauer auf Gero? Weil er sich nahm, was er wollte? Mitten in seinen Gedanken und dem sturen Blick in Richtung Hotel klopfte es an die Scheibe der Beifahrertür. Burmeester schrak hoch. Da stand von Aha und winkte mit einer Thermoskanne und zwei Bechern. Er öffnete die Türverriegelung.

»Mann, du hast gewusst, dass ich halb verdurste.«

»Ich konnte nicht mehr schlafen, da dachte ich, Ablösung tut dir bestimmt gut. Karin weiß Bescheid, du brauchst erst am Mittag zu erscheinen. Sie wird Tanja nachher im Büro zur Fahndung ausschreiben, dann lösen wir die Observation auf, und die Wache an der Frankfurter Straße wird in Abständen hier vorbeischauen und kontrollieren.«

Von Aha schenkte duftenden Kaffee in die Becher. »Ist besser als jeder Coffee to go im Pappbecher, glaub mir. Hilft auch bei Stress mit der Liebsten.«

Burmeester wollte protestieren, von Aha schüttelte den Kopf. »Trink.«

Zwei Männer saßen stumm nebeneinander im Auto, am Straßenrand in der Voerder Innenstadt, mit Nobelkaffee im Porzellanbecher.

Von Aha übernahm die Beobachtung. Burmeester fuhr nordwärts, mit schwerem Herzen und unsortierten Gedanken.

ZEHN

Karin Krafft rückte den Stuhl zurück. Eiligen Schritts und ohne weiteres Grußwort lief sie zur Ausgangstür des Konferenzraums, der in der zweiten Etage der Kreispolizeibehörde für die Pressekonferenz im Mordfall Pahlen genutzt worden war. Die Hauptkommissarin lehnte zusätzliche Interviewwünsche ab. Sie wirkte angespannt, blickte starr nach vorn, über die Stirn zog sich eine grimmige Falte. Man hätte ihr Gesicht als versteinert bezeichnen können, was für eine selbstbewusste Frau wie sie schon ungewöhnlich genug war. Tatsächlich aber wirkte es maskenhaft, sie hatte ein zweites Gesicht aufgelegt, als habe sie in letzter Sekunde die Beherrschung wiedergefunden. Nichts war zu sehen von ihrer in öffentlichen Situationen sonst souveränen Art mit der zu nichts verpflichtenden Verheißung »Alles wird gut«.

Nichts ist gut, hätte sie am liebsten herausgeschrien, wenn sich nicht gerade der Pulk der Medienleute aufgelöst hätte. Die eben noch so wissbegierigen Journalisten hielten Abstand zu ihr, ihre Ausstrahlung war zu explosiv, gemischt mit einem gewissen Maß an Bitterkeit. Und es passte nicht zu ihr, dass sie weder die Kollegen noch ihre Vorgesetzte eines Blickes würdigte. Die Hauptkommissarin war mit sich beschäftigt. Völlig.

Als sie die gläserne Tür zum Treppenhaus öffnete, wurde sie aus ihrer inneren Versenkung gerissen. Eine weiche, aber bestimmt geführte Hand hatte sich auf ihre Schulter gelegt und stoppte sie mit kalkulierter Kraft.

Im ersten Moment empfand Karin das als Grenzüberschreitung, wer wagte es, ihr derart nahe zu treten? Noch bevor sie ihre Verwirrung überwunden hatte, schritt die Person neben ihr her und blickte sie an.

»Stopp, Frau Krafft, was war das denn? So geladen und hart habe ich Sie bei noch keiner Pressekonferenz erlebt.«

Einer der lokalen Reporter stand vor ihr. Jung, modischer

Haarschnitt, exakt modulierter Vollbart, sanfte Stimme. Sie erkannte in ihm den Mann, der bei der von Tom durchgeführten Konferenz letzte Woche vorzeitig den Raum verlassen hatte. Den hatte sie immer geschätzt. Bernd Parsch aus Hamminkeln gehörte zu den Journalisten, die tief fragten, fair berichteten und interne Informationen für sich behalten konnten. Ein vertrauenerweckender Mann in Zeiten, in denen Klicks und Quote durch schreiende Überschriften das Maß der Dinge waren. Er schien bewusst ihre Nähe zu suchen.

»Wo ist denn Ihr Kollege von Aha geblieben? Mir fehlen seine Sprüche bei der Pressekonferenz. Und wo ist der bunte Burmeester? Sonst bekomme ich von dem immer ein paar hilfreiche Sätze zugeworfen«, sagte der Medienmann.

Karin Krafft atmete durch. Sie wollte nicht mit Witzchen ablenken, sich jetzt nur keine Blöße geben. Sie wollte weg, nur weg und den einen, den Täter unter vier möglichen überführen. Oder die Täterin. Trotzdem ahnte sie, dass es gut wäre, mit jemandem zu sprechen.

»Herr Parsch, hier nicht.«

»Wo denn dann? Wann? Und wie viel?«

»Das wird sich zeigen. Sie können helfen. Wenn Sie Quellenschutz zusichern.«

»Sie kennen mich, ich kann schweigen. Informanten schützen gehört zum Kerngeschäft.«

»Dann lassen Sie uns reden.«

»Wo?«

»Gehen wir zurück in den Konferenzraum.«

»Das meinen Sie nicht ernst, da wird gerade aufgeräumt. Ruhe wäre gut.«

»Dann eben nicht.« Karin wunderte sich, wie unbeherrscht und hölzern ihre Stimme klang.

Bernd Parsch spürte, dass er in eine Rolle rutschen würde, die er so nicht gewollt hatte. Zuhörer, nicht Rechercheur. Er entschied schnell.

»Mein Vorschlag: Ich muss für die Zeitung noch ein Foto vom liegenden Kaiser von Wesel machen. In seinem Glassarkophag an der Zitadelle. Fahren Sie doch mit, ein paar Minuten, niemand wird uns stören.«

Nach kurzem Zögern nickte sie.

**

Heierbeck von der Kriminaltechnik setzte sich an den Computer, sobald das Ergebnis vorlag. Ein Fehler im Testbericht, das durfte nicht geschehen, kam jedoch in Ausnahmefällen vor, wenn die Kennzeichnung nicht korrekt vorgenommen wurde. So war es hier der Fall gewesen. Der Name passte nicht zum Ergebnis.

Er war froh, durch die zweite Probe einen erneuten Blick auf die Ergebnisse genommen zu haben. Er tippte flott und mit einem guten Gefühl.

Hallo Frau Krafft,
ich sende im Anhang das Ergebnis der DNA-Untersuchung der Spuren, die wir an einem USB-Stick gesichert haben. Im ersten Durchgang bestätigten wir eine männliche und eine weibliche Spur ohne bekannte Übereinstimmung. Dies muss ich revidieren. Die männliche Spur ist eindeutig zuzuordnen, es lag im ersten Durchgang bedauerlicherweise eine Verwechslung vor. Die männliche DNA gehört zu Dieter Pahlen, schauen Sie sich die Ergebnistabelle an.
Nun zu der weiblichen Spur, die ebenfalls eindeutig zu bewerten ist. Kommissar von Aha brachte gestern eine Haarprobe zum Vergleich in das Labor, die er namentlich zuordnen konnte. Die weibliche DNA am Stick ist eindeutig identisch mit dem neuen Material der (laut Angabe des Kommissars) Tanja Schneider.
Details in der angehängten Tabelle.
An dem Bolzenschneider, der in Pahlens Mülltonne gefunden wurde, ließen sich keine Spuren finden. Jemand hat ihn mit einem scharfen Putzmittel gereinigt. Der Vergleich des Materials ergab jedoch, dass die Manipulationen an den

Bremsschläuchen eindeutig mit diesem Werkzeug vorgenommen wurden.

Mit kollegialem Gruß
Heierbeck

Die E-Mail kam nur Sekunden später im Postfach der Hauptkommissarin an.

* * *

Raus aus der Behörde, ein paar Minuten. Als Xantenerin wusste Karin Krafft nichts von einem liegenden Kaiser in der Stadt, in der sie arbeitete. Sie ahnte aber, dass sich das lokalpolitisch häufig auffällige Wesel mal wieder mächtig gestritten haben musste. Was für sie persönlich zählte, war, dass sie der Kreispolizeibehörde an der Reeser Landstraße kurzzeitig den Rücken zeigen konnte. Zu stickig dort, zu geladen die Atmosphäre.

Bernd Parsch rauschte zügig mit seinem Wagen zum abgelegenen Ort zwischen dem Haupttorgebäude an der Zitadelle und dem gerade mit viel Pomp neu eröffneten LVR-Niederrheinmuseum kurz vor der Rheinbrücke. Karin ließ sich beeindrucken.

»Wesel und die Niederrheinlande. Schätze, die Geschichte(n) erzählen«, verkündete ein großformatiges Plakat zu der Ausstellung zur niederrheinischen und niederländischen Geschichte vom frühen Mittelalter bis zur Zeit Napoleons. Da schwang Stolz mit, ganz anders als beim liegenden Kaiser Wilhelm I.

Sollte der einfühlsame Journalist beabsichtigt haben, die Hauptkommissarin abzulenken, so war es ihm gelungen. Was sie sah, war unglaublich. Für einen Moment dachte sie nicht an Gero von Aha, der das unabhängige Ermittlungsergebnis in Gefahr brachte, wenn sich herausstellte, dass Tanja Schneider mit den Taten in Verbindung stand. Für eine Sekunde war Nikolas Burmeester weit weg, der von diesem unerträglichen Interessenkonflikt wusste und ihr die Tatsachen verschwiegen hatte.

Die Kommissarin blickte auf den gläsernen Kasten, in dem der liegende Kaiser von Wesel in Form von zweieinhalb Tonnen Marmor ruhte. Von Parsch erfuhr sie, dass der Erschaffer Reinhold Begas hieß und eine Bürgerinitiative den Auftrag für die Restaurierung erteilt hatte. Was sollte das, ein liegender Herrscher? Ein seltsames Denkmal. Offenbar mit Botschaft, wenn man sie entschlüsseln konnte. Karin Krafft schwieg, Bernd Parsch quasselte, während er nach der passenden Kameraperspektive suchte.

»Ein denkwürdiger Kompromiss. Hier liegt der König von Preußen und der erste Kaiser des Deutschen Reichs. Wilhelm eins, nicht zwei. Der zweite hat Deutschland in den Ersten Weltkrieg geführt. Ich glaube, manchem Heutigen war gar nicht so klar, welchem Kaiser man da 1907 auf dem Kaiserplatz vor dem Bahnhof ein Denkmal errichtet hatte. Nach dem Zweiten Weltkrieg war es vom Sockel gestürzt worden und seitdem im städtischen Lager verschwunden. Bis jemand ihn fand.«

»Und wieso liegt er? Das ist doch eindeutig eine stehende Statue.«

»Wilhelm eins hat ja auch ein paar Kriege geführt. Soll politisch korrekt sein, dass man den nicht ehren dürfe wie vor mehr als hundert Jahren. Schon gar nicht an einem zentralen Platz. Hat kaum einen wirklich interessiert, jedenfalls wurde der restaurierte Wilhelm nach endlosen Debatten flach gelegt und in diese historische Nische verfrachtet. Hingelegt, damit man nicht zum umstrittenen Kaiser aufschauen muss. Verortet, wo keiner hinschaut.«

Der Reporter bannte den Glaskasten mit Marmorfigur auftragsgemäß ins Bild, Karin schwieg.

»Vierhundert Denkmäler vom Kaiser Wilhelm gibt es deutschlandweit heute, alle stehen aufrecht, nur eine Figur liegt. Komische Stadt. Dafür könnte man bestimmt touristisch werben, traut sich aber garantiert keiner vor lauter Korrektheit. Es gibt nicht mal eine Hinweistafel, warum und nach welchen Argumenten man gehandelt hat. Könnte ja historisches Bewusstsein fördern. Faule Nummer.«

Die Hauptkommissarin hörte die letzten Worte nicht mehr, sie war weit weg und beschäftigt mit ihren Themen.

»Angenommen ...«, hörte sie eine Stimme sagen. Dann begriff sie, dass Bernd Parsch eine Frage an sie richtete. »... Sie würden auch was zu diesem Dialog beisteuern, wie würde das klingen?«

»Ja«, sagte Karin und wirkte ebenso bedrückt wie präsent, »was ich in der Pressekonferenz gesagt habe, entspricht dem Ermittlungsstand. Ein Mordfall, ein Attentat mit einer Schwerverletzten. Spuren, die zu geheimen Geschäften, zu trickreichen Steuervermeidern und deren skrupellosen Helfershelfern führen. Dazu kommen private Konflikte, ein untreuer Ehemann und ein dümmlicher Unternehmerneffe. Das wissen Sie mittlerweile. Was Sie nicht wissen ...«

Der Journalist schaute sie über den Glaskasten hinweg an, bis sie weitersprach.

»Ich sehe meine Aufgabe darin, Lügenkulissen niederzureißen und Ermittlungsergebnisse zu unvermeidbaren Wahrheiten zusammenzufügen. Was ich jetzt sage, ist höchst vertraulich, so offen war ich nie gegenüber einem Reporter. Das plötzliche Abtauchen von Kollegen ist nicht vorgesehen und deutet auf einen Mangel an Vertrauen zu den eigenen Leuten. Die Folge war ein elementarer Riss, deshalb bin ich so betroffen. Einer der Kommissare hat sich wie ein pubertierender Jugendlicher auf eine Frau eingelassen, eine sehr reizvolle, attraktive. Aber leider als Drahtzieherin verdächtigt. Muss ich mehr sagen?«

Der Journalist schwieg weiter, ebenso wie der unter seinem aufgestützten Arm liegende Monarch mit einer Art Pickelhaube auf dem Kopf.

»Wahrscheinlich sind auch, bewusst oder unbewusst, Informationen dorthin geflossen, wo sie niemals hätten ankommen dürfen. Ich als Chefermittlerin hätte den Kollegen sofort melden müssen, ich war auch so weit. Doch der zweite Kollege ist ein langer, guter Freund des ersten, hat per Zufall von der Liebschaft erfahren. Und in falscher Solidarität den Mund gehalten. Jetzt ist es zu spät für ihn, ich glaube, er schämt sich. Jedenfalls wäre das Ende meines Teams besiegelt, würde ich höhere Stellen einweihen. Glauben Sie mir, das wäre, als würde meine Familie zerbrechen.«

»Sie müssen reden. Ihm eine Brücke bauen, ihn vielleicht provozieren. Er muss aufwachen. Viel Zeit dürfte nicht bleiben. Sonst müssen Sie den Kommissar aus dem Team und wahrscheinlich aus dem Job kicken. Das verlangt Härte.«

»So weit ist es noch nicht.«

Bernd Parsch kam um den Glaskasten herum und legte Karin eine Hand auf die Schulter. »Seien Sie realistisch, Frau Krafft, ohne Selbstmitleid. Eine andere Wahl haben Sie nicht.«

Karin schüttelte die Hand ab und blickte ihn offen an. Wieso hatte sie diesem Mann erzählt, was sie innerlich total beschäftigte? Sie konnte nur hoffen, dass er Vertrauen mit Vertrauen begegnete. »Ich werde realistisch sein, aber nicht ohne einen letzten Versuch, den Konflikt intern zu lösen, und Sie werden kein Sterbenswörtchen in einem Beitrag verwenden.«

Bernd Parsch, der gute Zuhörer, lachte. »Versprochen. Der Kaiser ist unser Zeuge und hat gerade die Hand zum Schwur gehoben.«

Als der Redakteur die Hauptkommissarin nach einer schweigsamen Fahrt wieder bei der Kreispolizeibehörde ablieferte, brachte er seine Profession ins Spiel.

»Wie gesagt, ich schweige. Ich rechne damit, dass Sie mir in anderer Gelegenheit entgegenkommen. Sagen wir, ich bitte Sie freundlich um eine angemessene und exklusive Gegenleistung in Form von vorrangiger Information für meine heutige psychologische Mitarbeit.«

There is no lunch for free. Karin Krafft wusste das.

Bei ihrer Rückkehr fühlte sie sich erleichtert und gefangen zugleich. Was hatte sie getan? Dienstliche Interna mit einem Journalisten geteilt. Das konnte ihr persönlich zum Verhängnis werden. Sie musste aufpassen, nicht in den Strudel zu geraten, den dieser Fall auslöste. Offenbar war es nicht einfach, sich fernzuhalten von Lügen, krummen Geschäften, scheinheiligen Gesichtern im Dunstkreis um einen kaltblütigen Mord. Dieser

Fall, der Umzug, die Umstrukturierungen, die eventuell damit einhergingen, alles lastete auf Karin wie ein schlecht ausgesuchter Rucksack. Zu viel Gepäck ohne passenden Beckengurt.

Beim Blick in ihren Computer fand sie die E-Mail von Heierbeck, es schien sich zu bestätigen, was sie schon vermutet hatte. Schneider und Dieter Pahlen hatten den Stick in Händen gehabt. Diese Erkenntnis ließ nicht zwingend darauf schließen, dass den beiden der Dateninhalt bekannt war, bei jedem Griff zum Stick konnten die Spuren entstanden sein, egal, ob er aus einer Verpackung genommen oder von einem Gerät abgezogen worden war, immer geschah dies mit einem festen Griff, bei dem sich an den Kanten und in den Ausbuchtungen kleinste Hautpartikel sammeln und verfangen konnten. Tanja Schneider – in Verbindung mit Dieter Pahlen hieß sie ja noch Cara Beerenboom – hatte diesen Stick in Händen gehabt, und es blieb eigentlich nur diese exaltierte Frau als Botin übrig, da der Unternehmer zum Zeitpunkt des Auffindens nicht mehr lebte.

Hatte Tanja den Stick verloren? Warum sollte sie eine Spur so breit wie von einem Aufsitzmäher ins Kommissariat transportieren? Wollte sie jemanden ans Messer liefern, so eine Art Cara-Leaks? War es Kalkül, um gekonnt von sich selbst abzulenken? Hatte sie dieses Versteckspiel satt und war auf dem Weg der Läuterung? Wie auch immer, seit der Nachricht waren Karins Gedanken auf jeden Fall wieder mit dem Fall beschäftigt.

In Vernehmungsraum eins saß Jerry einem verstrubbelten Mike Pahlen gegenüber und knüpfte dort an, wo er am Abend zuvor aufgehört hatte. Von Aha saß noch vor dem Hotel in Voerde, bis die dortige Wache regelmäßige Kontrollen zusagen konnte, und Burmeester erholte sich von seiner Nachtschicht, die er freiwillig angetreten hatte, nachdem seine Verlobte ihm wegen seiner optischen Erscheinung vor dem Haus eine Szene geliefert hatte.

Blieb Tom Weber, um sich auf die Suche nach Manuel Kracht zu machen, der vor den Augen der Welt nun wohl mit siegessicherem Grinsen auf dem Vorsitzenden-Stuhl von Dieter Pahlen saß. Er war zu ihm nach Hause gefahren, um sich von seiner

Frau sämtliche Möglichkeiten der Kontaktaufnahme geben zu lassen und um dessen Computer abzuholen. Die KTU würde sich bedanken für die Flut an Daten, die es in diesem Fall weiterhin zu sichten gab.

Karin benachrichtigte die anderen per SMS, dass sie nach Duisburg fahren würde, Brigitte Pahlen könne sich hoffentlich mit zunehmender Wachheit an wichtige Einzelheiten erinnern. Die Wahrheit hinterließ immer Spuren, genau wie die Lüge. Beide fristeten manchmal ein Dasein im Verborgenen.

**

Karin Krafft fand die Patientin mit dem Oberkörper etwas erhöht gebettet, sie wirkte verhärmt, und selbst ein kleines Lächeln wollte ihr heute nicht gelingen.

»Hatten Sie eine schlechte Nacht?«

»Ich habe eine schlechte Prognose, das muss erst mal bei mir ankommen.«

»Ich habe Sie in den letzten Tagen bewundert, Sie wirkten auf mich voller Zuversicht und mitten im Leben. Und das nach dem Unfall und den Tagen im Koma.«

Nach einem prüfenden Blick konterte Brigitte Pahlen. »Sie sehen heute auch nicht wie das blühende Leben aus.«

»Aber meine Prognose ist garantiert besser als Ihre. Ich bin vom Glauben abgefallen, und Sie sind von der Leiter gestürzt.«

Die Hauptkommissarin stellte das bequeme Sitzmöbel, eine Mischung aus Stuhl und Sessel, wieder in die Nähe des Kopfendes und setzte sich unaufgefordert. »Da bin ich also. Ich hoffe täglich, dass sich bei Ihnen Erinnerungsfetzen wie Puzzlestückchen wieder einstellen, damit das Geschehene nachvollziehbar wird.«

»Und wozu soll das gut sein? Ich werde nicht um ein Leben im Rollstuhl herumkommen, ob Sie da herumpuzzeln oder nicht.«

»Wir werden herausfinden, wer für all das verantwortlich ist. Das ist mein Job, und den nehme ich sehr ernst.«

Brigitte Pahlen sah sie lange und ausdruckslos an. »Wenn Sie meinen, das habe einen Sinn, dann mal los. Ich kann ja nicht weglaufen.«

»Was geschah in den letzten Tagen vor Ihrem verhängnisvollen Sturz? Erzählen Sie einfach.«

»Wo soll ich anfangen?«

»Bei dem, was Ihnen jetzt gerade auf der Zunge liegt.«

Sie versuchte tief durchzuatmen, es bereitete ihr immer noch Unbehagen. »Die Sache mit Dieter und dieser Cara war nicht vorbei, nachdem sie für diese Begegnung mit mir gesorgt hatte. Danach nahm die Geschichte der beiden richtig Fahrt auf.«

»Wie haben Sie davon erfahren?«

»Ich habe es erst in der Woche vor meinem ... verflixt, ich kann es noch nicht aussprechen, vor diesen Vorfällen mitgekriegt.«

***

Tom Weber hatte den Finger nicht von der Wahlwiederholungstaste gelassen und sich noch weitere zehn Minuten gegeben, um Manuel Kracht zu erreichen. Danach hätte er das Polizeirevier auf Sylt angerufen und Amtshilfe angefragt.

Weber: »Kommissar Weber, K1 in Wesel.«

Kracht: »Was wollen Sie von mir? Seit gestern haben Sie unablässig versucht, mich zu erreichen, das grenzt an Belästigung.«

Weber, freundlich: »Hätten Sie gleich bei den ersten Versuchen reagiert, dann wüssten Sie bereits, dass wir Sie dringend hier in Wesel sprechen müssen.«

Kracht, überrascht: »Moment mal, ganz langsam, ich muss gar nichts. Ich bin zu einem geschäftlichen Meeting hier, wir loten gerade aus, wie ›NaturalEarthWear‹ sich auf der Insel positionieren kann, das ist wichtig für meine Firma, ein Eins-a-Standort. Weshalb sollte ich nun übereilt zurück nach Wesel fliegen?«

Weber: »Weil wir Ihre Aussage im Rahmen der Mordermittlung Dieter Pahlen brauchen, darum.«

Kracht: »Das muss jetzt eben warten, bis wir hier durch sind.«

Weber: »Das duldet keinen Aufschub.«

Kracht, ungehalten: »Ich lasse mir von Ihnen nicht vorschreiben, wann ich hier abreise.«

Weber, nicht mehr ganz freundlich: »Da wird Ihnen nichts anderes übrig bleiben, Sie sind hiermit offiziell in Wesel vorgeladen.«

Kracht, aufgebracht: »Was soll das denn heißen? Verdächtigen Sie mich etwa, dass ich mit der Sache was zu tun habe?«

Weber, streng: »Es gibt berechtigte Gründe, Sie vorzuladen. Sie haben die Nachfolge von Dieter Pahlen in der Genossenschaft bereits nach zwei Tagen offiziell gefeiert, das bedarf einer Erklärung.«

Kracht, gekünstelt lachend: »Das meinen Sie. Na und? Das war vertraglich geregelt.«

Weber, leicht überheblich: »Genau, Herr Kracht, eben deshalb sollten Sie sich auf den Weg machen. Wir wissen, dass Sie mit dem eigenen Flugzeug dort sind, und die Flugbedingungen sind optimal.«

Kracht, zunehmend aggressiv: »Nur weil ich jetzt die Genossenschaft leite, ist das noch lange kein Grund für ein derartiges Vorgehen Ihrerseits.«

Weber, überlegen: »Das vielleicht nicht, aber Ihre Agitation gegen Pahlen, Ihre Meinungsmache per E-Mail, die deutlichen und ethisch nicht ganz einwandfreien Worte, die Sie dabei benutzt haben, all das hat zu dieser Entscheidung geführt. Entweder Sie sagen mir auf der Stelle zu, dass Sie im Laufe des Tages hier auftauchen, oder ich lasse Sie von der Inselpolizei festnehmen und per Helikopter herbringen. Sie haben die Wahl, freiwillig oder mit Hilfe der Polizei. Entscheiden Sie sich innerhalb der nächsten Minute.«

Kracht, schweigsam.

Weber, wartend.

Kracht, nachgebend: »Ich werde am Abend dort sein.«

Weber, neutral: »Gut, ich werde Sie abholen. Und lassen Sie sich nicht einfallen, sich nach Skandinavien abzusetzen. Sie werden schneller hier sein, als Sie denken.«

Kracht, genervt: »Sie fühlen sich wohl großartig, was? Das wird ein Nachspiel haben. Die Chefin Ihrer Behörde ist auch meine Kundin, mit der werde ich gleich sprechen.«

Weber, ruhig: »Tun Sie, was Sie nicht lassen können. Frau van den Berg ist übrigens über die Vorgehensweise des Kommissariats 1 informiert. Sie hat es abgesegnet.«

Kracht beendete das Gespräch.

Weber dachte: Ein waschechter Mr. Wichtig.

Er telefonierte mit der Leitung des Flugplatzes auf Sylt, um die Flugzeit von dort zum privaten Flugplatz bei Hünxe, der als Verkehrslandeplatz Dinslaken firmierte, zu erfragen.

»Der Name des Piloten ist Manuel Kracht.«

»Ja, eine Cessna, Typ C eins sieben zwo, die steht hier.«

»Wie lange wird er brauchen von dort zum hiesigen Flugplatz Schwarze Heide?«

»Bei derzeitigen Wetterprognosen nicht mehr als dreieinhalb Stunden.«

»Gut, ich muss wissen, wann Herr Kracht startet.«

»Ich informiere die Flugsicherung, von dort wird umgehend Meldung gemacht. Moin, Herr Kommissar.«

»Vielen Dank.«

»Dafür nicht.«

»Moin.«

**

Jerry hatte Mike Pahlen versorgt, Kaffee und ein belegtes Brötchen am Morgen, eine Zigarettenpause, seitdem saßen sie sich gegenüber, und der Kommissar staunte darüber, wie gesprächig der junge Mann sein konnte.

»Wer oder was ist ›Safe Way‹?«

»Hab ich doch schon gesagt, das ist eine Firma, die Leute beschützt, die wichtige Sachen transportieren.«

»Was hat denn Ihr Onkel transportieren lassen?«

»Irgendwelche Papiere, er hat mir nichts gesagt. Er hatte nicht damit gerechnet, mich zu sehen. Ich darf während der Fahrten nicht mit den Leuten reden, die sprechen uns auch nicht an. Ich habe ihn einen Tag später gefragt.«

»Was hat er geantwortet?«

Mike Pahlen fuhr sich durch die zerstörte Frisur. »Mann, so ohne Styling, das geht gar nicht.«

»Für heute geht's. Was hat Dieter Pahlen Ihnen über den Transport gesagt?«

»Nichts. Es war wie immer. Ich stellte ihm eine Frage, und er sagte, das habe mich nicht zu interessieren. Aber da war ja noch diese Cara im Auto, und die spricht, ohne zu reden. Wie die Onkel Didi angeguckt hat, wie die sich bewegt hat, beim Sitzen rutschte immer der Rock ein wenig nach oben. Ich musste manchmal weggucken, weil ich ihr sonst die ganze Zeit auf die Beine geglotzt hätte. Da hat es mächtig geknistert zwischen ihr und dem Onkel.«

»Haben Sie mit Ihrer Tante über Cara gesprochen?«

»Na klar, ich mag die doch. Und die tut für mich, was sie kann, ehrlich. Wir haben uns darauf geeinigt, dass ich nicht rumerzähle, wie sie mir hilft. Deshalb auch die zwei Wohnungen und der Antrag auf Hartz IV. Ich komme da dauernd zu spät und so, die haben mir das schon ziemlich gekürzt. Ich lass Mandy da im Hochhaus wohnen, die hat keine Bleibe, und manchmal pennen auch noch andere da. Passt ins Bild, gute Strategie, sagt Tante Biggi immer.«

Jerry hatte offenbar den richtigen Ton gefunden, es sprudelten die Details aus dem durchgeschwitzten Mann nur so heraus.

»Dann ist Ihre eigentliche Wohnung die, in der ich Sie abgeholt habe.«

»Genau. Die Wohnung in der Altstadt. Sie gehört Tante Biggi, die hat mir auch die Einrichtung spendiert.«

»Und Dieter Pahlen wusste nichts darüber?«

Mike Pahlen grinste breit. »Das war genial. Wir beide hatten ein Geheimnis, und der glaubte immer noch, ich würde die Bude an der Talstraße bewohnen.«

Er schüttelte ungläubig den Kopf, in sich versunken. Gemeinsam hatten sie den geizigen Onkel ausgetrickst.

»Also gab es auch mehr Geld als nur ab und zu mal einen Fuffi.«

»Richtig, aber immer bar, damit auf meinem Konto nichts auftauchte und weil er sonst ihre Überweisungen hätte kontrollieren können.«

»Wie hoch war die Unterstützung pro Monat?«

»Na, so tausendfünfhundert Euro, mal ein bisschen mehr. Und dann habe ich ja noch Geld bei ›Safe Way‹ verdient.«

»Und gedealt.«

»Manchmal, nicht viel, echt.«

»Das erklärt Ihren Lebensstil.«

Er lehnte sich zurück und verschränkte die Arme über dem Kopf. »Alles wäre so weitergegangen. Er hätte nichts erfahren. Tante Biggi hat sich großartig gefühlt, weil sie mir heimlich half, und für den Onkel war ich der Loser.«

Mit einem Ruck beugte er sich wieder zum Tisch und schaute Jerry mit ernstem Blick an. »Und dann kam der Anruf.«

Jetzt bewegte sich Jerry ein Stück in seine Richtung. »Welcher Anruf?«

»Na, der von Tante Biggi. Die war völlig von der Rolle. Sie wollte zu mir kommen, alles sei so furchtbar. Es ist unerträglich, sagte sie, ich halte das nicht mehr aus.«

»Und dann kam sie zu Ihnen in die Altstadt.«

Plötzlich verlor Mike Pahlen den Faden. Dem kleinen Jungen in ihm war die Lust am Schwadronieren vergangen. »Boah, ich kann nicht mehr. Ich brauch jetzt 'nen Schokoriegel oder so. Habt ihr was Süßes hier?«

***

Ein Streifenwagen hielt vor dem Gebäude, nichts Ungewöhnliches für die Kreispolizeibehörde, ungewöhnlich war nur das Benehmen der hübschen blonden Frau auf dem Rücksitz. Sie fluchte und schimpfte, wehrte sich, trat, ließ sich von der Beamtin und ihrem Kollegen aus dem Auto zerren, weigerte sich, das Gebäude zu betreten, zeterte und spuckte.

»Was soll das hier, nehmen Sie mir die Dinger ab, das ist Freiheitsberaubung!«

»Wenn Sie sich nicht umgehend beruhigen, dann wird das hier eine Verhaftung, die in einer Ausnüchterungszelle endet, in der Sie sich erst mal austoben können. Wir haben Sie hier vorzuführen, und jetzt ist mal Ruhe im Karton und widerstandsloses Benehmen angesagt. Und, Frau Schneider, wagen Sie es nicht noch einmal, zu spucken, sonst erwacht das Lama in mir!«

Der Wachhabende rief im K1 an, jemand solle die renitente Frau abholen. Tom Weber machte sich auf den Weg nach unten. Mittlerweile saß sie im Wartebereich, angekettet an einen Kollegen.

Tom sah sie an und wusste, was los war. »Bitte nehmen Sie Frau Schneider die Handschellen ab.«

»Ich spreche nur mit Gero, ich meine, mit Herrn von Aha.«

»Der ist beschäftigt, ich bin zuständig, mein Name ist Weber.«

Schon krakeelte sie wieder los, ein Wirbelwind an der Reeser Landstraße.

Tom Weber sprach die anwesende Beamtin an. »So geht das nicht. Legen Sie ihr bitte die Handschellen wieder an.«

»Nein, nein, bitte nicht, ich bin ja schon ruhig. Versprochen, ich rege mich nicht mehr auf, alles gut. Ich bin jetzt ruhig und komme freiwillig mit. Meine Tasche, ich will meine Tasche haben.«

Die Beamtin hielt Tom auf und übergab den Autoschlüssel, laut Anhänger den eines Mietwagens, und eine lederne Reisetasche. »Wir trafen sie an, als sie gerade losfahren wollte. Der Wagen steht auf dem Parkplatz des Hotels in Voerde, Kofferraum und Rückbank sind voller Gepäck.«

Tom nahm beides entgegen, bedankte sich und öffnete die Tür zu den Diensträumen mit seiner Schlüsselkarte. Tanja Schneider ließ ihn und die Tasche nicht aus den Augen.

»Bitte, nach Ihnen, Frau Schneider.«

Mit einer kreisenden Kopfbewegung warf sie ihre Frisur in Form und trat ein.

»Wohin sollte Ihre Reise gehen?«

»Herr Weber, das geht Sie gar nichts an. Was wollen Sie von mir?«

»Oben im Vernehmungsraum können wir darüber reden, nicht hier im Hausflur.«

»Vernehmung? Was soll das denn? Vergessen Sie nicht, dass ich vor ein paar Tagen hierhergekommen bin, weil ich Unterstützung und Hilfe von Ihnen brauche. Ich bin die, die man bedroht, haben Sie das schon vergessen?«

»Frau Schneider, bitte, wir sprechen oben.«

Mit einer ruckartigen Bewegung drehte sie sich auf dem Treppenabsatz um und griff beherzt nach der Tasche. Tom hielt sich auf den Beinen und die Tasche fest im Griff.

»Frau Schneider, lassen Sie los, Sie werden das Gebäude nicht verlassen können. Das geht nur mit einer codierten Karte oder per Knopfdruck von den Kollegen in der Wache.«

Sie zerrte, er strebte zum Geländer, wollte sich festkrallen, verankern und abwarten, dass diese ausflippende Frau sich wieder beruhigte. Nur tat sie genau das nicht. Im Gegenteil, sie zerrte mit aller Kraft an der Tasche. »Lass los, du Schwein. Das gehört mir.«

Mit einem scharfen, knirschenden Geräusch gab der Reißverschluss der Tasche nach, der Inhalt polterte durch das Treppenhaus, flappte und flatterte, Tom Weber und Tanja Schneider schauten ungläubig auf das Geschehen, fasziniert davon, wie elegant Geldscheine, eine riesige Menge grüner, brauner, violetter Scheine aus der ledernen Tasche platzten und sich ausdehnten wie ein lose gewebter Teppich.

Tom dachte weiterhin rational, im Nu umschloss eine Handschelle Tanja Schneiders rechtes Handgelenk, die andere klickte Tom an das Geländer.

Sie rappelte erfolglos daran. »Schließ das sofort wieder auf!«

»Frau Schneider, das ist viel Geld. Wie viel?«

»Das geht niemanden etwas an.«

»Ich werde es einsammeln und anschließend jemanden finden, der es zählt, dann weiß ich es.«

Sie setzte sich resigniert auf die Stufe. Er klaubte die Scheine zusammen, ein merkwürdiges Bild im Treppenhaus der Kreispolizeibehörde, und musste zwei Etagen tiefer gehen, um die letzten herabgesegelten Scheine zu finden.

»So, alles eingesammelt. Wenn Sie sich benehmen, dann schließe ich auf, ansonsten sind ganz schnell wieder helfende Kollegen zur Stelle. Also: *Keep calm, stand up and go ahead.*«

»Moin, Herr Weber?«

»Ja.«

»Flugsicherung Sylt hier, wir sollten Sie informieren, wenn Herr Kracht losfliegt. Er ist vor fünf Minuten gestartet.«

»Oh, danke für die Information. Ich weiß, dafür nicht, dennoch, danke.«

Er schaute auf die Uhr, im besten Fall würde Manuel Kracht in drei Stunden hier sein, jemand würde ihn vom Flugplatz abholen.

***

»Was ist dann geschehen, Frau Pahlen, was haben Sie so Verstörendes entdeckt, dass Sie es minutenlang nicht aussprechen können?«

Nach zwei weiteren Anläufen, ihre Lippen öffneten und schlossen sich wieder, konnte sie endlich sprechen.

»Ich habe meinen Mann geliebt. Mit all seinen Unzulänglichkeiten und Fehlern, ich habe immer darüber hinweggesehen. Diese ekelhaft klebrige blonde Frau, die wie eine Klette an ihm hing, der er nachlief wie ein Hündchen an der Leine, brachte alles ins Wanken. Das war so demütigend. Plötzlich konnte ich nicht mehr. Ich hatte genug von der krampfhaften Aufrechterhaltung unserer ach so heilen Scheinwelt. Die heiligen Pahlens, so reich und so natürlich geblieben. Ich habe mich zu Hause umgeschaut. Das alles brauchte ich nicht. Seit dem Einbruch waren meine geliebten Bilder weg, ich sah mit einem Mal nichts, um das es sich zu verhandeln lohnte, zu kämpfen, verstehen Sie? Ich musste fort. Ich ging nach unten, er saß auf dem Sofa und hatte sein Tablet in der Hand. Ich sagte Dieter, ich würde mich trennen.«

»Wie fasste er Ihre Worte auf?«

»Gelacht hat er. Nein, das würde ich nicht wagen. Er sagte nicht ›trauen‹ oder ›machen‹, sondern ›wagen‹, als ginge es darum, Mut aufzubringen. Dabei ging es um einen Fakt, in Gedanken hatte ich schon einen Termin mit unserem Anwalt gemacht.«

»Was geschah dann?«

»Wir saßen uns eine Weile schweigend gegenüber, dann stand er auf und ging wortlos nach oben in sein Arbeitszimmer. Ich hatte ihn tief getroffen. Am nächsten Tag, als er schon unterwegs zur Firma war, ging ich hinauf in sein Reich. Er hatte eine ganze Flasche Wein getrunken, sein Tablet lag auf dem Tisch, er hatte vergessen, es herunterzufahren. Ein Klick, und der Bildschirm baute sich auf. Eine E-Mail-Adresse, die ich nicht kannte, aber die Adressatin kannte ich. Cara Beerenboom. Ich erspare Ihnen die erotischen Einzelheiten, es war ein lustvolles Geplänkel. Der letzte Satz von ihm kam mir merkwürdig vor. Erst jetzt kann ich ihn zuordnen.«

Die Erinnerung strengte sie an, Karin sah, dass sie blass wurde, ihre Stirn glänzte. »Möchten Sie etwas trinken?«

Sie deutete ein Kopfschütteln an.

»Was hat Sie so schockiert?«

»Nein, Frau Krafft, als ich es las, dachte ich nur, du alter Gockel, du wirst dich noch umschauen. Da stand sinngemäß: ›Übermorgen wird etwas passieren, sie wird von ihrem hohen Sockel stürzen.‹ Verstehen Sie?«

Die Werte auf ihrem Monitor spielten verrückt, es schien sie zu erschüttern.

»Ich hätte doch nie gedacht, dass ich zwei Tage später von der Leiter falle, weil mich beim Birnenwechseln der Schlag trifft.«

Die Tür öffnete sich, und eine Schwester eilte an ihr Bett. »Offenbar haben Sie sich gerade sehr aufgeregt. Ich denke, eine Pause wäre sinnvoll.«

»Nein.«

»Bitte seien Sie vernünftig, wenigstens ein paar Minuten.«

Karin bot an, eben einen Kaffee trinken zu gehen, danach sei sie wieder da.

***

Mit einem Marsriegel war Mike Pahlens Bedarf an Süßem schon gedeckt. Er war bereit zu reden, siegessicher, er hatte sich nichts vorzuwerfen. Er doch nicht. Nein, er habe nichts getan.

»Sie ist zu mir gekommen und hat mir gesagt, dass die Tussi, diese Cara, mit Dieter ein Ding am Laufen hat und nicht lockerlässt. Ich habe ihr gesagt, dann lass ihn doch. Nein, sie wollte sich trennen, und ich glaube, sie wollte ihm eins auswischen.«

Sein Blick verdüsterte sich, er saß stocksteif da und starrte Jerry an. »Der hatte ihr wehgetan. Das war nicht auszuhalten. Meine starke Tante Biggi saß in meiner Wohnung und heulte. Ich kann Frauen nicht trösten, das geht nicht. Ich kann auch nicht ertragen, wenn jemand heult.«

»Was haben Sie gemacht?«

Er schaute auf, äffte Jerry nach. »Wie? Was haben Sie gemacht? Nichts habe ich gemacht. Saß da und konnte nichts machen. Mann, da sitzt Ihre Tante und heult, da können Sie nichts machen.«

Er drehte sich zur Seite. »Ich sag jetzt nichts mehr.«

»So kommen wir nicht weiter.«

»Na und?«

Jerry fehlte ein Tipp aus dem Headset, da war niemand im Überwachungsraum. Er nahm sein Smartphone, tatsächlich fand er eine Nachricht von Tom. Gero sei unterwegs, um Kracht in Empfang zu nehmen. Im Nebenraum sitze Tanja Schneider, sie habe eine Tasche dabei mit fast einer Million Euro, da gebe es Klärungsbedarf. Abwechselnd würde sie toben oder schweigen. Er müsse am Ball bleiben. »Du schaffst den allein«, schrieb Tom.

Okay. Jerry richtete sich auf.

»Herr Pahlen, weiter geht's. Schluss mit der heulenden Tante, ich will wissen, was Ihnen durch den Kopf ging. Die Tante, die sich offensichtlich von ihrem untreuen Mann trennen will, sitzt verzweifelt bei Ihnen. Sie haben immer noch die riesigen Schulden am Arsch. Der Tipp für den Einbruch hat nichts daran geändert. Ging da nicht ein kleines Licht in Ihrem Hinterkopf auf? So ein Hoffnungsschimmer? Die liebe Tante Biggi würde Sie doch gut entlohnen, wenn es eine endgültige, unkomplizierte Trennung gäbe.«

Mike Pahlen schwieg. Das konnte nur heißen, dass er richtiglag.

✳✳✳

Burmeester hatte sich schick gemacht, graue Leinenhose, erdfarbenes Hemd mit Stehkragen, und nicht daran gedacht, sich zur Arbeit umzuziehen. Eine Art innere Wiedergutmachung. Seit er das Haus verlassen hatte, schoss er andauernd Selfies, die er in kurzen Abständen kommentarlos an Yasmin Ögülsan schickte.

In der obersten Etage angekommen, fand er auf seinem Rechner eine Nachricht, die ihm nicht gefiel. Es hätte so einfach sein können, mit einem bekannten Kennzeichen zum Halter des Fahrzeugs zu gelangen. Es sollte in diesem Fall nicht gelingen. Das Kennzeichen des von den Zeugen an Dieter Pahlens Unglücksort beobachteten Lexus war als gestohlen gemeldet, abgeschraubt auf dem Parkplatz einer Raststätte kurz vor Kassel.

Nachdem er die Nachricht voller Frust aufgenommen hatte, bemerkte er die Besetzung der Vernehmungsräume und begab sich in den Überwachungsraum, um auf dem neuesten Stand zu sein. Er wusste, dass Mike Pahlen von Jerry Patalon befragt wurde. Im anderen Raum saß Tanja Schneider und schmollte Tom Weber an. Sie wirkte nicht, als sei sie freiwillig gekommen. Die Körperhaltung kannte er von denen, die sich ungerecht behandelt fühlten.

Wenn die Schneider nicht schlecht gelaunt schwieg, dann brüllte sie oder klimperte im nächsten Moment aufreizend mit den Augenlidern und flirtete mit Tom, der ihren Versuch an sich abperlen ließ.

Auf dem Tisch stand eine geöffnete Reisetasche. Bei genauem

Hinsehen erkannte er auf dem Monitor, dass sie prall gefüllt mit Geldscheinen war. Burmeester setzte das Headset auf und begrüßte die Kollegen. Beide horchten auf, Jerry blickte ihn über die Kamera an, und Tom reckte sogar den siegessicher gestreckten Daumen in die Höhe, eine Geste, die Tanja Schneider verunsicherte.

»Was soll das? Nichts habt ihr, ich sitze hier völlig zu Unrecht, ich werde euch anzeigen, wenn ich hier rauskomme.«

»Möchten Sie einen Anwalt Ihrer Wahl anrufen?«

Statt das Angebot anzunehmen, schwieg sie. Tom blieb unbeeindruckt.

»Wo kommt das Geld her, Frau Schneider?«

Verächtlich schaute sie Tom an. »Haben Sie noch was anderes drauf? Ich wiederhole mich nicht so gern.«

»Ich auch nicht, aber Sie lassen mir keine andere Wahl.«

**

Der Flugplatz Schwarze Heide lag zwischen Hünxe, Dinslaken und Kirchhellen, umgeben von Feldern und Wäldern. Gero von Aha stellte seinen Wagen auf dem Besucherparkplatz ab und begab sich zum Verwaltungsgebäude. Er fragte sich energisch zur Flugsicherung durch, musste sich mehrfach ausweisen, bis ihm ein Verantwortlicher die Auskunft gab, die Cessna von Kracht sei bereits im Anflug.

Am Rande des Rollfelds wartete von Aha, bis das weiße Flugzeug in der Nähe des Hangars ausrollte. Manuel Kracht war völlig überrascht, als ihn der Hauptkommissar vor der Maschine begrüßte. Man sah ihm an, dass er am liebsten durchgestartet wäre, ein braun gebrannter Mann in garantiert vegan gefertigter, ökologisch einwandfreier Kleidung.

»Ich informiere gerade mal meine Frau, die macht sich immer Sorgen, wenn ich fliege. Dabei ist das Autofahren wesentlich gefährlicher.«

Von Aha griff nach dem Smartphone, als Kracht es in die Hand nahm. »Beschlagnahmt zur Überprüfung.«

»Erlauben Sie mal, Sie behandeln mich wie einen Kriminellen, und das in der Öffentlichkeit.«

»Kommen Sie einfach ohne Widerstand mit, dann wird sich niemand weiter wundern. Handschellen wären auffälliger.«

Die beiden Männer gingen zum Parkplatz und stiegen wortlos ein. Von Aha nahm die Auffahrt Dinslaken zur A 3, und als er in Wesel von der Autobahn abfuhr, hatte Manuel Kracht noch keine Frage beantwortet, keinen Ton gesagt, stur geradeaus schauend neben ihm gesessen.

»Sie können ruhig weiterschweigen, Herr Kracht, ich habe Ihnen vor etlichen Kilometern gesagt, wieso Sie in unseren Fokus geraten sind. Wir haben Zeit. Und die Möglichkeit, Ihnen zunächst ohne Haftbefehl eine unserer Arrestzellen anzubieten, lockert vielleicht Ihren Widerwillen, uns zu erzählen, wie es zwischen Ihnen und Dieter Pahlen in der letzten Zeit gewesen ist. Es ist natürlich ein kleiner Unterschied in Komfort und Service, ob Sie in einer Suite auf Sylt oder bei uns in einer Zelle nächtigen.«

✳✳✳

Mike Pahlen hatte noch immer das Bild seiner verzweifelten Tante im Kopf. »Sie sprach davon, ihm die Bremsleitungen vom Auto zu durchtrennen. Das muss sie in irgendeinem Krimi gesehen haben.«

Jerry horchte auf, ohne seine Überraschung zu zeigen. »Werden Sie konkreter.«

»Na, als sie nicht mehr heulte, da hatte sie echt fiese Gedanken. Und dann kam die Idee mit den Bremsleitungen. Ich habe gesagt, weißt du denn, wo die sind? Bei den Bremsen eben, meinte sie. Ich dann, du, das ist nicht einfach. Und dann haben wir im Internet nach der Lage von Bremsschläuchen gesucht. Später hat sie mir erzählt, dass sie im Keller mit passendem Werkzeug an irgendeinem Schlauch geübt hätte.«

✳✳✳

Gero von Aha bemerkte, dass die Vernehmungsräume belegt waren, und entschied sich, Manuel Kracht in seinem Büro zu befragen. Er setzte ihn an den Schreibtisch und forderte einen Beamten zur Bewachung an. Erst als der im Zimmer war, horchte er bei der Überwachung nach, wer die übrigen Räume besetzte. Beim Anblick von Tanja Schneider wurde er still, fand jedoch schnell wieder zu seiner Rolle als Kommissar.

Er blickte Burmeester an und wies mit dem Kopf zu ihr. »Ich kenne diese Tasche, die stand im Hotel immer neben dem Bett. Sind das etwa Geldscheine obendrauf?«

Burmeester grinste. »Nicht nur obendrauf, die Tasche ist komplett gefüllt. Fast eine Million Euro.«

Gero von Aha setzte sich. Er hatte Nächte in einem Raum mit einer riesigen Summe Geld verbracht, die Tasche hatte er im körperlichen Eifer sogar einmal versehentlich umgestoßen.

»Wo stammt die Million her?«

»Schneider schweigt dazu.«

»Ich habe eine Idee. Ich überprüfe das eben und schick dir dann eine stumme Nachricht, die du an Tom weiterleitest. Bei mir ist Kracht, den nehme ich mir vor. Der ist ebenfalls unnatürlich schweigsam. Ich melde mich.«

**

Karin Krafft fand die Patientin in wachem Zustand, sie schien zu warten und reden zu wollen, begrüßte sie mit einem überraschenden Satz.

»Ich möchte ein Geständnis ablegen. So sagt man doch, oder?«

Die Kommissarin nickte nur, wollte den Redefluss nicht unterbrechen, setzte sich.

»Ich bin verantwortlich für den Autounfall.«

Was sollte das? Hatte die toughe Brigitte Pahlen Kontakte zu kriminellen Spezialisten, die Autoelektronik von außen manipulieren konnten? Die Unfälle inszenieren konnten? Dass sie im Untergrund oder im Darknet agierte, konnte sie nicht glauben.

»Was haben Sie gemacht?«

»Ich hatte in einem Krimi gesehen, dass man die Bremsschläuche so beschädigen kann, dass irgendwann das Abbremsen nicht mehr möglich ist. Ich habe mir im Internet angeschaut, was ich machen muss. Das umzusetzen war sehr unbequem, das sage ich Ihnen, gar nicht so einfach. Ich hatte eine so große Wut, ich wollte, dass er aus meinem Leben abtritt, nicht irgendwo triumphierend noch den einen oder anderen Euro aus dem Geschäft zieht und verschwinden lässt. Nein, ich hatte es so vor Augen, dass er sich in seinem Wagen totfährt.«

Sollte die Hauptkommissarin eine schwer verletzte Frau in dem Glauben lassen, es habe funktioniert und sie trage die Schuld? Andererseits erklärte ihr »Geständnis« die unwirksamen Beschädigungen an den Bremsschläuchen. Sie hatte zumindest versucht, ihren Mann umzubringen.

»Es hat nicht geklappt. Er fuhr zwei Tage mit dem Auto durch den Niederrhein, und nichts geschah. Er hat sonst immer bemerkt, wenn etwas nicht stimmte. ›Da ist ein Klopfen, wenn ich im dritten Gang auf dreitausend Umdrehungen bin‹, sagte er zum Beispiel und war in der nächsten Stunde in der Werkstatt. Jetzt passierte nichts.«

Karin entschied sich für die Aufklärung. »Die Bremsschläuche waren gar nicht so maßgeblich beschädigt, wie Sie vielleicht denken. Ihr Eingriff war nicht ursächlich für den Unfall.«

Brigitte Pahlen suchte nach Worten. »Nicht?«, fragte sie dann.

»Nein.«

»Und ich habe die ganze Zeit geglaubt, das sei mein Werk gewesen.«

***

»Herr Kracht, geben Sie es zu. Ihnen kommt der Tod von Dieter Pahlen gut zupass. Sie waren mit seiner Politik im Rahmen der Genossenschaft von BuyLocal@Niederrhein nicht einverstanden. Das haben Sie in umfangreichem E-Mail-Verkehr mit einigen anderen Mitgliedern offen kommuniziert. Da gibt es Sätze, allein für die gehören Sie schon bestraft.«

»Das ist doch lächerlich. Mir geht es geschäftlich blendend, ich habe nirgendwo Gemauschel nötig. Meine Güte, ich bin ein Mann klarer Worte, man hat auch mal eine Wut, man schreibt sich in Rage, ja, mir ist bestimmt das eine oder andere herausgerutscht. Du liebe Zeit. Hätte Facebook mich dafür gesperrt?«

»Wenn Sie so wenig Interesse an den Gewinnen der Genossenschaft haben, wieso haben Sie dann die Leitung nach Pahlens Tod mit unverhohlener Freude und regelrecht überfallartig übernommen? Sie sind gleich vor die Presse getreten, nicht mit einem Trauerflor, sondern mit einem breiten, siegessicheren Lächeln, wie wir Ihren E-Mails entnehmen. Das macht uns sehr stutzig.«

Er sank in den Stuhl zurück und wirkte extrem genervt. »Was für ein Skandal. Man wird unnötig von wichtigen Geschäften aus Sylt zurückzitiert und festgehalten, weil hier jemand stutzig wurde. Nicht wegen vorliegender Beweise. Jetzt wird es interessant. Was hat die Kripo gegen mich in der Hand?«

Von Aha wollte Manuel Kracht nicht einfach gehen lassen. »Das werden Sie gleich sehen. Ich hole eben jemanden zur Bewachung, und dann setzen Sie sich auf den Flur, ich muss an den Computer.«

Mit den Infos über die Steuertricks, den Dateien und den entschlüsselten Namenslisten würden sie Kracht drankriegen. Aber vorrangig musste von Aha einem anderen Verdacht nachgehen.

Manuel Kracht fluchte noch, als er bereits auf dem Flur saß, unmögliches Verhalten, Beschwerde an höchster Stelle, Konsequenzen.

Währenddessen schaute sich Gero von Aha die Summen der Barabhebungen von Dieter Pahlens Konto an, die angeblich an einen Erpresser ausgezahlt wurden. Neunhundertfünfzigtausend. Wie viel Geld schleppte Tanja in dieser harmlosen Ledertasche mit sich herum?

***

Burmeester schwirrte der Kopf. In einem Raum belauschte er die starrsinnige Tanja Schneider, die es inzwischen aufgegeben hatte, mit Tom zu flirten, sich aber noch weigerte, die Herkunft des Geldes und ihre Rolle in dem Drama offenzulegen. Im anderen quasselte Mike Pahlen wie bekloppt, musste immer wieder an die gestellten Fragen und die ausbleibenden Antworten erinnert werden.

Von Aha betrat den Raum, hinter ihm schien es Aufruhr auf dem Flur zu geben. Burmeester hatte keinen Überblick mehr.

»Wer tobt da draußen?«

»Das ist Manuel Kracht. Ich glaube, mit den Anschlägen hat der wirklich nichts zu tun. Sag mir noch einmal, wie viel Geld genau in der Tasche steckte?«

»Neunhundertachtundvierzigtausend Euro.«

Von Aha zeigte Burmeester seine Berechnung der vom Konto abgehobenen Beträge. »Das könnte passen.«

»Das würde ja heißen, dass es nicht den unbekannten Erpresser gegeben hat, sondern ...«

»Genau, die Schneider hat ihren Liebhaber Pahlen abgezogen, die hat selbst kassiert. Und der hat an eine Erpressung des großen Unbekannten geglaubt. Wie abgebrüht ist das denn?«

Von Aha deutete auf den Monitor. »Gib die Information weiter an Tom.«

＊

»Die Tante Biggi hatte echt an den Bremsschläuchen rumgesäbelt, da brach für mich noch eine Welt zusammen. Der Didi war geizig und Biggi plötzlich so entschlossen, so kalt und brutal.«

»Dann wissen Sie ja auch, dass der Wagen noch tagelang einwandfrei lief, die Manipulation hatte keinen Erfolg.«

Jerry schaute zwischendurch auf sein Smartphone, eine neue E-Mail von Heierbeck forderte sein Interesse. »Na, so was. Da schreibt mir der Kollege von der technischen Untersuchung, dass es Neuigkeiten aus den Tiefen Ihres Smartphones gibt.«

Mike Pahlen grinste breit. »Hat der die Nacktfotos von

Mandy gefunden? Die habe ich doch extra in einer gesicherten Datei gespeichert.«

»Nein, es geht mehr um telefonische Verbindungen.«

***

Von Aha setzte sich zu Manuel Kracht auf den Flur. »Sie können gehen. Vorerst besteht gegen Sie kein Verdacht wegen des Mords an Dieter Pahlen. Sparen Sie sich in Ihren aufgeregten E-Mails zukünftig Formulierungen wie ›Endlösungen‹, sonst haben Sie nicht mehr uns, sondern irgendwann den Staatsschutz vor der Tür. Um die Steuergeschichte der Genossenschaft werden sich andere Staatsanwälte kümmern.«

Er schimpfte noch im Lift über die Unfähigkeit der Kriminalisten, dreihundertneunzig Kilometer umsonst geflogen. Das hörte Gero von Aha nicht mehr.

***

Tanja Schneider ließ nicht locker, sie beschwerte sich bei jeder Gelegenheit über die ungerechte Behandlung, sie habe sich nichts vorzuwerfen. Tom Weber setzte sich ihr gegenüber, konnte so nicht sehen, dass sie ihre Beine gekonnt übereinanderschlug, damit ihr Rock viel Oberschenkel offenbarte.

»Frau Schneider, wer bei einer Indienreise einem Mordanschlag entkommt, das zum Abtauchen nutzt, es wagt, unter falschem Namen hier einzureisen, und wer riskiert, mit besagtem falschen Namen weiter hier zu leben, statt sich sofort bei der Polizei zu melden, der ist in unseren Augen zu einigem fähig.«

Sie funkelte ihn an, allerdings fiel ihr keine passende Erwiderung ein.

Tom sagte ihr in gelassenem Tonfall auf den Kopf zu, fast exakt die Summe aus ihrer Tasche habe Dieter Pahlen einem angeblichen Erpresser gezahlt. »Haben Sie ihn erpresst? Mit Ihren eigenen Fotos?«

Tanja Schneider sprang auf. »So ein Quatsch.«

»Sie setzen sich, sofort!«

Sie hockte sich auf die Stuhlkante. »Das Geld gehört mir. Ich, wir wollten damit abhauen. Ich habe ihn nicht erpresst, ehrlich. Dieter wusste doch, dass seine Frau ihm nichts von dem großen Vermögen lassen würde im Falle einer Trennung. Dabei hat er so hart gearbeitet und so viel Gewinn gemacht in all den Jahren. Mindestens einen Teil des Gewinns wollten wir mitnehmen. Sie hätte genug Firmenvermögen behalten. Er hat das Geld abgehoben und gesagt, wenn es ihr auffällt, dann würde er ihr von einer Erpressung erzählen. Die Fotos haben wir mit einem Selbstauslöser gemacht, damit die echt wirkten.«

»Und dann wollten Sie den Mann nicht mehr haben und allein abhauen. Fast eine Million Euro in bar ist ein gutes Motiv.«

»Nein! Ich wollte mit ihm zusammen weg!«

»Wieso sind Sie hier aufgetaucht?«

Tanja Schneider wurde leiser. »Ich hatte geahnt, dass etwas passieren würde, eine nicht greifbare Anspannung gespürt, konnte Ihnen aber nicht die ganze Geschichte erzählen. Die Geschäfte, über die ich ihn kennenlernte, die fingierte Erpressung, die vorbereitete Flucht. Da habe ich gedacht, ich bringe mich ins Spiel und die Polizei wird bestimmt herausfinden, um was es da geht.«

Tom konnte es nicht fassen, aber es klang logisch, und Burmeester gab ihm über Headset zu verstehen, dass das eine glaubwürdige Version sein könnte.

»Warten wir ab, womit Karin zurückkommt.«

***

»Herr Pahlen, ich werde einen Haftbefehl gegen Sie erwirken, da können Sie sich drauf einstellen.«

»Ich? Wieso?«

Jerry hielt ihm sein Smartphone hin, er solle mal schauen, da seien zwei Telefonnummern markiert.

»Diese Telefonnummern gehören zu einem Kontakt im Darknet, der dafür bekannt ist, Programme in Autos zu hacken. Um

Fahrzeuge zu knacken oder die Lenkung über Fernsteuerung außer Kraft zu setzen. Eigentlich nur zu Zwecken des Versicherungsbetrugs. Diesmal abgewandelt für einen Mordanschlag.«

Mike Pahlen wurde blass. Er schwieg.

»Sie brauchen nichts zu sagen, die Auswertung spricht für sich.«

»Ist ja schon gut.«

»Und alles wegen des Geldes?«

Mike Pahlen schaute hoch, schien durch Jerry hindurchzublicken. »Die Ehre, ey, es geht um die Ehre. Man hat keine Schulden bei den Leuten vom Casino.«

Burmeester jubelte ins Headset. »Ja, das war es also. Ich habe es gewusst.«

***

Karin Krafft erhielt die Nachricht von Beweis und Geständnis durch einen kurzen Anruf von Jerry Patalon. Sie hatte entschieden, Brigitte Pahlen das Ergebnis der Vernehmungen mitzuteilen, da setzte die Frau noch einmal an. Es war, als breche es aus ihr hervor wie unter einem Zwang, etwas Bedeutsames erzählen zu müssen.

»Ich habe vorhin nicht ganz die Wahrheit erzählt. Ich habe mir gedacht, wenn das mit den Bremsschläuchen nicht klappt, dann inszeniere ich einen Unfall, bei dem alles so aussieht, als wollte er mich töten, um an mein Geld zu kommen.«

Karin traute ihren Ohren kaum, beugte sich zu der Patientin.

»Was? Wiederholen Sie noch einmal, was Sie gerade gesagt haben.«

»Ich habe meinen Unfall selbst inszeniert. Ich kannte diese Lampenkonstruktion in der Diele, es war einfach, den Anschluss zu manipulieren, ich dachte, da kommt mir niemand drauf. Ich hätte ihn belastet, jeden Tag aufs Neue. Er sollte für die schlimmen Folgen eines Anschlags auf mein Leben büßen.«

»Das haben Sie getan, Frau Pahlen?«

Tränen rannen über die Wangen der Frau. »Mit Knochenbrüchen habe ich gerechnet. Nur die Vitrine, die hatte ich nicht bedacht. Und die Wucht des Stromschlags war zu gewaltig.«

***

Zu den Abendnachrichten saß Karin neben Maarten auf dem Sofa, oder besser gesagt: Sie lag bequem an ihn gelehnt und genoss die sanfte Massage seiner Fingerspitzen auf der Kopfhaut.

»Das ist schön, nicht aufhören.«

»Na, bestimmt nicht. Ich hab dich so wenig zwischen die Finger gekriegt in den letzten Tagen, da muss ich auskosten, dass du mal zu einer Zeit daheim bist, zu der ich noch hellwach bin.«

Sie schloss die Augen und öffnete die Lider auch nicht, als die »Tagesschau« begann und Jan Hofer die Zuschauer begrüßte. Während der Sprecher berichtete, dass die neuesten Entscheidungen des amerikanischen Präsidenten zu geharnischter internationaler Kritik geführt hatten, kraulte Maarten Karins Nacken. Die Weltpolitik gab wenig Gutes her, und die Geschehnisse in Berlin ließen die beiden ebenfalls nicht aufhorchen.

Dann gab es ein Déjà-vu, Maartens Finger stockten, Karin richtete sich auf. Der korrekt gekleidete Mann mit der unverkennbaren Stimme berichtete, dass der aufsehenerregende Mord an dem Unternehmer Dieter Pahlen aus Xanten durch die Mordkommission K1 in Wesel aufgeklärt worden sei. Karin deutete auf den Fernseher, während Jan Hofer bereits bei einem anderen Thema war.

»Da, ich kann es nicht glauben, Maarten. K1, das bin ich, ich meine, das sind wir, wir haben den Fall aufgeklärt, über den er da gerade berichtet hat.«

Sie lehnte sich zurück in Maartens Arme. »Irgendwie werden Wesel und Xanten andauernd in der ›Tagesschau‹ erwähnt.«

Maarten lachte laut. »Stimmt. So unglaublich oft, fast jedes Jahrzehnt.«

»Jetzt veräppel mich nicht, weiterkraulen, bitte.«

Epilog

Noch bevor sich die Behörden dazu entschließen konnten, ein Verfahren gegen Tanja Schneider zu eröffnen, weil sie mit falschen Papieren und zwielichtigen Geschäftspartnern agierte, hatte sie sich aus dem Staub gemacht. Der Mietwagen mit dem Münchener Kennzeichen wurde am Flughafen Frankfurt am Main am Servicepoint abgerechnet, eine blonde Frau saß im Abfertigungsbereich für die Langstreckenflüge nach Asien und hielt ihr Handgepäck, eine relativ große Ledertasche, die sie auf den Nebensitz gestellt hatte, mit einer Hand fest. Sie schaute durch die großen Fenster auf das weite Rollfeld. Die Maschine der Thai Airways wurde langsam zu ihrem Gate gezogen, bald begann das Boarding.

In den neu ausgestellten Papieren stand nicht ihr alter Name: Tanja Schneider. Langweilig. Cara Beerenboom hatte sich abenteuerlustiger angehört. Jetzt trug sie einen gediegenen Namen, der auf adelige Herkunft hinwies, sich nach Schlössern und Dienstboten anhörte: Ruth Maria von Bogner. Zumindest konnte sie mit dem Namen sicher reisen. Und in den Tropen würde ihr das zugutekommen, sie würde neue Geschäftspartner finden, die Branche wechseln, vielleicht eine kleine, besondere Strandbar eröffnen.

Ihr Blick fiel auf einen gut gekleideten Mann mit exklusiven Gepäckstücken, dessen Augen lange Zeit auf ihren Beinen ruhten, die unter dem kurzen Kleid endlos lang erschienen. Sie lächelte ihn mit ihren perfekt geschminkten Lippen an. »Fliegen Sie auch nach Bangkok?«

Er rückte näher. Sie fuhr mit der Zungenspitze über den knallroten Lippenstift.

»Ja, um elf Uhr zwanzig.«

Sie strahlte. Ein charmanter englischer Akzent klang aus seinen auf Deutsch gesprochenen Worten. Das gefiel ihr. Sie rückte näher. Hauptsache, dieser Mann war kein Niederländer.

»Ich auch.«
»Wie schön.«

***

Noch nie war das K1 so massiven internen Konflikten ausgesetzt gewesen.

Karin erinnerte sich an die ersten Fälle mit Gero von Aha, an seinen Hang, eigene Wege zu gehen, Anweisungen zu umschiffen und sich mit seinem Dickkopf durchzusetzen. Der Mann mit dem Hang zum Edelkaffee in feinem Porzellan hatte sich in den letzten Jahren eingefunden und auch ihre Sympathie und Anerkennung genossen. Sein Glück in diesem Fall war, dass sich die Frau, mit der er sich auf ein Abenteuer eingelassen hatte, in puncto Mordverdacht doch als unschuldig erwiesen hatte.

Von Aha hatte bei der Aufklärung des Falles schließlich noch mit einem weiterem Foto aufgetrumpft, das ihm der Zeuge per Bluetooth übermittelt hatte. Es zeigte Mike Pahlen mit einem weiteren Mann in einem weißen Lexus, dessen Kennzeichen sich als gestohlen herausgestellt hatte. Allein schon die Vorlage des Beweisfotos hatte bei dem jungen Pahlen einen Redeschwall ausgelöst, der Name des anderen Mannes rollte ihm regelrecht über die Lippen.

Selbst in von Ahas Beziehung mit der besten aller Bekannten, Marlene, schien wieder Ruhe einzukehren.

Burmeester hatte seiner Verlobten Yasmin Ögülsan erklärt, dass sein ewiger kindlicher Trotz und das zwanghafte Anderssein tiefe Wurzeln hatte, und er gelobte, seinen Kleidungsstil zu verändern, konnte das aber weder mit Inhalt füllen noch eine zeitliche Perspektive benennen. Yasmin versprach, geduldig zu sein.

Hannah war glücklich über eine Reihe von freien Tagen, in denen sich Karin ihrer Tochter besonders widmete. Sie freuten sich auf die Herbstferien, denn sie planten, in der Zeit Karins Sohn Moritz in Myanmar zu besuchen.

Der Journalist Bernd Parsch fand in seinem Briefkasten einen

Umschlag mit Hintergrundinformationen zu der unglaublichen Form von Steuervergünstigung im Nachbarland und den Verstrickungen regionaler Firmen und Honoratioren. Ob er den Mut haben würde, investigativ damit umzugehen und damit Schlagzeilen zu machen, wusste er nicht. Im lokalen Bereich konnte man damit verdammt anecken. Alle liebten den Verrat, aber niemand den Verräter. Doch er ahnte, dass er eine solche Chance, sich in der Medienwelt einen Namen zu machen, nicht ungenutzt lassen konnte. Er schickte Karin einen kurzen Dank. »Wir sind mehr als quitt.«

All das, auch die aufgegebenen behördlichen Pläne, Karin zum Innendienst als Referentin für Fortbildungen zu verpflichten, hatte sie und ihren Mann Maarten veranlasst, die Kollegen mit Partnerinnen zu einem Sommerfest einzuladen. Noch spät saß man an einem Lagerfeuer am See.

Danksagung

Unser Dank gilt allen, die uns mit Rat und Tat unterstützt haben.
Speziell erwähnen möchten wir an dieser Stelle zwei Menschen:
In Sachen »Erste Hilfe am Unfallort« gilt unser Dank Marc
Scheffer von »Scheffer medical Xanten« für die fachliche Beratung.
Und ein Dankeschön geht an Jan Hofer, der in unserem Krimi
die Nachrichten in der Tagesschau liest und der uns viel Erfolg
für dieses Buch wünscht.

Quellen

Das Thema Briefkastenfirmen und Steueroasen ist ebenso komplex wie erschreckend. Ohne sachkundige Information ist es
schwer, tief genug einzutauchen. Aus der unglaublich vielseitigen
Literatur zu diesem Themenkomplex haben wir uns vor allem
auf die Titel »Gabriel Zucmann: Steueroasen: Wo der Wohlstand
der Nationen versteckt wird«, edition suhrkamp, und »Bastian
Obermayer, Frederik Obermaier: Panama Papers: Die Geschichte einer weltweiten Enthüllung«, Kiepenheuer & Witsch,
gestützt.

Lust auf mehr? Laden Sie sich die »LChoice«-App
runter, scannen Sie den QR-Code und bestellen Sie
weitere Bücher direkt in Ihrer Buchhandlung.

Thomas Hesse/Renate Wirth
DIE ELSTER
Broschur, 224 Seiten
ISBN 978-3-89705-629-9

»*Eine niederrheinische Familiensaga der besonderen Art.*«
Rheinische Post

»*Die Szenen sind für Niederrheiner deshalb so interessant, weil sie
an realen Orten spielen und das Kopfkino beim Leser so automatisch
Unterstützung bekommt.*« NRZ Wesel

Thomas Hesse/Renate Wirth
DIE EULE
Broschur, 256 Seiten
ISBN 978-3-89705-769-2

»*Die Verwicklungen setzen sich in bester Thriller-Manier am Ende
komplett zu einer Geschichte zusammen. Besonders eindringlich
ist die Darstellung der Figuren gelungen, ihre jeweilige Farbe, ihre
eigene (Sprach-)Melodie, ihr Witz. Gut, dass kluger Humor und Herz
dabei sein dürfen.*« Rheinische Post

»*Humorvolle und spannende Handlung!*« Niederrhein Nachrichten

www.emons-verlag.de

Thomas Hesse/Renate Wirth
EULENBLUES
Broschur, 272 Seiten
ISBN 978-3-89705-930-6

»Renate Wirth und Thomas Hesse, das Krimiduo von beiden Seiten des Rheins, wissen, wie man im Team Spannung erzeugt.« NRZ

»Mit farbig ausgemalten Szenen, Humor und schrägen Späßen vermag das Duo zu punkten. Mit sicherem Blick werden menschliche Missgeschicke aufgespürt.« Rheinische Post

Thomas Hesse/Renate Wirth
DIE SPINNE
Broschur, 320 Seiten
ISBN 978-3-95451-152-5

»Eine hintergründige Geschichte mit überraschenden Wendungen.«
Rheinische Post

www.emons-verlag.de

Thomas Hesse/Renate Wirth
DER KÄFER
Broschur, 288 Seiten
ISBN 978-3-95451-553-0

»›Der Käfer‹ ist mit eigenem Humor und Charme geschrieben. Eine gelungene Fortsetzung.« Rheinische Post

Thomas Hesse/Renate Wirth
DAS SCHWARZE SCHAF
Broschur, 288 Seiten
ISBN 978-3-95451-990-3

In Wesel stehen die Kommissare Gero von Aha und Nikolas Burmeester vor einem erschütternden Rätsel. Ihre Chefin Karin Krafft ist verschwunden – und am Rheinufer taucht eine kopflose Leiche auf. Hat die Demonstration empörter Bürger gegen den Ausbau der Betuwe-Linie damit zu tun? Radikale Kräfte wollen sogar an der Bahnstrecke bomben. Doch der ganze Niederrhein ist betroffen. Denn die gefährliche Gruppe hat linksrheinisch ihr Hauptquartier und probt hier einen Anschlag. Es beginnt ein doppelter Wettlauf gegen die Zeit …

www.emons-verlag.de

HESSE/WIRTH
DER STORCH
Niederrhein Krimi

emons:

Thomas Hesse/Renate Wirth
DER STORCH
Broschur, 288 Seiten
ISBN 978-3-7408-0182-3

Das Storchendorf Bislich-Büschken steht kopf: Die Dorfgemeinschaft hat den Lotto-Jackpot geknackt! Doch jeder plant etwas anderes mit den Millionen. Und einer hat nicht mitgespielt, setzt nun aber alles daran, trotzdem das ganz große Geld einzustreichen. Der Neider kommt nicht weit, liegt er doch plötzlich tot auf dem Friedhof. Chefkommissarin Karin Krafft und Kommissar Gero von Aha schalten sich ein – und erhalten unerwartete Unterstützung von drei Schlitzohren, die schlau wie Füchse sind.

www.emons-verlag.de

Thomas Hesse
BLUTSGESCHWISTER
Broschur, 304 Seiten
ISBN 978-3-95451-820-3

*»Der Krimi ist bissig erzählt und überzeugt mit einer regional groß
angelegten und prall gefüllten Geschichte über Mord, wirtschaftliche
und politische Intrigen und die Macht der Familienbande.«*
Magazin NiederRhein

www.emons-verlag.de